Hard Times

艰难时世
Hard Times

Charles Dickens

〔英〕查尔斯·狄更斯 著　全增嘏 胡文淑 译

上海译文出版社

Charles Dickens
Hard Times
First Published 1854
由上海译文出版社有限公司与企鹅兰登(北京)文化发展有限公司联合出品
Simplified Chinese edition by Shanghai Translation Publishing House in association with
Penguin Random House (Beijing) Culture Development Co., Ltd.
Cover design and illustration Coralie Bickford-Smith

"企鹅"及相关标识是企鹅图书有限公司已经注册或尚未注册的商标。
未经允许,不得擅用。
封底凡无企鹅防伪标识者均属未经授权之非法版本。

图书在版编目(CIP)数据

艰难时世 / (英)狄更斯(Charles Dickens)著;
全增嘏,胡文淑译. 一上海:上海译文出版社,2022.1(2024.11重印)
(企鹅布纹经典)
书名原文:Hard Times
ISBN 978－7－5327－8963－4

Ⅰ.①艰… Ⅱ.①狄… ②全… ③胡… Ⅲ.①长篇小
说一英国一近代 Ⅳ.①I561.44

中国版本图书馆 CIP 数据核字(2021)第 278639 号

艰难时世

[英]狄更斯/著 全增嘏 胡文淑/译
总策划/冯 涛 责任编辑/顾 真 美术编辑/张志全工作室

上海译文出版社有限公司出版、发行
网址:www.yiwen.com.cn
201101 上海市闵行区号景路 159 弄 B 座
南京爱德印刷有限公司印刷

开本 850×1168 1/32 印张 10.25 插页 6 字数 204,000
2022 年 4 月第 1 版 2024 年 11 月第 5 次印刷
印数:20,001—23,000 册

ISBN 978－7－5327－8963－4
定价:98.00 元

本书版权为本社独家所有,未经本社同意不得转载、摘编或复制
如有质量问题,请与承印厂质量科联系,T:025－57928003

目 录

译本序

《艰难时世》是狄更斯创作全盛时期所写的一部长篇小说。狄更斯在一八五二年到一八五三年写出《荒凉山庄》，在一八五四年完成《艰难时世》，一八五五年到一八五七年写成《小杜丽》，一八五九年完成《双城记》。

狄更斯生于一八一二年，他写出上述作品的时候，已经四十多岁了。狄更斯在这一时期，无论在作品的思想内容上，无论在写作技巧上，都达到了新的深度和新的高度。

《艰难时世》在狄更斯的创作中占有一个重要地位。作者在这部小说中接触到了十九世纪五十年代英国资产阶级和无产阶级的冲突。十九世纪中期英国无产阶级争取实行《人民宪章》的革命运动，在小说中也有所反映。

但是当时英国一些批评家却强调狄更斯以前所写的作品，而贬低这一时期的作品。例如，英国有个批评家就这样评论《艰难时世》说：这是一本充满了社会主义宣传的书，"里面除了有一段可以感动人、使人心碎的文章外，其他一无可取。"又有人议论道："尽管《艰难时世》对功利主义作了出色的讽刺，但可以说它是狄更斯唯一的失败之作。我不是说这本书里没有很多有价值的东西。的确，凡是关心社会问题的人都应该把它读一遍。但是，它与狄更斯的其他作品不同……只要读一遍就够了。"

然而，类似这样的批评都是站不住脚的。

狄更斯的《艰难时世》绝不是一本仅仅对社会问题进行一番图解的小说。它是通过典型环境中几个典型人物错综复杂的关系以及他们之间的冲突来反映当时英国社会生活的。

十九世纪四十至五十年代是英国历史中的一个重要阶段。产业革命已经进入完成阶段。继纺织工业的机械化之后，重工业也迅速发展了。资本变得愈来愈集中。拥有几千名工人的工厂，已经不是稀见罕闻的现象，甚至拥有万人以上的工厂也出现了。但是，随着产业革命的完成，英国国内的阶级矛盾一天比一天尖锐。资本家对职工的残酷剥削激起了工人们日益激烈的反抗。积累了阶级斗争重要经验的英国无产阶级，已经从过去自发地聚集起来毁坏机器发展到进行有明确的政治纲领、政治要求的宪章运动了。

　　然而，由于当时阶级力量悬殊，由于英国资产阶级统治集团出动大批军警宪兵进行残酷的镇压，由于工人贵族的阻挠、出卖和破坏，同时，也由于欧洲大陆各国一八四八至一八四九年革命相继失败的影响，到了十九世纪五十年代初，英国的工人运动就暂时由盛到衰。英国资产阶级既然把宪章运动压了下去，对工人阶级的剥削就更加肆无忌惮。工人们也就陷入愈来愈贫困的境地。

　　这就是狄更斯的《艰难时世》的历史背景。

　　在《艰难时世》中，狄更斯的同情无疑是在工人斯梯芬和他的女朋友瑞茄一边，是在马戏团一个丑角的女儿西丝一边，是在受到父亲的僵死的教育手段摧残的露意莎一边。狄更斯对于骑在他们头上的国会议员葛擂硬和工厂老板庞得贝却是充满着憎恨的。狄更斯所以这样，并非偶然，而是和他的出身极有关系。狄更斯出生于英国海军部一个职员的家庭。从儿童时代起，他的家庭就经常处于贫困的境地。他的父亲曾经因为债务而入狱。狄更斯从十岁起，就不得不进入一家皮鞋油工厂做工，隔了一年，才重新进学校读书，因此他对于英国下层社会生活是早有所体会和了解的。

　　狄更斯这部小说的这些登场人物所接触的天地并不大，无非是那个焦煤镇和焦煤镇附近的地区。然而这个焦煤镇却是产业革命后英国社会的一个缩影，一个象征。"这是个到处都是机器和高耸的烟囱的市镇，无穷无尽的长蛇般浓烟，一直不停地从烟囱里冒出来……镇上有一条黑色的水渠，还有一条河，这里面的水被气味难闻的染料冲成深紫色，许多庞大的建筑物上面开满了窗户，里面整天只听到嘎啦嘎啦的颤动声响，蒸汽机上的活塞单调地移上移下，就像一个患了忧郁症的大象的头。镇上有好几条大街，看起来条条都是一个样子，还有许多小巷也是彼此相同，那儿的居民也几乎个个相似……"

把焦煤镇弄得这样乌烟瘴气、控制摆布着焦煤镇每个居民的命运的是以葛擂硬和庞得贝为代表的人物。

葛擂硬原来是个五金批发商人，然而故事发生的时候，他已经是这个地区的一名国会议员了。他自己承认，他是一个"专讲实际的人"。他为人处事都从这条原则出发：二加二等于四，不等于更多。他的口袋里经常装着尺子、天平和乘法表，随时准备对任何事物量一量，称一称。他认为，万事万物，归根到底，无非是"一个数字问题，一个简单的算术问题"。他告诫别人说："我要求的是：事实。除了事实，其他什么都不要教给这些男孩子和女孩子。只有事实才是生活中最需要的。除此之外，什么都不要培植，一切都该连根拔掉。"他断言："要训练有理性的动物的头脑，就得用事实：任何别的东西对他们都全无用处。"

葛擂硬先生一伙人既然只许保留事实，其他一切都得连根拔掉，他们就不准许人们可以有权幻想。他们主张完全抛弃"幻想"这个词儿，要和幻想割断一切联系。他们认为在任何有用的物件或者装饰品上面，都不应该有跟事实相抵触的东西。既然从来没有看到过人们在花朵上面走来走去，也从来没有看到过奇奇怪怪的鸟儿和蝴蝶飞来落在碗上，因此就不准许人们在地毯上织上红花绿叶的图案，也不准许人们在碗上画上鸟儿和蝴蝶。

葛擂硬先生就是运用这些"事实"原则来教育和熏陶他的子女——五个小葛擂硬的，特别是他的女儿露意莎和儿子汤姆。葛擂硬先生还在焦煤镇上办了一所学校，他也就是用这些同样的"事实"原则来教育熏陶他们的。他只准许那些小葛擂硬们在"事实"的范围内活动，他决不让任何一个小葛擂硬去唱那无聊的歌谣"眨眼的、眨眼的小星星，我常常奇怪，你究竟是什么！"有一次，他无意之间发现他一手以"事实"原则培育出来的宝贝儿女竟然和"小流氓"一起，偷看马戏场里的活动，就认为这是一种大逆不道的行为，马上把他们像犯人一样押回家去。

"事实"，"事实"，葛擂硬先生所奉行的这套"事实哲学"，究竟是什么货色呢？

狄更斯自己是这样分析的："葛擂硬先生哲学的一个基本原则是，什么都得出钱买。不通过买卖关系，谁也决不应该给谁什么东西或者给谁帮忙。感谢之事应该废除，由于感谢而产生的德行是不应该有的。人从生到死的生活每一步都应是一种隔着柜台的现钱买卖关系。"

葛擂硬强迫二十岁的女儿露意莎嫁给比她大三十岁的庞得贝。就是根据隔着柜台的现钱交易的原则出发的。葛擂硬先生这样劝说女儿道："照虚年龄来说，你已经二十岁了；庞得贝先生照虚年龄来算是五十岁。从你们两人的年龄来说，是有些不相称，但是从你们的财产和地位来说没什么不相称的；相反，倒非常门当户对呢。那么，问题来了，只有一点不相称，就能作为这么一桩婚姻的障碍吗？'很清楚，在葛擂硬这类资产阶级看来，婚姻首先就是男女双方"财产和地位"的结合，用另一种话来说，也就是一场"现钱买卖关系"。至于年龄相称不相称，女儿对庞得贝是否有感情，这些都是小问题，不应该成为双方在"财产和地位"结合中——也就是"现金交易"中的"障碍"。何况，年龄本身也是资产阶级婚姻交易中的一个重要砝码。说实在话，想作议员的原五金批发商人葛擂硬在财产和地位上是比不上庞得贝的。他不得不借女儿的年轻美貌来增加他在这场交易中的地位。于是已经被葛擂硬先生的"事实"哲学教育得服服帖帖的露意莎，在葛擂硬这种"无可辩驳"的"逻辑"的劝说下，终于不得不同意嫁给庞得贝了。

才二十岁的姑娘嫁给五十岁的资本家，这决不是狄更斯的夸张，而是英国当时的社会生活的发展所决定的。这是因为像庞得贝这样的大工厂老板，已经不仅在英国的经济生活中，而且也在政治生活中掌握了实权的结果。

庞得贝是一个真正掌握着焦煤镇的命运的人物。庞得贝既是银行家、商业家，又是工业家。他相信一切都可以"制造"：布可以"制造"，爱情也可以"制造"。他认为煤烟是他的"衣食父母"。他说："从各方面来讲，煤烟是最有利于健康的东西，特别是对肺部。"他一有机会就不厌其烦地夸耀自己是白手起家的。为了宣扬他的"艰苦创业"，他甚至不许他的亲生母亲在焦煤镇上露脸，胡说自己是个孤儿。他使用最卑鄙无耻的手段娶了露意莎做老婆，然而他却厚着脸皮对人家说："我不知道她看中我什么跟我结婚，但是我想，我总有什么地方被她看中了。"他对工人进行敲骨吸髓的剥削，然而却血口喷人地污蔑工人将来要"用金调羹吃甲鱼汤和鹿肉"。他恶意地在工人斯梯芬和他的同伴们之间进行挑拨。他看到斯梯芬没有参加工会组织，就想把这人收买过来。一遭到斯梯芬的拒绝，就把斯梯芬解雇了。

总之，葛擂硬和庞得贝正是两个互为表里、狼狈为奸的人物，是联合许多同样身分的人结成一个庞大的集团，结成一个阶级的人物。他们不是个别的人，不是简简单单的恶人。他们之间存在着"分工"。那一个是在家庭生活、学校生活乃至议会活动中，强行建立他所谓的"事实"的统治；这一个则是掌握着劳动人民赖以为生的经济命脉、生产手段。他们互相策应。谁要是不肯就范，他们就会全力来压迫这些人。葛擂硬和庞得贝地地道道是英国资本主义社会的产物。在葛擂硬和庞得贝的王国里，能够生活得好的，只有斯巴塞太太，这是一个没落的女贵族，庞得贝先生正要借她的贵族身分来炫耀他自己的权势；还有毕周，这个小伙子在"事实"哲学的熏陶下，已经完全成为葛擂硬之流所殷切期望的那种人了，他心甘情愿做庞得贝的鹰犬、爪牙。其他的人就莫不受到他们的压迫、摧残和毒害。露意莎的一生完全断送在葛擂硬和庞得贝的手里。露意莎的弟弟小汤姆，他是作为露意莎下嫁庞得贝的条件之一，到庞得贝的银行里去做事的。他从小就被葛擂硬的"事实"哲学教育得瘟头瘟脑，一旦脱离了葛擂硬的"严格管教"，就变得生活放荡，最后偷了银行里一百多镑钱，差一点吃官司。

但是庞得贝集团最大的压迫对象是工人。

从结构上说，《艰难时世》包括两条故事线索。一条是露意莎被迫嫁与庞得贝后所发生的悲剧；一条则是斯梯芬与工厂老板庞得贝的冲突以及他被庞得贝解雇后发生的惨剧。

斯梯芬就是庞得贝所经营的一家纺织厂的工人。作者说他是一个"善操动力织机"的好织工，还说他"非常淳厚诚实"，"出生以来不曾跟人有过什么冲突"。然而，在庞得贝的心目中，斯梯芬这样的工人无非是个能够干活的"人手"，能够代替"许多匹马的马力"。庞得贝对待他们就好像"处理加法中的数目字或者机器一般"，从来不把他们看作是有思想、有灵魂、有血有肉的人。在庞得贝的贪婪的剥削下，斯梯芬虽然已经是工作多年的老工人，然而却过着十分贫困的生活。他居住在焦煤镇人烟稠密地区的最挤的一个角落里。他的妻子在贫民区恶劣环境的毒害和引诱下，完全堕落为一个酒鬼，"穿得破破烂烂，浑身点点斑斑，尽是污泥"，可是"她那丑恶的品质比她的身体更要肮脏，即使只看她一眼，也叫人觉得讨厌"。斯梯芬很想同老婆离婚，和相爱已久的善良的瑞茄结合，然而他可付不起十万镑以上的诉讼费。庞得贝把他解雇，等于是投井下石，使他陷在更加痛苦狼狈的境地。然而事情并非到此为止。庞得贝最后竟然疑心小舅子小汤姆偷去的一百多镑钱是斯梯芬偷的，到处贴出赏格，要捉他归案。

应当指出，斯梯芬这样的工人并非属于英国工人中的先进部分的。 当时许多工人都积极参加了宪章运动，然而斯梯芬对于宪章运动却抱着怀疑态度，他不愿意加入由宪章派领导的工会。 可是另一方面，当庞得贝抓住斯梯芬这个弱点，千方百计要想收买他，要利用斯梯芬把猛烈攻击斯梯芬的工会头头斯拉克布瑞其等一伙人抓起来的时候，斯梯芬却是毫不犹豫地拒绝了："你就是把一百个斯拉克布瑞其……把他们一个个捉起来放在麻袋里缝牢了，沉在那没有陆地之前就有了的最深的海洋里，那一团糟的情形还依然会存在。"

斯梯芬为什么不愿参加宪章派领导的工会呢？ 这要从两方面来理解。 一方面，这是由于英国历史发展的条件所决定的。 产业革命的浪潮来得这样迅猛，以致无数原来安于封建宗法社会、安于手工业生产方式的劳动者，好像一下子被超自然的力量从温暖的家屋给扔到上无片瓦下无寸草的天地中，晕头转向，不知所从。 斯梯芬在这种席卷一切的浪潮的冲击之下，显然也有点不知所措了。 他还没有认识到庞得贝和自己之间的剥削和被剥削的关系，也没有弄清楚为什么必须经过不劳而获的人的分配自己才有劳动的权利，为什么他劳动一辈子还是赤贫如洗，为什么一被庞得贝解雇，他就再也找不到工作了等道理。 另一方面，这是宪章运动本身的弱点，参加宪章运动的有真正的无产者，也有像《艰难时世》中所描写的斯拉克布瑞其这样的"激进的小资产阶级"。他们对斯梯芬这种觉悟比较低的工人，不是采取耐心说服的态度，而是采取鄙夷、排斥、打击的态度。

此外，狄更斯对于马戏团那个丑角的女儿西丝·朱浦，也是满怀着同情来描写的。 西丝的父亲为了使他的女儿长大以后能够不至于像他那样过流浪卖艺的生活，就打发她到葛擂硬办的学校里念书。 当葛擂硬先生发现女儿露意莎偷看马戏表演以后，本来要想把西丝撵出学校去。 但就在这时，西丝的父亲朱浦却因为在好几次表演中都出了岔子，感到没脸再在马戏团里混下去，就悄悄地丢下女儿出走了。 于是葛擂硬就改变了主意，反而把西丝收留下来。 不过葛擂硬没有让她再回学校，而是要她和马戏团断绝一切往来，到他家里服侍他太太以及同露意莎作伴。 看来，葛擂硬是想把西丝完全按照他的"事实"哲学的模式，彻底"改造"过来。 然而由于痛苦的现实生活给西丝的教育，在她身上有一种非常顽强的东西，不论葛擂硬办的学校，不论葛擂硬的家庭，都无法改变它的一丝一毫。 她对周围发生的事情，都有她自己的判断。 西丝和露意莎平时在一起，本来很谈得来，但是等到露意莎决定嫁给庞得贝以后，她就流露出"惊讶、怜悯、悲愁、怀疑"的情绪，悄悄地从露意莎身边走开去了。 然而当她发觉露意莎由于不幸的婚姻，快要跌进灭亡的深渊的时刻，她却给了露意莎有力的支持，帮着她从困境里挣扎出来。

总之，狄更斯通过庞得贝、葛擂硬集团同斯梯芬、露意莎、西丝之间的矛盾冲突，相当真实地反映了十九世纪五十年代英国社会的状况。 这是狄更斯的一部标志着重要发展阶段的作品。这部作品对我们了解英国十九世纪五十年代的社会生活动态是有益的。

同时，狄更斯的《艰难时世》在艺术概括方面也颇有可借鉴之处。 例如小说中各个人物性格的发展，就是比较自然的。 像《父与女》一章里，通过葛擂硬劝诱女儿同意嫁给庞得贝时那场针锋相对的对白，一方面把葛擂硬卑鄙无耻的性格充分揭露出来；一方面也充分揭示了由于父亲"事实"哲学不断的摧残，露意莎性格中许多美好的东西差不多快给销蚀光了，她终于变成一个冷漠的无所谓的人物。

在塑造次要人物上，也很见功力。 例如，狄更斯对于庞得贝的管家婆女贵族斯巴塞太太，就是写得十分淋漓尽致的。 她伪善，工于心计，喜欢挑拨是非。 她像警犬一样监视着露意莎。 有一个晚上，她赶到露意莎住的乡间别墅去，要去发现私情。 但是作者写她躲在一棵大树后面，一阵瓢泼大雨直倒下来，她的"白长袜染成了五颜六色"，"鞋子里尽是荆棘的刺"，"毛毛虫吐着丝

8

从她衣服的各部分吊下来"，"帽子像烂熟的无花果"，"身上长了片青苔，好像长在阴暗的花园栅栏上的植物"，——尽管弄得如此狼狈，斯巴塞太太还是扑了空，没有当场逮住露意莎。 然而斯巴塞太太根本不懂得从失败中吸取教训。 后来，她抓着了一个在焦煤镇上神秘地钻来钻去的老太婆，她认为这人肯定和银行窃案有关。 当她雇了马车把老太婆押到庞得贝家门口的时候，她得意洋洋地叫道："你们大家都别管她！ 谁也不许碰她一碰！ 她是我弄来的。"然而她没有料到这个老太婆就是庞得贝不让在焦煤镇上露面的母亲。 作者描写： 在庞得贝恼羞成怒，大声呵斥之下，这位斯巴塞太太"直挺挺地坐在椅子上仿佛冻僵了；她眼睛呆呆地望着庞得贝先生，把两只手套擦来擦去，似乎它们也冻僵了。"

作品的艺术感染力，由此可见一斑。

辛未艾

第一卷
播　种

第一章
唯一必需的东西

"告诉你吧，我要求的是：事实。除了事实，其他什么都不要教给这些男孩子和女孩子。只有事实才是生活中最需要的。除此之外，什么都不要培植，一切都该连根拔掉。要训练有理性的动物的头脑，就得用事实：任何别的东西对他们都全无用处。这就是我教养我自己的孩子们所根据的原则，这也就是我用来教养这些孩子的原则。要抓紧事实不放，老师！"

这是一间寒伧、没什么陈设、单调的拱形教室，讲话的人每说完一句话，便用他那正方形的食指在那位教师的袖子上横划一下，来加强他的语气。讲话的人那四四方方像一堵墙壁般的额头也在帮助他加强语气，而他的双眉就是那堵墙的墙根，他的眼睛找到了藏身之所，那就是两个为墙所遮蔽着的、宽绰深暗的窟窿。讲话的人那又阔又薄而又硬邦邦的嘴巴，也在帮助他加强语气。讲话的人那无转弯余地的、枯燥的、专横的声音，也在帮助他加强语气。讲话的人的头发同样地在帮助他加强语气，一根根竖立在他那秃头的边缘，好像一排枞树，挡住了风，使它不致吹到那光溜溜的脑袋上来，而那秃头的外表布满了小疙瘩，像葡萄干馅儿饼上的硬皮，这颗脑袋似乎也没有足够的地方来储藏那些生硬的事实。讲话的人的顽强姿态，四四方方的外衣，四四方方的两腿，四四方方的肩膀，——不仅如此，甚至于像顽强的事实一般，练就来紧紧掐住他喉咙的那条领带——这一切都在帮助他来加强语气。

"在生活当中，除了事实，我们什么都不需要，老师；什么都

3

不要，只要事实！"

这个讲话的人同一个教师，以及另外一个成年人，都略微向后退了一步，当场用他们的目光扫射着那整整齐齐地排列在有坡度的地板上的一些小罐子①，准备把无数法定加仑②的事实灌进去，直灌到溢出来为止。

---

① 小罐子，指当时坐在地板上的男女孩子们。
② 法定加仑，为英国加仑，容量比美国加仑大。

第二章
扼杀天真

先生，我叫汤玛士·葛擂硬。一个专讲实际的人。一个讲究事实、懂得计算的人。我这个人为人处事都从这条原则出发：二加二等于四，不等于更多，而且任凭怎么来说服我，我也不相信等于更多。先生，我叫汤玛士·葛擂硬——毫不含糊，汤玛士——汤玛士·葛擂硬。我口袋里，先生，经常装着尺子、天平和乘法表，随时准备称一称、量一量人性的任何部分，而且可以告诉你那准确的分量和数量。这只是一个数字问题，一个简单的算术问题。也许你有希望把别的什么无聊信念灌输到乔治·葛擂硬，或者奥古斯都·葛擂硬，或者约翰·葛擂硬，或者约瑟夫·葛擂硬（这都是些假设的，不存在的人）的头脑中去，但要想灌到汤玛士·葛擂硬的脑子里来——先生，就甭想了吧！

无论是在自己小圈子里的熟人当中，或是在大庭广众之中，葛擂硬先生总是以这样一个心目中的人物自居。现在，对他面前的那些即将被事实装得满满的小罐子，汤玛士·葛擂硬介绍他汤玛士·葛擂硬，无疑的，也是用这套说法，只不过他用"男孩子和女孩子"，来代替"先生"这个称呼罢了。

事实上，当他从上面已提到的那两个窟窿中向他们狠狠地冒出火星的时候，他活像一尊大炮，事实的火药已满满地塞到了炮口，一炮就要把这些孩子轰出了童年时期。他又像是一架通电的器具，装配了一种阴沉的、机械性的料剂，等那些嫩弱的、年幼的幻想被轰走以后，他就准备拿这种料剂来作它们的代替品。

"第二十号女学生，"葛擂硬先生用他那正方形的食指正对着对方指去，"我不认识那个女孩子。她是谁？"

"西丝·朱浦，老爷，"第二十号女生涨红了脸，站起来行了个屈膝礼，说明道。

"'西丝'算不得学名，"葛擂硬先生说，"别管自己叫做'西丝'。叫你自己做'塞西莉亚'。"

"是父亲管我叫'西丝'的，老爷，"这个女孩子战战兢兢地回答道，又行了个屈膝礼。

"那就是他的不是了，"葛擂硬先生说。"告诉他，不容许那样叫。塞西莉亚·朱浦。等一等。你父亲是做什么的？"

"他是在马戏班里的，请您原谅，老爷。"

葛擂硬先生皱了皱眉头，然后用手一甩，想把这讨厌的职业甩开。

"我们在这儿，不愿意知道什么马戏的事，你不必告诉我这个。你父亲是驯马的，是吗？"

"请原谅，老爷，要是他们有马可驯的话；在马戏场里，他们的确要驯马的，老爷。"

"在这儿，不许你告诉我关于马戏场的事。那么，好啦，就说你父亲是个驯马的人。我敢说，马生了病，他也能医吧？"

"唔，是的，老爷。"

"那么，很好。他是个兽医、马掌铁匠和驯马师。告诉我，你给马怎样来下个定义。"

（西丝·朱浦一听到这个要求，给弄得惊惶失措了。）

"第二十号女学生竟然不能给马下个定义！"葛擂硬先生为了对这些小罐子进行教育而这样说道。"第二十号女学生不能掌握事实，不能掌握关于一个最普通的动物的事实！哪个男孩子能给马下定义？毕周，说你的！"

那个正方形的手指，点来点去，忽然点着了毕周，这或许是因为他恰巧坐在一道阳光中。那道阳光从那间刷得雪白的屋子没有帘子的窗口直射进来，同样地也照着了西丝。因为这些孩子们

6

是男归男女归女分开地坐在有坡度的地板上，当中隔着一条狭窄的走道；西丝坐在太阳照着的那一排的拐角上，阳光一射进来就照着她，而毕周却坐在另一边离西丝还有几排之远的拐角上，他恰好接触到这道阳光的尾巴。但是，这个女孩子的眼睛是黑黑的，头发的颜色是黑黑的，当阳光照着她的时候，她似乎能从其中吸取那较深而较有光彩的色素；至于那个男孩子，他的眼睛是淡淡的，头发是淡淡的，因此同是一道阳光，却似乎把他原来所具有的一点儿色素都吸去了。他那双冷淡的眼睛几乎不能算是眼睛，幸而他那些短睫毛跟它们对比起来显得更苍白一些，所以他那眼睛的形状才被烘托了出来。他那剪短了的头发跟他额上、脸上的沙色雀斑几乎是一色的。看起来，他的皮肤缺少自然的色泽，看来颇不健康，似乎被刀割了以后，连流出来的血也是白的。

"毕周，"汤玛士·葛擂硬说，"你给马下个定义。"

"四足动物。草食类。四十颗牙齿，其中二十四颗白齿，四颗犬齿，十二颗门牙。春天换毛，在沼泽的地方还会换蹄子。蹄子很硬，但仍需钉上铁掌。从牙齿上可看出它年纪。"毕周如此这般地说了一大套。

"好了，第二十号女学生，"葛擂硬先生说，"你知道什么是马了吧？"

她又行了一个屈膝礼，因为她的脸一直是涨得绯红的，所以现在也不可能涨得更红了。毕周说完以后，立刻把眼睛迅速地对着汤玛士·葛擂硬先生眨巴了几下，他那闪动着的睫毛映着阳光就像忙碌的昆虫的触须一样，他用指节在他那生有雀斑的额头上抹了一下，坐了下来。

第三位绅士这时就走上前来。这个人却有一样专长，善于把无论什么东西都弄得枯燥无味；他是政府的一个官员；他的样子像个拳师（因为这样，很多人也就遭了他的殃）；他时常在锻炼自己，常常用一套办法像一颗大丸药似地硬塞在大众的喉咙里；在他那小小的办公室的门槛边，时常可以听到他的声音，似乎随时

7

在准备跟全英格兰比武较量。继续用拳斗的术语来打比方，他有能耐随时随地准备好站在拳击开始线上，表明自己是个不易被打倒的凶狠的对手。对待任何问题，他都像拳师似的跑到台上去，用右手一拳把它打伤，接着又用左手一拳打将过去，稍停一下，就交手，还击，把对手（他常常跟全英格兰格斗）逼到那围住拳赛台边沿的绳子旁边，扑上去打他个落花流水。他时常打击"常识"，打得它连气也喘不过来，使这个可怜的对手倒下去连评判员数一、二、三、四……的声音都听不见。他接受了上级的命令来促成官僚政治的黄金时代，使官员们好在地球上耀武扬威。

"对极了，"这位绅士抱着双臂，精神勃勃地笑着说。"这就是马的定义。好了，让我问问你们这些男孩子和女孩子，你们喜欢用画了马的花纸来糊房间吗？"

停了一会儿，一半的孩子异口同声地叫道："喜欢，先生！"另一半看了看那位绅士的脸色就知道"喜欢"是错误的答案，便一齐高叫着："不喜欢，先生！"——在这种考问的场合，回答照例总是这样的。

"当然不。为什么你们不喜欢这样做呢？"

停了一停，一个肥胖而动作迟缓的男孩子，喘息着，鼓足勇气回答道：因为他根本不喜欢用纸糊房间，而喜欢油漆房间。

"你必须用纸糊！"那位绅士有点冒火地说。

"你必须用纸糊，不管你喜欢不喜欢。别对我们说你不喜欢用花纸糊房间。这是什么意思，孩子？"汤玛士·葛擂硬先生说。

经过一段相当沉闷的停顿时间，那位绅士就说："那么，我来告诉你们吧，为什么你们不应该用画着马的花纸来糊房间。事实上，在现实生活中，你们看见过马会在房里的墙上走来走去吗？——你们看见过吗？"

"看见过的，先生！"一半人这么说。"没有见过，先生！"另一半人说。

"当然没有见过，"那位绅士用一种愤怒的目光瞟着回答错了的那一半人说。"不消说，事实上你们看不见的东西，是哪儿也看不见的；事实上没有的东西，是哪儿也不会有的。所谓'口味'，只不过是'事实'的别名而已。"

汤玛士·葛擂硬先生点点头表示赞许。

"这是一个新原则，一个新发现，一个伟大的新发现，"那位绅士说。"现在，我再来试试你们看。假定你们要用地毯来铺房间。你们喜欢不喜欢用有花的地毯来铺呢？"

到了这时候，大家都心中有数了，认为"不喜欢，先生"总是对那位绅士的问题的正确回答，因此绝大多数的人都异口同声地说"不喜欢"。仅仅有几个软弱的彷徨不定的人说"喜欢"，其中也有西丝·朱浦在内。

"第二十号女学生，"那位绅士微笑了一下，因为他满有把握地听出了讲话的是谁。

西丝满脸绯红地站了起来。

"那么你要用有花的地毯来铺你的房间——或者你丈夫的房间，假定你是个成年的女人而有了丈夫的话——是不是？"那位绅士说，"你为什么要那样做呢？"

"对不起，先生，我是非常喜欢花儿的，"那个女孩子回答道。

"这就是你要把桌子和椅子放在花儿上面，让人们用厚底靴子踩来踩去的原因吗？"

"这不会对花儿有什么妨碍呀，先生。它们不会被压坏，也不会枯萎，是不是？先生。同以前一样，那图画仍旧会那样漂亮而悦目，并且我还幻想——"

"嗯，嗯，嗯！但是不许你幻想，"那位绅士叫道，他非常得意，因为正好碰到他的点子上来了。"对！你绝对不可以幻想。"

"你绝对不可以做出这类事来，塞西莉亚·朱浦，"汤玛士·葛擂硬先生一本正经地重说了一遍。

"事实，事实，事实！"那位绅士说。汤玛士·葛擂硬先生也跟着接二连三地说:"事实,事实,事实!"

"在任何事情上,"那位绅士说,"你们必须受事实的限制和支配。我们希望,不久便会有一个由事实委员们组成的'事实委员会',他们会强迫人们变成只讲事实,而不讲其他的人。你们必须完全抛弃'幻想'这个词儿,和它割断一切联系。在任何有用的物件或者装饰品上面,都不应该有跟事实相抵触的东西。事实上你们是不能在花儿上面走来走去的,因此也不能允许你们在有花的地毯上走来走去。你们并没看见过奇奇怪怪的鸟儿和蝴蝶飞来落在碗盏上,因此也不能准许你们在碗盏上画上一些奇奇怪怪的鸟儿和蝴蝶。你们从来没看见过四足动物在墙壁上走来走去,因此你们就不可以用有四足动物的花纸来糊墙壁。为了这种目的,"那位绅士说,"只许你们用那种花纸和地毯,上面是一些拼合而成的、能够证明的、并可以说明的几何图案,和略加改变的几何图案(它们的颜色全得用原色)。这是个新发现。这就是事实。这就是口味。"

这个女孩子行了个屈膝礼,坐下来了。她是太年轻了,听说这个世界将要变成一个只许事实存在的世界,她简直给吓呆了。

"好了,如果麦却孔掐孩先生在这儿准备讲他的第一课的话,"这位绅士说,"葛擂硬先生,承您邀请,我非常高兴来看看他是用什么方式来进行教学的。"

葛擂硬先生表示异常感谢。"麦却孔掐孩先生,我们只等着你了。"

于是,麦却孔掐孩先生就用挺卖劲儿的姿态开始讲课了。他和其他的一百四十位小学教师,好像一只一只的钢琴腿一般,是在同一时间内,同一工厂里,同一原则下,新近制造出来的。他经过各式各样的考验,答复了许许多多令人头痛的问题。正字法、语源学、句法,以及诗歌作法、传记、天文学、地理学,加上宇宙概论、复比例、代数、大地测量与水准测量、声乐和写生等学问,他统统精通,都在他十指冰冷的掌握中。经过了艰苦的道路，他登上了女皇最荣誉的枢密院所发表的 B 字号教师名单，同时在数学、自然科学、法文、德文、拉丁文和希腊文方面，他仿佛都攀上了高枝，摘下了枝上的花朵。他知道全世界所有流域（不管它们是在哪儿）的详情，所有民族的全部历史，所有河流与山脉的名字，所有国家的一切出产、风土人情、疆界及其在罗盘三十二方位上的位置。唉呀，未免过多了吧，麦却孔掐孩。如果他学得稍微少一点的话，那么，他也许可能教得好得多！

他这次的试教，跟《阿里巴巴和四十大盗》[①]中的摩佳娜没有什么不同：他把排列在他面前的所有的小罐子一个接着一个好好地看了一下，看看里面究竟装的是些什么东西。我说，好一个麦却孔掐孩。当你接着准备用滚油把每一个罐子灌得要溢出来的时候，你可曾想到，准会把那躲在里面的强盗（名叫"幻想"）给烫死——或者，有时候只是为了使他成为残废、成为畸形！

---

① 《阿里巴巴和四十大盗》是《一千零一夜》中的一个故事，讲到阿里巴巴的婢女摩佳娜发现到她主人家来借宿的一个商人所带来的四十皮袋中，藏着强盗，于是她就把滚油倒进去，把他们都给烫死了。

第三章
一个漏洞

葛擂硬先生怀着相当满意的心情，从学校走回家去。这是他的学校，他立意使它成为一所模范学校。他立意要使在这里的孩子们都成为模范——如同所有的小葛擂硬都是模范一般。

一共有五个小葛擂硬，一个个都是模范。他们从童稚时代起就受着训诫，像野兔似地被追来赶去。几乎在他们刚刚不要人牵，能独自走的时候，就立刻被赶到教室里去。他们联想得起来的第一件东西，或者说是他们记得起来的第一件东西，就是一块大黑板，旁边站着一个枯燥无味的"妖魔"用粉笔在上面画了一些白色的鬼鬼怪怪的数字。

这并不是说，他们知道"妖魔"这个名称，或者它的性质，以及任何有关"妖魔"的事情。但愿事实禁止他们知道！我不过用这个词儿来表明一个在像碉堡一样的课堂里讲课的那个怪物，这个怪物的头，老天爷晓得，是多少个头合而为一的，他俘虏了孩子们的童年，一把抓住头发，把他们拖到充满了统计数字的阴暗洞窟中去。

没有一个小葛擂硬曾经看见过月亮里的人脸；在他话还说不清楚之前，他已经熟悉了月亮的一切。没有一个小葛擂硬学过那无聊的歌谣："眨眼的、眨眼的小星星，我常常奇怪，你究竟是什么！"①没有一个小葛擂硬曾经对这种事情表示过惊奇，每一个小葛擂硬，在五岁的时候已经能够解剖"大熊星座"，就跟欧文教授解剖动物差不多②，能够驾驶"查理士的车子"③赛过一个开火车头的司机。没有一个小葛擂硬曾经把田野中的牛，跟儿歌中的那只有名的、歪角牛联想在一起，那只牛曾经用角挑起一只狗，狗又咬过一只猫，猫又咬死过一只老鼠，老鼠又偷吃过麦芽；也不会把它跟那只更有名的、曾经吞下"大拇指汤姆"④的牛联想在一起：他们从没有听见过这些大名鼎鼎的脚色，只听说过牛是有几个胃囊的反刍的四足动物。

葛擂硬先生迈步走向那名叫"石屋"的、他那"事实之家"去。在他未建造"石屋"之前，事实上他已经不做五金批发生意了，现在正想找一个适当的机会在议会中显一显他的算术天才。"石屋"建筑在一片荒野上，离开一个大镇——在现有的可靠的旅行指南上叫做"焦煤镇"——约有一两英里路远。

这"石屋"在郊外，形状端端正正。在四周的景色中，它好像是一个决不让步的事实，一点儿都不打扮，或者使自己的色彩变得更悦目一些。这座很大的、四四方方的房子，有一条沉重的门廊遮住了它正面的窗户，正如房主人的浓眉遮蔽了他的眼睛一样。这是一座经过预算、核算、决算和验算而造成的房子。大门的这边有六个窗户，大门的那边也有六个窗户；这一厢的窗户总数是十二个，那一厢的窗户总数仍然是十二个；加起来，还有二十四个，窗户安排在后面的两厢。一片草地，一个花园，和一条林荫小路都是直线条的，好像一本用植物编成了格子的账簿。煤气与通风设备，排水管与自来水管，一切都是用最上等的材料做成的。铁夹板、铁梁桁，房子从上到下都有防火的设备；机器升降机是为那些带着扫帚与板刷的女仆们而设的；所有心里想得到的东西，这里应有尽有。

应有尽有吗？是的，想必是这样吧。那几个小葛擂硬也有一

---

① 这是一首流传很广的英国儿歌的开头两行。

② 欧文教授（1804—1892）是当时有名的生理学与解剖学教授。

③ 查理士的车子，即大熊星座的俗名。

④ 大拇指汤姆，指理查·约翰逊所著《大拇指汤姆的故事》（1621）中的主角，只有大拇指大小。

些贮藏各种科学标本的柜子。他们有一个小小的贝壳标本柜，一个小小的陈列着金属的标本柜和一个小小的矿物标本柜，所有的标本都排列得好好的，加上标签，那些小块小块的石头和金属，看起来都是用那些硬邦邦的器具从原来的物体上敲下来的；同时，我们可以把那无聊的传说中彼得·派拍[①]（这传说中的人物是从来跑不进他们的育儿室的）的语言略加改变来引用一下：如果这几个贪得无厌的小葛擂硬掌握得比这些更多的话，那么，老天爷呀，这几个贪得无厌的小葛擂硬所掌握的是些什么东西呢！

他们的父亲带着一种充满了希望与踌躇满志的心情向前走去。他以他自己的方式，好算得一位慈父；但是，假如他也像西丝·朱浦一般，被指名来下个定义的话，他可能还要管自己叫一个"异常实际"的父亲。他对"异常实际"这类字眼感到无比的骄傲，因为这类字眼特别适合于他。在焦煤镇，任何一个公共集会中，不管是什么集会，总有几位焦煤镇的居民会利用这个机会来谈到他们的那位"异常实际"的朋友葛擂硬先生的。这常常使这位"异常实际"的朋友感到高兴。他知道这是他应得的称号，而这个应得的称号是可以接受的。

他已经走到了市郊的一个中间地带。这儿既不是镇，又不是乡，但是镇乡所有的缺点它都具备了。这时候，他的两耳为音乐的声音所侵扰，在一个木头亭子里，那马戏团的乐队正在锣鼓喧天地奏着乐。一面旗子，在那矗立得像庙堂一般的木亭的顶尖上飘扬着，对全世界宣称：这就是"史里锐马戏团"，欢迎大众参观。结实的史里锐本人站在那儿，像是一座嵌在早期的哥特式教堂壁龛里的近代雕像，他肘边有一个钱箱，他正在那儿收钱。正像那些印好了的又窄又长的招贴纸所宣称的：开场戏是，约瑟芬·史里锐小姐以其轻盈之姿态来表演蒂罗尔地方的马上花枝舞。在其他许多悦目惊心，但是绝对合乎道德规范、非亲眼看见

[①] 彼得·派拍为英国同名儿歌中的人名。

14

不能相信的节目中，朱浦先生在那天下午准备"带他那训练有素、会耍把戏的狗'巧腿儿'上场献技，以博观众一粲"。他还预备表演"空前绝后之惊人奇技：反手将七十五枚百磅重的弹丸连续不断地上下抛掷，宛如铁流一道，直射空中。此一空前节目之演出，经常博得观众热烈的采声，使他无法退场"。这位朱浦先生还预备"随时插入若干极其典雅、带有莎士比亚作风的逗哏和打诨，为本团五花八门之表演增色"。最后，他还要在结束时表演他那最拿手的角色——"图里街的威廉·布顿先生"，这就是新奇而可笑的马上戏剧《裁缝赶路去勃润特福》中主角的名字。

自然，汤玛士·葛擂硬先生不会去理睬这些无聊事情，他只顾保持着一个讲究实际的人应有的风度走了过去，把那些嘈杂得像虫豸一样微贱的人从思想上甩开，或者把他们送到改造所去。但是，路一转弯，他来到了马戏场后面，那儿有一群孩子聚在一起偷偷摸摸，争前恐后地偷看那隐藏在里面的奇观。

他不禁停住了脚步说："嗯，不料这班走江湖的，居然会把一个模范学校里的小流氓们吸引了来！"

在他和小流氓们之间，有块长满杂草、堆满垃圾的空地。他从背心里掏出眼镜看看有没有他叫得出名字的孩子，以便命令他走开。明摆在眼前的，几乎是个令人不能相信的现象，他看到的不是别人，正是他自己的那个对冶金学最有兴趣的露意莎，她正聚精会神地从一块松板上的小洞向里面偷看；还有他自己的那个精通数学的汤玛士①，也正自轻自贱地趴在地上，他所能看到的只是表演着优美的蒂罗尔地方的马上花枝舞的马腿！

葛擂硬先生差不多惊讶得说不出话来了，跨步来到那个辱没了他的家风的地方，两只手同时落在那两个犯了家规的孩子的身上，叫道：

"露意莎！！汤玛士！！"

---

① 这个儿子与父亲同名。汤玛士的昵称为汤姆。

这两个孩子都吓得站了起来，满脸绯红，惊惶失措。但是，露意莎还有勇气看她父亲一眼。真的，汤玛士就连看也不敢看，只是让自己像机器一样地被带回家去。

"为了好奇、懒惰，还是愚蠢！你们究竟在这儿干吗？"葛擂硬先生说，一手抓了一个就走。

"要看看马戏是什么样子，"露意莎直截了当地回答道。

"看看是什么样子？"

"是的，父亲。"

这时他们俩都显出极不高兴的样子，特别是那女孩子；但是，她脸上那种不满意的表情中，还透露出了另一种神气，仿佛是一道光，却没有东西可以照，一星火，却没有东西可以烧，一种如饥似渴的幻想勉强把它的生命维持着，这种神气使得她面部的表情呈现出异彩。这不是兴高采烈的青年人应有的光彩，而是动摇不定的、热望的、带有疑惧的闪光，这闪光中似乎有着痛苦，很像瞎子摸索道路时面部表情的变化。

她父亲看着她的时候就这样想：她现在还是个十五、六岁的女孩子，但不久就要变为一个成年的妇女了。她长得漂亮。要不是她所受的教养好（他根据他的异常实际的观点想道），她就会任性胡为了。

"汤玛士，虽然事实放在我的眼前，但是我很难相信，像你这样有教育、有修养的人，竟然会带你的姐姐到这样一个地方来。"

"是我带他来的，父亲，"露意莎连忙说，"是我要他一起来的。"

"这句话真叫我听了寒心。我听你这么说实在寒心。这并不能表明汤玛士更好，只能表明你更坏，露意莎。"

她又瞟了她父亲一眼，但是并没有流泪。

"你们！汤玛士和你，科学的大门是为你们打开着的；汤玛士和你，可以说都是掌握了丰富的事实的人；汤玛士和你，都是受过数学训练的人；汤玛士和你，唉！"葛擂硬先生大叫道，"会自

16

甘堕落到这个地步！真叫我莫名其妙。"

"我感到厌倦，父亲。很久以来，我就感到厌倦了，"露意莎说。

"厌倦？厌倦什么？"吃了一惊的父亲问道。

"我不知道厌倦什么——我想，是对什么都厌倦吧。"

"不许再说了，"葛擂硬先生说，"你太孩子气了。我也不愿再听下去。"他也不再说什么，他们默默无言地走了约有半英里路，他才一本正经地开口说道："你的最好的朋友们会怎么说呢，露意莎？难道说他们对你的好感无足轻重吗？庞得贝先生会怎么说呢？"

提到这个名字的时候，他的女儿偷偷地瞟了他一眼，眼光强烈锐利得惊人。他可一点也没有注意到，因为在他看她之前，她的眼皮又垂下去了！

他接着重说了一遍："庞得贝先生会怎么说呢？"他气呼呼地押着两个犯了错误的人回到"石屋"去，一路上，每隔一会儿就嚷道："庞得贝先生会怎么说呢？"——似乎庞得贝先生就是格伦底太太①。

---

① 格伦底太太，为摩尔顿所著的《快把犁》古剧中的一个农妇的名字，现在用为爱说闲话的人的代称。因此英文中有句成语："格伦底太太会怎么说呢？"

第四章
庞得贝先生

庞得贝先生既然不是格伦底太太，又是谁呢？

哎呀，庞得贝先生近乎是葛擂硬先生的"知心朋友"——假使说一个毫无情感的人对另外一个毫无情感的人能有这种精神上的联系的话。我说，庞得贝先生"近乎是"葛擂硬先生的知心朋友——但是，如果读者愿意用另外一种说法，那也可以说他"远非"葛擂硬的知心朋友。

他是一个富翁：银行家、商业家、工业家等等。一个身材魁伟，声音洪亮，眼睛老是盯着人，笑起来像破锣响的人。一个用粗糙的材料造成的人——似乎那材料是被扯了又扯，才造成这么一个庞然大物。一个朒头胀额的人，太阳穴上青筋暴露，脸上的皮肤绷得那么紧，好像把眼睛绷开了，把眉毛吊了起来似的。一个浑身上下像打足了气的氢气球，随时会升到天上去的人。一个永远不厌其烦地夸耀自己是个白手起家的人。一个老是用他那铜喇叭似的声音来宣扬他过去的愚昧和贫穷的人。一个自谦得咄咄逼人的"凶汉"。

庞得贝先生比他那异常实际的朋友要小一两岁，而看起来却要老一些；他的四十七、八的年龄就是再加上七、八岁，也没有人会觉得诧异。他没有多少头发。你可能以为，是由于他谈话谈得太多而把头发谈掉了；剩下来的那一点儿杂乱无章地竖了起来，也是由于他那大风似的吹劲儿，把它们吹成那个样儿的。

在"石屋"的正厅之中，庞得贝先生站在壁炉前的地毯上烤着火，向葛擂硬太太发表议论，说今天正好是他的生日。他站在

18

壁炉前，一方面由于虽有阳光，但仍然是个春寒料峭的下午；一方面由于"石屋"里面的石灰泥总是那么鬼森森地潮湿；另一方面也由于他这样站着，可以居高临下，便于降伏葛擂硬太太。

"那时我脚上连一只鞋子都没有。至于说到袜子，连这东西的名称我都没有听见过。我白天在阴沟里过，夜晚在猪圈中过，就这样度过了我第十个生日。这并不是说，阴沟对于我是什么新鲜东西，因为我就是生在阴沟里的。"

葛擂硬太太是一个矮小，瘦弱，脸色苍白，眼圈淡红，被披肩裹成一团，在精神和身体方面都非常衰弱的人；她时常吃补药而不见效，一旦她表现出有点活气的时候，又总是被那倒在她身上的沉重的事实压得头昏眼花；葛擂硬太太说，她希望那该是个干燥的阴沟吧？

"没那回事儿，湿得像肉汤里的面包片一样。沟里的水有尺把深，"庞得贝先生说。

"那足够使一个小娃娃伤风了，"葛擂硬太太想了一想说。

"伤风，我生下来肺就发炎，我相信，凡是能发炎的器官都发过炎，"庞得贝先生回答说。"多少年来，夫人，我是世界上最苦命的一个小可怜虫。我是那样地软弱，一天到晚哼哼唧唧。我的衣衫是那样地破烂龌龊，就是叫你用火钳把我夹起来，你都不会乐意。"

葛擂硬太太略微对火钳看了一下，这是她那低能的头脑所能想得到的最合适不过的动作了。

"我是怎样挣扎过来的，连我自己都不知道，"庞得贝先生说。"我想，或许是因为我拿定主意吧。到后来，我是个拿定主意的人；那时我想我也是拿定主意的。不管怎样，葛擂硬太太，我现在还活在这儿，除掉得感谢自己以外，我没人可以感谢。"

葛擂硬太太软弱而怯懦地说，她希望他的母亲——

"我的母亲？老早就跑啦，夫人！"庞得贝先生说。

葛擂硬太太照例又吓得目瞪口呆，软瘫下来了，只好不说下去。

"我的母亲把我扔给了我的外祖母，"庞得贝先生说，"而且，就我所能记得起来的，我的外祖母是世界上最坏、最糟糕的一个老婆子。要是我碰巧有了一双鞋子，她就会拿去卖掉换酒喝。嗯，我知道我那个外祖母会在早饭之前躺在床上一口气喝掉十四杯烧酒！"

葛擂硬太太软弱无力地笑了一笑，别无生气，看起来（她一直是这样的），她像是一个随随便便制造成功的里面不够明亮的、小小的玻璃女人儿。

"她开了一爿杂货铺子，"庞得贝先生接着说，"把我放在一只装鸡蛋的箱子里面。那个破旧的鸡蛋箱子，就是我的婴儿时代的摇篮。一等我长大得可以逃跑了，自然，我就立刻逃跑了。于是我就成了一个流浪儿；这样，本来打我、使我挨饿的只是一个老太婆，而现在打我、使我挨饿的却是老老少少各式各样的人了。他们做得对；他们没有理由不这样做。我是一个讨厌的东西，一个累赘，一个祸害。我知道得非常清楚。"

在他的生命中，曾经有一个时期获得了那样一个伟大的社会荣誉：成为一个讨厌的东西，一个累赘，一个祸害，他为之而感到骄傲，在三次大声反复吹嘘了自己之后，他的虚荣心才算得到满足。

"我想，我得挨过来，葛擂硬太太。不管我挨得过挨不过，夫人，我总算挨过来了。虽然从没有人拉我一把，我也居然挨过来了。流浪儿、小听差、流浪汉、苦工、看门人、小职员、总经理、副董事长、'焦煤镇的约瑟亚·庞得贝'。这就是我的经历和发迹史。'焦煤镇的庞得贝'从铺子外面的招牌上学会了字母，葛擂硬太太，又在一个跛脚的酒鬼（他是被判过徒刑的小偷和屡戒不改的无赖汉）的指点下，从观察伦敦圣·季尔斯教堂尖塔的钟，第一次学会了在钟面上辨别时间。只要你们向'焦煤镇的约瑟亚·庞得贝'讲你们的市立学校，你们的模范学校，你们的职业学校，以及你们那许许多多乱七八糟的学校；那么'焦煤镇的约瑟亚·庞得贝'就会直截了当地告诉你们，很好，很对——他从没有享受过那样的权利——但是让我们培养一些硬头皮、铁拳头的人吧——他深知造就了他的那种教育，对别人来说是不合适的——他受的教育就是如此这般，你可以强迫他吞下熬得滚烫的油，但是，你绝对不能强迫他把过去生活中的那些事实隐瞒起来。"

话头达到这个顶点的时候，"焦煤镇的约瑟亚·庞得贝"十分激动，却突然住口了。他打住了话头，是因为这时他那异常实际的朋友带着两个小罪犯正走进屋子里来。他那位异常实际的朋友看见了他，便站定了，带着责备的神气看了露意莎一眼，分明想说道，"瞧瞧你那位庞得贝吧！"

"喂！"庞得贝先生吆喝着，"怎么回事儿？小汤玛士为什么那样垂头丧气的？"

他嘴里说着小汤玛士，可是眼睛却瞟着露意莎。

"我们正在偷看马戏，"露意莎满不在乎地喃喃自语着，眼睛抬也不抬，"父亲把我们捉住了。"

"是呀，葛擂硬太太，"她的丈夫用一种高傲的口吻说，"说不定我还会接着发现我的孩子们偷着念诗呢。"

"哎呀，"葛擂硬太太抽抽噎噎地说道，"你们真行，露意莎和汤玛士！你们真叫我吃惊！我说，你们真叫人懊恼，有儿女还不如根本没儿女的好。我巴不得说，我但愿从不曾有过儿女。那么一来，你们又怎么办呢，我倒想问问看？"

这一番痛切有力的话，看来并没有给葛擂硬先生很好的印象。他不耐烦地皱着眉头。

"好像是，我的太阳穴上的神经跳动得还不够厉害，难道你们就不能够去看看那些为你们陈设得好好的贝壳、矿物和其他的东西，而要去看马戏吗！"葛擂硬太太说。"你们和我一样知道得很清楚，没有哪一个年轻人会有教员教他做马戏，或者把马戏班里的种种戏法藏在陈列柜子里，或者会去上马戏课。你们怎么会想到要知道马戏班的事情呢？我相信，如果你们要多知道些事情，你们有足够的事情去弄懂。我的头现在是这个样子，你们应该弄明白的那些事实，我连一半名字也记不住。"

"原因就在这儿！"露意莎嗷着嘴说道。

"别对我说原因就在这儿，因为根本不是那么一回事，"葛擂硬太太说。"去吧，赶快去研究你们那个什么什么学吧。"葛擂硬太太并不是一个科学人才，当她要打发孩子们去念书的时候，通常总是用这种笼统的命令让她的孩子们去选择他们的科学部门。

说真话，葛擂硬太太所掌握的"事实"货色，一般说来是贫乏得可怜的；但是葛擂硬先生抬举她，和她结了婚，主要的是考虑了两个原因。第一，关于计算方面，她是令人满意的；而第二，她这个人绝对"不胡思乱想"。所谓"不胡思乱想"，他的意思就是说没有幻想；事实上，她脑子里当真没有这类东西掺杂在内，虽然作为一个人，她还没有达到绝顶白痴的地步。

只剩下她单独跟她的丈夫和庞得贝先生在一道，光是这种情况又足以使这位可敬的太太发愣了，尽管并没有任何其他的事实和她发生冲突。于是，她又变得像死去一般，同时也没有人理会她。

"庞得贝，"葛擂硬先生一面说，一面把一张椅子拖到火边来，"你总是对我的孩子们很感兴趣——特别是对露意莎——因此我对你说话的时候也用不着告罪，我对这次所发现的事情感到异常懊丧。正如你所知道的，我是很有系统地专心培养我孩子们的理性。也正如你所知道的，理性是教育唯一应该培养的能力。但是，庞得贝，从今天这出乎意外的情况看来，虽然这情况本身是件小事情，似乎已经有什么东西偷偷爬进了汤玛士和露意莎的心里，这个东西是——或者毋宁说，不是——我不知道这样说是否更能表达我的意思——这个东西是我从来没有意思去培植的，而这个东西对于他们的理性，也是毫无关系的。"

"对一群走江湖的人发生兴趣，要去看他们，自然毫无理性可

22

言，"庞得贝回答说。"当我自己在走江湖的时候，从没有人对我发生兴趣来看过我；这一点我知道得很清楚。"

"那末，问题就来了，"这位异常实际的父亲用眼睛瞧着火说道，"这种庸俗的好奇心是从哪儿产生的呢？"

"我告诉你是从哪儿产生的。就是由无聊的想象产生的。"

"我希望不是，"那位异常实际的人说，"但是我得承认，当我回家的时候，这种疑虑曾经在我的心中产生过。"

"是由无聊的想象产生的，葛擂硬，"庞得贝重说了一遍。"这对任何人都是很坏的事，对于露意莎这样一个女孩子更是可诅咒的坏事。我应该请求葛擂硬太太原谅我语言粗鲁，但是她一定知道得很清楚，我并不是温文尔雅的人。谁要希望我温文尔雅，一定会大失所望。我可没有受过温文尔雅的教育呀。"

"会不会，"葛擂硬把两手插在衣袋里，那双窟窿一般的眼睛看着火，说道，"会不会有哪个教员或者仆人给了他们什么暗示？会不会是露意莎和汤玛士读过了什么东西？虽然防备得那么周密，会不会有人将什么无聊的故事书带进了这个屋子？因为从摇篮时代起，智力就被循规蹈矩地培养起来的孩子们竟然会有这种情形，真正非常奇怪，非常令人不解。"

"慢来！"庞得贝跟以前一样，一直站在壁炉前面，用充满着爆炸性的自谦口吻，冲着屋子中的家具叫道。"你们学校里，有一个街头卖艺人的孩子吧。"

"名字叫塞西莉亚·朱浦，"葛擂硬先生显得有些吃惊地看着他的朋友说。

"喂，慢来！"庞得贝先生又叫道。"她怎样混进去的？"

"唔，事实是，我刚刚才第一次看见那个女孩子。她特地跑到这个房子里来请求入学，因为她并非这个镇的正式居民——是的，你说得对，庞得贝，你说得对。"

"喂，慢来！"庞得贝又一次叫道。"她来的时候，露意莎看见过她吗？"

23

"露意莎当然看见过她，因为就是她告诉我关于她请求入学的事。但是，我深信露意莎看见她的时候有葛擂硬太太在场。"

"请问，葛擂硬太太，"庞得贝说，"事情的经过是怎样的？"

"啊，可怜我的身体！"葛擂硬太太回答道。"那个女孩子要进学校，葛擂硬先生也愿意女孩子们进学校，而露意莎和汤玛士都说那个女孩子要进学校，并且说葛擂硬先生愿意收女学生，事实既然如此，我怎样可能反对他们呢！"

"算了吧，我告诉你怎么办，葛擂硬！"庞得贝先生说。"把这个女孩子撵出去，那不就完了吗。"

"我非常同意你的意见。"

"要做就做，"庞得贝说，"这是我从儿童时代起就一直相信的格言。当我想到要逃开装我的鸡蛋箱子和我的外祖母的时候，我就那样做的。我劝你照样办。要做就做！"

"你要走了吗？"他的朋友问道。"我有她父亲的地址。也许你不至于不愿意跟我一同到镇上去走一趟吧？"

"一点也不会不愿意，"庞得贝先生说。"只要你马上走。"

于是，庞得贝先生把他的帽子一抛就抛在头上——他总是把帽子抛在头上，表示一个人既是那么忙忙碌碌，赤手空拳成家立业，自然没有时间去学会怎样戴帽子——他把双手插在衣袋里，就走了出去，踱进了穿堂。"我从来不戴手套，"这是他的一句口头禅。"我并不是戴着手套爬上了阶梯的。如果我戴了，就不会爬得这样高。"

葛擂硬先生上楼去找地址了，他给撇在穿堂中。就在这一两分钟里，他打开了孩子们书房的门，看了看那安静的、铺了地毯的房间。这间房，尽管有着书架和标本陈列橱，还有诸如此类的学术与科学用具，但有一种令人感到非常适意的感觉，看起来倒像是一间理发厅。露意莎懒洋洋地靠在窗户边向外看着，却并不看什么东西，而小汤玛士则站在那儿对着炉火，嗤之以鼻，仿佛在想如何报复才好似的。两个更小的孩子名叫亚当·斯密士·葛擂硬和马尔萨斯·葛擂硬，已被领去上课了；而小珍已经睡熟了，石笔和眼泪成了她脸上一块一块潮湿的白黏土，看来梦里还想到那可厌的分数题目哩。

"现在一切都好了，露意莎；一切都好了，小汤玛士，"庞得贝先生说；"你们不要再做那样的事了。我可以担保你们的父亲已经不生气了。那末，露意莎，这句话是不是值得亲一亲？"

"你要亲就亲一下好了，庞得贝先生，"露意莎回答道，她冷淡地踌躇了一下，慢慢走到屋子的这边来，并不亲切地对着他抬起头来，又把脸扭了过去。

"你永远是我的宝贝，是不是，露意莎？"庞得贝先生说。"再见啦，露意莎！"

他走开了，但是她站着不动，用她的手帕拚命地擦他吻过的腮帮子，直到发红。五分钟以后，她还在擦。

"露，你在做什么？"他的弟弟绷着脸劝告她说。"你会在脸上擦出一个窟窿的。"

"要是你肯的话，你可以用小刀把这块肉挖了去，汤姆。我不会哭的。"

第五章
主调音

　　庞得贝和葛擂硬两位先生正要前往的焦煤镇，是事实的一个胜利；它跟葛擂硬太太一样，丝毫没有沾染上幻想。在我们继续演奏我们的调子之前，让我们先把那主调音——焦煤镇——奏一下。

　　这是个一色红砖房的市镇，那就是说，要是烟和灰能够允许这些砖保持红色的话；但是，事实摆在面前，这个镇却是一片不自然的红色与黑色，像生番所涂抹的花脸一般。

　　这是个到处都是机器和高耸的烟囱的市镇，无穷无尽的长蛇般浓烟，一直不停地从烟囱里冒出来，怎么也直不起身来。镇上有一条黑色的水渠，还有一条河，这里面的水被气味难闻的染料冲成深紫色，许多庞大的建筑物上面开满了窗户，里面整天只听到嘎啦嘎啦的颤动声响，蒸汽机上的活塞单调地移上移下，就像一个患了忧郁症的大象的头。镇上有好几条大街，看起来条条都是一个样子，还有许多小巷也是彼此相同，那儿的居民也几乎个个相似，他们同时进，同时出，走在同样的人行道上，发出同样的脚步声音，他们做同样的工作，而且，对于他们，今天跟昨天和明天毫无区别，今年跟去年和明年也是一样。

　　焦煤镇的这些特点，大抵和它借以维持市面繁荣的企业是分不开的；可以跟这些特点对比的是，这里有许多生活中的享受品，它们是走遍全世界都可以找到的；这里又有许多使生活变得高雅的东西，我们不必问，这些东西有多大部分是造成贵妇人的条件，而这些贵妇人也就是不乐意听到别人提起这个地方的人。

这个镇的其他特点都是它故意造成的，下面就要一一说到。

焦煤镇除了单纯的、有实际用处的东西而外，没有其他的东西。如果某一个教派的信徒们要在那儿建筑一个教堂——已有十八个教派的教徒在那儿建筑了教堂——他们就会同样地把它造成一个以敬神为名的红砖堆栈，只是有些时候（只有特别讲究的教堂才有这种情形）在教堂顶上装一个鸟笼式的东西，把钟挂在里面。唯一例外的就是新教堂；这是一所涂着灰泥的大厦，门头上有一个方形的钟阁，四周有四个小尖角，就像雕着花的桌子腿一般。镇上所有的匾额和招牌都漆一本正经而又黑白分明的字。监狱可能就是医院，医院可能就是监狱，而镇公所说不定就是那二者中的一个，或者既是监狱又是医院，或者是其他，虽然在他们的建筑上各有一些装饰品以示区别。这个镇，在物质方面，四处所表现出来的都是事实、事实、事实；在精神方面，四处所表现出来的，也都是事实、事实、事实。那个麦却孔掐孩学校就完全是事实，那个美术工艺设计学校也完全是事实，而雇主与受雇人之间的关系也都是事实，从产科医院到坟墓，全是事实，唯有不能够用数字来说明或证明的，或者不能在最便宜的市场中买进，又在最贵的市场中卖出的东西，才永远不是，也永远绝不应该是事实。阿门！

这样的一个镇，它把事实奉为神圣，而且把这个信条得意洋洋地表现了出来，自然弄得很好吧？唉，不然，并不很好。不然吗？天爷爷呀！

可不是。从各方面来讲，焦煤镇并不像是从自己的炉子里炼出来的真金，不怕火来烧。第一，这个地方最不可解的谜就是，究竟是些什么人属于那十八个教派？因为，不管谁属于这些教派，起码绝对不会是那些工人。星期天早晨你打街道上走过的时候，就会觉得非常奇怪，礼拜堂的钟在狠命地敲着，有病的人与神经脆弱的人听了简直要发疯，可是没有什么工人被这钟声吸引了去，他们依然在自己住的地方，呆在不通风的屋子里，或者在街角处没精打采地闲逛着，眼睁睁地瞧着别人到礼拜堂去做礼拜，仿佛做礼拜这件事与他们毫不相干似的。不仅是初来的外乡人注意到这件事，就是焦煤镇当地的居民也有那么一个团体在注意这件事。每一季，它的会员们总要在下议院愤怒地请求议会制定法令，强迫这班人信教。另外还有一个禁酒会总是抱怨这班人整天酗酒，并且用图表说明的确如此，又在开茶会的时候证明：不管用人力或凭神力(除掉用颁发奖章的办法外)都没法诱导他们戒除酗酒的习惯。还有那些配药品的人和卖药品的人又用另一些图表来说明，这些人不喝酒就吸鸦片。后来一个有经验的监狱里的牧师用更多的、比前面所说的那些还要出色的图表，来说明这班人常常到那些秘密的、不容易被大众发现的下流场所去，听下流的歌，看下流的舞，或者自己去参加歌舞；有一个人，次年就要满二十四岁，却已被判了十八个月单独监禁。据他亲口说(虽然这个人的话从来就不十分可信)，他的堕落生活就是从那些地方开始的；他十拿九稳地认为，要不是那样，他一定会成为一个模范的人物。另外还有葛擂硬和庞得贝两位先生，这两位异常实际的绅士此刻正在焦煤镇上走着，他们根据个人的观察与体验随时提供更多的图表，并且用耳闻目睹的事例来证明这同样的论点。他俩所提供的图表很明显地说明——简单地说，他们的说明也是从这些情况中得出的唯一明显不过的结论，那就是这班人实在是糟糕透顶了，先生们；不管你们为他们做了些什么，他们是不会表示感谢的，先生们；他们是不守本分的，先生们；他们从不知道他们需要的是什么；他们过着挺好的生活，买的是新鲜牛油；总是非买阿拉伯的摩卡咖啡不可，总要最好的肉，任何坏肉都不肯买；可是他们还永远那样地不满足和难于驾驭。简单地说，这倒很合乎一首古老的儿歌中的寓意：

　　　　昔日有个老太婆，你道她如何？
　　　　整天无忧又无虑，有吃又有喝；

喝了又吃吃了喝，过得真快活，

但是这个老太婆，还是直啰嗦。

我有个疑问：焦煤镇居民的这种情况跟这些小葛擂硬的情况，是否可能有什么类似的地方呢？当然，时至今日，我们这些神志清醒和掌握了数字的人难道还要别人来告诉我们，焦煤镇工人生活中最需要的一件东西，是几十年来就一贯地被抹煞了吗？难道还要别人来告诉我们，在他们当中有一些要求能被变成正常的现实，而不是在痛苦中挣扎下去的幻想？事实的确如此，他们越是在工作冗长而单调的时候，就越是渴望能得到一点休息——舒畅一下，使精神活泼起来，劲头大起来，有一个发泄的机会——希望有一个公认的假期，在动人的乐队演奏之下好好地来跳一跳舞——间或吃点好吃的东西，连麦却孔揞孩也不能让他染指；除非自然的规律完全可以作废，要不然，他们的这种欲望必须得到充分的满足，否则，就不可避免地会弄出乱子来。

"这个人住在囊底街，可是我不大清楚这条街在哪儿，"葛擂硬先生说。"究竟在哪儿，庞得贝？"

庞得贝先生只知道这地方在镇的那一头，此外一无所知，所以他们就停下脚来东张西望。

正当他们这样做的时候，有一个葛擂硬先生一看就认得出的女孩子，脸上带着惊骇的表情转过街头跑来了。"喂！"他说。"站住！你上哪儿去？站住！"于是第二十号女学生就站了下来，喘着气向他行了个屈膝礼。

"你为什么在街上这样胡奔乱跑？"葛擂硬先生说。

"我——有人追我，老爷，"女孩子喘着气回答，"我想逃跑。"

"有人追你？"葛擂硬先生照样说了一遍，"什么人会追你？"

出乎意料，这问题立时就有人来为她解答，那人就是面无血色的毕周。他没想到人行道上会有什么障碍物，绕过街角便直冲过来，竟和葛擂硬先生撞个满怀，结果给弹到马路上去了。

"你这是什么意思，孩子？"葛擂硬先生说，"你在做什么？你怎敢这样来撞——任何人？"

毕周捡起了他那顶被撞下来的帽子，退后一步，用指节叩了一下额头，为自己辩护说，是出于无意。

"是不是这个男孩子在追你，朱浦？"葛擂硬先生问道。

"是的，老爷，"那个女孩子勉勉强强地说。

"没有，我原来没有追她，老爷！"毕周叫道。"她想逃开我，我才追她。但是，马戏班里的人一向就是想说什么就说什么的，老爷；他们是以乱说乱讲出名的。您知道，马戏班里的人想说什么就说什么，这是出了名的，"他看着西丝说道。"这件事全镇的人都知道，正如同——老爷，正如同马戏班里的人不知道九九表一样。"毕周试试用这种话来打动葛擂硬先生。

"他装了鬼脸吓唬我，"女孩子说。

"啊！"毕周叫道。"啊！你和他们是一样的！你也是马戏班的戏子！我看都不曾看她，老爷。我只是问她明天准备怎样给马下定义，而预备再告诉她一遍，可是她就跑了，我就追她，老爷，为的是叫她知道，下次问到的时候应该怎样回答。你如果不是马戏班里的人，就不会想到要说这些鬼话！"

"他们好像都很清楚她的行当似的，"庞得贝先生说。"在一个星期之内，全校学生就会排队去偷看马戏了。"

"的确，我想会如此的，"他的朋友回答说。"毕周，你转身回家去吧。朱浦，在这儿等一等。你这男孩子，要是再有人告诉我你这样乱跑，我就会去告诉你的校长的。我的意思你该明白了，走吧。"

那个男孩子的眼皮立刻停止了眨动，又用指节叩了一下额头，瞟了西丝一眼，转身跑开了。

"好吧，小姑娘，"葛擂硬先生说，"领这位先生和我到你父亲那儿去；我们正要到那儿去。你拿的瓶子里装的是什么？"

"杜松子酒，"庞得贝说。

"哎呀，不是的，老板！是九合油。"

"什么？"庞得贝先生大声问道。

"九合油，老板。揉我父亲用的。"于是，庞得贝先生就哈哈大笑了一声说道，"搞什么鬼，要用九合油来揉你父亲？"

"这是我们那些人在马戏场受伤的时候常用的东西，"这个女孩子回答说，她朝后看了一看，是不是追她的人已经走开了。"有时候，他们摔伤得很厉害。"

"活该，"庞得贝先生说，"闲着不干活。"

她向他的脸上瞟了一眼，露出了惊惧交集的表情。

"天知道！"庞得贝先生说，"在我比你还要小个四五岁的时候，我受的伤更厉害，就是十合油，二十合油，四十合油都揉不好。我不是做杂技动作受的伤，而是挨揍受的伤。我是不会走绳的，但是绳子却抽得我在地上跳来蹦去。"

葛擂硬先生的心肠虽然很硬，但没有庞得贝先生那样粗鲁。他的性格归根到底不能算是不仁慈，要是在多年以前，他在他那性格账簿上出了大错的话，那么老实说他可能还要更慈祥一些。当他们走到一条窄马路上时，他就用一种想叫她放心的声调说："这就是囊底街了吧，是不是，朱浦？"

"对啦，老爷，而且——要是您不嫌弃的话，老爷——这就是我们住的地方。"

在朦胧的暮色之中，她在一家小酒店门前停下，从那儿射出了暗淡的红色灯光。这酒店既龌龊，又破烂不堪，仿佛好久无人光顾，所以自己也就喝起酒来，以致走上了酒鬼们所走的道路，并且快走到尽头似的。

"老爷，只要穿过酒吧间上楼就是，如果你们不嫌弃的话，就在这儿等一等，让我去拿枝蜡烛来。要是你们听到狗叫，老爷，那就是巧腿儿，它只会叫不会咬人的。"

"巧腿儿和九合油，哈！"庞得贝先生最末了走进去，发出了他那破锣一般的笑声说。"像我这样一个白手起家的人跑到这儿来，真是妙哉乎也！"

31

第六章
史里锐马戏团

酒店的名字叫做飞马店。在以飞马为记的招牌上有着用正楷字写成的"飞马店"字样。在那几个字儿下，还有几行用流利的花体字写成的歪诗：

> 好麦芽做出好啤酒，
> 请进来，喝一杯再走；
> 好葡萄酒做出好白兰地，
> 招呼一声，就放在您手里。

此外可注意的是，在那熏黑了的小酒吧后面的墙上还有一匹镜框中的飞马——一匹姿态生动的飞马——双翼是真正的罗纱做成的，浑身上下金星点点，那飘然物外的鞍辔是红绸做的。

由于外面太黑，看不见那块招牌，里面又不够明亮，看不清这幅画，所以葛擂硬和庞得贝两位先生并不曾为这些富于幻想的东西所冒犯。他们紧跟着那女孩子走到屋角落的陡峭楼梯旁，上了几步，没有碰见任何一个人，于是在黑暗中停了下来，等那女孩子去拿蜡烛。他们随时都准备听到巧腿儿的声音，但是直到那女孩子拿了蜡烛来的时候，这只受过高度训练、会耍把戏的狗还没有叫。

"父亲并不在我们的屋子里，老爷，"她说话的时候脸上露出极度的惊异。"您两位要是不嫌弃，就请进来，我立刻找他去。"

他们走了进去；西丝端两张椅子请他们坐下，就轻轻地快步

32

跑了出去。这是一间简陋的、家具破破烂烂的房间，里面有一张床。一顶饰有两枝孔雀毛和一条笔直的辫子的白色睡帽挂在钉子上——这就是那天下午，朱浦先生在用他那典雅的、带有莎士比亚风味的逗哏与打诨来使五花八门的节目增色的时候戴过的帽子；但是除此以外，那儿再也看不见任何其它的行头，任何足以表明他身份或职业的东西。至于巧腿儿，那个受过高度训练的可尊敬的狗祖宗，似乎被人无意之中抛弃在方舟之外，①因为在飞马店既看不见它的踪影，也听不见它的吠声。

他们听见楼上房间的门开了又关上，那该是西丝从这间房又跑到那间房去寻找她的父亲；不久他们就听见一种表示惊诧的声音。她急急忙忙地跑了下来，打开了一只破旧肮脏的毛面皮箱，发现里面已经空了，于是紧扣着双手，满脸露出恐怖之色，四处张望着。

"父亲一定到马戏场去了，先生。我不知道为什么他要上那儿去，但是他准定在那里；只要一分钟，我就可以带他回来！"她连帽子也没戴便径直走了；她那又长又黑的柔软的头发在背后飘动着。

"她的话是什么意思！"葛擂硬先生说。"一分钟就可以回来！那地方离这儿一英里也不止。"

庞得贝先生还没来得及回答，一个年轻人就在门边出现了。他一边说着"请原谅，先生们"，算是开场白，一边就双手插在口袋里走了进来。他的脸剃得光光的，瘦削而苍白，上面遮着的浓密黑发，绕头梳成一卷，在当中分开来。他的两腿很结实，只是和一般人长短适中的腿比起来要短些。他的胸和背都太宽，正如他的腿太短一样。他穿了一套紧身外衣和紧身裤子；脖子上围了一条围巾；身上发出灯油、稻草、橘子皮、马料和锯末的味道；看

---

① "方舟"指挪亚的方舟。《圣经·旧约·创世记》第7章上说：世界大洪水时，挪亚带领妻子、媳妇上了方舟，而百兽、六畜、昆虫、飞鸟，一雌一雄，都遵上帝的命令登上方舟。他们就是生物的祖宗。

起来像个马厩和戏园拼成的人头马身的怪物。究竟从哪儿起是马厩，到哪儿为止是戏园，谁也说不清。这位绅士就是当天海报上所介绍的齐儿德斯先生，他以装成北美洲草原上猎人的大胆跳马表演博得了应得的盛名；在表演这个受欢迎的节目中，一个脸容苍老、身材矮小的男孩子——他现在正陪伴着他走了进来——总是扮成他的幼子：在表演的时候，他是两脚朝天地被他的父亲背在肩后，他父亲的一只手拿着他的脚，另一只手托住他的天灵盖，这种粗暴的父爱的表现，据说正是犷野的猎人抚弄他们孩子的方式。用鬈发、花冠、翅膀、白铅粉和洋红化装好以后，这个很有希望的年轻人就扮成极其讨人喜欢的插着双翅的爱神丘比特，获得观众中做母亲的那部分人的特殊好感，但是下装以后，他却有一些特征：穿上了一件与他的年龄不相称的常礼服，声音非常粗嘎，变成了一个马戏团的老油子、老行家。

"请原谅，先生们，"齐儿德斯先生满房间张望了一下说。"我想，你们就是要来看朱浦的人吧！"

"是的，"葛擂硬先生说。"他的女儿已经找他去了，但是我不能再等了；因此，要是你肯的话，我想托你带个口信给他。"

"你要知道，我的朋友，"庞得贝先生插口说，"我们是那种知道时间宝贵的人，而你们却是那种不知道时间宝贵的人。"

齐儿德斯先生从头到脚打量了他一遍，然后回嘴道："我还没有荣幸来认识你；——但是，如果你的意思是说，你利用你的时间赚钱，比我利用我的时间赚钱赚得多的话，那么从你的外表看来，我倒认为你讲的大致不差。"

"我想，要是你发了财，你就守住它得了，"丘比特说。

"基德敏士特，别闹！"齐儿德斯先生说。（基德敏士特君就是这个丘比特在尘世上的名字。）

"干吗他来咱们这儿撒野？"基德敏士特大发脾气地叫道。"你要是想来这儿撒野，进门就该先付钱，再来撒不迟。"

"基德敏士特，"齐儿德斯先生高声地说，"别闹啦！——先

34

生，"他转向葛擂硬先生，"我是同你说话。你也许注意到，也许没注意到（因为你大概不大来看马戏吧），朱浦最近在表演的时候常常出岔子。"

"出——他常常出些什么？"葛擂硬先生问道，向那个有才能的庞得贝瞟了一眼，想得着他的帮助。

"出岔子。"

"昨晚上，他四次跳绳，每次都毛啦，"基德敏士特君说，"鹞子翻身也翻砸啦，逗哏逗得愣头愣脑的。"

"他应该做的事都没做。他跳得不够高，斤斗也没翻好，"齐儿德斯先生解释着。

"啊！"葛擂硬先生说，"这就是岔子，是吗？"

"一般说来，这就是出岔子，"齐儿德斯先生回答说。

"九合油、巧腿儿、出岔子、跳绳、鹞子翻身和逗哏，咦！"庞得贝不觉"咦"了一声大笑特笑道。"一个有了身份的人，居然跟这些怪人鬼混。"

"那么，把你的身份降低一点吧，"丘比特回嘴说。"天哪，要是你把你自己抬得高成这样，那就降低一点。"

"这真是一个非常冒失的孩子，"葛擂硬先生转过身来向他皱着眉头说。

"如果我们早知道你们要来，就会请一位年轻的绅士来接待你们了，"基德敏士特君一点不害臊地回答着。"真可惜，你们没有包我们的戏，因为你们太会挑剔了。你们在走紧索吧，神气活现的，是不是？"

"这个没礼貌的孩子是什么意思，紧索不紧索的？"葛擂硬先生无可奈何地看了他一眼问道。

"得啦，滚出去，滚出去！"齐儿德斯先生差不多是用草原猎人的举止把他的小朋友推出去了。"且不管紧索松索，那不过是紧绳子松绳子罢了。你们不是要托我带口信给朱浦吗？"

"是的。"

35

齐儿德斯先生马上接口说："那么，我的意见是，他绝对得不到你的口信了。你很了解他吗？"

"我从来没见过这人。"

"恐怕你永远也见不着他了。很明显，他已经溜了。"

"你是说他抛下了女儿溜了吗？"

"唉！"齐儿德斯先生点了点头，"我的意思是，他离开这儿了。他昨儿晚上挨'嘘'，前天晚上也挨'嘘'，今儿又挨了'嘘'。他近来常常挨'嘘'，实在受不住了。"

"为什么他那样——一次又一次地——挨嘘呢？"葛擂硬先生一本正经、勉勉强强地把"挨嘘"两个字说了出来。

"他的关节都硬啦，他不行啦，"齐儿德斯说。"他要耍贫嘴还行，但是靠耍贫嘴找不着饭吃呀。"

"耍贫嘴！"庞得贝重复了一句。"又来了！"

"耍贫嘴就是说话，要是你这位绅士喜欢这样说的话，"齐儿德斯先生傲慢地掉头解释着，他的头一掉，长头发就一甩——满头的长发立刻都甩起来。"现在，事情已经很明显，先生，这个人挨了'嘘'，而且知道他女儿已晓得他挨了'嘘'，这才受不住啦。"

"好极了！"庞得贝打断他们的话头说。"这真好，葛擂硬！一个人喜欢他的女儿，居然喜欢到把她扔下来跑了！这真是活见鬼！哈！哈！好，我告诉你吧，青年人。我不是一向就有我现在的地位。我知道这些事情是什么味道。你要是听到我的母亲也是扔下我跑开了的，也许你会大吃一惊。"

齐儿德斯尖刻地回答说，他听到这句话一点也不吃惊。

"很好，"庞得贝说。"我生在沟渠里，我母亲把我扔下跑了。我原谅她吗？不。我原谅过她吗？才不呢。我管她叫什么呢？不算我那个酒鬼外祖母，我管她叫从古到今世界上可能最坏的女人。我没有门第的骄傲感，我不懂什么幻想和温情的鬼话。我有啥说啥；我对于焦煤镇的约瑟亚·庞得贝的母亲总归是那样称呼，没有顾忌，没有偏爱，假如她是瓦平镇的笛克·琼士的母亲，我还是那样称呼她。所以，对这个家伙也是如此。他是个流氓，是个无赖，用英文来讲，他就是那种人。"

"他是不是那种人与我完全无关，不管用英文来讲，或者用法文来讲，"齐儿德斯先生转过头来回嘴说。"我正在告诉你的朋友事实是怎样；要是你不爱听，你可以到外面去吸点新鲜空气。的确，你嚷得够瞧的了；但是，起码你应该在你自己的房子里去嚷，"齐儿德斯含嘲带讽地教训着，话说得很刻薄。"不要在这所房子里叽里呱啦的，除非别人请你。敢情你有了自己房子，对吧？"

"也许有，"庞得贝先生说，把口袋里的钱弄得哗哗作响，大笑起来。

"那么请去自己的房子里嚷吧，好不好？"齐儿德斯说。"这房子不结实，你嚷得太多会把它弄塌的！"

他又从头到脚打量了庞得贝一遍，这才转过身去，似乎已对这个人作了最后处理，然后同葛擂硬先生说话。

"不到一个钟头之前，朱浦差他的女儿出去办点事，接着我们就看见他溜了出去，帽子拉得低低地盖着眼睛，膀子下夹着一个用手巾扎好了的包裹。她绝对不相信他会这样做，但是他却丢下她跑了。"

"请问，"葛擂硬先生说，"为什么她绝对不相信他会这样做呢？"

"因为这父女俩相依为命。因为他们俩从没有分开过。因为直到走的时候，他似乎都很溺爱她，"齐儿德斯走了一两步，看看那空空如也的箱子说。齐儿德斯先生和基德敏士特君走路的样子都很特别；他们走路的时候两腿比一般人要分得开些，有理由可以设想他们是膝头发硬。史里锐马戏团所有的男演员走路时都是这个姿势，不言而喻，这是由于他们常常骑马所致。

"可怜的西丝，他早就该叫她拜师傅，"齐儿德斯从空箱子那儿抬起头来，又甩了一下他的头发说。"现在却使得她无事可做。"

"你这个从没有拜过师傅的人能发表这种意见，总算很不错，"葛擂硬先生表示赞许地回答着。

"我从没拜过师傅？我七岁的时候就做徒弟了。"

"啊！真的吗？"葛擂硬先生因为他的善意落了空，不免有点愤慨地说道。"我从来不知道有那种规矩，年轻人还要拜师傅来学——"

"游手好闲，"庞得贝大笑一声接着说。"不，老天爷，我也不知道！"

齐儿德斯只装做不知道有庞得贝先生在旁似的继续说道，"她的父亲总是想叫她受什么鬼教育。我真说不上来，他怎么会有这种念头；我只能说他总是甩不掉这个念头。在这七年当中，他在这儿让她念一点书——在那儿学写一点字，在其他地方，又学一点算术什么的。"

齐儿德斯先生从口袋里抽出一只手来，摸着脸和下巴，带着极大的怀疑和很小的希望看着葛擂硬先生。为着这个被抛弃的女孩的缘故，他一起头就想讨好这位先生。

"自从西丝进了这个学校以后，"他接着说下去，"她的父亲简直开心得发狂。我真不懂他为什么会这样，因为我们东奔西跑，不会永远住在这个地方。不过，我猜想，他心里老早就有这个打算了——他总有点半疯半癫的——认为她进了学校就有了照顾。如果你今天晚上碰巧地顺便来这儿看看的目的，是要告诉他你想对他女儿作点小小照顾的话，"齐儿德斯先生又摸摸脸，带着他刚才的那种神情说道，"那就是非常的侥幸和合时的了；非常的侥幸和合时的了。"

"恰好相反，"葛擂硬先生回答说。"我来到这儿是要告诉他，由于家庭出身，她不适宜于进这个学校，叫她不必再念下去了。可是，如果他的父亲真地离开了她，而没有得到她的默许就这样做的话，那么——庞得贝，让我跟你讲一句话。"

听见这话以后，齐儿德斯先生就很有礼貌地踏着骑手的步子走到门外扶梯边，站在那儿用手摸着面孔，轻轻地吹着口哨。当他这样做的时候，他无意中听到庞得贝先生的声音在说："不，我说不。我劝你不要这样。我说绝对不。"同时，他听到葛擂硬先生用更低的声音说："但是这样对于露意莎可算得一个教训，教她知道这种使她产生庸俗的好奇心的职业把人弄到什么地步，弄到什么下场。庞得贝，你不妨从这个观点来想想看。"

在这个当儿，住在上面的史里锐马戏团各方面的演员们陆续跑了下来聚集在一起，他们三三两两地站在一道，交头接耳地谈论着，或者和齐儿德斯先生交谈着，渐渐地他们和他都溜进了这个房间。人们中有三两个漂亮女人和她们的三两个丈夫，三两个母亲以及八九个孩子，这些孩子们在需要的时候就装扮成戏中的仙子。有一家的父亲惯于顶起一根长杆使另一家的父亲站在上面；还有一家的父亲在演叠罗汉时，自己总是站在下面，让另外两个父亲站在他的肩上，而使基德敏士特君站在顶端；所有这些父亲都能在滚桶上跳舞，站在一些瓶子上接刀接球，滴溜溜地转着盘子，什么都敢骑，什么东西都跳得过，什么都不在乎。所有这些母亲都可以（并且也时常那样做）在松索和紧索上跳舞，在没有鞍子的马上灵手快脚地耍各种把戏，她们之中没有哪个人会因为露出了大腿而感到难为情；其中有一个每逢他们到达一个市镇的时候，总是独坐在一辆希腊式马车中，赶着六匹马飞跑。她们都装得风流、俏皮，她们平时的穿着不修边幅，而在主持家务方面也说不上什么井井有条，全团人的学问拼凑起来对任何问题要想写出一两个字都办不到。虽然如此，这些人却是异常厚道并且像孩子一般率真，对于欺骗人或占便宜的事，都显得特别无能，而且随时不厌其烦地互助或相怜，这一切，正如世界上任何一个阶层的人在日常生活中表现出来的美德一般，是值得我们以敬意来对待并以宽大的心胸来理解的。

最后，史里锐先生出现了。正如我们已经提到过的，他是一个很结实的人，一只眼睛呆板板的，另一只眼睛却很灵活，声音（假使可以叫做声音的话）活像从一个破风箱里抽出来的风，外表毫无生气，头脑总是糊里糊涂的，既不是绝对的清醒，又不是绝对醉醺醺的。

"乡绅！"史里锐先生说，他有气喘病，因此呼吸非常粗浊，常常发不出"S"的声音，"我在伺候着您哪！这件事情真糟糕，真糟糕。您已经听到我的小丑和他的狗跑掉了吧。"

这话是对葛擂硬先生说的，于是葛擂硬就回答说："知道了。"

"唔，乡绅，"他转过身，取下帽子，用手巾擦着帽子的衬里，这块手巾放在帽子里就是为此目的。"您是不是想照顾一下这可怜的女孩子，乡绅？"

"等她回来时，我要对她提点建议，"葛擂硬先生说道。

"我很高兴听到这句话，乡绅。我并不是想撇掉这女孩子不管，我也不想妨碍她的前程。虽然她年龄嫌大了一点，我还是愿意收她作徒弟。我的嗓子有点咿咿哑哑的，乡绅，跟我不大熟悉的人不容易听懂我的话；要是您像我一样从小就在马戏场受寒受热，受热受寒，受寒受热，您的嗓子也会同我一样管不了多久的，乡绅。"

"或许是这样，"葛擂硬先生说。

"您等在这儿，老爷，就请用点什么，好吗？来点儿西班牙的葡萄酒好不好？随便您点吧，乡绅！"史里锐先生殷勤地招呼着。

"谢谢你，我什么都不用，"葛擂硬先生说。

"别那么说，乡绅。您的贵友要点什么？要是您两位还没用过饭，那么就来点儿苦味酒吧。"

在这个时候，他的女儿约瑟芬——一个美丽的金发的十八岁姑娘，两岁就被拴在马上，十二岁就写好遗嘱随身带着，上面写明：如果她死了，希望下葬时让两匹小种花马拖着她的棺材到墓地去——叫了起来，"别响！父亲。她已经回来了！"正说着，西丝·朱浦像她出去时候一样飞跑着进来了。当她看见他们都聚集在那儿，再看看他们的表情，又看她的父亲并不在场，就放声大哭起来，投在那个技艺顶高的、走紧索的、正怀着孕的太太怀中，这位太太跪在地板上抚慰着她，也哭了起来。

"我的天爷爷，真够惨了，"史里锐说。

"啊，我亲爱的爸爸，我的仁慈的好爸爸，你究竟跑到哪儿去了？我知道，你是为了我好才离开我的！我相信，你是为了我的缘故才走的！可怜的，可怜的爸爸，你呆在外面，没有我在你身边，那你会多么苦、多么为难啊！"这类的话，她说了不知多少，听起来真叫人伤心。她的脸向上仰着，两臂向前伸着，似乎要拦住他正在离去的影子，要把它拥抱着不放。这时没有人说什么话，直到庞得贝先生越来越不耐烦，出头打破这个局面。

"我说，各位，"他说，"这简直是浪费时间。让这女孩子明了那个事实。如果你们愿意的话，就让她相信我的话吧，我自己当初就是被人丢下的。喂，你叫什么名字！你的父亲已经逃走了——抛弃了你——你这一辈子也甭想再见到他啦。"

他们根本就不理会这种一目了然的事实，在这方面这班人可以说已经到了不可救药的地步，因此庞得贝先生这一番富于常识的话不仅不使他们感动，反而引起他们极大的愤怒。那些男人咕哝着说："不害臊！"而那些女人也咕哝着说："畜生！"于是史里锐先生赶快用下面的话暗示庞得贝先生。

"我告诉您吧，乡绅！老老实实对您说，我的意思就是，您最好免开尊口，省一点精神吧。我的伙计们，他们都是些性情很好的人，但是他们的手脚来得很快；如果您不听我的劝告，他们不把您扔到窗子外面，那才怪哩。"

庞得贝先生既然给这个轻描淡写的暗示约束住了，葛擂硬先生就找到了一个空子对这件事开始了他的特别实际的解释。

"这个人有没有希望随时会回来，"他说，"这倒无关紧要。他已经走了，目前是没希望回来的了。这一点，我想，大家都同意的吧。"

史里锐就说："大家都同意的，乡绅。对啦。"

"既然如此，就听我说吧。我来到这儿，本想告诉这个可怜女孩子朱浦的父亲，由于种种实际上的障碍（这些我无需细说了），我们不便收进操这种职业的人的孩子，因此学校不预备再要她了；但是现在情况有了改变，我准备提出一个办法。我愿意照管你，朱浦，教育你和抚养你。除了你要循规蹈矩而外，我唯一的条件就是，你马上得决定跟我去还是留在这儿。还有，要是你现在跟我走，那么，不用说，你以后再不能跟此刻在场的任何一个朋友继续往来。我对于这件事所要讲的就是这些。"

"同时，"史里锐说，"我也愿意插一句嘴，乡绅，使她听一听另一方面的说法。塞西莉亚，要是你愿意在马戏团做徒弟的话，你知道这工作的性质，也知道你所往来的是些什么人。爱玛·哥登——你现在正躺在她的怀里——会像母亲一样地照顾你，约瑟芬也会待你如同自己的姊妹一般。我并不自以为性情好得像安琪儿，你做了徒弟，学不好，出了岔子，就会发现我是很凶的，要骂你一两句的。但是，话又说回来，乡绅，不管我的脾气好坏，我还没有伤害过一匹马，顶多也不过骂几句就完了，而且像我这样的年纪，我想我也不会重新来打骂骑马的人了。我从来不会耍贫嘴，乡绅，我所要讲的也不过这些。"

以上的话的最后半段，是对葛擂硬先生讲的，葛擂硬一本正经地低着头听完了以后就说道：

"我唯一要对你讲的，朱浦，以便影响你的决定的话就是：受一种健全的实际教育是一件非常好的事情，同时，就是你父亲本人（从我所了解的看来）为你设想，也了解并感觉到这一点。"

可以看得出来，这最后的一句话对她发生了影响。她不再痛哭了，稍微离开爱玛·哥登，转过脸来对着她的恩人。整个马戏团的人都看出了这个显明的变化，大家一齐吸了一口长气。这一动作的意思很明白："她会走。"

"你要拿定主意，朱浦，"葛擂硬先生警告她说，"我也不再说别的话了。你要拿定主意！"

"父亲要是回来的话，"女孩子平静了一下又哇地一声哭出来说，"如果我走开了，他怎么找得着我呢？"

"你尽可放心，"葛擂硬先生非常平静地说；他对整个问题像做算术似地已经得了答案；"关于这一点，朱浦，你尽可放心。假若那样的话，我想你父亲一定会来找这位——先生的。"

"我叫史里锐。这就是我的姓，乡绅。我决不以我的姓为耻。全英格兰都知道我，凭我这个姓就可以卖钱。"

"他一定会来找史里锐先生，史里锐先生就会告诉他你上哪儿去了。那时，要是他不愿意，我就无权留你；而且，如果他想找焦煤镇的汤玛士·葛擂硬先生，那任何时候都决无困难。我是很有名望的。"

"很有名望的，"史里锐先生把他那只灵活的眼睛转来转去表示同意说。"像您这种人，乡绅，不知道让我们少赚了多少钱。但是现在也用不着提这个了。"

大家又都沉默了一阵。接着，那个女孩子双手捂住了脸，呜呜咽咽地说道："啊，把我的衣服给我，把我的衣服给我，让我赶快走吧，我的心要碎了！"

在场的妇女们悲悲切切地赶忙把她的衣服收拾在一起——衣服并不多，所以立刻就收拾好了——放在一只他们出门时常带的篮子里。西丝始终坐在地上，仍然双手捂住脸啜泣着。葛擂硬先生和他的朋友庞得贝靠门站着，准备带她走。史里锐先生站在屋子中间，马戏团的男演员们团团地围着他，正如他的女儿约瑟芬在献艺时他站在马戏场中央那样，所缺的只是条鞭子而已。

她们不声不响地把篮子装好，把她帽子拿来，给她理了理乱蓬蓬的头发，替她把帽子戴好。然后她们都挤到她身边，态度极其自然地低下身来亲她，拥抱她，还带过她们的孩子来跟她告

43

别；看起来，她们全是一群软心肠的、质朴单纯的妇女。

"现在，朱浦，"葛擂硬先生说，"如果你决定了，就走吧！"

但是，她在未走之前，还得跟马戏团的男演员们告别。他们每个人都把膀子放下来（因为站在史里锐旁边的时候，他们都抱着膀子，像在马戏场那样），和她吻别——只有基德敏士特君不这样做，快快不乐地走开了，因为这个人生来有一种厌世的味道，同时大家都知道他怀着跟西丝结婚的念头。史里锐先生同她的告别留到最后。他张开两臂抓住她的两只手，很想接连地把她耸上落下，就像女演员们做了惊险表演，从马上跳下时，马戏班主在向她们祝贺。只不过西丝不跳，只是站在他面前哭哭啼啼的。

"再见吧，我亲爱的！"史里锐说。"希望你运气好，我们这班可怜人谁也不会去麻烦你，这我可以担保。你父亲不把狗带走多好，戏码子上没这条狗，可是个损失。但是，话又说回来，反正都一样，主人走了，它是不会再耍把戏的！"

于是他用那只呆板板的眼睛凝视着她，用那只灵活的眼睛朝他的班子望来望去，亲亲她，摇了摇头，然后用扶她上马的姿势，把她交给了葛擂硬先生。

"她在这儿，乡绅，"他说道，同时用他那行家的眼光扫了她一眼，似乎看她在马上有没有坐好，"她不会辜负您的。再见，塞西莉亚！"

"再见，塞西莉亚！""再见，西丝！""上帝保佑你，亲爱的！"整个房间里的人用各式各样的声音叫着。

但是这个马戏班主看见这女孩子仍然把九合油的瓶子抱在胸口不放便插嘴说，"我亲爱的，放下这瓶子吧；大得很，带起来不方便，反正你也用不着了。把它给我吧！"

"不，不！"她说，重又流出泪来。"啊，不！请让我留着这东西等父亲回来吧！他回来了还要用。他叫我出去买这东西的时候，没想到要走。对不起，我说什么也要替他保留着！"

"那就这样吧，我亲爱的。（您看看这情形，乡绅！）再见了吧，塞西莉亚！我最后要跟你讲的话就是：遵守你的诺言，服从这位乡绅，忘掉我们。但是，等你长大了，结了婚，有好日子过的时候，要是碰到个马戏班子，别盛气凌人的，也别对它发脾气，如果可能就包它一场，这是不会错的。大伙儿有时也需要开开心，乡绅，"史里锐继续说着，由于说得太多的缘故，气越来越短促了；"人不能一天到晚做活，也不能一天到晚念书。要尽量利用我们，不要尽量糟蹋我们。我一辈子吃的就是这口马戏饭，我知道；但是关于这种行当，乡绅，我的哲学就是你要尽量利用我们，不要尽量糟蹋我们！"

当他们走下楼梯的时候，史里锐就发表着他的哲学；他的那只呆板板的哲学眼睛和另一只团团转的眼睛都看着那三个人和那只篮子，他们的身影很快就消失在街上的夜色之中。

第七章
斯巴塞太太

庞得贝先生是个单身汉，所以有一位年纪相当大的太太替他管家，他每年给她一笔报酬。斯巴塞太太就是这位女管家的名字；当那位自谦得咄咄逼人的凶汉凯旋而归，坐着车子前进的时候，这位出色人物就在庞得贝先生车上伺候。

原来斯巴塞太太不仅是个见过大世面的人，而且出身高贵。她现在还有一个叔祖母活着，叫做斯卡鸠士夫人。她就是已故的斯巴塞先生的未亡人，她丈夫的外婆家，引用斯巴塞夫人现在还在说的话来讲，是一个"婆雷"。孤陋寡闻的人们有时候表示不知道什么是"婆雷"，甚至不敢断定"婆雷"是一种行业，一种党派，还是一种宗教道门。但是，高人一等的人们不消解释也知道"婆雷"是一个世家的姓，这一家可以把谱系推溯到很远很远，无怪乎有时连他们自己也搞糊涂了——就如同在推算马的血统辈分，算赌账，算同犹太人的银钱往来，以及在破产法庭上推算债务项目的时候，他们也时常会搞得糊里糊涂一般。

已故的斯巴塞先生的外婆家是个"婆雷"，而娶的这位太太的娘家姓斯卡鸠士。是斯卡鸠士夫人（一个奇肥的老妇人，吃肉的本领特别大，有一条腿害了莫名其妙的病，十四年都不肯起床）撮合了这门亲事。那时斯巴塞刚刚成年，他最叫人注目的是他那瘦弱的身体，勉强靠两根细长的腿支撑着，上面托着个空空如也的头。他从伯父那儿继承到一笔相当可观的财产，但是财产还没有到手，债务已经和财产相当，紧接着又花了超出这份遗产两倍的钱。于是，当他二十四岁逝世的时候（死的地方是在法国卡雷，死的原因是白兰地），他就没什么留给他那个才度过蜜月就生离死别的未亡人，让她可以过舒坦日子。这个寡妇比他大十五岁，不久就跟她唯一的亲人——斯卡鸠士夫人——吵闹不休；于是，一半为了要气气这位夫人，一半也由于要维持自己的生活，她出外挣工资去了。现在她年龄已经很大——生着柯理奥蓝楼斯①型的鼻子和又密又黑的睫毛，这些都曾使斯巴塞倾倒——庞得贝先生进早餐的时候，她正在为他沏茶。

庞得贝惯常把她献宝似地献了出来；就算庞得贝是征服者，斯巴塞太太是被俘的公主，他在凯旋式的行列里把她作为俘虏献出来，其戏剧性也比不上他平时对她的所作所为。正如作为夸耀的手段，他专爱贬低自己的身价那样，他也一味地抬高斯巴塞太太的家世。他讲到自己的幼年时代，就没有一桩事情是差强人意的；而谈到斯巴塞太太青年时期的历史，就说得天花乱坠，好像这位太太的童年道路是用一车一车盛开的玫瑰花铺出来的。"可是，先生，"他常常会这样讲，"结局又如何呢？她现在赚一百镑一年（我给她一百镑，她认为这已经是优厚的报酬了），给焦煤镇的约瑟亚·庞得贝做管家婆！"

不但如此，他还把这种对比四处宣扬，别人也就跟着这样讲，而且在某些情况之下，又加以适当的渲染。庞得贝最令人不耐烦的缺点就是：他不仅自吹自擂而且还鼓励别人来吹捧他，他善于用噱头来博得彩声。在别的场合说话绝无夸张的生客们，在焦煤镇的宴会上也会夸奖他，把他捧上天去。他们把他看作"王徽"，"英国国旗"，"大宪章"，"约翰牛"②，"人身保护律"，"民权法案"，"一个英国人的房子就是他的堡垒"，"教会和国家"，以及"上帝保佑我们的女王"等等的总和。这一类演说家常常（他们的确常常如此）在最后要引两句诗：

---

① 柯理奥蓝楼斯，是古罗马一个性情很傲慢的将军。
② 约翰牛是英国人的绰号，也可以说是英国人的典型。

吹口气能叫王公们衰落或兴旺，

就像吹口气使他们成王公一样。①

不用说，听众都有几分知道演说者所指的就是斯巴塞太太。

"庞得贝先生，"斯巴塞太太说，"您今儿这顿早餐，老爷，可比平时吃得慢多啦。"

"嗯，夫人，"他回答说，"我正想着汤姆·葛擂硬异想天开的念头；"他总是用那种粗鲁的、与众不同的语气来称呼葛擂硬——仿佛老是有人在用大量的金钱贿赂他，要他叫"汤玛士"，而他偏不愿这样叫似的；"汤姆·葛擂硬，夫人，异想天开地要抚养那个翻斤斗的女孩子。"

斯巴塞太太说："这个女孩子正等着想知道，她究竟是一直上学校，还是到石屋去。"

"她必须等着，夫人，"庞得贝回答说，"等我自己知道了再告诉她。我想汤姆·葛擂硬一会儿就要上我们这儿来的。假如他希望她在这儿再住一两天，那她当然可以住下去，夫人。"

"要是您愿意，那当然可以，庞得贝先生。"

"昨儿晚上，我告诉他可以让这个女孩子在这儿暂住一下，让他想想好，究竟让不让她和露意莎作伴。"

"真的吗，庞得贝先生？您想得多么周到！"

斯巴塞太太抿了一口茶，她那柯理奥蓝楼斯型鼻子的孔略略地张了一下，她的黑眉毛稍微皱了一皱。

"我看得相当清楚，"庞得贝说，"那个小猫咪同这样一个伙伴在一起，是得不到什么益处的。"

"庞得贝先生，您是不是说那位年轻的葛擂硬小姐？"

"是的，夫人，我说的是露意莎。"

"您这句话牵涉到两个女孩子，"斯巴塞太太说，"要是您不解

① 这两句诗引自哥尔德斯密斯的长诗《荒村》。

48

释，我就不知道您说的'小猫咪'究竟指的是谁！"

"露意莎，"庞得贝先生重复地说。"露意莎，露意莎。"

"您对待露意莎真像个父亲，老爷，"斯巴塞太太又喝了一小口茶，当她皱着眉低着头对着那热气腾腾的茶杯的时候，她那古典式的面孔看来仿佛在呼魔唤鬼似的。

"要是你说我对待汤姆像个父亲一样——我的意思是指小汤姆，不是指我的朋友汤姆·葛擂硬——那就差不离了。我正预备叫小汤姆到我银行里来，置他于我的羽翼之下，夫人。"

"真的吗？那未免太年轻一点儿，是不是，老爷？"斯巴塞太太用"老爷"这两个字称呼庞得贝先生。这是一句客套话，与其说她尊敬他，不如说她希望对方更尊重自己。

"我并不是立刻就叫他来；他得先把知识填个够，"庞得贝说。"到时候，管保他填得满满的！到那时候，如果他知道，我在他那年纪时，小小的肚子怎样空空如也，那孩子就开眼啦。"事实上，可能小汤姆早已知道了，因为这样的话他听庞得贝说过不知多少次。"我跟人谈论很多这类事而对方跟我有距离的时候，我感到多么困难啊。比如说吧，今天早上我跟你谈到翻斤斗的人。可是，关于翻斤斗的人，你又能知道些什么呢？在那个时候，我要是能在烂泥渍渍的街道上做一个翻斤斗的人，已经等于天赐洪福，像中了头彩一般了；而你呢，在那个时候，却坐着听意大利歌剧。当你穿着白缎子的晚礼服，满身珠宝，雍容华贵地听完意大利歌剧走出来的时候，夫人，我就是想有一个铜板买火把给你照路也不可能。"

"的确，老爷，"斯巴塞太太用一种平静而带伤感的尊严态度回答道，"我在很年轻的时候，对意大利歌剧已经很熟悉了。"

"天老爷，夫人，我也很熟悉，"庞得贝说，"——只不过我熟悉的与你熟悉的不同。我老实告诉你，歌剧院门外拱廊下的走道，睡在上面简直硬死人。像你这样的人，夫人，从小就在鸭绒褥子上睡惯了，当然不知道石板有多么硬，因为你没有试过。

49

不，不，同你谈什么翻斤斗的人是没用处的，我应该跟你谈谈外国的舞蹈家，伦敦的西区与五月墟市①，爵爷们，贵妇人们和少爷小姐们。"

"我相信，老爷，"斯巴塞太太带着庄重的听天由命的态度回答说，"您无须乎这么做。我想我已经学会了怎样去适应生活上的变迁。假如我对于您的那些有教育意义的现身说法发生了兴趣，而且百听不厌，这并不表示我有什么值得您称许的地方，因为我相信一般人的感觉也是如此。"

"好吧，夫人，"她的东家说，"也许有些人会高兴地说，他们的确愿意听一听焦煤镇的约瑟亚·庞得贝用他那种粗鲁不文的口气来叙述他经历过的事情。不过，你得承认你自己是娇生惯养的。是吧，夫人，你知道你自己是娇生惯养的。"

"我并不否认这一点，老爷，"斯巴塞太太摇了摇头回答说。

庞得贝先生不得不离开桌子站起来，背对壁炉，瞪眼看她；这样与她对比起来，他的地位就不知抬高了多少。

"你从前处在上流的社会中，极其上流的社会之中，"他说，腿烤着火。

"这是实在的，老爷，"斯巴塞太太以一种假装的谦卑态度回答说，她的谦卑正好与他的谦卑相反，因此二者之间并无冲突的危险。

"你那时是时髦透顶，样样都强，"庞得贝先生说。

"是的，老爷，"斯巴塞太太回答说，仿佛她已经变成了她以前所习惯的那整个社会的未亡人了。"毋庸讳言，这是真的。"

庞得贝先生弯下腰，当真非常满意地抱着他的两腿，哈哈大笑起来。这时佣人通报说葛擂硬先生和小姐来了，他就和前者拉了拉手，又亲了亲后者。

"可以叫朱浦来么，庞得贝？"葛擂硬先生问道。

① "西区"与"五月墟市"是伦敦有钱有势者的住宅区与闹市。

50

"当然可以罗。"于是朱浦就给叫来了。一走进来，她向庞得贝先生和他的朋友葛擂硬先生，以及露意莎都行了屈膝礼；但是她在慌慌张张中很不幸地把斯巴塞太太给忘了。那个威风凛凛的庞得贝看到了这一点，就说了下面的话：

"唔，我告诉你，小姑娘。坐在茶壶旁边的那位夫人就是斯巴塞太太。她是这房子里的女管家，是位出身高贵的夫人。因此，要是你再跑进这房子的任何一间屋子而对这位夫人不表示你最大的敬意，你在这儿就不会呆得很久的。我倒一点也不管你怎样对待我，因为我并不认为我是什么了不起的人。不要说什么高贵的出身，我连出身也谈不上，我是从人类的渣滓中浮起来的。但是我却很注意你对于这位太太的态度；要是你不表示敬意和谦逊，你就不用上这儿来。"

"我想，庞得贝，"葛擂硬先生用打圆场的口吻说，"这只是由于疏忽。"

庞得贝说："斯巴塞太太，我的朋友汤姆·葛擂硬认为这只是由于疏忽，很可能是这样。不过，你是晓得的，夫人，对你即使是疏忽，我也是不允许的。"

"您实在太好了，老爷，"斯巴塞太太回答说，摇了摇头，好像是一个贵人在表示谦虚。"这是不值得一提的。"

西丝一直眼泪汪汪地表示歉意，这时这房子的主人用手一挥，叫她走到葛擂硬先生的旁边。她站在那儿直瞅着他，而露意莎的两眼看着地下，冷冷淡淡地站在旁边，这时葛擂硬先生就说：

"朱浦，我决定带你上我家去；你不到学校上课的时候，就服侍服侍葛擂硬太太，她的身体非常不好。我已经告诉了露意莎小姐——这就是露意莎小姐——你最近的不幸遭遇，但这是你以前那种生活的自然结果。同时你要明白，这事已成过去，以后再也不要提了。你的历史从现在才开始。我知道，你到现在还是一无所知的。"

"是的，老爷，的确如此，"西丝行了个屈膝礼回答说。

"我要叫你受到严格的教育，这样才能使我满意；而你对于你所接触的人，便会成为一个活生生的见证，证明获得了有益的训练是多么好的事情。你将要受到感化与改造。我想，你常常念书给你父亲和那些跟你在一起的人听，对吗？"在说这些话以前，葛擂硬先生招呼她站过来一点，放低了声音。

"只念给父亲和巧腿儿听，老爷。我的意思只是说念给父亲听，而巧腿儿总是在边上的。"

"不要管什么巧腿儿不巧腿儿，朱浦，"葛擂硬先生皱了皱眉头说。"我并没有问到它。我知道你常常念书给你父亲听，对不对？"

"啊，是的，老爷，念过不知几千次了。啊，老爷！在我们相处的那一段快乐的时间里，那算是最最快乐的了！"

现在她的悲哀发泄了出来，只是到这时候，露意莎才看了看她。

"你念什么给你父亲听，朱浦？"葛擂硬先生更加放低了声音问道。

"仙女的故事，老爷，还有矮人，驼背和神怪的故事，"她呜呜咽咽地说，"还有——"

"嘘！"葛擂硬先生说，"够了，够了。这种破坏性的无聊话，不要再讲下去了。庞得贝，这样的人需要严加管教，我要好好地加以注意。"

"好吧，"庞得贝先生回答说，"我的意见已经对你说了，我绝不会像你那样做。但是，很好，很好。既然你决心做，那么很好。"

于是葛擂硬先生和他女儿带着塞西莉亚·朱浦离开这儿到石屋去，在回家的路上，露意莎无论是好话也好，坏话也好，一句都不说。他们走后，庞得贝先生照常处理他的日常事务。至于斯巴塞太太，她紧紧锁着眉头，整个晚上想个不停。

第八章
切莫感到惊奇

让我们在没有演奏曲调之前，再弹一下主调音。

六年前的有一天，露意莎跟她弟弟的谈话被人偷听了，这话的开头几个字是："汤姆，我感到惊奇"——葛擂硬先生便是偷听的人，他一听这话就走到亮处说道："露意莎，切莫感到惊奇！"

那种只顾培植理性而不顾及情感熏陶的教育方法的关键即在此，其秘密也在此。切莫感到惊奇。这就是说，用加减乘除来解决一切事情，而切莫感到惊奇。麦却孔掐孩先生说过，把那个刚会走路的孩子带到我面前来，我就能教得他决不会感到惊奇。

但是，除掉很多刚会走路的孩子而外，焦煤镇恰巧还有相当多的孩子，他们尽快地在走着，走向那无穷尽的世界中，走了二十年，三十年，四十年，五十年，或者更多一些。有这样的孩子们存在就是一种不祥之兆。他们在任何人类的社会当中大摇大摆地走来走去，自然就被认为是危险人物；因此在十八个宗教派别研究着该采取什么步骤来使这些人变好的时候，为了取得一致的看法就彼此争吵起来，互相抓脸，彼此扯发，闹个不休——但是他们永远没能取得一致的看法；他们的方法既然与目的配合得很好，而意见竟然不能取得一致，这真是一件叫人感到惊奇的事情。虽然在其它各方面，不管是想象得到的或者是想象不到的方面（尤其是想象不到的方面），他们的意见都是不相同的，但是在一点上大家的意见却完全一致，那就是：这些不幸的孩子们绝对不可以感到惊奇。第一派人宣称：他们对任何东西都应该深信不疑。第二派人说：他们对任何事物都应该相信政治经济学的说法是没错的。第三派人又为他们写了很多内容沉闷的小册子，说明一个好孩子长大了总是会到储蓄银行去的，而坏孩子长大了总是会被放逐到国外。至于第四派的人，他们却讨人嫌地装作滑稽（事实上是沉闷非凡），把知识的陷阱草草地遮盖起来，认为孩子们活该被他们偷偷地引诱了来，陷入其中。但是所有的派别却都同意这些人绝对不可以惊奇。

焦煤镇有一个图书馆，大家都可以随便进去。葛擂硬先生对于人们在图书馆里读些什么书这件事大伤其脑筋：关于这一点，时常有图表列出来，这些图表仿佛是些小河流，淌入所有图表的波涛澎湃的海洋当中，没有一个潜水员钻进这海洋深处后，还能保持着清醒的头脑再浮上来。这是个令人懊丧的情况，但是个悲惨的事实：图书馆的读者们持续不断地在那儿感到惊奇。他们对于人性，人类的热情，人类的希望与恐惧，斗争、胜利与失败，忧虑、欢乐与悲伤，一般男女的生和死都表示惊奇！有些时候，他们在做完十五小时的工作以后，就坐下来看一些故事书，其中的男人和女人多多少少像他们自己，而其中的小孩也多多少少像他们自己的孩子。他们爱好的是笛福而不是欧几里得①，而且，一般说来，仿佛哥尔德斯密斯比科寇②使他们得到更多的安慰。葛擂硬先生不断地用笔算或心算来算过这笔古怪的账，但绝对不能发现为什么会得到这莫名其妙的答案。

"我对于人生厌倦了，露。我完全痛恨它了，除了你以外，我痛恨所有的人，"那个异乎寻常的小汤姆在黄昏的时候坐在那理发厅一般的屋子里说着。

"你不恨西丝吧，汤姆？"

"我恨别人强迫我叫她朱浦。而且，她恨我，"汤姆怏怏不乐

---

① 笛福，是十八世纪英国小说家。欧几里得，是公元前三世纪希腊几何学家。

② 哥尔德斯密斯，是十八世纪英国诗人兼小说家。科寇，是十七世纪英国数学家，编订一本算术教科书，发行到六十版之多。因此英语中有句话叫"按照科寇所说"，那就等于说"正确而靠得住的"。

地说。

"不，她不会的，汤姆，我可以担保！"

"她一定会的，"汤姆说，"她一定会恨，并且讨厌我们这批人的这一套。我想，等不到他们把她训练好，她的头脑就会弄得糊里糊涂了。她现在快像白蜡一样地苍白了，而且迟钝得——同我一样。"

小汤姆双腿跨开坐在壁炉前的一张椅子上发表了这些意见，他的两只胳膊放在椅背上，托着他那张闷闷不乐的脸。他的姐姐坐在壁炉旁边那个较暗的角落里，一会儿看看他，一会儿看着炉中飞上落下的火星。

"至于我，"汤姆用他那发泄闷气的手把头发揉来揉去地说，"我是头驴子，我就是那东西。我跟驴子一样倔，我比驴子还要蠢，我像驴子一样得不到多少快乐，而我倒想同驴子一样踢几下。"

"我希望你不会踢我吧，汤姆？"

"不，露；我不会伤害你的。我一向把你当作例外。要是没有你，我真不知道我在这——多么古老的班房里，更会感到多么痛苦。"汤姆在中间停下来想了半天，才找到了一个恰到好处的名称来赞扬他父亲的房子，正由于此，他精神似乎也就暂时提起来一些。

"真的吗，汤姆？你真的这样说吗？"

"当然是这样的。可是这样说又有什么用处呢！"汤姆回答说，拚命用袖口擦着脸，似乎要使他的皮肉同他的精神一样地受苦。

"汤姆，"他的姐姐默默地看着火星，过了一会儿说，"因为，我长大一些了，快要成人了，我总是坐在这儿不断地感到惊奇，想到没法多尽一份力使你跟这个家庭和睦相处，这多不幸啊。别的女孩子知道的事情，我却不知道。我不能弹琴，又不能唱歌给你听。我也不能跟你谈些有趣的话使你心情轻松些，因为我从没见过什么有趣的东西，也没读过什么有趣的书，使我可以在你疲倦的时候同你谈谈，让你感到愉快。"

"唔，我还不是同你一样。这方面我跟你同样一窍不通；何况我又是头骡子而你却不是。假如父亲决意要使我变成正人君子，或变成骡子，我既不是正人君子，那么，当然就得成为骡子了。我是头骡子，"汤姆垂头丧气地说。

"真是太可怜了，"露意莎又停了一停，在她所坐的那个黑暗的角落里忧虑地说，"真是太可怜了，汤姆。这对我们俩来说，都是太不幸的。"

"啊！你，"汤姆说，"你是个女孩子，露，女孩子在这种情形下不至像男孩子一样受那么大损害的。我没有发现你什么缺点。你是我唯一的快乐——就连这地方你也能使它发出光辉——无论什么时候你要我怎样就怎样。"

"你是个可爱的弟弟，汤姆；既然你觉得我能做这些事情，我就不大愿意承认其实不然。不过，我的确知道其实不然，汤姆，而且为此感到很难受。"她走过来吻了他一下，又回到她那个角落里去了。

"可能的话，我真想把我们常常听见的那许多事实聚拢来，"汤姆咬牙切齿地说，"把所有的数目字，以及所有发现那些事实与数目字的人聚在一道：我真想放一千桶火药在他们下面，把他们炸得精光！不过，等我跟老庞得贝生活在一起的时候，我就可以进行报复了。"

"你报复，汤姆？"

"我的意思是说，我就可以享受一下了，四处走走，看点东西和听点东西。这样一来，我就可以补偿一下教育我的那种方式使我受到的损失。"

"不过，不要还没着手就失望啊，汤姆。庞得贝先生同父亲的想法完全一样，只不过更厉害些，他还不及父亲一半仁慈。"

"啊！"汤姆大笑起来说，"我不怕那个。我知道怎样对付和驯服老庞得贝。"

　　他们的影子映在墙上，但是这间屋子里的那些高柜子的影子也连成一片投射在墙上和天花板上，似乎这姐弟俩的上方是黑暗岩穴的顶。要不然，就是一个奇怪的幻想——假定在这儿他们可以犯这种过错的话——把这些橱柜的影子当作刚才所提到的那个人以及他投在他们前途上的险恶阴影。

　　"你对付他，驯服他，用什么高明办法呢，汤姆？这是个秘密吗？"

　　"啊！"汤姆说，"假如这是个秘密，这秘密也就近在眼前，这秘密就是你。你是他的小宝贝，你是他宠爱的人，为了你，他什么都肯做。等他对我讲一些我不爱听的话的时候，我就会对他说，'我的姐姐露会伤心和失望的，庞得贝先生。她总是对我说，她相信你会对我很宽大的，不会像这个样儿。'如果这样讲还不能使他改变，别的也就不能改变他了。"

　　汤姆等姐姐的回答却没等到，就厌倦地回复到现实之中，仰身打着哈欠，靠在椅子背上歪来扭去，用手把自己的头发揉了又揉，最后，忽然抬起头来问道：

　　"你睡着了么，露？"

　　"没有，汤姆。我正在看着火哩。"

　　"你似乎能比我在火里头看见更多的东西，"汤姆说。"我想，这或许是女孩子的另一优点。"

　　"汤姆，"他的姐姐用一种迟缓的、奇怪的腔调问着，似乎她想在火里寻求答案而又看不清楚答案是什么似的，"你是不是满心指望去庞得贝先生那儿，以为去那儿换换环境可以使你心满意足一些呢？"

　　"唔，换换环境起码有一个好处，"汤姆回答说，把椅子往后一推，站了起来，"那就是可以离开家了。"

　　"起码有一个好处，"露意莎用她刚才的那种奇怪的腔调重复着说；"那就是可以离开家了。很对。"

"我实在既不愿意离开你，露，更不愿意把你扔在这儿。但是不管我愿意不愿意，你知道我非走不可；况且，去一个能在你的影响之下得些好处的地方，总比去一个完全没这个优点的地方来得强。你是不是也这样想呢？"

"是的，汤姆。"

这答话虽不含什么优柔寡断的意味，却来得那么迟，急得汤姆走过去靠在他姐姐的椅子背上，似乎想从她那个角度去看一看火里面究竟有什么奥妙能如此地吸引住她。

"除掉这是一炉火而外，"汤姆说，"在我看来它跟其他东西一样无聊和空虚。你在这里面看出什么呢？该不是马戏场吧？"

"我并没有从这里面看到什么特别的东西，汤姆。因为我看着火，我就惊奇起来，觉得你我都长成人了。"

"又在惊奇了！"汤姆说。

"我有那么多的无法控制的思想，"他的姐姐回答说，"它们总是叫我惊奇。"

"那么我就请求你，露意莎，"葛擂硬太太没有让他们听见就开门进来说，"看在老天爷的分上，不要再说这类话，你这女孩子一点不为别人着想，要不然，我就要听不完你父亲的唠叨了。还有汤姆，你真是不害臊，我的可怜头总是这样叫我苦恼，像你这样有教养的孩子，我们在你的教育上花了不知道多少钱，你竟然会鼓励你的姐姐去惊奇，而你分明知道你的父亲曾明白地说过她绝对不可以惊奇。"

露意莎否认在这个过错中汤姆有分；但是她的母亲却用一种作结论似的回答打断了她的话头，"露意莎，我的身体是这么不好，你不要跟我讲这些；因为你除非受了他的怂恿，你精神上和肉体上都不可能有这个念头。"

"我并没有受什么怂恿，母亲，只不过看见红红的火星从火上掉落下来变成灰色，又慢慢地熄了，这就叫我想到，我的生命是多么短促，而我一生中希望能做得到的事又是那么微乎其微。"

"胡说八道！"葛擂硬太太竟然振作了精神说道。"胡说八道！露意莎，不要站在那儿当着我的面说那些无聊的话给我听，你知道得很清楚，假如这些话传到你父亲的耳朵里，那么我就要听他唠叨不完了。你知道我们为你花了多少气力，你还要讲这种话！何况你已经听了那些讲演，也看了那些实验！何况在我整个右半身全都瘫痪的时候，我曾亲耳听到你跟你的老师讨论过氧化、氟化、热量化以及一切可以叫一个可怜的病人心烦意乱的什么'化'，不料现在又听见你居然这样荒谬绝伦地谈什么火星、灰烬！我想，"葛擂硬太太抽抽噎噎地讲着，拉过一张椅子坐了下来，要在没被这些事实的阴影压倒之前，把她那最有力的论点发表出来。"嘿，我真想：要是我没有家庭该多么好啊，那时候你们才知道要是没有我，是怎么个滋味了！"

第九章
西丝的进步

西丝处在麦却孔掐孩先生与葛擂硬太太之间，日子很不好过，在承受考验的头几个月中，她非常想逃跑。事实像冰雹一般地整天打在她头上，而日常的生活又像密密麻麻的算术书一样摊开在她面前，这样她就非逃跑不可；可是有个念头阻止了她。

想起来真够惨的；这念头并不是经过数学计算得出来的，而是她不顾一切计算，强加在自己身上的，是与任何一个保险公司里的统计员根据各项前提推算出来的概率表完全相反的。这个女孩子深信她的父亲并没有抛弃她；她这样生活下去，是希望他会回来，她还深信自己留在这个地方，会使他更高兴些。

西丝实在是愚昧得可怜，她居然紧抱这点来安慰自己，却不肯根据可靠的计算来认清她父亲是个违背天理的流氓，并把这点引为更大的安慰。这就使得葛擂硬先生对她充满了怜悯。但是，究竟怎么办呢？麦却孔掐孩先生在报告她的成绩时候说，对于数目字，她一窍不通；又说，她一旦对地球有些常识之后，就对它的精确度量，连可以想得到的最小兴趣都没有；又说她默记历史年代的能力非常差，除非那些年代与什么无聊的偶然事件恰巧有关，她才记得住；又说，叫她用心算立刻回答布帽子二百四十七顶，每顶值十四个半便士，共计若干便士的时候，她就会掉下眼泪；又说，她在学校里的程度低得不能再低；还说，八个星期以来诱导她学习政治经济学原理，而直到昨天她还受到一个三尺儿童的纠正，因为她回答错了问题，问题是："这门科学的基本原则是什么？"可笑的回答却是："己所不欲，勿施于人。"

60

葛擂硬先生摇了摇头说，这全是非常不好的；又说，这就表明有必要置她于知识的"磨坊"里，不断地按照系统、表格、蓝皮书①、报告以及从 A 到 Z 的图解加以"碾磨"；他以为对朱浦还得"坚持下去"。于是朱浦只好坚持下去，弄得精神萎靡，而并未变得聪明一点。

"我要是能像您，那该多么好啊，露意莎小姐！"有一天晚上，当露意莎努力把她第二天的困难问题给她解释得清楚一点的时候，她就这样说。

"你真这样想吗？"

"露意莎小姐，要是那样，我就会知道得很多了。现在对我说来是困难的东西，到那时就会容易啦。"

"但是，你不会因此得到好处的，西丝。"

西丝迟疑了一会儿，就让步说："那也不会得到坏处吧，露意莎小姐。"对于这说法，露意莎回答说："这我可不知道。"

这两个孩子很少有接触的机会——一方面因为石屋的生活总是那样进行着，单调得像一部机器，不欢迎别人来干涉它，另一方面也由于西丝的过去生涯是那样，所以她们的交往也被禁止了——因此她们至今还差不多像是不相识的人一般。西丝用她那双黑眼睛迷惘地对露意莎瞅着，不知道是再说几句的好，还是不再说下去的好。

"你对我母亲比我对她更有用，你待她也比我待她更和气，"露意莎接着说。"同时你也不像我这样老同自己过不去。"

"但是，请原谅，露意莎小姐，"西丝辩道，"我——啊，这样笨！"

露意莎比平常开朗地大笑一声，告诉她说，她不久会变聪明的。

"您不知道，"西丝差不多带着哭腔地说，"我是个多笨的女孩

---

① 英国议会的工作或调查报告，封面是蓝色的，所以叫"蓝皮书"。

子。在学校上课时，我总是犯错误。有好多好多次，麦却孔掐孩先生和他的太太叫我站起来讲，我都答错了。我简直没法子避免这些错误。对我来说，错误似乎是很自然的。"

"我想，麦却孔掐孩先生和他的太太，他们自己从来没弄错过吧，西丝？"

"啊，没有！"她赶快地回答。"他们什么都知道。"

"告诉我，你犯了些什么错误。"

"我真正感到难为情，"西丝吞吞吐吐地说。"比如今天吧，麦却孔掐孩先生向我们解释什么是'自然的繁荣'①。"

"我想，那一定是'国家的繁荣'吧，"露意莎纠正她说。

"是的，是国家的繁荣。——不过，这难道不一样吗？"她胆怯地问道。

"他既然那么说，你最好也跟着他说'国家的'，"露意莎带着她那种枯燥的矜持态度回答说。

"国家的繁荣。他说，现在，比方我们的课堂是个国家。在这国家里有五千万金镑。这是不是个繁荣的国家呢？第二十号女学生，这是不是个繁荣的国家，而你是不是在这个兴旺的国家里生活着呢？"

"你怎么说呢？"露意莎问道。

"露意莎小姐，我说我不知道。我想我没法子知道这个国家是不是繁荣，或者我是不是生活在一个兴旺的国家里，除非我知道是谁得了这些钱，是不是我也有一份。但是这与那个问题毫无关系。这个答案与数目字的计算无关。"西丝擦了擦眼睛说道。

"这就是你的一桩大错，"露意莎批评道。

"是的，露意莎小姐，我现在知道这是一桩大错。但是麦却孔掐孩先生又说，他要再来试我一下。他就说，这个课堂好比一个大都市，在这个都市里有一百万居民，而在一年之中，只有二十

---

① natural（自然）跟 national（国家）的音相近。

62

五个居民饿死在街上。你对这个比例的看法怎样？我的看法是——因为我想不出更好的答案——不管其余的人有百万，有万万；反正那班挨饿的人总一样难堪。但这回答又错了。"

"当然错了。"

"麦却孔掐孩先生说，他要再试我一次。于是他说，这儿是些口吃①——"

"统计吧，"露意莎说。

"是的，露意莎小姐——'统计'总叫我联想到口吃；这又是我的另一个错误——这是一些海难统计。麦却孔掐孩先生说：在某段时期内，有十万人在海上作长途航行，只有五百人淹死了，或者被火烧死了。这个百分比是多少呢？小姐，我就说，"讲到这儿西丝差不多要哭了出来，极端恼恨自己的天大错误；"我说这表示什么都没有了。"

"什么都没有了，西丝？"

"什么都没有了，小姐——这就是说对于这些死者的亲属和朋友来说，什么都没有了。我怎么也学不好，"西丝说，"而且最糟糕的是：我那可怜的父亲虽然那么希望我好好地学；我也渴望好好地学，因为他希望我这样做；可是，我总觉得我不爱学这些东西。"

露意莎站在那儿，看着那美丽而谦逊的头含羞带愧地在她面前低着，直到这头抬起来望着她的脸。于是她问道：

"是不是你的父亲知道得很多，所以他也希望你好好地受教育呢，西丝？"

西丝在回答这问题之前，颇费踌躇。显然，她有一种进入禁区的感觉。因此露意莎又补充道，"没有人听得见我们的谈话；就是有人听见了，我相信这种无所谓的问题也没什么妨碍。"

"没什么妨碍，露意莎小姐，"西丝受了这个鼓励，就摇摇头

---

① stutterings（口吃）跟 statistics（统计）的音相近。

回答说，"父亲知道的实在很少。他最多不过能写几个字；一般的人还不容易认他的字，尽管我认起来没困难。"

"你母亲呢？"

"父亲说她着实有学问。我一生下来她就死了。她是……"她很神经质地把这个不愿提及的事说出来了；"她是个跳舞的女人。"

"你父亲爱她吗？"露意莎问这些问题的时候，总是带她那种特有的强烈、放纵、而又游移不定的兴趣——这种兴趣就像一个被放逐的人走错了路，藏在僻远的地方一样。

"啊，是的！正如他爱我一样。父亲爱我，主要还是为了她的缘故。我还是个小娃娃的时候，他就带着我四处走。从那时起，我们就没分开过。"

"但是，现在不是离开你了吗，西丝？"

"也还是为我好。没人像我这样了解他；没人像我这样知道他。当他为我打算而离开我的时候——他决不会为他自己打算而离开我的——我知道，这磨难差点把他的心都揉碎了。他要是不回来，就不会有一分钟愉快。"

"多告诉我一些他的事情，"露意莎说，"以后我就不再问你了。你们原来住在什么地方？"

"我们周游四方，没有固定的住处。父亲是个……"西丝把这个可怕的字眼低声说了出来："是个小丑。"

"逗人家发笑的，是吗？"露意莎很内行地点点头。

"是的。但是人家有的时候并不笑，于是，父亲就哭了。最近，他们常常不笑，他总是很失望地回家来。父亲跟大多数的人不一样。那些不像我这样知道他的人，不像我这样爱他的人，或许会认为他不大行了。有时候他们跟他开玩笑；但是他们从来不知道这种玩笑对他的影响，当他同我在一起的时候，他就垂头丧气，缩成一团。他比他们所想象的还要胆小得多！"

"而你就是使他挨过了一切而引以为慰的人吗？"

她点点头，眼泪顺着脸直滚下来。"我想是的，父亲也说我是他的安慰。也就是因为他变得那么害怕，浑身发抖，又因为他觉得自己是个可怜的、软弱的、愚昧的、没有能力的人（他常常这样说自己），所以他才迫切地希望我能够多知道一些东西，要把我变成跟他不同的人。我常常念书给他听，让他鼓起勇气，他也喜欢我这样做。那些书都是些不好的书——我决不该在这儿讲这些书——但是在那个时候我们并不知道它们有什么害处。"

"他喜欢那些书吗？"露意莎说，她一直瞅着西丝的目光像是在搜索似的。

"啊，非常喜欢！有好多次，还亏得是这些书，他才没有做出对他真正有害的事来。常常到了晚上，他会忘掉一切烦恼，因为他不知道究竟苏丹让那位夫人把故事继续讲下去呢①，还是故事没讲完就把她的头砍掉。"

"你父亲总很慈爱吗？一直到最后都慈爱吗？"露意莎问道。她听了这女孩子的话，感到非常惊奇，虽然这正好违背了她父亲所说的切莫感到惊奇那个大原则。

"一直慈爱！一直慈爱！"西丝紧扣两手回答道。"我说不出他是多么地慈爱，多么地慈爱。只有一天晚上他发过脾气，那并不是对我发的，而是对巧腿儿。巧腿儿，"她悄悄地把这个可怕的事实说了出来，"就是他那会耍把戏的狗。"

"他为什么跟狗生气呢？"露意莎盘问道。

"他们散戏回来后，父亲叫巧腿儿跳上两张椅子的靠背跨立在上面——这是它会玩的一种把戏。它看了父亲一眼，没立刻照办。那天晚上父亲事事不如意，一点也没使观众满意。他哭着说，就连这只狗也知道他不行了，对他也没一点儿怜悯。于是他就打狗，我害怕极了，就说，'爸爸，爸爸！请你不要伤害那么喜欢你的畜生！啊，天老爷饶恕你，爸爸，别再打了吧！'他才住了

---

① 苏丹指《一千零一夜》中那个听故事的苏丹。

手，而那只狗已经被打出血了，父亲哭着躺在地板上把狗抱在怀里，狗也就舐着他的脸。"

露意莎看见她在嘤嘤啜泣着；便走过去，吻了吻她，拉着她的手，在她的旁边坐了下来。

"你索性把你父亲离开你的经过告诉我，西丝。既然我已经问了你这么多，不如一起告诉我作为收场吧。要是有什么过失的话，其过在我，不在你。"

"亲爱的露意莎小姐，"西丝蒙住眼睛，仍然在啜泣着说，"那天下午，我从学校回来，发现可怜的父亲也刚从马戏场回来。他坐在火炉旁边摇来摆去，像有着什么痛苦似的。我就说，'爸爸，你是不是跌伤了？'（如同马戏团那些人一样，他有时也会跌伤的。）他说，'有一点儿，我的宝贝。'我跑过去弯下腰，仰望他的脸，看见他正在哭。我越跟他说得多，他就越把脸捂住，起初他全身发抖，后来口里只顾叫着：'我的宝贝！'和'我的妞妞！'"

说到这儿，汤姆懒洋洋地走了进来，冷淡地瞅了她俩一眼，这股冷劲儿显示出，除了自己之外，他对任何人都不感兴趣，而现在连对他自己也没多少兴趣。

"我正在问西丝几个问题，汤姆，"他的姐姐说道。"你不必走开；但是请你暂时不要打扰我们，汤姆，亲爱的。"

"啊！很好！"汤姆回答道。"只是父亲刚刚把老庞得贝带回家来，我希望你到客厅里去。因为，如果你去一下的话，老庞得贝就很可能请我去吃饭；要是你不去，那就没有可能了。"

"我就去。"

"我在这儿等你，"汤姆说，"免得你又变了主意。"

西丝把声音放得更低些继续说下去。"后来，可怜的父亲说，他又没使观众满意，而且这一阵从来不曾使观众满意过，又说他是个可耻的、丢脸的人，他还说要是一直没有他，我倒还要好一些，我把我心里所能想到的种种亲热的话都说给他听，过了一会

66

他安静了下来，我坐在他旁边，把学校里的一切，把自己在校中说了些什么话，做了些什么事，统统都告诉他。当我再没有什么可说的时候，他就双手抱着我脖子，亲了我不知多少次。于是他叫我去买他常用的油来揉他所受的那点小伤，并且叫我到本镇那一头最好的一家铺子里去买；然后，他又亲了我一下，才让我走开。我已经走下了楼，又跑回来想再陪陪他，我就在房门口向里面望了望说，'好爸爸，我带巧腿儿出去好吗？'父亲摇摇头说，'不，西丝，不；不要带别人认得出是我的东西走，我的宝贝；'于是我只好留下他坐在火边走了。可怜的，可怜的爸爸！在那时他就打算为了我的缘故跑开而另寻出路去了；因为我回来的时候，他已经走了。"

"嗯！最好别耽误老庞得贝吧，露！"汤姆责备地说。

"再没有什么好讲的了，露意莎小姐。我把九合油收起来等他回来，因为我知道他会回来的。我看见葛擂硬先生收到每一封信的时候，我的呼吸就停止了，两眼也看不见了，因为我以为那是父亲来的信，或者是史里锐先生写来的有关父亲的信。史里锐先生答应我，只要一听到父亲的消息就给我写信，我相信他会遵守诺言的。"

"最好别耽误老庞得贝吧，露！"汤姆不耐烦地吹着口哨说，"你要耽搁，他可就走啦！"

从此以后，每逢西丝当着葛擂硬先生的家属面向他行屈膝礼，结结巴巴地说着："请原谅，老爷，请原谅我麻烦您——但是——您有没有接到什么关于我的信件呢？"这时，露意莎不管在做什么事都会立时停下来像西丝一样迫切地期待着她父亲的答复。而葛擂硬先生照例总是回答说，"没有，朱浦，没那样的信。"在这种时候，露意莎的脸庞也会像西丝的嘴唇一样地颤动，并且用怜悯的目光直送西丝到房门口。同时，等那个女孩子走了之后，葛擂硬先生总抓住这机会说，要是朱浦从小就受到适当的教育，她就会依据正确的原则来证明自己的妄想是毫无根据的。

可是看起来（这并不是说照他看起来，因为他一点也看不出这一点），似乎妄想也能像事实一样牢牢地抓住人。

他这种议论自然限于对他的女儿而发。说到汤姆，他已经变成了一个并不是没有先例的工于计算的人，只不过在计算的时候他老是把自己放在第一位。至于葛擂硬太太，如果她要对这问题说点什么，就像只雌睡鼠似的，从裹住她的围巾中把头抬起一点儿说：

"上帝保佑我，朱浦这女孩子，一而再，再而三，不断地盯着问她那讨厌的信，真叫我可怜的脑袋烦躁不堪！我敢发誓说，我仿佛是命定地、运定地、注定地要处在这些听不完的事情当中。我的境遇真是挺特别，看来好像任何事情我都是听不完似的！"

说到这里，葛擂硬先生的眼光就落到她身上；于是在这凛冽如寒风一般的事实的影响之下，她又回到蛰伏的状态之中。

第十章
斯梯芬·布拉克普儿

我有一种不健全的想法，以为英国人民是光天化日之下最辛苦的人民。我承认有这种可笑的奇特念头，这就是我现在所以又要来略谈一下我们英国人民的原因。

在焦煤镇工作最辛苦的地区；在那个怪难看的城寨内部的一些堡垒里，大自然被结实的砖砌墙拦在外面，正如有害的空气和煤气被拦在里面一样；在那窄院连着窄院，狭街紧靠着狭街的"迷宫"中心，一切都是为了某个人的用途而匆匆忙忙、零零落落地建起来的，这整个的一片，就成为七拼八凑的大杂拌，摩肩接踵，简直挤得要命；在这广大而又人烟稠密的地区的最拥挤角落里，因为缺少空气，难以通风，烟囱都造得千变万化，奇形怪状，好像每家都挂上了招牌，表示我们可以预料哪一种人会在这里生出来；在焦煤镇的这些被称为"人手"的群众（这种人，如果造物主认为只给他们两只手就很合适，或者像对待海滨的低等生物一样只给他们手和胃，那么，就更能博得一部分人的欢心）当中有个四十岁的人，叫做斯梯芬·布拉克普儿。

斯梯芬看起来比他实际的年龄要老一些，因为他生活一直很困苦。据说，每个人的生活中都有甜与苦；可是，从斯梯芬的情况看来，似乎是出了岔子，发生了错误，因为甜头总是让别人吃了，而他不但要吃自己生活中的苦头，还要替别人吃苦头。用他自己的话来讲，他碰到过的烦恼可以车载斗量。他常被人叫做老斯梯芬，大体上是尊重事实的。

他有点驼背，眉头老皱着，脸上总显得在沉思；他的头看来

69

很结实，也相当大，上面披着灰白的、稀疏的长发，这一切也许会叫人把老斯梯芬当作特别聪明的人。但他并不是。在那些卓越的"人手"之中他并无地位，那些人多年以来就把零零碎碎的休息时间点点滴滴地学好了各种繁难的科学，并获得了有关一些想象不到的事情的知识。在那些能够演说和辩论的"人手"当中，他也没有地位。他的成千成万的伙伴，在任何时候都比他能说会道得多。他善操动力织机，是个非常淳厚诚实的工人。至于他还是什么，还有什么别的可取之处，假定还有的话，就让他自己来表白一下吧。

那些大工厂的灯全亮起来的时候，看来真像童话中的宫殿——起码那些坐快车的旅客是这样说的——现在灯都熄掉了；晚半天的下班钟已经敲过；那些"人手"，男人和女人，男孩和女孩，正在叽叽喳喳谈笑着走回家去。老斯梯芬站在街上，机器停止转动之后，经常会产生的那种老感觉又来了——就是感觉机器曾在他的头脑中转动了半天而又停下来了。

"怎么还没有看见瑞茹呢！"他自言自语地说。

那是个下雨的晚上，一群群的年轻女人从他身旁走过，她们没戴帽子，只用围巾裹着头，紧围到下巴下面来挡雨。他太熟悉瑞茹了，因此不管哪一群人走过，只要对她们扫上一眼，就可以看出她并不在她们当中。最后，没有什么人走过来了，于是他转身用一种失望的腔调说："哎哟，那末，我可把她给错过啦！"

但是，他还没有走完三条街，就看见另外一个披着围巾的人在他前面走着，他那么仔细地看着，仿佛单凭那人映在水淋淋人行道上的影子，也足以辨认得出那是谁——假定说他所看见的只是个影子，而那人本身不是沿着一盏盏的街灯走过去变得忽隐忽显的话。他立刻加快步伐，放轻脚步，直蹿过去，来到那人近旁才恢复了原来的步伐，叫道："瑞茹！"

她转过身来，当时恰好站在灯光之下，她把头巾向上推了一推，露出一张安详的椭圆形的脸，皮肤微黑却相当细嫩，一双温柔的眼睛使她容光焕发，同时她那闪闪发亮的黑头发更能烘托出她的美貌。这不是一张鲜花初放的脸庞；她已是一个三十五岁的妇人了。

"哟，小伙子！是你？"她说这些话的时候，似乎是带着微笑说的，虽然除了她那双可爱的眼睛以外，人家什么都看不清，说了以后，她又把头巾拉回原处，然后他们一道向前走着。

"我原来以为你在我后面走呢，瑞茄！"

"不。"

"今儿晚上你下班早吗，姑娘？"

"有时我早点儿，斯梯芬！有时又晚点儿。什么时候可以回家，那可没准儿。"

"看来，似乎你什么时候上工也没准儿吧，瑞茄？"

"是的，斯梯芬。"

他略带失望的表情看着她，但是也带着一种尊敬而又有耐心的信念，认为她无论怎样做都是对的。她也看出了他这种表情，轻轻地把手放在他的膀子上一会儿，似乎表示感谢。

"咱们是这么好的朋友，小伙子，又是这么老的朋友，如今，都快变成老人了。"

"不，瑞茄，你还是跟从前一样年轻。"

"既然咱们都活着，咱们当中只要一个没变老，斯梯芬，另一个也就没法知道怎么会变老，"她笑着回答说；"但是，不管怎样，咱们是多年老朋友了，要把真心话彼此瞒着不说出来，那才真是罪过，真是可惜。我们最好不要老在一块儿走。有的时候不妨一齐走走！可真是，要完全不那么做，也真难，"她用一种兴奋的口气说了出来，想提起他的兴致。

"无论如何，都是很难受的，瑞茄。"

"试试看，不要那么想；慢慢就可以好过一点。"

"我试过多少次啦，并不觉得好过些。但是，你说得对；这样会叫别人议论，甚至说你闲话。多少年以来，瑞茄，你对我一直

71

这样：对我那么好，用高兴话来鼓起我劲头，所以你的话我看来就是王法。啊，姑娘，多好的王法！比那些真正的王法强多了。"

"甭提什么王法不王法的，斯梯芬，"她很快地回答道，带一种不安的神情看着他的脸。"别管那些王法吧。"

"是的，"他说，慢慢地点了一两下头。"别管那些吧。别管一切吧。所有的事情都随它去吧。总之一句话，这真是一团糟。"

"总是一团糟？"瑞茄说，又轻轻地碰了碰他的膀子，似乎要把他从沉思中唤醒，原来他一路走着的时候，都在沉思地嚼着他垂下来的围巾头子。这一碰立时发生了效力。他丢下围巾头子不嚼了，转过笑脸来对着她，接着就哈哈大笑地说道，"是的，瑞茄，姑娘，总是一团糟。碰到它，我就只好打住。我碰见的总是一团糟，没有法子再往前走。"

他们已经走了好一段路，就快到他们家了。那女的先到家。这是许多条小街中的一条，有一个常受那地方的人光顾的殡仪馆老板放了一张黑梯子在那儿（因为他放了那么一张鬼森森的、颇为"壮观"的东西在那一带，他就赚了不少钱），为了使那些在窄楼梯上摸上摸下了一天的人在离开工作世界的时候，好打窗口出去。她在角落里停下来，把手放在他手中，祝他晚安。

"晚安，亲爱的姑娘；晚安！"

她顺着黑暗的街道走去，显出利落匀称的身材，端庄的女人步伐。他站在那儿看她，一直看到她转身走进一座小房子里去。大概她那条粗围巾的每一次的摆动，在这个男人的眼中看来都是耐人寻味的；她声音的一抑一扬，在他内心中都引起了共鸣。

直到看不见她了，他才拖着脚走回家去，有时抬眼望望天空，乌云飞快地狂奔着。但是，不久雨停云散，月亮又放光了——顺着焦煤镇那些高耸着的烟囱窥探那些低低在下的熔炉，把那些停止转动的蒸汽机的巨人般影子投射在围着它们的墙上。他继续走着的时候，脸色也跟那夜色一样开朗起来。

他的家在一条跟刚才那条一样只是更狭窄的街上，在一个小

72

铺子楼上。至于为什么有人认为值得去买或卖那店铺橱窗里同廉价报纸和猪肉（明晚有猪腿一只抽签出售）乱放在一起的破烂小玩具，这里不必细表。他从架子上拿了他的蜡烛头，在柜台上另一支蜡烛头上点着了，没有惊动那睡在她自己小房间里的女掌柜，就走到楼上自己屋里去。

这间房曾住过各式各样房客，他们并非没有同我们刚才讲到的那黑梯子发生过关系；这房间现在看来够整洁的。几本书什么的东西放在屋角的写字桌上，家具都看得过去，也够用了，虽然空气不新鲜，房间倒是挺干净的。

他往壁炉那儿去，要把蜡烛放在那边的一个圆形的三脚桌上，这时却被什么东西绊了一下。他朝后一退，向下望了望，这个东西就抬起头来，原来是个女人坐在地上。

"老天爷发发慈悲吧，婆子！"他叫了起来，往后倒退了几步。"你又回来了吗？"

这样的一个女人！一个醉醺醺的废物，用一只龌龊的手撑着地板才勉强坐了起来，而另一只手白费劲地想把披在脸上的乱发拉开，结果手上的泥垢反而把她的眼睛抹得更看不清楚了。一个看起来那样令人恶心的家伙，穿得破破烂烂，浑身点点斑斑，尽是污泥，而她那丑恶的品质比她的身体更要肮脏，即使只看她一眼，也叫人觉得讨厌。

她不耐烦地咒骂了一两声，用那只没有撑着身子的手笨拙地在自己脸前乱抓几下，把头发从眼睛上拉开，才看见了他。于是她坐在那儿把身体摇来摆去，用她那软搭搭的手腕做了许多手势，仿佛大笑的人所做的动作一般，只是脸上毫无表情而且昏昏欲睡。

"喂，小伙子么，怎么，你在那儿吗？"最后她嘲弄地发出了沙哑的声音把这两句话说了出来；于是又把头垂到胸前。

"又回来了吗？"停了几分钟后，她尖声叫道，仿佛他这时又说过这句话似的。"是的！又回来了。总是要回来的。回来？是的，回来。为什么不回来？"

　　她似乎被自己这种无意义的暴戾的声音惊醒了，从地上爬了起来，肩膀靠着墙把自己撑立起来；一只手甩动着粪土颜色的帽带子，轻侮地看着斯梯芬。

　　"我又要把你卖光，我又要把你卖光，我要把你卖光几十次！"她又像拚命威吓又像想大跳特跳地叫道，"给我从床上滚开！"这时他坐在床沿，双手蒙住了脸。"滚开。那是我的床，我有权利要那张床！"

　　当她蹒跚地走到床边的时候，他打了个冷战避开了她，走过去——手仍然蒙住脸——到屋那一头。她沉重地往床上一倒，一会儿就鼾声大作。他灰心丧气地在一张椅子上坐下，那天晚上只挪动过一次。那是为了扔条床罩把她盖上；似乎就是在黑暗中他的双手还不够遮住他的眼，使他看不见那女人。

第十一章
没有出路

在一个灰蒙蒙的早晨，还看不清一条条巨蟒一样的浓烟笼罩着焦煤镇之前，那些"童话中的宫殿"已经灯火辉煌了。木屐在人行道上咔哒咔哒地响，厂钟发出连续不断的声音，为了这一天单调的活动，那些抑郁发狂的"大象"已经加上了油，擦拭干净了，又在进行它们剧烈的动作了。

斯梯芬躬身对着他的织机，又安静，又小心，又沉着。在斯梯芬所工作着的那一片机器林里，每个人都站在自己所操作的织机旁边，而那些机器正在打着、压着、撕扯着，人和机器构成一种鲜明的对照。惯常爱担心的善良人们，你们用不着害怕，"人工"会把"天工"抛到完全被遗忘的地位。无论什么地方，只要把上帝所造出来的东西放在人造的东西旁边，即使前者是一群不足挂齿的"人手"，相比之下，似乎还是显得尊严一些。

在这个纺织厂中，有成千累万的"人手"；也有整百成千匹的蒸汽马力。机器凭每一磅重的力量能够干多少活儿，这是大家都知道的；但是所有的"国家债务"计算家都不能告诉我们，在那些面色沉着、工作有规律、一声不响地变成了机器的任何一个奴仆的心灵中，一刹那间能有多少善或恶，爱或恨，爱国热忱或不满情绪，有多少善化为恶，或者恶化为善。机器没有什么神秘，但在这班人中最卑贱者的心里，也永远有一个深不可测的神秘——假定我们将来把数学只用到物质的对象上，而用别的方法来统治这班可怕的、难以预测的人们该多么好！

天渐渐亮了，甚至屋内虽有辉煌的灯光，还是看得出外面的天色已经大亮了。灯熄了，工作仍在进行着。雨在下，那一条条的烟蛇服服帖帖地承受着上帝对它们的诅咒，顺着地面蜿蜒盘旋。在外面的荒场上，从排气管里放出的蒸汽，散乱放着的桶子和废铁，一堆堆闪闪发光的煤炭，还有四处的尘灰，都为轻纱一般的雾雨所笼罩。

工作在进行着，一直做到中午的钟响。人行道上又有一阵咔哒咔哒的声音。织机、机轮和"人手"在那时都暂停一个钟头。

斯梯芬形容憔悴，精疲力竭，从闷热的工厂里走出来，到了凄风冷雨的街上。他离开了本阶级的人们与自己的岗位，只带一点儿面包走向他雇主住的山上去。那是座红色房子，外有黑百叶窗，里挂绿遮阳帘，上了两级白色台阶就来到黑色大门之前，门上钉着铜牌，用大字刻着"庞得贝"（字体也像这房子的主人一样又肥又大），铜牌下有个圆得像大句点似的铜把手。

庞得贝正在进午餐。斯梯芬早已料到这点。他问仆人可以不可以告诉他有个"人手"求见，想和他说几句话？回话说，这"人手"的姓名是什么。斯梯芬·布拉克普儿。斯梯芬·布拉克普儿从没捣乱过；是的，他可以进来。

斯梯芬走进客厅。庞得贝先生（斯梯芬跟他只是面熟而已）正在吃排骨，喝西班牙白葡萄酒。斯巴塞太太坐在炉火边织东西，身子是偏坐在马鞍上的姿势，一脚踏着棉马镫子。斯巴塞太太不吃午饭，一方面表示派头十足，另方面为了好伺候庞得贝。她指挥饭菜应该怎样安排，可是却暗示着，在她那样高贵的人看起来，吃午饭是个弱点。

"嗯，斯梯芬，"庞得贝先生说，"你怎么啦？"

斯梯芬鞠了一躬。这不是卑躬屈膝的鞠躬——这班"人手"决不会那样做！天哪，先生，即使他们跟你相处二十年，你也决不会看到他们那样做的！——此外，作为整理衣冠，表示对斯巴塞太太的敬意，他把围巾松垂的一头塞到背心里去。

"嗯，你知道，"庞得贝先生喝了口白葡萄酒说，"你从来没找

76

过我们麻烦，你从来不是那种不讲理的人。你并不像他们那许多人，希望坐六匹马的车子，用金调羹喝甲鱼汤，吃鹿肉吧！"庞得贝先生总是认为这些是任何一个没有完全得到满足的"人手"的唯一的、迫切的、直接的要求；"因此，我已预先断定，你并不 是到这儿来诉苦的。你知道，事先，我对这一点是可以肯定的。"

"是的，东家，我的确不是为了那种事情到这儿来的。"

庞得贝先生虽然预先就有强烈的信念，但仿佛仍感到意外的高兴。"很好，"他回答道。"我没看错，你是一个安分守己的'人手'。好，说给我听是怎么一回事。既然不是为了那种事，让我听听究竟是怎么回事。你想说什么呢？说吧，汉子！"

斯梯芬碰巧看了斯巴塞太太一眼。"庞得贝先生，要是你叫我回避的话，我可以出去，"这位自我牺牲的太太假装把脚从马镫子上拿下来说。

庞得贝先生嘴里嚼着一小块排骨还没吃下去，就伸出左手阻止了她。后来，手缩了回来，吃下了那一小块排骨，就对斯梯芬说：

"你要知道，这位太太是位天生的贵妇人，极高贵的妇人。你不要以为她代我管家，就不是金枝玉叶——啊，简直是高不可攀的金枝玉叶！所以，假使你想说的话是天生的贵妇人听不得的，就请这夫人离开这间屋子。如果你想说的话能在天生的贵妇人面前讲，那么这夫人就留下来。"

"东家，我希望我有生以来就从没有说过什么天生的贵妇人不便听的话，"这就是他的回答，同时他的脸红了。

"很好，"庞得贝先生推开盘子，往椅背上一靠说。"快讲！"

"我来这儿，"斯梯芬盯着地板，经过片刻考虑才抬起头来说，"是向您讨教。我非常需要您指教。到今年复活节的星期一那一天，我结婚已经十九年了。日子又长又无味。她那时是个年轻的姑娘——够漂亮的——也很自重。唉！不久，她就变坏了。但这并不是因为我的缘故。老天爷知道，我对她并不是一个无情无义

77

的丈夫。"

"这一切我早已听说过了，"庞得贝先生说。"她喝上了酒，再也不去做工，卖掉家具，把衣服都当光了，进行捣乱破坏。"

"我对她还是容忍的。"

（"我想，这说明你就更加傻了，"庞得贝先生似乎偷偷地同他的酒杯说道。）

"我对她还是很容忍的。我劝她把酒戒掉，劝了又劝。我用这种方法，那种方法，能够用的方法都用尽了。我时常回到家里就发现什么东西都不见了，只有她昏迷不醒地躺在精光的地板上。我试过不止一次，两次——而是二十次了！"

在讲话的时候，他脸上一条条的皱纹更加深了，明显地对他受过的那些苦痛提供了令人感动的证据。

"她越变越坏，越变越糟糕。她离开了我。她苦苦地、狠狠地作贱自己。但是，她回来，回来，总是回来。我有什么办法不让她回来呢？有的时候，在没回家之前，我整夜在街上走。我走到桥上真想往下跳，不想再活下去了。我忍受了那么多的痛苦，年纪轻轻的就变成老人了。"

斯巴塞太太原来安安逸逸地用针编织着，这时扬起她那柯理奥蓝楼斯式的眉毛，摇了摇头，似乎在说："贵人和贱人一样，各有各的烦恼。请把你那卑贱的眼睛朝我这方面看看吧。"

"我给了她钱，叫她离开我。五年以来我一直这么办，我又买了一些合式的家具。我生活过得又苦又惨，但是一分钟也没有感到羞耻和害怕。昨晚，我回到家里。她就躺在我的壁炉旁边！她就躺在那儿！"

感觉到十分倒霉，万般苦恼，在那个当儿他就像个堂堂大丈夫似地激昂慷慨起来了。歇了一会儿，他又是老样子地站在那儿——躬身对着他；他那沉思的脸向庞得贝看着，带了一种奇怪的表情，有点机敏，又有点迷惑，似乎正在专心致志来解决一个很困难的问题；他左手紧捏着帽子，放在臀部；右臂极适当而有劲地动作着，非常恳切地在帮助他加强语气。他时常要停顿，但当他停止不说的时候，手仍不缩回而弯在半空中，这样更可以使他的语气加强。

"你知道，除掉你最后所讲的话，这些事我早就知道了，"庞得贝先生说，"这真是件糟糕的事，一点不错。你当初还不如安分些，不要结什么婚。不过，我现在讲这句话已经太迟了。"

"他们这对夫妇，老爷，是不是年龄上不相称呢？"斯巴塞太太问道。

"你听见这位太太问的话了。你们这件不幸的事，是不是由于你们没顾到年龄上的悬殊而结了婚呢？"庞得贝先生问道。

"并不如此。结婚的时候，我二十一岁，她已快到二十岁了。"

"真的吗，老爷？"斯巴塞太太带着非常平静的态度对她的主人说。"从这般痛苦的婚姻看来，我原以为是由于年龄不相称的缘故哩。"

庞得贝先生用腼腆得像绵羊一般的眼光向那位太太斜瞟了一眼。他又喝了一小口白葡萄酒来提提神。

"怎么，你为什么不说下去？"这时，他有点急躁地转过身来对斯梯芬·布拉克普儿问道。

"我想问问您，东家，我怎样才能把这女人摆脱掉。"在斯梯芬注意力集中的脸上的复杂表情中，又呈现出一种特别庄严的样子。斯巴塞太太轻轻叫了一声，似乎她的道德感受了震动。

"你这是什么意思？"庞得贝站起来，背靠着壁炉架说，"你讲些什么话？你在结婚的时候就说过无论好坏，永远不离①的。"

"我非把她摆脱掉不可。我再也不能忍受了。我忍受得太久了，因此我得到那古往今来最好的姑娘的怜悯和安慰。要不是她，我或许早就疯了。"

---

① "无论好坏，永远不离"，是在教堂举行结婚仪式时，男女双方都得许下的诺言。

79

"我想，他是希望得到自由，跟他刚才所讲的那个女人结婚，老爷，"斯巴塞太太低声地说着，她被这班人的不道德弄得垂头丧气了。

"是的。这位夫人说得很对。是的。我要讲的就是这句话。我在报纸上看到，那些大人先生们（我祝他们幸福无量！我不希望他们坏！）并不老是被'无论好坏，永远不离'这句话束缚着，他们可以摆脱他们的不幸婚姻，而再结婚的。要是他们的意见不一致、脾气不相投的时候，他们的宅子里有很多房间，可以分开来住，不像我们这种人只有一间房，是无法分开住的。要是这样还不行，他们有金银钱财，他们可以说：'这笔钱是你的，那笔钱是我的，'然后各走各的路。但是我们办不到。这一切且不管，他们还可以因为吃了比我小的亏而脱离关系，重获自由。因此，我非摆脱掉这女人不可，我想知道究竟该怎么办？"

"没有办法，"庞得贝先生回答说。

"要是我伤害了她，东家，有哪条法律来惩治我么？"

"当然有。"

"要是我逃离她，有哪条法律来惩治我么？"

"当然有。"

"要是我跟另一个亲爱的姑娘结婚，有哪条法律来惩治我么？"

"当然有。"

"要是我跟她同居并不结婚——比方说，假定可以办得到的话，事实上，是绝对不可能也不会有的，因为她是那么好——是不是有哪条法律会惩治我，甚至于惩治我的每一个无辜的孩子呢？"

"当然有。"

"哎呀，老天爷，"斯梯芬·布拉克普儿说，"告诉我，有什么法律能帮助我吧！"

"嘿！人生的婚姻结合是神圣的，"庞得贝先生说，"而且——而且——非维持下去不可。"

"不，不，请别那么说，东家。那样子是维持不下去的。那样子是不行的。那样搞下去只会越来越糟糕。我是个纺织工人，从小就在工厂里，但是我有眼睛看，有耳朵听。我在报上看每次巡回审判、每次开庭的新闻——你也看的——我知道！——总叫我抽一口冷气——多么奇怪，为什么有那么多的困难不能用什么方法或者条件把两个人之间的锁链打开，而却在我们国家的土地上使很多人流血，使许多结过婚的人争吵，犯命案，以及暴死。让我们把这件事情好好弄清楚吧。我的情形糟糕透了，我希望——要是你对我好的话——你知道有哪条法律可以帮助我。"

"好吧，我告诉你吧！"庞得贝先生双手插在口袋里说。"是有这么条法律的。"

斯梯芬恢复了镇静，注意力一点不分散地点了点头。

"但是这条法律你根本用不上。这需要钱。需要大量的钱。"

"大概要多少钱呢？"斯梯芬镇静地问道。

"嗯，你得先去民法博士会馆起诉，再得去习惯法法庭起诉，又得去贵族院起诉，然后你才能取得议会的决议案，这样你才能再结婚，我想，这就会使你花上（如果一切都进行得很顺利的话）十万到十五万镑，"庞得贝先生说。"或许还要加上一倍。"

"没有别的法律了吗？"

"当然没有。"

"既然如此，东家，"斯梯芬说，脸色变得惨白，用右手动了一动，好像万念俱灰似的，"这真是一团糟。简直糟糕透了，我越死得快越好。"

（斯巴塞太太又为这种人的不敬畏上帝只想早死而感到沮丧。）

"呸，呸！好家伙，对于那些你不知道的事情别胡说八道，"庞得贝先生说，"不要把国家的制度说作一团糟，要不然，就有那么一个晴朗的早上，你一爬起来就会糟糕了。国家的事情不是你的计件活儿，你唯一要做的事情就是关心你的计件活儿。讨老婆

81

是个大事，不能反复无常；而是无论好坏，永远不离。如果她变得很坏——嗯，那末我们要说的就是，当初她也未始不可以变得很好。"

"真是一团糟，"斯梯芬一面向门走去，一面摇头说道，"真是一团糟！"

"好吧，我就告诉你吧，"庞得贝用临别赠言的口气说。"你那些在我认为是非常亵渎神明的话，足够冒犯这位夫人了：她，我刚才就同你说过，生来就是个贵妇人；但是，我刚才还没有告诉你，她有她自己婚姻上的不幸，为了这个，她花去几万镑——几万镑！"（他觉得津津有味地再讲一遍。）"你一向是个安分守己的'人手'；但是我老老实实地告诉你我的意见：你走错了路啦。大概你是听了那些危险的陌生人的话吧——他们总是到处都有——你最好的办法就是走开别听。你知道，"讲到这儿，他脸上的样子显得非常精明，"我比别人看得远，看得清楚得多，原因或许是因为我从小就受尽折磨。从你讲的这些话看来，我想又是甲鱼汤、鹿肉和金调羹在那里作怪吧。是的，我看出来了！"庞得贝先生用顽强的狡猾的样子摇摇头叫道："天老爷，的确给我看出来了。"

斯梯芬用一种不同的态度摇了摇头，深深地叹了口气说："谢谢你，东家，祝你午安。"于是他离开了。他离开的时候，庞得贝正显出不可一世的样子，看着挂在墙上的他那幅画像，似乎要与画像融而为一了；同时斯巴塞太太仍然把一只脚放在马镫子上慢慢地做她的活儿，显得给流行的罪恶弄得垂头丧气的。

第十二章
老太婆

老斯梯芬走下那两级白色的台阶，拉住大句点一般的铜把手把那钉了铜牌的黑色大门关上了，后来他发现他的汗手把大句点弄模糊了，临别时用外衣的袖子擦了一下。他两眼向地穿过那条街，正这样忧郁地走着，发觉有人碰了碰他的膀子。

碰他的不是他在那个时刻最需要的人——那个人的手只要碰他一下就可以使他心灵中的浪涛平息下来，正如具有最崇高的爱和耐心的那位一样，只要手举起来，就可使波涛汹涌的海面平静了下来[①]——虽然如此，这也是只女人的手。他站住了转身一看，原来是个老太婆，身材很高，仍然很挺拔，虽然受了时间的折磨而有点憔悴。她穿得很干净，很朴素，鞋上带着泥土，因为刚从乡下来。她不习惯这种尘嚣，态度有点慌慌张张；一条以备不时之需的粗围巾散搭在膀子上；笨重的雨伞和一只小篮子；一副还戴不太惯的长指头手套：这一切都说明了，这是个穿了朴素的假日服装，很少到焦煤镇来的乡下老太婆。斯梯芬·布拉克普儿凭他那个阶级所特有的敏锐观察力，一眼就看出这一点，他把注意力集中的脸低下，为了更便于倾听她的话——他的脸同许多他那阶级的人的脸一样，由于长期在巨大的嘈杂声中用眼和手做工的缘故，所以有一种集中注意力的神气，我们如果看见过聋子的面部表情，就会觉得这种神气是很熟悉的。

"请问你，先生，"那老太婆说，"我看到从那位绅士家里出来的是不是你？"她回头指着庞得贝先生的房子说。"我相信是你，除非我运气不好跟错了人？"

"是的，老太太，"斯梯芬回答说，"那就是我。"

"你看见了——请你原谅老太婆的好奇心——你看见了那位绅士没有呢？"

"看见了，老太太。"

"他看来怎样，先生？他是不是又魁梧、又豪放、又直爽、又精神饱满呢？"当她挺身昂首，用相应的姿态来配合她所讲的话的时候，斯梯芬忽然觉得仿佛曾经看见过这个老太婆，而且不很喜欢她。

"啊，是的，"他更加注意地看着她，回答道，"他就是那样。"

"而且，"老太婆说，"像清风一样健康吗？"

"是的，"斯梯芬回答道。"他正在吃东西喝酒——声音像大马蜂一样，又高又大。"

"谢谢你！"老太婆以无比满足的心情说道。"谢谢你！"

他的确从来没见过这老太太。但是，他心里有种模糊的记忆，似乎他不止一次在梦中见过跟她一样的那么个老婆婆。

她跟在他身边走着，他文雅地凑和着她的兴致，说焦煤镇是个热闹地方，不是吗？对于这个问题，她回答说，"当然！热闹极了！"于是，他又说，看来她是从乡下来的，是吗？对于这个问题，她也作了肯定的回答。

"今天早上，我是坐国会规定的火车②来的。我坐国会规定的火车走了四十英里路，今天下午回去又要坐车走这四十英里。早上我步行了九英里路才到车站，晚上回去的时候，要是路上碰不到人让我搭车的话，还要走九英里才能到家。我这么大的年纪，先生，总算很行吧！"这个喜欢讲话的老太婆，高兴得眼睛发亮地说道。

---

① 指耶稣的手。
② 指英国议会所规定的三等减价列车。

84

"可真是的。不常常这么干吧，老太太。"

"不，不。只是一年一次，"她摇了摇头回答说。"我这样地花我的积蓄，每年一次。我每年照例来的，在街上溜达溜达，看看这些绅士们。"

"只是来看看他们吗？"斯梯芬问道。

"这对于我来说，就很够了，"她的态度非常诚恳，极有兴致地回答说。"我别无所求！我在街这边站了很久，想等那位绅士出来，"她又回过头去向庞得贝先生的房子望望说，"但是，今天他很晚还没有出来，所以我没有看见他。出来的倒是你。可是，假如我不看他一眼就回去——我只希望看一眼就够了——那可多糟呀！我看见了你，而你又曾看见他，我只好认为这也就行了。"说这些话的时候，她两眼盯着斯梯芬，似乎要把他的模样儿牢记在心里，只不过眼睛不像刚才那样发亮罢了。

虽然斯梯芬承认各人的嗜好不同，并且对焦煤镇的贵人们是毕恭毕敬的，但是花了那么多气力来满足这种非常奇特的兴趣，这就叫他百思莫解了。现在，他们正走过教堂，他的眼睛看到了大钟的时候，脚步就加快了。

他是要上班去吧？这老太婆也很不费力地放快了脚步说。是的，时间就快到了。当他告诉这个老太婆他在什么地方做工的时候，这老太婆就变得更稀奇了。

"你不觉得幸福吗？"她问他。

"唔——世界上差不多没人没烦恼，老太太。"他含糊其辞地回答说。因为这老太太似乎认为他当然是很快乐的，他不忍心叫她失望。他知道世界上的烦恼是够多的了；假定这老太太活得这样长久，而竟认为他没有什么烦恼，那对于她当然是太好了，不过对于他也未必更坏。

"唉，唉！你的意思是说你在家里有些烦恼吧？"她说。

"有时候有这么一回两回的，"他随随便便地回答道。

"但是，替这么一位绅士工作，'烦恼'不会跟着你到厂里

85

去吧？"

斯梯芬说：不，不；烦恼并不跟着他到厂里去。那儿的一切都很不错。(他并没有为了让她更快乐一点，甚至说在那儿还有一种"神圣的权利"；但是，近年来我曾听过同这说法几乎一样天花乱坠的其他种种说法。)

他们现在已经走到工厂附近一条黑魆魆的小路上，"人手们"正在拥挤地向里走。钟在敲着，那条"蛇"盘成了很多圈，而那只"大象"正在准备行动。这奇怪的老太婆就是对那钟也发生了兴趣，说她从来没有听到过这样悦耳而且雄壮的钟声。

在没进厂之前，他停下来和颜悦色地跟她握手的时候，她问他在那儿工作了多久？

"十二个年头了，"他告诉她。

她说："我一定得亲一亲在这好工厂里工作了十二年的人的手！"虽然他原想阻止她这样做，可是她已经把他的手举起来放在唇边了。除了她的年纪和率真而外，还有什么使她那样和蔼可亲，他不知道，但是就在这稀奇举动里，也含有既适时、又合式的意味，这种意味，看起来除了她，谁也不能表现得这么严肃，显得这么自然，这么动人。

他在织机旁边足足站了半个钟头，老想着这老太太，后来因为他要绕过去调整一下机器，就从他所在的那个角落里的窗户往外望，却看见她仍然站在那儿仰看着这一大座厂房，似乎羡慕得出了神。不顾烟、土和雨水，也不顾来回两次的长途跋涉，她凝视着这个工厂，好像从这许多层楼发出来的轰隆轰隆的声音，在她听来，是雄壮的音乐似的。

过了一会儿，她走了，白天也跟她一道消逝了，又是灯火辉煌的时候，快车从"童话中的宫殿"旁边的拱桥上飞驰而过，从车上看这宫殿是非常清楚的；但是火车开过时，由于机器的震动，里面并不怎么觉得，而且在机器轰轰嘎嘎的声音中，差不多其他什么也听不到。这时候，他的思想早回到那小铺子楼上令人讨厌的小屋子中去了，又想到那个沉重地躺在床上，而更沉重地压在他心头上的那个可耻女人的影子。

机器慢下来了；震动得像微弱的脉搏那样无力；最后停止了。钟声又响起来了；光与热的闪耀都消散了；那些工厂在黑暗的雨夜黑魆魆地现了出来——那些高耸入云的烟囱像许多"巴比伦之塔"在互相比高一样。

不错，他昨天晚上刚跟瑞茄讲过话，而且同她走了一小段路；但是他又有了新愁，对于这个，除了她没有别人能够给他片刻的安慰。为了这缘故，而且又因为他知道除了她的声音而外，没有别的声音能把他的愤怒平息下来，他想到他或许可以不管她对他所说的话，而仍在那地方等她。他在那儿等着，但是她躲避了他。她已经走了。在这一年当中，没有哪个晚上像今晚这样，他是那样迫切需要看看她那富于耐性的脸庞。

啊！因为这种原因而有家不敢回去，倒不如没家安身哩。他吃了点东西，喝了点酒，因为他疲劳不堪了——至于吃的是什么，喝的是什么，他既不知道，也不在意；他在凄风苦雨中荡来荡去，想了又想，盘算了又盘算。

他们之间从来没有提到结婚；但是瑞茄在多年之前就对他表示莫大的怜悯，这些年也只有对她，他那紧闭着的心扉才打了开来，跟她谈论自己的痛苦问题；他很明白，只要他有可以向她求婚的自由，她会要他的。他想到在那时，他就可能用快乐与骄傲的心情寻找一个真正的家庭；又想到在那样的晚上，他就可能是个与今晚不同的人了；又想到要是有那么一天，他现在沉重的心也会变得轻快一点；又想到要是有那么一天，他那支离破碎的荣誉心、自尊心和安宁就都可以恢复了。他想到一生中最好的一段时光已经白白度过，又想到这使得他的性子变得一天比一天坏，还想到他那可怕的生活情况，他的手足都被那个死气沉沉的女人束缚得动弹不得，不断地忍受着她那鬼吵鬼闹。他想起了瑞茄，就是在那种情形之下，他们初次相遇，那时她是多么地年轻，现

87

在年纪已经大了，不久就要老了。他想起，她看到了多少女孩子和妇人都嫁了人，她又看见了多少人家的孩子在她的周围长大，而她——为了他——却甘愿走她那条孤独寂寞的道路；他又想起，有时他看到她那圣洁的脸上略现忧郁之色，这就使他深深感到悔恨和失望。他把她的形象和昨天晚上的那个非常丑恶的形象对比了一下；想到：难道说这么一个温柔、善良和克己的人的终身竟能听凭那样一个无耻的贱人来摆布吗！

脑子里充满了这些思想——充满得使他荒谬地感觉到似乎自己变得庞大了，跟一路上的那些东西处在一种新的和病态的关系之中，觉得每一盏迷迷蒙蒙的灯上的光圈都变成了红色——他走回家去安身。

第十三章
瑞　茄

　　一支蜡烛在窗台上朦胧地放着光，窗外常有竖起的黑梯子靠着，以便挣扎图存的妻子和一大群饥饿的孩子认为是世界上最最宝贵的人的尸首，可以从上面滑着送下来；看见了这个窗子，斯梯芬在种种念头之外，又加上了一种讨厌的感想，觉得人生一切灾祸中，没有哪一种灾祸比死亡分配得更不平等了。诞生的不平等简直不能跟它相比。因为，比方说，一个国王的孩子和一个织工的孩子在今晚同一个时刻出世了，那种所谓悬殊，比起一个对你是最有帮助、又为你所喜爱的人死掉了，而那样一个自暴自弃的女人还活在世上的这种悬殊是不能相提并论的！

　　他从外面走进家来，郁郁闷闷，呼吸似乎都停止了，脚步也变成慢拖拖的。他上楼来到房门口，打开门，就走进了房。

　　房内异常地安静。瑞茄在那儿，坐在床旁边。

　　她转过头来，她脸上的光辉照亮了他内心的黑夜。她坐在床边，看护、照料着他的妻子。这就是说，他看出有个人睡在那儿，他知道得很清楚，那一定是她；但是瑞茄用双手把帐子放了下来，所以她被遮住看不见了。她的龌龊衣服已经脱下，瑞茄的几件衣服也放在屋子里。每样东西都按照他一向的习惯原模原样地放在那儿，井井有条，那一堆小小的炉火刚被拨了拨，壁炉也才被扫过一番。他仿佛是从瑞茄的脸上看出了这一切，除了盯着她的脸而外，别的他都不看。当他注视着她的时候，他的视线被满眶热泪遮住了；但是，先前他却没有看到她是那样诚恳地望着他，而她的眼睛里也是泪水盈盈的。

她又转过脸去望望床，看清楚床上的一切都很安静之后，就用又低细、又平静、又快活的声音说起话来。

"我很高兴，你终于来了，斯梯芬。你回来得太晚了。"

"我在外面荡来荡去。"

"我也料到了。但是今儿晚上天气太坏，可不能那么办。雨下得太大，风又起来了。"

风吗？不错，刮得挺厉害。听得到烟囱里打雷似的隆隆声和惊涛骇浪似的啸吼！不过，他在那样的大风里走着，并不觉得风在刮！

"我今天白天已经来过一次了，斯梯芬。在吃午饭的时候，你的女房东来找我。她说，这儿有个人需要照料。的确是的，女房东说得对。她完全神经错乱了，发昏发迷的，斯梯芬。她还受了伤，发青发紫。"

他慢慢走到一张椅子旁边坐下了，在她面前低下了头。

"我来做我能做的那一点儿事，斯梯芬；第一，因为我们从女孩子时代起就在一道做工，也因为你跟她求婚和结婚的时候，我就是她的朋友——"

他用手撑住他那满是皱纹的额头时，发出一声低微的呻吟。

"其次，我知道你的心，深信你的心太仁慈了，不会听凭她没有人帮助就死掉，甚至连让她因为无人援助而受苦难也都不会。你知道是谁说过："让你们之中不曾犯过罪的人，向她丢第一块石头！'[①]在这儿做这样事情的人是太多了。她已经落到这个地步，你不会是丢最后一块石头的人，斯梯芬。"

"啊，瑞茄，瑞茄！"

"你这个苦命的受难人儿，老天会报答你的！"她用同情的音调说道。"我是你可怜的朋友，我是全心全意为着你的。"

那个自作自受、为人所不齿的女人所受的伤，似乎是在颈子

---

① 见《圣经·新约全书·约翰福音》第8章第7节。

上，瑞茄所说的伤就是指这个而言。她现在正为她包扎，但仍然没有让他看见她。她从瓶子里倒出了一点药水放在盆里，再用纱布向盆中一浸，然后轻轻地把纱布放在伤口上。她已经把那张三脚圆桌拖到床前来了，桌上放了两个瓶子。刚才倒的就是其中一个瓶子里的药水。

这张桌子离得并不远，斯梯芬的目光随着她的手移动，看到了瓶子上用大写的字母印出来的字。他的脸色变得死一般惨白，仿佛陡然为一种恐怖所笼罩。

"我预备呆在这儿，斯梯芬，"瑞茄安静地又坐下来说，"一直到三点钟。到了三点钟我还得给她换次药，然后就可以让她睡到天亮。"

"但是，你明天还有工作，你得歇息歇息呀，我亲爱的。"

"我昨晚睡得很好。在必要的时候，我可以几晚不睡。看你面色那样苍白和疲倦，你才需要休息呢。我在这儿照顾着她，你何不就在椅子上睡睡呢。我深信你昨晚没有睡好。你明天干的活儿比我吃重多了。"

他听到门外狂风怒号，有如雷鸣海啸，好像他刚才的那种愤怒心情正在外面要想再冲进门来，抓住他不放。她已经把他的那种心情赶走了；她把它关在门外；他确信她能保护他，能帮助他抵抗他自己。

"她并不知道我在这里，斯梯芬；她只是昏昏沉沉地喃喃自语，瞪眼看着。我跟她讲了好多次的话，但是一点儿也引不起她的注意！这也好。等她神志再清醒的时候，我已经做了我所能做的一切，她也不会知道照料了她的是谁。"

"瑞茄，估计她这样要多久呢？"

"医生说明天她可能就神志清醒了。"

他的眼光又落到那瓶子上，浑身发抖，四肢也在战栗着。她还以为他是由于淋雨而受了寒。"不，"他说，"不是这原因。"他是受惊了。

"受惊？"

"唉，唉！进来的时候。我在走的时候。我在想的时候。我——"他又发抖了；扶住壁炉架站起来，用一只颤抖得像是麻痹了的手，按着他那潮湿的、冷冰冰的头发。

"斯梯芬！"

她正走近他身边，但他伸手阻止了她。

"不！请你不要；不要。你还是坐在床边好。你坐在那儿显得多仁慈，多宽大。我要你就像我进来时看见的那个样子。那样看你再好没有了。再好没有，再好没有，再好没有了！"

他发了一阵剧烈颤抖，然后瘫在椅子上。过了一会儿，他才控制住自己，把肘撑在膝头上，用手托着头，对瑞茄望着。他泪汪汪的眼睛从朦胧的烛光中望去，似乎她头上有一圈光轮。他相信她头上的确有。当外面的风声摇撼着窗户，撞着楼下的门，绕屋喧嚷悲鸣的时候，他的确这样相信。

"等她好一些的时候，斯梯芬，也许她就会再离开你，而不再妨碍你。不管怎样，我们现在可以这样希望。现在我就停止讲话了，因为我要你赶快睡觉。"

他闭上了眼，这与其说要使他那疲倦的头脑得到休息，毋宁说要顺着她，使她高兴；但是，当他倾听狂风的喧嚣时，风声就越来越小，终于什么都听不见了，要不然，就是风声变成他织机运转时发出的声响，或者变成那一天他所听见的人们的声音（包括他自己的声音在内）在说那些他们的确讲过的话。最后，连这种模糊的意识也消逝了，他做了一个很长的恶梦。

他梦见自己同一个他久已倾心的女人站在教堂里举行婚礼——但是，她不是瑞茄，甚至处在他幸福的梦境之中，这也使他吃惊。婚礼正在进行，他在那些观礼的人们中认着人，有些人他知道还活着，有些人他知道已经死了；这时，天黑下来了，接着就有一道强烈的光照过来。这道光是从圣坛上的十诫表的某一条发射出来的，那些亮光闪闪的字把整个教堂都照亮了。那些火一

斯梯芬和瑞茄在病房里

般的字仿佛还发出声音，使整个教堂都能听见。这么一来，在他面前和周围的景象全部改变，除了他和牧师，原来的一切都无影无踪了。他们俩站在日光下，面对着一大堆人，他想，看起来就是全世界的人真能集拢在一块儿，也不会有那么多；而这些人全都讨厌他，几百万只眼睛盯着他的脸，而在这许多眼睛当中，就没有一只表示怜悯或友爱。他站在自己那台织机下的台上，当他仰望织机的形状，听着丧礼仪式的词句一句句被念出来的时候，他就知道他要死了。在一刹那中，他站的那个台塌了，而他也就完蛋了。

他无法知道究竟凭什么神秘的力量，他又回到日常生活中，回到他所熟悉的地方；但是总有什么东西把他送回到这些地方来的，而且，因为定了这种罪，不论在今世、来世，历永恒、历万劫，他再不可能看到瑞茄的脸或者听到她的声音了。他不停地、无希望地游来荡去，好像是在寻求什么，而他并不知道在寻求什么（他只知道命中注定了要去寻求），于是他就恐惧莫名，所有的东西都变成一种特别的形状，使他害怕得要死。他无论看什么东西，那东西迟早都变成了那个形状。他的悲惨生活的目的，就是不让他所遇到的各式各样的人中，有谁看出那种形状。这真是白费劲！如果这东西在屋子里，他就领它们出去；如果这东西在抽屉和柜子里，他就把它们关上；如果他知道这东西藏在什么地方，他就会引那些好奇的人离开那地方到街上去；但即使那样，连纺织厂的烟囱也变成了那形状，围绕它们的就是十诫表上的那行字。

风又在吹，雨点打在屋顶上，他先前游荡其中宽阔空间缩小到他屋子里四壁以内的范围。除了火已经熄掉，屋里的一切都跟他未闭上眼睛前一样。瑞茄坐在床边的椅子上似乎在打瞌睡。她裹着围巾非常安静地坐在那儿。桌子仍然在原处，靠近床边，桌上的东西就是他在梦中看到过很多次的那个形状的真形实体，只不过已经还原到本来的大小了。

他觉得他看见帐子在动。他再看了一下，肯定帐子是在动。

他看见一只手伸出来摸索了一下。然后帐子晃动得更明显了，床上的女人把帐子撩开，坐了起来。

她以一双那么憔悴、疯狂，那么大而迟钝的悲惨的眼睛，看了看屋子的四周，扫过了他睡在椅子上的那个角落。她的眼光又转到那个角落，当她注意看的时候，她把手放在额头上像搭凉棚一般地遮着眼睛。接着双眼又向四处张望，几乎完全没有注意到瑞茄，又去看那个角落。当她又一次手搭凉棚似地看着的时候——与其说是看他，不如说是她凭着畜生一般的本能发觉他在那儿，所以就向那边找他——他觉得在她那放荡的面貌上，或者在她那随着面貌一道放荡的心灵中，他找不到一丁点儿在十八年前和他结婚的那个女人的影子。要不是他看到她一步步地才变成现在这个样子，他绝对不会相信她就是原来的那个女人。

在这整个一段时间以内，他始终像是着了魔，除了注意她而外，他浑身瘫软，动弹不得。

她昏昏沉沉的，几乎不能支持自己，但又喃喃自语着，终于坐了起来，双手放在耳朵边，把头托了起来。坐了一会儿，她又向屋子四周东张西望。这时，她的眼光才第一次落到放瓶子的那张桌上。

她马上带着昨晚的那种反抗态度，把眼光转到他所在的那个角落里，非常谨慎地、轻轻地移动了一下，伸出了她那贪婪的手。她把一只杯子拿到床上，坐在那儿考虑了一会儿，这两个瓶子，她究竟应该选择其中的哪一个。最后，她那只无知觉的手一把抓住那个装了可以迅速致死的药水瓶子，然后就在他的眼前，用牙齿把瓶塞子拉掉。

是梦幻还是真实，他既说不出话来，也没有力量移动。假使这是真实的，而她的死期还没有到，那么醒醒吧，瑞茄，醒醒吧！

她也想到这一点。她看了看瑞茄，于是很慢地、很谨慎地把瓶子里的东西倒了出来，药水已放在唇边了。再过一刹那，即使让全世界的人都醒过来用最大的力量来挽救她，也无济于事了。

但是就在这当儿，瑞茄低叫一声惊跳起来。那个东西挣扎着，打她，抓住她的头发；但是瑞茄终于把杯子抢了过来。

斯梯芬从椅子上蹦了起来。"瑞茄，在这个恐怖的夜晚，我是醒着呢，还是在做梦？"

"一切都好了，斯梯芬。我自己也睡着了。现在快到三点了。嘘！我听见钟声了。"

风把教堂的钟声送到窗前。他们倾听着，钟敲了三下。斯梯芬瞧着她，看到她是那样地苍白，注意到她那蓬乱的头发，和她前额红红的指甲痕，就肯定自己的视觉和听觉都是清醒的。就是现在，她手中还拿着那只杯子。

"我想也该到三点钟了，"她说，镇静地把杯子里的东西倒在盆子里，像先前一样把纱布浸了一浸。"感谢上帝，我留下来没走！我把这块纱布敷上去就算好了。好啦！她现在又安静了。盆子里面的那几滴药水我也要倒掉，因为这种有害的东西就是很少一点儿丢下不管也是不好的。"她说着，便把盆里的药水倒在壁炉的灰里，把瓶子在炉子前面的砖头上打碎了。

她没有什么事情可做了，于是便用围巾把自己裹起来，然后才走到风雨里去。

"此刻你让我同你走一走，好吗，瑞茄？"

"不，斯梯芬。只要一分钟，我就到家啦。"

当他们走到门口的时候，他用低低的声音说，"你不怕丢下我一个人跟她在一起吗？"

她看了看他，说："斯梯芬？"他的一只腿就跪在她面前腐朽的楼梯上，把她的围巾边缘放在唇上。

"你是个安琪儿。上帝保佑你，上帝保佑你！"

"我已经跟你讲过了，斯梯芬，我是你可怜的朋友。安琪儿不会像我这样。安琪儿和一个缺点很多的女工之间，隔着一道鸿沟。我的小妹妹是在安琪儿之中，但是她改变了。"

说这句话的时候，她的眼睛向上看了一下；然后眼光落了下来，又温柔、又和蔼地看着他的脸。

"你使我从坏变好。你使我低首下心愿意变得更像你，你使我害怕：等我这种生活完结，这乌糟事清除以后，我会失去你，你是个安琪儿；很可能，你已经拯救了我的灵魂了！"

她看着他跪在她的脚前，手中仍然拉着她的围巾，而等她看到他脸孔抽动的时候，责难的话到了嘴边也就说不出来了。

"我绝望地回来。我回到家来一点希望都没有了，而且气愤地想到，只要我诉一句苦，别人就认为我是个无理取闹的'人手'。我对你说过，我曾吃了一惊。吃惊的就是桌上那毒药瓶子。我从没有害过一条生命；但是陡然看见这东西，我就想到：'我怎能担保，我对我自己，或者对她，甚至对她和我两个人，不会搞出什么乱子来呢？'"

她的脸上露出恐怖的神色，把两手放在他的嘴上，不让他再说下去。他用他那只闲着的手抓住她的双手，紧紧握着，同时仍然拉着她围巾的边缘，急急地讲道：

"但是我看见了你，瑞茄，坐在床边。这整个晚上我都看见你。就是在我不安的睡眠中，我也知道你还在那儿。我总会看见你在那儿。我以后只要看到她，或者想到她的时候，就会觉得你在她的旁边。我以后只要看到，或者想到什么使我发怒的事情，就总会想到你，你比我好得多，你在我的旁边。所以我总要等待着那个时候，我总相信那个时候一定会到来，到了那个时候我就会和你一道儿远走高飞，跨过那道鸿沟，走到你小妹妹所在的地方去。"

他又吻了吻她围巾的边缘，让她走了。她用一种断断续续的声音祝他晚安，于是走到街上去了。

风从太阳将要升起的那一方吹来，仍然刮得挺厉害。它把天空扫净了；雨不是落完了，就是落向别的地方去了；星星在闪着光。他光着头站在路上，盯牢着她；很快，她就无影无踪了。在这个人的狂乱幻想中，瑞茄跟他一生的平凡经历对比起来，恰如灿烂的星斗跟窗台上那半明不灭的蜡烛的对比一样。

第十四章
大厂家

在焦煤镇上，时光的流逝如同这个地方的机器一样：用了那么多材料，消耗了那么多燃料，花费了那么多动力，赚了那么多金钱。但是，跟铁、钢和铜比较起来，它并不是那样坚固不变的，即使在这一片茫茫的黑烟与砖墙的地方，它也会把季节的变换带来，而且对那地方可怕的单调性，提出了唯一的反抗。

葛擂硬先生说："露意莎差不多快变成青年女子了。"

时光不管任何人说什么话，它以无数的马力转动下去，而不久就使年轻的汤玛士长高了——比他父亲上次注意到他时长高了一英尺。

葛擂硬先生说："汤玛士差不多快变成青年男子了。"

他父亲还在这样想的时候，时光又把汤玛士送到它那织造厂中，使他穿上了燕尾服，戴上了硬领站在那儿。

葛擂硬先生说："真的，该是汤玛士到庞得贝那儿去的时候了。"

时光，紧跟着他，把他送到庞得贝先生的银行里，使他成为庞得贝先生家的一名熟客，使他第一次有需要买一把刮胡子刀，而且孜孜不倦地把他训练为一个精于计算并老是把自己放在第一位的人。

这位伟大的制造家在各个发展阶段，手边常常有无数的、各式各样的工作。它使西丝从它那织造厂中经过，把她变成了一个精巧的成品。

葛擂硬先生说："我想，朱浦，你再继续在学校里念书也没有什么用了。”

"我想也是没有什么用了，老爷，"西丝行了个屈膝礼说。

"我用不着瞒你，朱浦，"葛擂硬先生皱着眉头说，"你在那儿考试的成绩，使我失望，使我非常失望。在麦却孔掐孩先生和太太的教导下，你并没有获得像我预期你得到的那么多的正确知识。在事实方面，你的知识是极不够的。在数字方面你的知识也是很有限的。你完全落后了，不及格。"

"我很抱歉，老爷，"她回答说；"但是我知道你说得很对。可是我已经尽了力，老爷。"

"是的，"葛擂硬先生说，"是的，我相信你已经尽了力；我曾注意你，在这方面我找不出你有什么过错。"

"谢谢您，老爷。有时候，我想到，"西丝说到这里，变得非常胆小，"也许是，我想学的未免太多了，假如我曾要求让我少学一点的话，我可能有——"

"不，朱浦，不，"葛擂硬先生带着他那深不可测的、非常实际的态度摇摇头说，"不。你学习的过程，是按照一定的系统来安排的——那是唯一的系统——在这点上倒是没有什么话可说的。我只能认为你幼年的生活环境太不利于你理性能力的发展，同时我们也着手得太晚了。就像我刚才说过的，我还是失望了。"

"老爷，我但愿能够表现得好一些来报答你对于一个可怜的、无依无靠、没权向你要求什么的女孩子的恩惠，和你对她的庇护。"

"不要掉眼泪吧，"葛擂硬先生说。"不要掉眼泪。我并不想埋怨你。你是个热情的、恳挚的青年女子——这——这也就够了。"

"非常感谢您，老爷，"西丝还行了个屈膝礼，表示感谢。

"你对于葛擂硬太太很有帮助，而且一般地说来，你在各方面对这个家庭也很有用处；我听露意莎小姐这样地说过，我自己看来也确实如此。所以我希望，"葛擂硬先生说，"你能在这种关系中，快乐地过下去。"

"我没有其他的希望，老爷，要是——"

"我懂你的意思，"葛擂硬先生说，"你还是在想你父亲。我听露意莎小姐说，你仍然保存着那只瓶子。真的！假如你在得到正确结论这方面的科学训练有较好的成绩，那你在这些地方，就可以变得聪明一点。我也不需要多说了。"

他实在太喜欢西丝，不至于看她不起；要不然，就是他把她的计算能力估计得太低，所以才得到那么个结论。不知为什么，他有个见解，认为这女孩子身上有种东西很难用图表说明。她下定义的能力可以说非常有限，她的数学知识等于零；然而假使有人，比方说，要求葛擂硬把她的资格逐项填在国会选举的呈报册子里去，他就不知道究竟怎样来把她填进去。

在制造人体组织的某些阶段中，时光的进程非常快。年轻的汤玛士和西丝都正在这个成长阶段，一两年之内这变化就形成了；葛擂硬先生自己在这个当儿看起来却仿佛是不动的，一点没有改变。

只有一点例外，而这与时光织造厂所必须经历的过程无关。时光把他乱推到一个角落里，把他放在小小的、声音嘈杂而相当肮脏的机器里面，使他变为代表焦煤镇的国会议员：成为受人尊敬的、专门讲究度量衡，专会背乘法表的议员中的一个，成为对其他任何事情都装聋作哑、视而不见、一瘸一拐、犹如行尸走肉一般的贵人中的一个。要不是这样，我们又为什么活在耶稣基督出生后一千八百多年的一个基督教国家中呢？

在这个期间，露意莎也长大了，她是那么娴静沉默，总是喜欢在黄昏的时候注视那发光的火星落在炉子中渐渐熄灭，从她父亲说她差不多快变成青年女子的时候起——那似乎还是昨天的事——她就很少再引起他的注意，现在他却看出她简直是青年女子了。

"简直是青年女子了，"葛擂硬先生思索地说着。"啊呀！"

发现这事以后的好几天中，他变得格外多思多虑，似乎一心一意想着个问题。一天晚上，他要出去，露意莎在他走前去跟他说"再见"的时候——因为他要很晚才回家，她要到第二天早上才能看见他——他就把她抱在怀里，非常慈祥地看着她说：

"我亲爱的露意莎，你真已经成人了！"

她用那天晚上她被发现偷看马戏班时的那种敏捷、锐利的旧目光看了她父亲一眼；然后眼光朝地下说，"是的，爸爸。"

"亲爱的，"葛擂硬先生说，"我得单独跟你认真谈谈。明天早饭后，到我屋里来，好吗？"

"好的，爸爸。"

"你的手相当冷，露意莎。你不舒服吗？"

"我很好，爸爸。"

"可是，高兴吗？"

她又看了看他，用她那种特别的神情笑了笑。"我高兴，爸爸，像我平常那样，或者说像我一向那样。"

"那很好，"葛擂硬先生说。他亲了她一下就走了；而露意莎就回到那理发厅一般的、安静的屋子里去，一只手托着胳膊肘，又去瞧那些转瞬即逝的火星化为灰烬。

"你在屋里吗，露？"她弟弟在门口张望了一下说。他现在已变成个耽于游乐，不太讨人喜欢的年轻绅士了。

"亲爱的汤姆，"她站起来拥抱他，回答说，"你有多久不来看我了！"

"嗯，我晚上总有事，露；而在白天，老庞得贝总那样盯住我。但是，要是他来得太厉害，我就用你来抵挡他，于是我们间保持着一种默契。我说！今天或者昨天，父亲跟你说过什么特别的话吗？"

"没有，汤姆。但是，今晚他告诉我，他希望明天早上跟我讲几句话。"

"嘿！我的意思就是这个，"汤姆说。"你知道他今晚上在哪里？"——他现出一种奥妙莫测的表情。

"不知道。"

"那么，我告诉你吧。他正和老庞得贝在一起。他们正在银行里进行正式会谈。你知不知道为什么在银行里谈？好吧，我再告诉你吧。我想，是尽量不让斯巴塞太太听到。"

露意莎把一只手放在她弟弟肩膀上，仍然站在那儿瞧着火。她的弟弟比平常更加关心地瞟着她的脸，伸手搂着她的腰，诱哄似地把她朝身边拉。

"你很喜欢我，是不是，露？"

"的确是的，汤姆，虽然你常常隔那么久才来看我。"

"对，我的姐姐，"汤姆说，"你这句话，简直说到我心坎里去了。我们可以时常在一起——是不是？常常在一起，差不多——常常在一起，是吗？如果你决定做我所知道的那件事，露，那就对我有很好处。那就是对我极好的事。那就使我非常开心！"

她的深思熟虑阻碍了他那狡猾的追究。他不能从她的脸上 看出什么。他紧紧搂着她，亲了亲她的腮。她还了他一个吻，但是仍然看着火。

"喂，露！我原想跑回来暗示你一下有什么事情正在酝酿着，不过我料想你即使不知道，也多半可以猜得出。我不能耽搁了，因为今晚我同几个人有约会。你不会忘记你是多么喜欢我吧？"

"对，亲爱的汤姆，我不会忘记的。"

"那才是个好姑娘，"汤姆说。"再见吧，露。"

她很亲热地祝他晚安，同他走到门口，从那儿可以看到焦煤镇的灯火，把远处照得亮堂堂的。她站在那儿，盯着看那些灯火，听着他越走越远的脚步声。脚步走得很快，因为他很高兴离开了石屋；但是，等他已经走远，一切都静下来的时候，她仍然站在那儿。看来她似乎先是想从自己屋里的炉火中，后来又想从外面的一片朦胧火光中去发现那个最伟大的、工龄最长的"纺织工人"，就是说那个"时光老人"，准备怎样把已经纺成"女人"的纱线，织成一种什么纺织品。但是"时光老人"的工厂是个秘密的场所，他无声无息地工作着，而他的"人手"也都是哑巴。

第十五章
父与女

虽然葛擂硬先生跟蓝胡公①并不相像，可是他的房里因为堆满了蓝皮书，简直成了蓝色房间。凡是这些蓝皮书能证明的（一般说来，你爱叫它们证明什么，它们就能证明什么），它们都在那儿证明了。它们形成一支大军，时常有新兵到来加强阵容。在这个魔房里，那些最复杂的社会问题通过计算，得出了正确的总数，而最后得到了解决——我们但愿那些有关的人都能够知道这一点。好像一座天文台不应该开什么窗子，而坐在里面的天文家应该只用钢笔、墨水和纸张来计算星宿的运行一样，葛擂硬先生在他的天文台中（还有许多像这样的天文台呢），也用不着观察他周围千千万万的人，就可以在一块石板上来摆布他们的命运，用一块小小的肮脏海绵把他们所有的眼泪都揩干。

那么，我们就来谈谈这个天文台吧。这是一个气氛严肃的房间，里面有一座像统计学一样要命的挂钟，每秒钟都要响一下，好像钉锤一下下敲在棺材板上。有一个窗子正对着焦煤镇，当露意莎在她父亲的桌子旁边坐下来的时候，她就看到那些高耸的烟囱和一大片一大片朦胧地呈现在远处的浓烟。

"我亲爱的露意莎，"她的父亲说，"我昨天晚上叫你做好思想准备，希望你认真注意一下我们现在正要进行的这番谈话。你受过那么好的教育，而且我很高兴地说，你又学习得那样好，因此我完全相信你能明白事理。你并不感情用事，也不带浪漫气息，你向来根据理性与算计，从坚实而冷静的立场来观察一切事情。我知道你会只从那个立场来观察、来考虑我就要跟你说的话。"

他等了一等，似乎只要她说点什么，就会使得他高兴。但是她一声也不响。

"露意莎，我亲爱的，有人对我提出要向你求婚了。"

他又等了一等，她仍然一言不答。这就使得他诧异起来，只好轻轻地重说一遍，"求婚呀，我亲爱的。"听了这句话，她脸上没有流露出任何表情，回答说：

"我在听你讲，爸爸。我确实在听着哩。"

"好！"葛擂硬先生踌躇了一会儿，然后笑逐颜开地说，"你比我料想的还要冷静得多，露意莎。或许，你对我受人之托而来讲的这件事情，并不是没有思想准备吧？"

"爸爸，在你没讲出来之前，我不能说我有准备或没有准备。我希望你把一切都告诉我。我希望你明白地说给我听，爸爸。"

说来也奇怪，在这个时候，葛擂硬先生反而不及他女儿那样镇静。他手里拿了一把裁纸刀，把它翻过来，放下去，再拿起来，甚至于还顺着刀锋看去，考虑着怎样讲下去才好。

"我亲爱的露意莎，你的话很有道理。我答应要让你知道的——简单说，就是庞得贝先生告诉我，他很久以来就以一种特殊的兴趣与愉快的心情来关心你的进步，而且很久就渴望着有那么一天可以向你求婚。他时时刻刻期待着的这一天，现在到来了。庞得贝先生已对我提过想跟你求婚的话，他请求我向你宣布，并且转达他的愿望，希望你对这件事会予以好意的考虑。"

他们之间保持着沉默。那个像统计学一样要命的挂钟响得非常空洞。远处的煤烟显得又黑又浓。

"爸爸，"露意莎说，"你以为我爱庞得贝先生吗？"

葛擂硬先生被这句出乎意外的问话弄得极其狼狈。"哎呀，我

---

① 《蓝胡公》，是法国17世纪小说家佩罗的作品。书中主人公拉乌尔的胡子据说是蓝色的，因此外号就叫"蓝胡公"。这个蓝胡公娶过许多妻子，但他把她们一个一个都谋害了，把尸体放在一间房子里面。后来他的罪行被他的最后一个妻子发现了，她的兄弟于是把他杀死。

的孩子，"他回答说，"这话——的确——不能由我来说。"

"爸爸，"露意莎追问道，声调跟方才一样，"你要我爱庞得贝先生吗？"

"我亲爱的露意莎，不。不，我不要求什么。"

"爸爸，"她仍然追问着，"庞得贝先生要我爱他吗？"

"真的，我的亲爱的，"葛擂硬先生说，"我很难回答你的问题——"

"很难回答——'是'，或者'不是'；对吗，爸爸？"

"对的，我亲爱的。因为……"这儿有了须待说明的事情，所以他又振作起来了；"因为这个回答，露意莎，事实上要看我们对这个说法怎样解释。庞得贝先生没有误会你，也没有误会他自己，会妄想什么空想的、异想天开的、或者（我用的都是同一意义的词儿）热情的东西。如果他居然忘了你多么通达事理（且不说他自己也多么通达事理），而出于任何这一类的动机提出求婚的话，那么庞得贝先生就等于白白地亲眼看见你长大了。因此，所谓'爱不爱'这个说法的本身——我不过向你提出这一点，我亲爱的——在此地提出来可能不大适当吧。"

"那么你劝我用什么来代替这个提法呢，爸爸？"

"唔，我亲爱的露意莎，"葛擂硬先生说，这会儿完全恢复了镇静，"你既然问我，我就劝你把这个问题干脆当作一个明确的'事实'来考虑，正如你对其他问题都一贯用这态度考虑一样。那些无知无识的和昏头昏脑的人们可能用枝枝节节与事实无关的幻想，以及荒诞无稽的念头（严格地看来这些念头真正都是荒诞无稽的），掺杂在这样的问题中，但是你比他们明白多了，不是我当面夸奖你。那末，跟眼前这事有关的'事实'是什么呢？照虚年龄来说，你已经二十岁了；庞得贝先生照虚年龄来算是五十岁。从你们两人的年龄来说，是有些不相称，但是从你们的财产和地位来说没什么不相称的；相反，倒非常门当户对呢。那么，问题来了，只有一点不相称，就能作为这么一桩婚姻的障碍吗？考虑

106

这问题时，参考一下从英格兰与威尔士搜集来的婚姻统计数字，倒是很重要的。在参考这些数字时，我发现双方年龄不相称的婚姻占大部分，而且在这些婚姻中，年龄较大的一方，差不多有四分之三强是新郎。在大不列颠所属的印度土人中，在中国的相当一部分地区，以及在鞑靼的卡尔木克人中，旅行家供给我们的最好的估计方法，也得到了同样的结论。这是值得注意的，因为它说明这'规律'的广泛性。因此，刚才我所讲的不相称，几乎已不成其为不相称；而且(实际上)简直没有什么不相称。"

"你主张，爸爸，"露意莎说道，她那谨慎安详的样子丝毫不为这些令人满意的答案所影响，"我用什么来代替我刚才用的那个字眼呢？来代替那个在此地用来是不适当的说法呢？"

"露意莎，"她的父亲回答说，"在我看来，没有哪件事比这更清楚的了。严格地把你自己约束在'事实'的范围内，你对自己提出的'事实'问题就是：是不是庞得贝先生要求我嫁给他？是的，他要求的。因此剩下来的唯一问题就是：我要不要嫁给他呢？——我想没有比这更清楚的话了吧？"

"我要不要嫁给他？"露意莎一个字一个字地重说了一遍。

"一点儿不错。作为你的父亲，我亲爱的露意莎，我很满意，因为我知道你在考虑这问题时，不同于其他青年女子，不会凭先入为主的思想习惯、生活习惯来考虑这问题的。"

"是的，爸爸，"她回答说，"我并不是那样。"

"我现在就让你自己判断，"葛擂硬先生说。"我已经把这问题提出来了，我的提法正如一切讲究实际的人通常对这类问题的提法一样；当初你母亲和我的问题也是用同样方式提出的。其余呢，我亲爱的露意莎，就由你决定了。"

谈话一开始，她就坐在那儿盯着看他。现在，他朝椅背上一靠，该是他把那双深窟窿一般的眼睛看着她的时候了，或许他能看出，她在这一刹那间是在彷徨莫定，似乎恨不得倒在他的怀中，把郁积在心中的话都向他吐露。但是，要是他看到这一点，他一定会一跃跳过那些人为的障碍，这些障碍全是他多年来在他自己与那些微妙的人性本质之间树立起来的，那些本质直到世界的末日，也不是极巧妙代数学所能捉摸的，而到那时候，就是代数学也要与世界同归于尽了。这些障碍是太多了，也太高了，他跳不过去。他那副刚愎自用的、功利主义的、实际的面孔，使她的心肠又变硬了；而刚才所讲的那一刹那也因此飞入了无底的"过去"深渊，同永沉在那儿的所有失去的机会混在一起。

她的眼光离开他，坐在那儿一声不响地久久望着窗外。最后，他说道："你是不是跟焦煤镇的工厂烟囱商量呢，露意莎？"

"那儿似乎什么都没有，只有死气沉沉的单调的煤烟。但是，一到晚上，火光就会冒出来的，爸爸！"她迅速地转过脸来回答说。

"我当然知道这个，露意莎。只不过，我不懂你说这句话有什么意思。"平心而论，他确实不知道。

她用手轻轻一挥，把这个话头甩开，又把注意力集中，对他说道："爸爸，我常常想到生命是短促的。"——这非常显然地是他拿手的题目，所以他就插嘴了。

"没有疑问，生命是短促的，我的亲爱的。但是，近年来已经有人证明，人的平均寿命还是在增加着。其他的一切正确数字姑且不谈，光是人寿保险公司和管理年金的机关，根据它们的计算，就已经把这事实证明了。"

"我讲的是我自己的生命，爸爸。"

"啊，真的吗？但是，"葛擂硬先生说，"我用不着向你指出，露意莎，你的生命还是被那支配一切生命的规律支配着的。"

"我活在世上一天，就愿意做一点我能做的事，或做一点适合我做的事。这有什么关系呢？"

她说的最后一句话，葛擂硬先生似乎不知道怎样去理解；就回答说，"怎么，关系？什么关系，我亲爱的？"

"庞得贝先生要我嫁给他，"她不顾他插话，镇定地、直截了

108

当地说下去，"我要问自己的问题是：我要不要嫁给他？是那样，爸爸，对吗？您就是这样告诉我的，爸爸。不是吗？"

"当然是的，我亲爱的。"

"就这样吧。既然庞得贝先生愿意这样来娶我，我对他的求婚就算是同意了吧。告诉他，爸爸，请你尽快告诉他，这就是我的回答。如果可能，我请您把我说的话一字不差地重说给他听，因为我希望他知道我说过些什么话。"

"这个要求很对，我亲爱的，"她父亲表示赞许地回答说，"要说得一字不差。我会照你这很合理的请求办的。关于你结婚的日期，你有什么意见吗，我的孩子？"

"没有，爸爸。这有什么关系呢？"

葛擂硬先生已经把他的椅子挪过来更靠近她一些，拉着她的手。但是，她那句说了又说的话，听来似乎有点刺耳。他稍微停了一下，看着她，仍然拉着她的手，说：

"露意莎，我觉得没什么必要来问你个问题，因为在我看来，所有问的事存在的可能性太小了。但是，也许我还是该问一下。你从不曾私下希望别人来向你求婚吧？"

"爸爸，"她几乎带着揶揄的口吻回答说，"还有什么人来向我求婚呢？我看见过什么人？我到过什么地方？我有过什么谈情说爱的经验呢？"

"我亲爱的露意莎，"葛擂硬先生这一下放心了，满意了，回答说，"你把我的话纠正得很对。我不过想尽责任罢了。"

露意莎用她那种文静的态度说："爸爸，关于兴趣和幻想，希望和热情，关于可能滋生出这类轻浮情绪的我的这一部分的天性，我又知道些什么呢？我有什么方法逃避那些可以证明的问题，和那些可以掌握的现实呢？"说这些话的时候，她不自觉地紧握拳头，好像抓住个实物似的，又慢慢松开手来，就像在抛弃什么灰尘和泥土。

"我亲爱的，"她那异常实际的父亲表示同意道，"的确是的，的确是的。"

"那么，爸爸，"她继续说，"你问我的问题多奇怪！我即使常听说，一般的孩子们，都有他们孩子气的嗜好，但这些天真无邪的东西从没在我的胸中扎根。您是那样小心谨慎地照顾我，使我从来就没有一颗孩子的心。您使我受到那么良好的教育，所以我从来就没有做过孩子的梦。我从小到现在，您对我总是那样考虑周到，爸爸，使我从没孩子的信仰或孩子的恐惧。"

葛擂硬先生既为自己的成绩感动，又为女儿对这一成绩的证词感动。"我亲爱的露意莎，"他说，"你充分报答了我的爱护了。亲亲我吧，我亲爱的女儿。"

于是，他的女儿亲了他一下。他把她紧紧抱在怀里说，"我现在可以老老实实告诉你，我的爱女啊，你的正确决定使我非常高兴。庞得贝先生是个非凡人物；存在于你们之间的那点小小的不相称——如果有的话——已经被你健全的思想完全抵消了。我一贯教育你的目的，就在这儿；想叫你就是在幼年时代（如果我可以这样表白心意的话），就差不多像成人一般。再亲我一次吧，露意莎。好吧，我们去找你母亲去。"

于是，他们走到下面的客厅里去，那位没有无聊念头的贵妇人，如同平常一样躺在那儿，西丝正在她旁边做着活儿。他们进来之后，她微微显得恢复了生气，不久，那个模糊的透明体就坐了起来。

"葛擂硬太太，"她丈夫有点不耐烦地等她完成这艰难动作，说道，"让我把庞得贝太太介绍给你。"

"啊！"葛擂硬太太说，"原来你们已经解决这问题了！好，我肯定地说，我真盼望你的身体会很健康，露意莎；因为，要是你像我，一结婚就头痛欲裂，那我就不能认为你值得羡慕；虽然我相信，你自以为人家都羡慕你，因为所有的女孩子都这样。不管怎样，我还是祝贺你，我的亲爱的——同时我盼望你现在可以把你学到的那许多什么学，好好地运用出来，我真是这样盼望的！

我一定要亲你一下，表示祝贺，露意莎，但不要碰我右边的膀子，因为我右膀一天到晚很不舒服似的。"在对她表示亲热后，葛擂硬太太整理了一下围巾，抽抽噎噎地说着，"你瞧，从今以后，我一天到晚都要发愁了，究竟怎样称呼他才好呢！"

她丈夫很严肃地说："葛擂硬太太，你这话什么意思？"

"他同露意莎结婚后，葛擂硬先生，我到底怎样称呼他！我对他总得有个称呼呀。常常同他讲话而不给他称呼，这是不可能的。"葛擂硬太太既表示她有礼貌，又觉得受了委屈地说道。"我不能叫他约瑟亚，因为我叫不惯这名字。你自己大概也不愿意我叫他约①，这是你深知的。那么，我是不是应该叫自己的女婿'先生'呢？不行，我相信不应该，除非到了那么一天，我这个久病的人动弹不得，非得受我的亲戚的蹂躏不可。那么，我究竟要怎样称呼他才好呢？"

对这大出意外的事，在座的人没有哪个有什么意见可提，葛擂硬太太对她刚才所讲的话，加上一个遗嘱式的附件之后，就暂时又没有气了：

"关于婚礼，露意莎，我所要求的是——我作这要求时心跳得厉害，真的，连我的脚底心也感觉到了——赶快举行婚礼吧。要不然，我知道这就要变成我听不完的话题了。"

当葛擂硬先生介绍庞得贝太太的时候，西丝忽然转过头来，带着惊讶、怜悯、悲愁、怀疑以及其他许多情绪，一直对露意莎望着。这一点，露意莎不看也知道，也感觉得到。从这时起，她对于西丝就变成个既无热情、又傲慢又冷淡——拒人于千里之外的人。

---

① "约"是约瑟亚的爱称。又，在苏格兰语中意为"爱人"。

第十六章
夫与妻

庞得贝先生一听见这喜讯，首先感到不安的，就是他不得不把这事说给斯巴塞太太听。他决不定该怎样办才好，也决不定采取这步骤可能产生什么后果。她会不会马上卷起铺盖搬到斯卡鸠士夫人那儿去，或坚决不肯离开这房子一步呢；她会不会因此哭哭啼啼，破口大骂，或眼泪汪汪，扯发抓脸呢；她会不会因此心碎，或打碎那面穿衣镜呢？这些庞得贝先生都不能预料。不过，无论如何，这事既然必须做，他也就没有踌躇的余地；因此，在写了几封信而每封信都写不下去之后，他决定亲口告诉她。

决定专做这件大事的那晚，他在回家途中到药房买了瓶非常强烈的嗅盐备着。"我的老天爷！"庞得贝先生说，"要是她听到这事昏倒，我赌咒也要让她鼻子上的皮闻掉下来！"但是，尽管做了这样的准备，他还是毫无勇气地走进自己的家；当他站在这使他担心的人面前时，他就像一只狗刚从厨房里偷了嘴出来。

"晚安，庞得贝先生！"

"晚安，夫人，晚安。"他把他的椅子向前拖了一拖，而斯巴塞太太却把她的椅子往后挪了一挪，似乎在说："这是你的炉边，老爷。我得老老实实地承认。如果你觉得理所当然，那你就把这整个的炉边全占去好了。"

"不要挪到北冰洋去，夫人！"庞得贝先生说。

"谢谢你，老爷，"斯巴塞太太回答道，把椅子拖了回来，不过比她原来所在的地方还是离开炉子远一点。

她用又硬又快的剪刀尖子，在白亚麻布上剪出一个个小洞眼做什么莫名其妙的装饰品，庞得贝先生就坐在那儿盯着她。她这种动作同她那副浓眉与罗马型的鼻子结合在一起，活生生地给人一种印象，觉得她像是老鹰在啄一只很难对付的小鸟的眼睛。她不停地做着活儿，过了好几分钟，才停下活儿抬起头来；等她一抬眼，庞得贝先生就把头一挺，来引起她的注意。

"斯巴塞太太，夫人，"庞得贝先生说，他把双手插在口袋里，为了放心起见，用右手试一试那小瓶子的木塞，看是不是容易拔开，随时可用，"我用不着跟你说，你不仅在家世和教养方面是个贵妇人，而且是极其通情达理的妇人。"

"老爷，"这位贵妇人回答说，"您用这一类的话来表示你对我的好感，可真不是第一次了。"

"斯巴塞太太，夫人，"庞得贝先生说，"我就要使你大吃一惊了。"

"是吗，老爷？"斯巴塞太太尽可能用一种非常镇静的态度发出疑问。她通常戴着露指的长手套，现在她把活儿放下来，把手套拉拉平整。

"夫人，"庞得贝说，"我就要跟汤姆·葛擂硬先生的女儿结婚了。"

"哦，老爷，"斯巴塞太太回答说。"我希望你幸福，庞得贝先生。啊，真的，我希望您幸福，老爷！"她是用一种极殷勤而又极体恤的态度说这句话的，所以反使庞得贝先生更加惊惶失措；倘若她真地把针线盒子朝镜子扔去，或者昏倒在壁炉前的地毯上，那也倒好些。他只得把嗅盐瓶的木塞在口袋里重新塞上，心想："他妈的，这女人！谁猜得到她竟这样对待这事呢？"

"我诚心诚意地希望，老爷，"斯巴塞太太带着非常高超的神气说，似乎顷刻间有了一种权利，从今以后可以对他表示怜悯了，"希望你在各方面都很幸福。"

"唔，夫人，"庞得贝回答说，腔调稍含愤懑，连声音也不由自主地显然降低了，"感谢你。希望如此。"

"你真的那样希望吗，老爷？"斯巴塞太太表示特别殷勤地说，"但是你自然希望喽；你当然希望喽。"

接着，庞得贝先生因感到尴尬而默默无言。斯巴塞太太镇静地继续做她的活儿，偶尔低声咳一下，咳声似乎表示出她知道自己的力量和耐性。

"喂，夫人，"庞得贝继续说，"在这情形下，我想像你这种性格的人继续留在这儿，恐怕有点不大合适吧，不过，你要是留在这儿，仍然是受欢迎的。"

"啊！那可不行，老爷，我决不能这样想！"斯巴塞太太摇摇头，态度依然高超，只不过低微的咳嗽声有点改变罢了——她现在又咳起来，似乎有一个未卜先知的精灵从她心中出现了，但是，最好还是咳一下把它压下去。

"夫人，"庞得贝说，"不过，银行那儿有几间屋子，一个出身和教养都很高贵的妇人，要是肯去照管，那真要叫我们喜出望外，因为就是我们想请也不一定请得到，如果同样的数目——"

"请您原谅，老爷。您一向是那么好，答应我用'年敬'来代替那种说法的。"

"好吧，夫人，就说年敬吧。要是你去那儿，觉得同样的年敬可以接受，那么，我就看不出我们为什么要分手，除非你看得出来。"

"老爷，"斯巴塞太太回答道。"这建议很像您为人，假如将来我在银行里的职位是我所能承担的，而不致再降低我的社会地位——"

"唔，当然是这样，"庞得贝说，"要不是这样，夫人，我也不会对一个曾经在上流社会活动过的贵妇人提出这建议。你知道，我才不在乎什么上流社会！但是，你在这方面是在乎的。"

"庞得贝先生，您真体谅人。"

"你可以有自己的一套房间，可以有自己的煤和蜡烛以及其他东西，还可以有自己的女仆来伺候你，晚上又可以有小茶房保卫

114

你，我有理由敢说一句，你会感到很舒服的，"庞得贝说。

"老爷，"斯巴塞太太接口说，"不要说了吧。辞去了我在这儿的责任，我还是不能自由自主，还是不得不吃别人的面包；"——她要是用"甜面包"①这个词来代替"面包"，可能来得更恰当些，因为这种精致的食品加上可口的棕色酱汁，是她在晚饭时最爱吃的东西——"不过，与其从别人手中接受面包，我宁可从您手中接受。因此，老爷，我感激地接受您的提议，并且对您过去的照应表示诚恳的谢意。同时，我希望，老爷，"斯巴塞太太说，用一种庄严动人同时又表示着怜悯的态度来结束这番谈话，"我痴心地盼望，葛擂硬小姐成为你的理想人物，也是配得上你的一个人儿。"

斯巴塞太太的态度再也不会有丝毫改变了。庞得贝的夸夸其谈或自鸣得意的各种自我表现对她都无影响；斯巴塞太太决意要可怜他，把他看作"牺牲者"。她又有礼貌，又亲切，又高兴，又充满希望；但是，她越有礼貌，越亲切，越高兴，越充满希望，就越显得她完全是个模范人物；作为"牺牲者"和"祭品"的他，也就越显得可怜。她对他悲惨的命运表示关切，当她盯着他时，他那红彤彤的宽大脸上就常常有冷汗冒出来。

在这期间，婚礼决定在八个礼拜后举行，而庞得贝先生作为已被接受的求婚者，每晚都到石屋去。在那些时候，他总是以送手镯等方式来表示他的爱情；而且，在订婚期间一切场合里，每当他来到石屋时，爱情老是以"制造"的方式表现出来。衣服在制造了，首饰在制造了，婚礼用的糕饼和手套也都在制造了，聘礼单子也制造出来了，一大堆的"事实"聚拢起来，为了对这个婚约表示适当的敬意。自始至终，这件事就全是"事实"。时光，并不像无聊诗人在这种时候所说的那样，过得像玫瑰花那样甜

---

① "甜面包"是小牛或小羊的膵子，为美味之一。原文的前句是"还是不得不吃别人的面包"，后句是"她要是用'甜面包'这个词来代替'面包'，可能来得更恰当些"；用"sweetbread"代替"bread"是含有讽刺之意，所以照字面来译。

蜜；钟也走得像别的时期一样，既不快一点，也不慢一点。葛擂硬先生的天文台中那座统计学一样要命的挂钟，也按照一贯的规律，在每秒钟开始的时候即当头一击，把每一秒都葬送到时光的坟墓中去了。

正如一年三百六十多天来到专讲理性的人们跟前一样，那一天也终于来了。焦煤镇的约瑟亚·庞得贝绅士老爷和那一区的国会议员、石屋的主人汤玛士·葛擂硬先生的大小姐露意莎就在教堂里结了婚。那个教堂的上面有雕花的支柱，是当时盛行的建筑形式。神圣的婚礼举行以后，他们就回到上面所说的石屋去进早餐。

在这良辰吉日，一帮益人智慧的人聚集在一起，他们知道吃的和喝的每一样东西是用什么原料做成的，怎样输出和怎样输入的，输出或输入的数量是多少，是装在本国或者外国船只的哪一种货舱底下的，以及其他等等有关的事实。以理性的眼光来看，那些女傧相从小珍·葛擂硬起，都配得上做善于计算的小伙子们的贤内助；总而言之，这群人中谁也没有荒谬念头。

早餐后，新郎用下列的话向大家讲：

"女士们，先生们！我是焦煤镇的约瑟亚·庞得贝。承蒙你们对我的太太和我表示敬意，举杯祝贺我们健康与幸福，我想我也得答谢一番；但是，你们都知道我，知道我是怎样一个人，知道我的出身。你们决不会期望我这样一个人会来演说一番。因为我这样的人看见一个邮筒就说是邮筒；看到一只泵就说是泵；决不会把邮筒叫泵，或者把泵叫邮筒；也不会把这两种东西的任何一种叫牙签。如果你们希望今天早上有人演说，那么，我的朋友和岳父汤姆·葛擂硬是个国会议员，要听演说你们知道去找谁。我不是你们要找的人。不过，我今天四下看看桌子边的人，有点觉得自己是个独立自主的人了。同时也叫我想到，自己当年是个衣衫褴褛的街头流浪儿的时候，只有凑着街上的水泵，才能洗洗脸，但是最多也不过两礼拜洗一次，那时哪里想得到会同汤姆·

116

葛擂硬的女儿结婚。我希望大家原谅我的独立之感。因此我希望你们对我的独立之感表示赞许。如果你们不赞许，我也没办法。我的确觉得自己独立了。刚才我谈到过，而你们也谈到过关于我和汤姆·葛擂硬的女儿结婚的事。这事使我非常高兴。我很久以来就有这种愿望。我看她长大，我相信她配得上我。同时——不瞒你们说——我相信我也配得上她。因此，我代表我们俩感谢你们对我们表示的好意；对于今天光临的还没有结婚的贵宾们，我但愿每个单身汉都能找到像我找到的这么好的老婆。同时我也希望每位小姐能找到像我老婆找到的这么好的丈夫。"

演说后不久，这对幸福夫妇就预备去上火车；因为他们要到法国里昂作蜜月旅行，就便让庞得贝先生利用这机会看看那地方的"人手"情况，看看他们是否也要求用金调羹喝汤。新娘穿了旅行装正在下楼，发现汤姆等着她——面孔绯红，不是由于兴奋，就是由于早餐时喝了些葡萄酒。

"你真是个有勇气的姑娘，刮刮叫的好姐姐，露！"汤姆悄悄地讲。

她抱住他，实在说，那天她应该抱住的是个品质比他好得多的人，平日她是安详镇静的，现在却第一次显出了激动的样儿。

"老庞得贝已经准备好了，"汤姆说。"时间到了。再会！我盼着你回来。我说，我亲爱的露！现在什么事情都好极了！"

第二卷

収　割

第一章
银行的宝藏

盛夏的某一天，阳光辉煌。即使在焦煤镇，偶然也能见着阳光这个东西。

在这种天气里，从远处看来，焦煤镇还是被它自己的烟雾笼罩着，似乎连阳光也透不进去。你只晓得有个市镇在那儿；因为要是没有市镇在那儿，就不会在远景上呈现出那么阴沉沉的一片污斑。那混成一片的煤灰和烟雾，看风势的起落或者风向的转移，混乱地时而吹向这边，时而吹向那边，时而直冲苍穹，时而黑魆魆地沿地面爬行——这是一种不成形的又浓又厚的大杂拌，其中有一道道斜射着的阳光，但是照不出什么，所看见的只是一块块黑沉沉的东西——连一块砖也瞧不见，但从远处看来，焦煤镇还是在暗示着它的存在。

令人奇怪的是，焦煤镇竟还在那儿。它时常遭受破坏，因而不免叫人诧异它怎么受得起那许多打击。的确，绝对没有一种瓷像用来做成焦煤镇厂主们的瓷那么脆。只要轻轻地碰它们一下，就会很容易地被打成碎片，因此不免叫人疑心它们在未成器皿之先，是原已破裂了的。当迫不得已要送童工上学时，他们就糟糕了；当视察员们奉命来调查工厂时，他们就糟糕了；当这些视察员们谈到他们所用的机器动不动会把工人切碎，似乎有点不应该时，他们就糟糕了；当有人提出，他们不必把这地方弄得那么烟雾弥漫时，厂主们更认为这简直叫他们搞得焦头烂额。在焦煤镇，除掉庞得贝先生的金汤匙说法普遍地为一般人接受外，还有一个很流行的假说。这个假说形成一种威胁。任何时候，要是一

121

个焦煤镇的大亨觉得他受了委屈——那就是说，当他不能为所欲为，而人们又向他提出，他必须为他的所作所为的后果负责时——他一定会发表那可怕的威胁，说他"宁可把财产扔到大西洋里去"。这样就不止一次地使内务大臣吓得失魂落魄。

虽然如此，焦煤镇的大亨们究竟还是很有爱国心的，直到现在他们还没有把财产扔到大西洋去。而且相反地，仍然很小心翼翼地管理着他们的财产。瞧，他们的财产就在那烟雾弥漫的焦煤镇上日增月累。

夏天，那些街道热气蒸人，灰尘扑面，而阳光又是那么强烈，竟金光闪闪地透过笼罩在焦煤镇上的浓烟，使人不敢正目而视。火夫们从低矮的地下室中走到工厂的空场上来，坐在台阶、短柱和栅栏上，擦着黑黝黝的脸，盯着看空场上的煤堆。整个市镇像在油中受着熬煎。四处是冲鼻的热油味。蒸汽机发着油光，"人手们"的衣服沾着油渍，工厂各层楼都渗着油，滴着油。那些童话中的宫殿里的气氛就像阿拉伯一带的热风，使它们的居民热得消瘦了，没精打采地在沙漠中劳动着。但是任何热度不会使得那些忧郁而疯狂的大象更疯狂，也不会使它们更清醒一点。它们使人讨厌的脑袋总是用同样的速度上下运动，不管是热天或冷天，阴天或晴天，好天气或坏天气。它们有节奏地在动着，影子投射到墙上去，代替了焦煤镇所没有的树木摇动的影子；一年到头，从星期一的拂晓到星期六的夜晚，这儿所有的便是这些机轴和机轮呼呼转的声音，它们代替了夏天的唧唧虫鸣。

即使在这种晴朗日子，它们仍发出有催眠作用的呼呼转声，在纺织厂墙外走过的行人们，更加感到闷热而昏昏欲睡。遮阳帘子和街道上洒过的水使大街和店铺有一点清凉之意，但是那许多纺织厂和小街小巷还是被灼人的热气烘烤着。在那条给颜料染得又黑又脏的河中，有一些焦煤镇的男孩子自由自在地玩耍着——这在那儿是件罕见的事——他们划着条破破烂烂的小船，船过之处引起一道泡沫，桨一摇就带来一股臭味。虽然一般说来，太阳对人有益，但是对焦煤镇来说，阳光却比严霜还有害，阳光不大照到那些人烟比较稠密的地方；不过只要一照到，它造成死亡的可能就比造福人类的可能要大。当没用的或肮脏的人手给安置在太阳和它所普照的东西之间时，那么这个上天的眼睛就会变成了凶神的毒眼。

斯巴塞太太坐在银行里供下午休息之用的屋子里，那是在油煎似的街道上靠阴处的一边。办公时间已过；在热天，每到这时候，她总是移驾到二楼会议室去。她个人的起坐间在更高的一层楼上，每天早上，她总是坐在那个像守望台一般的窗口边，准备以对"牺牲者"的同情态度来招呼那过街而来的庞得贝先生。他结婚已经一年了；而在这一年中，斯巴塞太太从没放过对他坚决表示怜悯的机会。

这银行并没有破坏整个市镇的有益身心的单调性。这也是座红砖房子，外面有黑色百叶窗，里面挂着绿色的遮阳帘子，上了两级白色台阶就是一扇黑色大门，门上有块铜牌和一个大句点似的铜把手。它比庞得贝先生的住宅还要大一倍，就如同其他的住宅比它要小一倍到六倍一样；在其他各方面，它如同是从一个模子里铸出来似的。

斯巴塞太太意识到，在黄昏时候来到这放了文具的写字台中间，她就能放射出女性的、用不着说是很高贵的光芒，使办公室四壁增辉。她拿了针线活儿或编结针坐在窗口，就有了一种自尊之感，觉得可以拿她这种贵妇人的身份使那地方鄙俗的、市侩的气氛改过来。由于她觉得自己是个有趣人物，斯巴塞太太总有点自认为是这银行的"仙女"。走来走去的市镇上的人们都看得见她坐在那儿，却把她看做这银行的"恶龙"，在看守着那座矿山的宝藏。

宝藏究竟是什么？斯巴塞太太跟那些人一样，知道得很少。她在想象中开了张清单，其中重要的项目就是些金圆、银圆、有价证券和许多秘密东西，这些秘密东西一旦公开就会使某些人（不

123

过，大概总是她不喜欢的人）受到某种损害。此外，她只知道在办公时间后，她就可以在那许多办公室的用具中间称王，在那三把锁锁起来的保险库前道霸。在这保险库门口，每天晚上小茶房总是头靠着门睡在矮脚床上，鸡一叫，床就给弄走了。还有底层的一些储藏室也是她的天下。那些储藏室用尖头的铁栏杆跟外界隔离，怕的是有人来打它们的主意。此外，在当天工作的遗迹，如墨迹、用坏了的笔头、贴信封的圆纸、撕得很烂的纸屑（斯巴塞太太想辨出这些纸上的字迹，但是看不出有什么有意思的东西）之中，她也是唯我独尊。最后，在办公室的壁炉上方还森严地罗列着似乎不怀好意的大刀和马枪之类的武器；墙壁上还有与自负多财的营业绝对分不开的那种可尊敬的传统的东西——一排太平桶（这些太平桶被认为在任何时候都没有实际用处，但据说，对于大多数观看的人却几乎像金条一样，会发生一种良好的精神上的影响）：对这一切，她也是守护者。

斯巴塞太太的王国内有两个臣民，一个聋女仆和一个小茶房。谣传说这聋女仆很有钱；多年来，在焦煤镇的下层社会中有一种说法，说她总有一天在银行下班后，会被人谋财害命的。人们确实普遍认为，按理她寿限已满，早就该死了；但是她却以一股恶性的硬劲维持着生命和位置，这股硬劲就引起了很多不满与失望。

斯巴塞太太的茶点刚放在一张小巧的三腿桌子上，这原是她在办公时间后叫人搬进来的，它放在横跨房间当中的那张端正的、皮面的、长长的议事桌旁边，显得别具一格。小茶房把盛放茶点的托盘放在桌子上，用指头抹了一下额头来对斯巴塞夫人致敬。

"谢谢你，毕周，"斯巴塞太太说。

"谢谢您，夫人，"小茶房回答道。他的确是个非常小的小茶房；跟他眨着眼替二十号女学生下马的定义时一样小。

"门都关上了吗，毕周？"斯巴塞太太说。

"全关上了，夫人。"

"今天有什么新闻？"斯巴塞太太一面倒茶一面说，"有什么事吗？"

"嗯，夫人，我说不上我听到过什么特别的事。我们那些人都是一群坏蛋，夫人；但是，可惜，这算不得是什么新闻。"

"现在那些不安分的坏蛋在做些什么？"斯巴塞太太问。

"还不是老一套，夫人。联盟结党，狼狈为奸。"

"这班联合一致的厂主竟容许这类的阶级团结，太令人遗憾了，"斯巴塞太太说。由于态度严肃，所以她的鼻子更显得罗马式，而眉毛也更显得像柯理奥蓝楼斯那样的眉毛了。

"是的，夫人，"毕周说。

"厂主们既然团结得挺紧，他们就应该每个人都坚决不雇用那些联合起来的任何一个工人才是，"斯巴塞太太说。

"他们那么做过，夫人，"毕周回答道，"但不成功，夫人。"

"我不自以为了解这些事情，"斯巴塞太太以庄严的态度说道。"我原来生活在完全不同的圈子里；而斯巴塞先生是个'婆雷'，是超出这些纠纷以上的人。我只知道必须镇压这些人，一不做，二不休，现在也该是镇压的时候了。"

"是的，夫人，"毕周对斯巴塞太太那种独断式的权威发言表示莫大敬佩。"我相信，您说得再清楚也没有了，夫人。"

通常他总利用这时间跟斯巴塞太太谈一些机密话，同时，他也看出了她的眼色，晓得她要问什么，他就在那儿装模作样地摆摆界尺，弄弄墨水瓶，整理整理其他东西，在那当儿，贵妇人还在吃茶，从打开了的窗子望着街上。

"今天很忙吗，毕周？"斯巴塞太太问。

"不很忙，我的贵妇人。不过同平常一样。"他时常似乎无意地称她作"我的贵妇人"而不称"夫人"，表示他不自觉地承认斯巴塞太太有她的尊严和值得尊敬的地方。

"那些职员们，"斯巴塞太太说，仔细地把她左手露指长手套上看不出的一点涂了牛油的面包屑刷掉，"当然，还是都很可靠、守时和勤快吧？"

"是的，夫人；还好，夫人。只是通常有个例外。"

他在这个银行里执掌着包打听和告密者的荣誉职司，因为他自觉自愿地担当这任务，所以每到圣诞节，除每周的工资外，他还要得一笔奖金。他已长成为一个头脑清醒，小心谨慎，考虑周密，保险可以发迹的青年人。他的思想给限制得那样严格，因此他毫无热爱和感情。他的所作所为都是极冷静地精打细算的结果；所以斯巴塞太太经常说他是她认识的青年中原则性最强的，这并非无因。他父亲死后，他满意地查明了她母亲在焦煤镇有受救济之权，这位了不得的青年经济学家就紧紧地抓住这条原则不放，替她维护这项权利，于是从那时起，她就给关在养老院里了。我们必须承认，他一年发给她半磅茶叶，在他说来那是一种意志薄弱的表现：第一，一切赠与都会使受者不肯奋发有为，不可避免地会使他们变成穷光蛋；第二，因为他对于那种商品的唯一合理的交易是，买的时候钱花得越少越好，卖的时候价钱要得越高越好；因此，白送礼物未免太不值得了。哲学家已经证明贱价买进高价售出是人的全部天职——不是人的部分天职，而是全部。

"还好，夫人。只是通常有个例外，夫人，"毕周重说一遍。

"啊——啊！"斯巴塞太太说，端起了茶杯深深地喝了一大口，摇了摇头。

"汤玛士先生，夫人，我非常怀疑汤玛士先生，我一点儿也不喜欢他那种样子。"

"毕周，"斯巴塞太太用极其端庄的态度说，"你记得我怎样关照过你不要提名道姓吗？"

"请您原谅，夫人。的确您不赞成提名道姓，而且尽量避免提人家的名姓。"

"请你记住我在此地有我的责任，"斯巴塞太太带着她那种高贵神情说。"在庞得贝先生的下面，毕周，我在这儿有个任务。虽然几年前，庞得贝先生和我都决想不到，他会变成我的恩人，每年送我年敬，但是现在我只能以这种样子来看待他。庞得贝先生重视我的社会地位，敬重我的门第。不仅如此，我所盼望的一切我都得到了。所以，我对我的恩人，必须毫不含糊地表示忠诚。但是我不认为，我决不认为，我不能认为，"斯巴塞太太满口仁义道德地说道，"我竟算是毫不含糊地表示了我的忠诚，假如我在这屋子里允许别人提到那些很不幸地——非常不幸地——这一点是无疑的——和他有亲戚关系的人的姓名。"

毕周又用指头抹了下额头，请求原谅。

"不，毕周，"斯巴塞太太继续说，"要是你只说某人，我就听下去；要是你说汤玛士先生，那我只好请你原谅我不再往下听了。"

"同平常一样，夫人，只有某人是例外。"毕周再回头试一试说。

"啊——啊！"斯巴塞太太再度发出惊叹的声音，端起茶杯深深地喝了口，摇了摇头。显然要把打断了的话头再接上。

"某人，夫人，"毕周说，"从他第一天到这地方来，就不像样。他是个放荡、奢侈、吊儿郎当的人。他只吃粮不管事，夫人。假使他没有亲戚朋友做靠山，也捞不到这份粮吃。"

"唉——唉！"斯巴塞太太再忧郁地摇了摇头说。

"我只希望，夫人，"毕周继续说，"他的朋友和亲属不再供给他胡作非为的资金。不然的话，夫人，我们就知道那笔钱是从哪个人的钱包里掏出来的。"

"唉——唉，"斯巴塞太太又叹了口气，又忧郁地摇了摇头。

"他是值得怜悯的，夫人。我所指的最后这位是值得怜悯的，夫人，"毕周说。

"是的，毕周，"斯巴塞太太说，"我对于受欺骗者总是怜惜的。"

"至于说到某人，夫人，"毕周靠过来一点放低声音说，"他跟镇上的那些人一样浪费，而您是知道他们浪费的情形的，夫人。像您这样高贵的夫人，比谁都知道得清楚。"

"他们要是拿你做榜样就好了，毕周，"斯巴塞太太说。

"谢谢您，夫人。但是，既然您说到我，那末，就请看看我吧，夫人。我已经储蓄了一点钱，夫人。圣诞节得到的那笔奖金，夫人，我就从未动过。我的工资虽然不高，可是就连那点钱，我也没把它花光，夫人。他们为什么不像我这样做呢，夫人？一个人能做到的事情，别人也应该能做到呀。"

这又是焦煤镇人的一种假说。那地方，任何一个用了六便士赚到六万镑的资本家总公开表示怀疑，为什么他周围的六万个"人手"不能都用六便士赚六万镑，并且有几分责备他们每个人没能成就这个小小的功绩。我做的你也能做。为什么你不做呢？

"至于讲到他们没有什么娱乐，夫人，"毕周说，"这完全是胡说八道。我就不要娱乐。我从来不要，将来也不要；我就不要娱乐。至于说到他们联合在一起，我倒毫不怀疑，其中有许多人可以凭互相监视和彼此告密时时赚点钱，或者博得点好感来改善他们的生活。既然如此，他们为什么不这样改善他们的生活呢，夫人！生活的改善就是一个有理性的生物首先要考虑的事情，而这也就是他们妄想达到的目的。"

"的确是妄想！"斯巴塞太太说。

"的确，夫人，我们常常听见许多关于他们的老婆和孩子的话，直听得叫人恶心，"毕周说。"但是看看我吧，夫人！我就不要老婆和孩子，他们为什么要呢？"

"因为他们不顾将来，"斯巴塞太太说。

"是的，夫人，"毕周回答道。"就是这缘故。如果他们精打细算，不那么倔强，夫人，他们会怎样做呢？他们会说：'我的一顶帽子就罩着我的一家'（不管是一顶男帽或者女帽）。夫人，'我只要养活一口人，而这也就是我最愿意养活的人。'"

"一点不错，"斯巴塞太太吃着松饼，表示同意地说道。

"谢谢您，夫人，"毕周说，又用指节抹了下额头，以回敬斯巴塞太太那一番有教育意义的谈话的盛情。"您还要点开水吗，夫人，或者要我拿什么别的东西吗？"

"现在不要什么了，毕周。"

"谢谢您，夫人。我本不愿意在您用饭的时候来打扰您，夫人，尤其是在您用茶点的时候，我知道您对茶点是有偏好的，"毕周稍微伸了伸头，从他站着的地方向大街上望了望说，"不过，有位先生向这儿楼上望了一两分钟了，夫人，他已经过了街，似乎就要来敲门的样子。不错，夫人，这就是他敲门的声音。"

他走到窗子旁边，向外看了看，又把头缩回来，用证实的口吻说，"是的，夫人。您愿意我把这位先生领进来吗，夫人？"

"我不晓得他究竟是谁，"斯巴塞太太擦了擦嘴，整理一下手套说。

"显然是个生人，夫人。"

"我不知道，天色这么晚了，一个生人来银行做什么，除非他为了什么来不及办的公事，但也太晚了，"斯巴塞太太说；"不过，我既然在这地方，庞得贝先生又给了我这差事，我就绝不逃避责任。如果接见他是我分内事，我就接见他。毕周，你斟酌吧。"

这当儿，那位来拜访的人完全不知道斯巴塞太太讲的这番冠冕堂皇的话，继续把门敲得咚咚地响，使小茶房只好赶快跑下去把门打开；同时斯巴塞太太为了表示谨慎，就预先把那张小桌子连同桌上一应物品都藏在一只碗橱里，然后跑上楼去，以便需要她出场的时候，好显得更加尊贵些。

"请原谅，夫人，那位先生要见您，"毕周用他那淡色的眼睛从斯巴塞太太房外的锁眼往里望着说。于是那位利用这当儿整理好帽子的斯巴塞太太，就带着她那副古典式的尊容下楼去会议室，像煞是位罗马夫人走到城外，预备跟带领人马来攻城的将军开谈判一样。

129

这位客人刚踱到窗子边，正在没精打采地向窗外瞅着，一点儿也不为她进来时的那种威严仪态所动。他站在那儿带着所有能想象得出的冷淡态度吹着口哨，头上仍戴着帽子，现出疲倦的神情，这一半由于夏天的过度炎热，另一半则由于过分讲究派头的。因为一眼看去就知道他是个十足的绅士，完全合乎当时时髦标准；对于一切事都厌倦，对任何事比魔鬼还缺乏信心。

"我想，先生，你是想见我吧，"斯巴塞太太说。

"对不住，"他转过身来，把帽子取下来说；"请原谅。"

"哼！"当斯巴塞太太庄严地弯了弯腰时，她就想："三十五岁，好模样，好身材，好牙齿，好声音，好教养，穿得漂亮，深色的头发，狂放的眼睛。"斯巴塞太太用她那女性的眼光一眼便看出这一切——就像故事中所说的那样，一位苏丹把头在水桶里只浸了一下就抬了起来。

"请坐，先生，"斯巴塞太太说。

"谢谢你。请允许我。"于是他端了张椅子给她，自己仍漫不经心地、懒洋洋地靠在桌子旁边。"我留下我的佣人在车站照顾行李——列车装载很重，行李车里有一大批行李——我就来溜达溜达，四处看看。这真是个异常奇怪的地方。请允许我问一问，这地方是不是总这样黑得烟雾腾天的呢？"

"平时还黑得多，"斯巴塞太太用她那不妥协的态度回答说。

"这是可能的吗？请原谅：我想，你不是本地人吧？"

"不，先生，"斯巴塞太太回答说。"我居孀前处在完全不同的圈子里——说我幸运也好，不幸也好。我丈夫是个婆雷。"

"请原谅，这是真的吗！"生客说。"是个——？"

斯巴塞太太重说了一遍，"是个婆雷。"

"婆雷是望族，"那个生客想了一会儿，说。斯巴塞太太表示同意。现在那生客似乎比以前更显得疲倦了。

"你在这儿一定感到很无聊吧？"这是他从以上的谈话中得出的结论。

"我是环境的奴隶，先生，而我早已适应那支配我生命的权力了，"斯巴塞太太说。

"非常有哲学意味，"生客回答说，"非常可以效法，可以表扬，和——"他似乎觉得这句话不值得讲完，就百无聊赖地玩弄着他的表链。

"我可不可以问你，先生，"斯巴塞太太说，"你光顾这儿，有什么贵干——"

"当然，"生客说。"谢谢您提醒我。我带了封介绍信给银行家庞得贝先生。在旅馆里，他们正在预备饭，我就随便在这特别的、黑黝黝的镇上走走，碰到了一个人，我就问他；那是个工人，似乎被什么毛茸茸的东西冲洗过一般，我想那是纺织原料吧——"

斯巴塞太太点了点头。

"就是银行家庞得贝先生工厂里的原料。因为他听见我说银行家，就告诉我怎样到银行来。事实上，我想，银行家庞得贝并不住在我有幸在这儿同您谈话的这所房子里吧？"

"不，先生，"斯巴塞太太回答说，"他不住在这儿。"

"谢谢你。我原来不想，现在也不想今天就把这封信交给他。但是为了消磨时间溜达到这银行时，很幸运，在窗口看到了，"讲到这儿，他有气无力地向窗户挥一挥手，微微地弯了弯腰，"一位非常高贵、和蔼可亲的贵妇人，我觉得最好不揣冒昧地去问问这位贵妇人，究竟银行家庞得贝先生住在哪儿。我就这么做了，抱歉得很。"

照斯巴塞太太想来，他那种心不在焉和吊儿郎当的样子，已被他那种自由自在的殷勤态度充分抵消了，因为这种殷勤就是对她的敬礼。譬如说，他现在差不多坐在桌子上，同时却懒洋洋地弯身对着她，仿佛承认她有一种吸引力，显得她自有可爱之处。

"我知道，银行的人总是多疑的，营业性质使他们不能不如此，"生客说。他说话时那种伶牙俐齿相当讨人欢喜；他的话内容虽平常，听起来却很幽默，颇有道理——这或许是他那派人的老

131

祖师传下来的一种巧妙调调儿，至于那老祖宗是谁却不必管了——"因此我要声明，我这封信——信在这儿——是此地议员——葛擂硬——写的。我在伦敦曾有幸跟他相识。"

斯巴塞太太认得那笔迹，就说这证明是不必要的，便把庞得贝先生的住址告诉了他，并指点他怎样到那儿去。

"非常感谢，"生客说。"当然，您对这银行家很熟悉吧？"

"是的，先生，他是我的东家，我认识他已经十年了，"斯巴塞太太回答说。

"好长的时间喽！我想他跟葛擂硬先生的女儿结婚了吧？"

"是的，"斯巴塞太太忽然把嘴抿紧了说，"他有过这种——荣幸。"

"有人告诉我，那位太太可算个哲学家，是吗？"

"真的，先生，她真是个哲学家吗？"斯巴塞太太说。

"我这种唐突的好奇心，要请您原谅，"那个生客心慌意乱地俯看着斯巴塞太太的眉毛，用一种讨好的态度继续说道，"因为我知道您跟这家庭很熟，而且又通达世情。我就要跟这家人结识，可能要跟他们发生一些关系。这位太太真地很可怕吗？从她父亲的谈话中，我得到一个印象，她是个头脑异常冷静的人，因此我很想知道她是否如此。她真地绝对不可亲近么？聪明得招人反感，甚且叫人吃惊吗？从您那意味深长的笑容看起来，我明白您并不认为那样。这就使我真地放心了。现在，她多大年纪，四十岁？三十五岁？"

斯巴塞太太不客气地大笑起来。"还是个黄毛丫头哩，"她说。"她结婚时还不到二十岁。"

"我向你发誓，婆雷太太，"那生客从桌子上溜下了地回答说，"我从来没像这样吃惊过！"

看来，这的确使他吃惊，吃惊到了极点。他盯着她，足足有十五秒钟之久，心中仿佛始终充满了惊讶。接着他显得精疲力竭似地说，"我老实告诉您，婆雷太太，她父亲的样子真叫我把她当作冷若冰霜的成熟妇女了。我特别要感谢您纠正了我这么一个可笑的错误想法。请饶恕我的打扰。非常感谢您。再见。"

他鞠了个躬走出去了；于是，斯巴塞太太藏在窗帘后面，看他顺着街道荫凉的一边无精打采地一面走，一面笑，引起了全镇人的注意。

"你觉得这位先生怎样，毕周？"当小茶房来收拾房间时，她问道。

"他为他的衣服花了不少钱，夫人。"

"但是我们得承认，他的衣服很雅致，"斯巴塞太太说。

"是的，夫人，"毕周回答说，"如果值那些钱的话。"

"除此之外，夫人，"毕周在擦桌子的时候继续说，"照我看来，他像是爱赌博的。"

"赌博是件不道德的事情，"斯巴塞太太说。

"也是件可笑的事情，夫人，"毕周说，"因为运道总是跟赌博的人作对。"

或许是天气炎热，使斯巴塞太太无法做活儿，或许是她的手有了毛病，总之，那天晚上她不曾做过活儿。当太阳在烟雾弥漫的天空消逝，她就坐在窗户旁边；她坐在那儿，直到烟雾烧成红色，这颜色又渐渐消失，黑暗似乎慢慢地从地面向上爬，向上爬，直爬到屋顶，爬到教堂的尖塔，爬到工厂烟囱的顶口，再爬上天去。屋里没点蜡烛，斯巴塞太太坐在窗边，把手放在胸前，一点也没理会晚上的市声：男孩子的欢呼声，狗的吠声，车轮的隆隆声，行人的脚步声和谈话声，街上小贩尖锐的叫卖声，下工工人的木屐在人行道上的咔哒咔哒声，店铺上门板声。直到小茶房来通知她，说晚餐的牛膝子已预备好了的时候，斯巴塞太太才从梦想中清醒过来，带着她那由于沉思过度而起了皱、似乎要熨一熨才能展开的、又黑又浓的眉毛，走上楼去。

"啊，你这个傻瓜！"斯巴塞太太在独自吃晚饭的时候说道。她讲的是谁，她并不曾说；但是决不至于是说那牛膝子。

第二章
詹姆斯·赫德豪士先生

葛擂硬的那派人需要别人帮助他们来抹司美女神们①的脖子，也就是说抹煞一切美丽、文雅与使人欢乐的东西。他们到处招募人；他们除了可以很容易地在那班已经看出什么事情都无价值而认为什么事情都可以干的时髦绅士中去招朋聚党而外，还能希望在什么地方找他们的对象呢？

这些已经爬上崇高地位的大人先生们，对于葛擂硬那派中很多人来说，是有吸引力的。这派人喜欢时髦绅士；虽然他们假装说不喜欢，事实上却喜欢。他们模仿这些时髦人物而弄得精疲力竭；也像他们一样在说话时打着哈欠；甚至于以一种无精打采的神气，把一点陈腐的经济学原理端出来，请他们的徒子徒孙来吃。世界上从没看见过像这样产生出来的奇妙杂种。

在并不正式属于葛擂硬那派的时髦绅士们中，有位绅士家庭出身好，仪表堂堂，出言幽默成趣。有一次他在下议院中发挥了他的幽默天才，收到很好效果。他把他对于、也就是铁路公司理事会对于某一次铁路事故的见解告诉了议员们。他说，这次事故是这样发生的：一些最为小心翼翼的职工，在最大方的经理们的领导下，开的是制造最为精良的机车，而这整个机车在铺设得最为良好的铁路上行驶，结果竟出了不幸的事故，死五人，伤三十二人；然而要是没有这事故，这整个铁路线便不算十全十美了。有一条母牛在那时也被火车压死了，在那许多抛弃在铁路旁边无人认领的杂物中，有一顶寡妇戴的帽子。于是这议员就说这帽子既然无人认领，想必就是那条母牛的了。这就引得全体下议院议

134

员们(他们都富有微妙的幽默感)哄堂大笑,以致凡是认真地提到验尸的话,他们都不耐烦去听了,而在喝彩与哄笑声中铁路公司应负的责任就被开脱了。

这位议员大人有个弟弟,仪表比他更加出众。这弟弟曾经做过龙骑兵的司旗官,但发现这工作令人生厌;后来他跟随一位英国公使出洋,又讨厌这职务;于是他跑到耶路撒冷去游历,在那儿他也感到厌倦;直到最后他坐了游艇去环游世界,而足迹所到,无一处不令他厌倦。有一天,这位善于开玩笑的议员大人带着兄弟情谊对他说:"詹姆,在那班专门讲究硬邦邦事实的家伙中有个好机会,他们需要人。我不知道你是不是爱搞统计。"詹姆觉得这意见很新鲜,正渴望生活上有点变化,在这当儿,无论"搞"统计或者其他什么,他都欢迎。于是,他就去搞了。他埋头读了一两本议会的蓝皮书;而他的哥哥就在那班专门讲究硬邦邦事实的家伙中为他吹嘘说:"如果你们在任何场合,需要带一个能替你们发表一篇极好演说的漂亮小伙子,最好去找我弟弟詹姆,他正是你们需要的人。"在公共会场中显了一两次身手后,葛擂硬先生和他那一群友友很称许詹姆,结果他们决定派他到焦煤镇去,要使他成为那一带的知名人物。这就是昨天晚上詹姆给斯巴塞太太看的那封信的来由,那封信,现时庞得贝先生正拿在手中;信上写着:"烦交焦煤镇,银行家,约瑟亚·庞得贝先生。尚诚介绍詹姆斯·赫德豪士先生。汤玛士·葛擂硬。"

接到这信和詹姆斯·赫德豪士名片一小时后,庞得贝先生戴上帽子到那旅馆去。在那儿,他发现詹姆斯·赫德豪士先生呆呆地向窗外看着,心情郁郁不乐,已经很想"搞"别的东西了。

"先生,我是焦煤镇的约瑟亚·庞得贝,"客人说道。

詹姆斯·赫德豪士先生实在非常高兴(虽然看起来并不如此),他早就盼望的快乐已经得到了。

---

① 司美女神,希腊象征美丽、温柔、欢乐的三女神。

"焦煤镇，先生，"庞得贝硬僵僵地在椅子上坐下来说，"不是你所习惯的那种地方，因此，要是你许可——也可以说不管你许可不许可，因为我是个直爽的人——在没有讲别的话之前，我要告诉你一些焦煤镇的情形。"

赫德豪士先生表示很高兴。

"不要那么太高兴，"庞得贝说，"我不能担保你准能高兴。首先，你看到我们的煤烟了吧。那是我们的衣食父母。从各方面来讲，煤烟是最有利于健康的东西，特别是对肺部。假如你是那种想叫我们把它消灭掉的人们中的一个，那我的意见就跟你不同了。虽然在大不列颠和爱尔兰有些人在胡说八道，但我们决不准备比现在更快地把我们的锅炉刮得脱了底。"

为了表示要"搞"得彻底，赫德豪士先生回答说："庞得贝先生，请相信，我完完全全跟你看法一样。我的信念就是这样的。"

"我很高兴听到这话，"庞得贝说。"你无疑听到过许多关于我们纺织厂的工作的话。你听见过吗？很好。我要把工作的实情告诉你。这是世界上最惬意的工作、最轻松的工作、也是报酬最好的工作。不但如此，我们也不能再使纺织厂有所改进了，除非在地板上铺土耳其地毯，但是，我们决不这样做。"

"庞得贝先生，对极了。"

"最后，"庞得贝先生说，"说到我们的'人手们'。先生，在这镇上没有一个'人手'，男的、女的、或者孩子，在生活方面没有最后的目的。这目的就是：用金调羹吃甲鱼汤和鹿肉。不过，他们无论哪一个，都决不会用金调羹吃甲鱼汤和鹿肉的。好啦，现在你知道我们这儿是怎么一回事了。"

赫德豪士先生表示，这种关于整个焦煤镇问题的简洁的总结性的发言，使他受到高度的教育，而且使他耳目一新。

"嗯，你知道，"庞得贝先生回答说，"当我跟一个人，特别是跟一位社会活动家认识的时候，我愿意他对我有充分的了解，这才合乎我的口味。在我没有向你保证我将竭尽微力，愉快地报答

136

葛擂硬先生介绍信的盛意之前，赫德豪士先生，我还有一句话跟你说。你是个门第高贵的人。可是你不要欺骗自己，以为我也是个门第高贵的人。我是肮脏的渣滓，道地的废料。"

如果说有什么事情能提起詹姆对庞得贝先生的兴趣，那就是这个。至少，他是这样告诉他的。

"那么，"庞得贝先生说，"我们就可以从平等的地位上握握手了。我用'平等的地位'这几个字，因为虽然我比其他任何人知道得更清楚我是怎样一个人，是怎样从最深的阴沟里自拔出来的，可是我同你一样感到自豪。我简直同你一样感到自豪。现在我把我这独立自尊的心情用适当的言语表达出来后，就可以向你问好，并祝你康健。"

赫德豪士先生在跟他握手时告诉他，由于焦煤镇合乎卫生的空气，他的身体比以往更好了。庞得贝先生对这答复感到非常满意。

"或许你知道，"他说，"或许你不知道，我娶的是葛擂硬先生的女儿。要是你没有什么贵干，可以跟我到镇上住宅区，我很高兴介绍你见一见葛擂硬的女儿。"

"庞得贝先生，"詹姆说，"你这句话我正中下怀。"

他们没有再说别的话就走了出去；庞得贝先生把这个和他大不相同的新相识引到那个外面有黑色百叶窗，里面挂着绿色遮阳帘，在两级台阶之上有一扇黑色大门的，红砖墙的私人住宅里面去。在这大厦的客厅中，詹姆斯·赫德豪士先生不久就看见一个他见过的人们中最为引人注目的女子走了进来。她那样能自制，同时又随随便便；那么矜持，同时又对什么都很留心；那么冷静和高不可攀，而同时对于她丈夫吹牛式的谦虚又那样敏感地觉得难以为情——对于她丈夫种种吹牛式谦虚的表白，她几乎是无地自容，仿佛是有刀来砍她，有拳头在打她似的；这一切都使人看着她就有一种新奇之感。她的面庞也不比她的行动逊色。她五官端正；但面部的自然活动受到那般压抑和束缚，因此看起来似乎

137

无法猜测它真正的表情。完全行所无事，独立自主，既不慌张，也从未安定，她虽和他们在一起，但她的心却是寂寞的——一下子就来了解这女孩子，"搞"通她究竟是怎么回事，是办不到的，因为她使所有想透彻了解她的努力都白费了。

客人从这座房子的主妇再看到房子的本身。在这间屋子里，没有一点女性的暗示。没有什么美丽灵巧的小摆设，没有什么希奇的小玩意儿，任何地方都没有一点小东西表示出她的影响。这间屋子现时正呆呆地对着坐在它里面的人，凄凉，孤寂，夸财耀富，古古板板，没有一点女性居住的迹象使它显得柔和一些，温暖舒适一些。庞得贝先生站在他那许多神明似的家具中，正如那些无情的神明环列在庞得贝周围一样，他们彼此相配，正是半斤八两。

"先生，"庞得贝先生说，"这就是我老婆，庞得贝太太。汤姆·葛擂硬的大女儿。露，这是詹姆斯·赫德豪士先生。赫德豪士先生已经加入了你父亲的队伍。即使他目前还不是汤姆·葛擂硬的同僚，我相信不久我们至少就会听见他的名字和一个附近市镇的地名联系起来。你注意了吧，赫德豪士先生，我的老婆比我年轻。我不知道她看中我什么跟我结婚，但是我想，我总有什么地方被她看中了，要不然她就不会嫁给我了。她有许多很宝贵的知识，先生，关于政治方面以及其他方面。你要想速成哪一门知识，我倒很难给你介绍一个比露·庞得贝更好的顾问。"

赫德豪士先生表示谁也不能给他介绍一位比她更和蔼可亲的顾问，或者他会更可能向之学习的顾问了。

"喂！"这位主人说。"你要是会恭维人，那末你在这儿关系可以搞得很好，因为不会有人跟你竞争。我自己从来没有学过恭维人，我承认我不懂恭维人的艺术。事实上，我看不起别人说的恭维话。但是，你的教养跟我不同；我的教养，我的老天，才是货真价实的哩！你是绅士，我可不装作绅士。我是焦煤镇的约瑟亚·庞得贝，这对于我就很够了。虽然，我并不受礼貌和地位的影响，但是，露·庞得贝可能会受的。她没有我那种有利条件——你要叫它作不利条件也好，但是我叫它有利条件——因此，我敢说，你的精力不会白费。"

詹姆转过身来对露意莎微笑着说："庞得贝先生是匹不羁的野马，不像我是匹平常的出租的马，非得配上鞍辔不行。"

"您过分恭维了庞得贝先生，"她淡淡地回答说。"自然你是应该这样的。"

就一个饱经世故的绅士说来，他是很丢脸地给说得手足无措了，心里想道："那末，我怎样来对待这种话呢？"

"从庞得贝先生说的话推测，您是准备献身为祖国服务的。您已经决心要向这个国家献出一条排除万难的妙策吧。"露意莎说道，她还像他初进来时那样，站在他面前——充分显出一种奇异的矛盾情况，既冷静沉着，又显然局促不安。

"庞得贝太太，"他笑着回答说，"我以名誉担保，不是的。我决不向你这样自吹自擂。我在四面八方见过点世面；正如所有的人那样，觉得一切都无所谓，只不过有的人承认这一点，而有的人不承认而已；我赞成令尊的意见——实在因为我对于一切意见并不作优劣之分，所以我可以支持这个意见，也可以支持任何别的意见。"

"您自己完全没有什么意见吗？"露意莎问道。

"我连一丝一毫的偏好都没有。我老老实实告诉您，我对任何意见丝毫都不重视。我经历过式式样样无聊的事情，因此得到一个信念（或许用'信念'这词来代表我对那问题的吊儿郎当看法，也未免太认真了），就是：这种意见并不比另一种可以产生更好的结果，也可以说，跟另外任何意见一样有坏处。有个英格兰人家拿一个很妙的意大利格言作座右铭：'要发生的事，总是要发生的。'①这是唯一的现成真理！"

---

① "要发生的事，总是要发生的。"是英国贵族罗素这一家所采用的格言。

这种缺德的假话，以不诚实为诚实——这是一种非常危险、足以致命、但也是一种很普遍的坏毛病——仿佛使她对他有点好感了。他就趁热打铁，用他顶愉快的态度说（她认为这种态度有深长意味也好，没有意味也好，随她的便）："能够用一系列数目字，个、十、百、千来证明任何事情的那种党派，庞得贝太太，我觉得顶有趣了，它可以给人最好的机会。我差不多准备好了要搞搞这玩意儿，就好像我真相信它似的。其实，即使我真正相信它，我也决不能再卖更多力气了！"

"您真是特别的政治家，"露意莎说。

"对不住；我连这种身价也没有。我向你担保，庞得贝太太，我们这类人才是本国最大的政党，要是我们从各自加入的那些党派中跑出来聚在一道，点点人数可真不少呀！"

庞得贝先生因为好久没开口，闷得似乎要爆炸了，于是就打断他们话头，提议把晚饭改到六点半开，以便在饭前领赫德豪士先生去轮流拜访焦煤镇一带有投票权的和有意思的著名人物。各处都拜访了，詹姆斯·赫德豪士先生审慎地利用了议会蓝皮书的指导，获得相当圆满的结果，只不过这使他的厌倦心情加强了一些。

晚间，他发现饭桌旁摆下四个座位，但是坐下来的只有三个人。就庞得贝先生来说，这正是适当机会，谈谈他八岁时用半便士在街上买来的焖鳗鱼的味道，并谈谈那种专门用来喷洒街道的不干净的水，他就是用那种水把要吃的东西冲下喉咙的。上汤和上鱼时，同样地他跟客人谈到他在幼年时代起码吃过三匹马的肉，而这些马肉却号称是香肠和干腊肠。詹姆懒洋洋地听着这番话，不时说道："有趣！"要不是他对露意莎有强烈的好奇心，他在听了庞得贝这些话之后，早就会下定决心，第二天一大早回耶路撒冷去搞他以前搞的玩意儿。

他看她坐在桌头主妇的位子上，年纪轻，身材娇小苗条而又非常标致，标致得跟这地方太不相称了；于是他就想道："难道没

赫德豪士先生在庞得贝家晚餐

有什么东西足以使那面庞动容吗？"

有的！天爷爷，有一种东西就在那儿，那就是刚进来的那个不速之客。汤姆来了。门一开，她的脸色就变了，立刻笑眯眯地满面春风。

一副美丽的笑容。詹姆斯·赫德豪士先生要不是在这以前对她那毫无表情的脸庞感到奇怪，他就不会觉得这笑容那样美不可言。她伸出手——一只漂亮的软绵绵的小手；她的指头抓住她弟弟的指头，好像想把它们拿到她嘴边似的。

"哦，哦，"那客人想道。"这狗崽子就是她唯一喜欢的人。原来如此，原来如此！"

这狗崽子被他们介绍了以后，也就坐了下来。"狗崽子"这称呼并不好听，但是并非不合适。

"小汤姆，我像你这么大的时候，"庞得贝先生说，"我总是严守时刻的，要不然就吃不着饭！"

"你像我这么大的时候，"汤姆回答说，"你用不着把算错的账改好，也用不着再换上衣服去吃饭。"

"现在别提那个了，"庞得贝说。

"那末，好吧，"汤姆叽里咕噜地说，"你也甭向我开口。"

"庞得贝太太，"赫德豪士先生说，同时完全听到他们的低声谈话；"你弟弟的脸，看起来很熟悉似的。我可能在国外看见过他吧？或者在什么中学校里看见过他？"

"不，"她非常有兴趣地回答说，"他从没去过外国，他是在这儿本地受教育的。汤姆，亲爱的，我正在告诉赫德豪士先生，他决不会在外国看见过你。"

"没那种好运气，先生，"汤姆说。

他这人，照说没什么可取的地方足以使她笑逐颜开，因为他是个乖戾的青年人，即使对她也没有什么礼貌。这就表明她内心孤单寂寞，迫切需要找个人来寄托感情。"她是那样地寂寞，所以这狗崽子就更加成为她唯一喜欢的人了，"詹姆斯·赫德豪士先生

143

就这样翻来覆去地想着。"更加那样了。更加那样了。"

　　无论当着姐姐面，或在她离开房间后，这狗崽子都毫不设法掩饰他对庞得贝先生的鄙视，只要那独立自尊的人不注意到他，他就做鬼脸，或挤眉弄眼。那天晚上，当他这样使眼色时，赫德豪士先生虽没作什么回报，但也不断鼓励他，对他非常表示好感。最后，他站起来准备回旅馆，又有点怕在黑夜里摸不着路，那狗崽子立刻自告奋勇做他的向导，跑出门送他上那儿去。

第三章
狗崽子

一个青年绅士，继续不断地在一套不合人情的拘束下教养成人，竟成了一个伪君子，这是一桩极堪注意的事情；但是汤姆的情况的确如此。一个青年绅士，从来没有连续五分钟的自由自主的时间，结果他竟不能管束自己，这是件很奇怪的事；但是汤姆的确就是这样一个人。一个青年绅士，在摇篮时代想象力就被扼杀了，但它的阴魂却化为下流的欲望来缠扰他，这是完全叫人莫名其妙的事；但是，无疑的，汤姆就是这样一个怪物。

"你抽烟吗？"当他们走到旅馆时，詹姆斯·赫德豪士先生问道。

"抽的！"汤姆说。

他起码得请汤姆上去坐一下，而汤姆起码也得上去坐一会儿。一方面由于喝的是可以解渴、相当清凉、并不淡薄、适合于那种炎热天气的冷饮，另一方面由于抽的是这地方买不着的一种稀罕烟丝，坐在沙发这一头的汤姆立刻感觉到心旷神怡，并且更觉得坐在那一头的、他新交上的朋友是值得崇拜的。

抽了一会儿烟以后，汤姆吹开浓烟，观察他的朋友。"他好像并不管自己衣服穿得怎样，"汤姆想，"可是他衣服多漂亮啊。他是个多大方的时髦人物！"

詹姆斯·赫德豪士先生恰好跟汤姆的目光相遇，就说他没有喝什么酒，然后用他那懒洋洋的手再给他斟上一杯。

"谢谢你，"汤姆说。"谢谢你。唔，赫德豪士先生，我想今儿晚上老庞得贝够叫你倒胃口了吧。"汤姆说这话时一只眼睛眨了眨，端起杯子，故意地从杯子上面望着他的主人。

"他真是个很好的人！"詹姆斯·赫德豪士先生回答说。

"你真那么想吗？"汤姆的一只眼睛又眨了眨说。

詹姆斯·赫德豪士先生笑了笑；从沙发的那头站起来，背靠壁炉架，在空炉子前面抽烟，居高临下地打量着面前的汤姆说：

"你是个多滑稽的小舅子！"

"我想你的意思是老庞得贝是个多么滑稽的大姐夫吧，"汤姆说。

"你真爱挖苦人，汤姆，"赫德豪士先生顶嘴地说道。

跟穿着那样一件背心的人如此亲密；被那样一种声音亲密地叫作汤姆；那么快就同有那一副络腮胡子的人随随便便地无所不谈，这真是非常够味儿的事：结果使汤姆对自己非常满意。

"啊！我可不喜欢老庞得贝，如果你是那个意思，"他说，"我谈到庞得贝时总管他叫老庞得贝，我一向对他是这看法。我现在也不预备开始对老庞得贝客气。现在开始也未免太迟了。"

"我倒是无所谓的，"詹姆斯回答说；"不过，你要知道，他太太在旁边的时候，你可得小心点儿。"

"他太太？"汤姆说。"我的姐姐露？啊，是的！"于是他大笑起来，又喝了一小口清凉饮料。

詹姆斯·赫德豪士先生仍站在原来地方，以原来姿势靠着炉架，带着他那种独特的从容态度抽着烟，和颜悦色地看着那狗崽子，似乎他知道自己是个迷人的鬼灵精，他只消缠着对方，那末，如果必要的话，对方一定会把自己整个的灵魂出卖给他。的确，看起来那狗崽子已经受他支配了。他鬼鬼祟祟地瞟着他的朋友，发现对方正表示钦佩地看着他，于是他就大胆望着他，把一只腿搁到沙发上去。

"我的姐姐露？"汤姆说。"她从没喜欢过老庞得贝。"

"那是讲过去，汤姆，"詹姆斯·赫德豪士先生用他的小指头弹了弹烟灰说，"我们讲现在。"

"中性动词，我们不管它。我们现在用现在式，直说法。用第一人称，单数来说：我不喜欢；第二人称，单数：你不喜欢；第三人称，单数：她不喜欢，"汤姆回答道。

"好！很妙！"他的朋友说。"不过你是说玩话罢了。"

"我的确不是说玩话，"汤姆叫道。"用我名誉担保！啊，赫德豪士先生，难道你真的想跟我说，我姐姐露会喜欢老庞得贝吗？"

"我亲爱的老朋友，"对方回答说，"当我发现两个结了婚的人，生活在和谐与幸福之中时，我不那么想又该怎样想呢？"

话谈到这儿，汤姆已经把两条腿都搁在沙发上了。就算他的第二条腿还没搁上去，当他听见赫德豪士先生称他为"亲爱的老朋友"时，他也会受宠若惊地把腿抬上去。他感到必须做点什么，于是便把身体伸得更挺些，把头靠在沙发扶手上，装作毫不在乎地抽着烟，把他那寻常的脸孔和迷迷糊糊的眼睛转过来，对着那张非常随便而又很起劲地往下瞅着他的脸孔。

"你认识我们父亲，赫德豪士先生，"汤姆说，"所以，露嫁给老庞得贝的事，你就用不着吃惊了。她从没有过男朋友，父亲提出了老庞得贝，她就接受了他。"

"你那位很有趣味的姐姐倒挺有孝心，"詹姆斯·赫德豪士先生说。

"是的，但是，要不是为了我的缘故，"狗崽子说道，"她就不会那么孝顺，而这件事也不会那么容易成功。"

诱惑者仅仅扬了下眉毛，狗崽子就觉得非说下去不可。

"我说服了她，"他带着一种启发的优越态度说。"他们硬把我塞到老庞得贝的银行里去（我从不愿意到那儿去），我知道要是她泼了老庞得贝的冷水，我在那儿就会碰到麻烦；因此我把我的希望告诉了她，她就满足了我的希望。为了我，她什么事都愿意做。这是她很慷慨的地方，不是吗？"

"这是她可爱的地方，汤姆！"

"当然，这件事对她并不像对我那么重要，"汤姆冷冷地接着说，"因为我的自由和幸福，甚至于我的前程都依靠这个；至于她，既没有别的男朋友，而呆在家里又像坐监牢一般——尤其是在我离开以后，所以她嫁给庞得贝并不等于抛弃了另外的爱人；但是，话虽这么说，这还是她可取的地方。"

"非常有趣！她居然也安之若素。"

"啊，"汤姆带着瞧不起的沾恩示惠的态度回答说，"她是个道地的女孩子。一个女孩子在任何地方都能安之若素。她已经安于这种生活了，而且她并不介意。这种生活正和别种生活一样，对她来说，都是无所谓的。再说，露虽然是女孩子，可不是普通女孩子。她能够把自己关起来闷声不响地一连想上一个钟头，我就常常看见她坐在火边默默地看着火。"

"哦，真的？她自有排遣的办法，"赫德豪士先生镇静地抽着烟说。

"倒并不是像你那样想的，"汤姆回答说，"因为我们老人家像做洋娃娃似的用各种干骨头和锯末儿把她填塞得满满的。这是他的教育方法。"

"拿他自己做榜样来造就他女儿吗？"赫德豪士提示似地问道。

"他女儿？唉！连其他所有的人都在内。哎呀，他也是那样来造就我的，"汤姆说。

"不可能吧！"

"可是，他的确是那么做的，"汤姆说，摇了摇头。"我的意思是说，赫德豪士先生，最初离家到老庞得贝那儿去时，我空空如也，像个没装水的汤婆子，对于生活，不比牡蛎知道得多。"

"嘻，汤姆！我简直不能相信。别开玩笑了。"

"我敢用灵魂担保！"狗崽子说。"我是说正经话；我确实是这样！"他正经而又严肃地抽了一会儿烟，然后以极其得意的语调接着说，"啊！从那时起，我就学了一点乖。我不否认这点。但是，这是我自己学来的，全不关我老头子的事。"

"你聪明的姐姐呢？"

"我聪明的姐姐跟从前差不多。她时常向我诉苦，说不能像一般女孩子那样有所寄托；我也不知道她以后如何克服这种情况。但是她并不介意，"他精明地补了一句，又噗噗喷着烟。"女孩子总能安之若素的。"

"昨儿晚上，我到银行去问庞得贝先生的住址，碰到一位老太太在那儿，她似乎非常羡慕你姐姐，"詹姆斯·赫德豪士先生把他抽完的雪茄头扔掉了说。

"斯巴塞老太婆！"汤姆说。"怎么！你已经会过她了吗？"

他的朋友点点头。汤姆把雪茄从嘴里拿出来，以更丰富的表情，把那只眼睛（它几乎是不想再听他的话了）眨了眨，又用一只指头敲了几下鼻子。

"我想斯巴塞老太婆对于露的心情是超过了羡慕的，"汤姆说。"可以说是热爱和崇拜。庞得贝还是个单身汉的时候，斯巴塞老太婆从没向他调情，引逗他来求婚。啊，从来没有！"

这就是那狗崽子说的最后一句话，不久他就昏昏沉沉，跟着就完全人事不知了。后来，他从恶梦中醒来，似乎有人用靴子踢了他一下，还有一个人的声音在说："喂，太晚啦。回家去吧！"

"嗯！"他从沙发上挣扎起来说，"我得跟你告别了。我说，你的烟很好。但是太淡。"

"是的，太淡，"款待他的人回答说。

"淡——淡得可笑，"汤姆说。"你的门在哪儿？再会！"

他又做了个奇怪的梦，似乎被旅馆的茶房牵着在雾中走，雾给他带来相当麻烦和困难后，就化为大街了，只有他一个人站在那儿。于是他就不很费力地走回家去，不过他新朋友的风采和影响还在他脑海中留下一种印象——他似乎是懒洋洋地站在天空中，仍然带着那种随随便便的姿态，用原来的神气瞅着他。

这狗崽子回家上了床。如果他稍微懂得他那天晚上干的事，如果他真是他姐姐的弟弟而不是狗崽子，他就该在中途赶快转弯，就该跑到那条染成了黑色、臭气熏天的河边，就该把那条河当作他永远的安息之所，把河里的臭水当作帐子把他的头遮起来。

第四章
同胞兄弟们

"啊，朋友们，焦煤镇受践踏的纺织工人们！啊，朋友们，同胞们，在专制淫威的压迫下的奴隶们！啊，朋友们，难友们，工友们，兄弟们！我告诉你们，时间已经到来，我们必须互相团结，成为一股集中的、联合的力量，把那些抢劫我们家庭，榨取我们血汗，剥削我们双手劳动，剥削我们精力，剥夺上帝所创造的人类的光荣权利，剥夺神圣的、永恒的同胞特权来自肥身自饱的压迫者，打得粉身碎骨吧！"

"好哇！""听，听，听呀！""哇哈！"这些喊声和其他的喊声，由许多人从那挤得水泄不通的、闷得坏人的会场的各个角落里发出来。演讲者站在会场中的台子上，发着怒，带着泡泡沫沫吐出这许多话来。他说得慷慨激昂，脸热声嘶。在耀眼的煤气灯下，他高声叫喊，握着拳头，皱着眉毛，咬紧牙关，两只手臂挥来甩去，刚才他消耗太大，现在只得暂停说话，要杯水喝。

当他站在那儿喝水想使他那火红的脸冷静下来时，把这演说者跟那群抬着头静听他讲话的人进行比较，对他是极不利的。从外表看来，要不是他站在台上，也不会比群众高多少。在许多重要方面，他实质上是远在他们之下的。他不是那么诚实，他不是那么有丈夫气概，他不是那么和善；他以奸滑代替了他们的率真，他以激情代替了他们的实事求是和可靠的辨别力。他是个身材难看，两肩高耸，眉毛低垂，五官挤在一道，看起来似乎时时在抱怨着什么的人；他就是穿着那种奇奇怪怪的衣服，跟穿了朴素工服的大批听众对比起来，也相形见绌。往往看起来很奇怪：

集会的人们往往服服帖帖地听任一个得意扬扬的人——不论他是贵族或是平民——枯燥无味地讲下去，其实大部分的听众都决没法子把这人从愚昧的深渊里提高到他们自己所达到的知识水平。特别奇怪的，甚至特别动人的，就是看到这一群诚实的人会被这么一个领袖所大大鼓动——他们的诚实大抵是任何一个没有偏见的、有资格的观察者所不能怀疑的。

好哇！听，听！哇哈！他们热忱的注意和意向在面部表情中充分显露出来，使人看了非常感动。在他们当中，没有注意力不集中、没有疲倦、没有无味的好奇心的表现；一切其他集会里可以看到的许多满不在乎的表情，在这里片刻也看不见。只要愿意上那儿去的人都可以明白看出，正如他们能明白看出屋顶上的横梁与涂了白粉的砖墙一样：在那里每个人都感觉到，他们的境遇不能再坏了；每个人都认为应该跟其他人联结在一起，使他们的景况变得好一些；每个人都觉得他唯一的希望就是和他周围的同志们联合起来；整个这一群人都严肃地、深深地、忠心耿耿地怀着这信念——且不管这信念是对是错（不幸，这信念在当时的情况下是错的）。任何观察者决不会心里不知道，这些人正由于他们的种种幻想而表现出一些崇高的品质，可以尽善尽美地加以利用；同时，要是我们凭着不管多么陈腐的笼统原则妄说，这些人走入歧途是完全无缘无故的，是由于他们的无理性的意志，那就等于妄说，有烟而无火，有死而无生，有收获而无耕耘，任何东西或每件东西都是无中生有的。

演说者喝了口水，用揉成一团的手帕从左到右把起皱的额头揩了几次，再把他所有恢复了的力量集中起来，非常轻蔑、非常刻薄地大肆嘲骂。

"不过，我的朋友和弟兄们！工人和英国人，焦煤镇被践踏的纺织工人们！现在有那么一个人——很不幸，我不得不污辱这光荣称号，我不得不说这是个工人——他有经验，很清楚地知道你们的苦处和冤枉，知道你们是这国家里受损害的主要人物，也知道你们用高贵的团结一致的心情，使暴君们听见你们吼叫的声音而发抖，知道你们要把钱捐献出来给联合评议会，并且决定遵从这团体为你们的利益所做的任何决定——那么，我请问你们一下，要是有那么个人，我事实上得承认有那么个人，他，现在抛弃了他的岗位，出卖了他的旗帜，变成了叛徒、懦夫和变节的人；他，在现在这时期，一点不觉羞耻地在你们面前提出卑鄙可耻的声明，说他要脱离群众站在一旁，不愿参加到那些结合起来勇敢保卫他们自由和权利的人们当中——请问，对这样的人，你们怎么说呢？"

这当儿，会场中意见纷纭。有些人怪叫，嘘气，表示愤恨，但是一般人认为不听这人自己申说就加以罪名是不应该的。"斯拉克布瑞其，你说得对！""让他站在台上！""让他讲给我们听！"从各个角落里，发出了种种不同的提议。最后有个很高的声音嚷叫着："那人在不在这儿？要是在这儿，斯拉克布瑞其，让我们听他自己说，不要听你的。"话一说完，大家都鼓掌了。

斯拉克布瑞其就是演说者的姓，他露出狞笑四处看了看；他把右手直伸出来（这是他那类人常用的姿势）叫下面那喧啸着的海洋平静下来，直到他们鸦雀无声为止。

"朋友和同胞们！"斯拉克布瑞其带着异常藐视的态度摇摇头说，"我并不奇怪你们这班趴在地下的劳动人民，竟不会相信有那么一个人活在世上。但是《圣经》上说：有为一碗红豆汤竟出卖了长子继承权的人，犹大·以色加略也曾出卖过耶稣[1]，我们国家里也出现过卡斯尔累[2]，因此你们中间当然也会有这样的人！"

这时，台前挤了好多人，呈现出一片混乱，不久就有一个人爬上台去站在演说者旁边，面对着大众。他面色惨白，脸上有点

---

[1] 犹大·以色加略，是耶稣的门徒，曾把耶稣出卖给敌人。见《圣经·新约全书》。

[2] 卡斯尔累（1769—1822），是英国的政客，他异常反动，在维也纳会议里主张法国王政复辟，并在国会中提议要废止人身保护法案。

颤动——特别是他的嘴唇颤动得很厉害；但他静静地站在那里，用左手摸着下巴，等候别人听他说话。那儿有个主席在掌握会场，执掌这个职务的人就来亲自处理这件事。

"朋友们，"他说，"我现在要运用我是你们的会长的职权，请我们的朋友斯拉克布瑞其坐下来，他在这件事中，也许有点儿感情冲动，因为斯梯芬·布拉克普儿已经上台来了。你们都知道斯梯芬·布拉克普儿这个人。你们一向都知道他的不幸和他的好名声。"

说完这些话，主席走上前去跟他热烈地握了握手，又坐下来了。斯拉克布瑞其也坐下来，揩着他热烘烘的前额——总是从左到右，而不是从相反的方向揩。

"朋友们，"斯梯芬在鸦雀无声的会场中开始说，"我已经听见关于我的那些话，我也不可能加以修正。但是我愿意你们与其听别人的话，不如听我亲口说出关于我自己事情的真相，虽然我在这么多的人的面前讲话一点儿都不习惯，一定会弄得晕头转向，不知所措。"

斯拉克布瑞其摇了摇头，满怀愤恨，似乎要把它摇掉。

"庞得贝纺织厂的所有工人之中，唯有我没有同意你们提出的会章。我不赞成那会章。朋友们，我怀疑那会章对你们会有什么好处。更可能的，它对你们会有害处。"

斯拉克布瑞其抱着两臂大笑，皱皱眉头表示讥刺。

"但是，我不加入并不是全为了这缘故。如果仅仅这缘故，我也可以同意加入。但是我有我的道理——你们瞧，我有我自己的道理——拖住我的后腿；这道理不仅现在存在，而且永远——永远存在。"

斯拉克布瑞其跳起来站在他旁边，咬牙切齿，大嚷起来。"啊，朋友们，我告诉你们的不就是这个吗？啊，同胞们，我给你们的警告不就是这个吗？一个据说是饱受不平等法律之苦的人，他这种变节行为怎样来的呢？啊，英国人呀，我请问你们，你们中间的一分子已被人收买了，他那样赞成害自己，害你们，以及你们的子子孙孙，这种收买怎样来的呢？"

这时下面有人鼓掌，有些人向斯梯芬喊"无耻"；但是大部分听众都没有出声。他们看着斯梯芬憔悴的脸，这脸由于他老实的表情显得更加可怜；同时，因为他们天性仁慈，所以，与其说他们对他愤怒，不如说是表示惋惜。

"这位代表先生的职业是演说，"斯梯芬说，"他拿了钱，他很知道这工作该怎么做。那么，就让他这样做吧。但他别管我所忍受过的是什么。他是不能替我挑这担子的。除了我，任何人也不能代我挑这个担子。"

他这几句话说得挺得体，并且态度很庄严，使得听众更寂静，更注意起来。先前那个强有力的声音又喊："斯拉克布瑞其，让这人说下去，你别开口！"于是这场所又变得异常安静了。

斯梯芬的声音虽然很低，大家听得还很清楚。他说："兄弟们和工友们——我可以这样叫你们，但是，我不能这样叫这位代表先生——我只想再说一句话，就是我谈到天亮，我想说的也不过是这句话。我很知道我的前途怎样。我很知道，要是在这件事上我不同你们在一起，你们就决定不再同我有什么关系。我很知道，要是我倒毙在路旁，你们也觉得应该把我看成一个外人或素不相识的人，走开不睬。我所得到的结果，我也只好泰然处之了。"

"斯梯芬·布拉克普儿，"主席站起来说，"再想想看吧。汉子，要不然，你的老朋友们都会避开你了。"

场中四处发出同样的嘁嘁之声，虽然并没有人讲一句话。每个人的眼睛都盯着斯梯芬的脸。要是他的决心改变了，那会使他们每人心中都放下一块石头。他向四周围看看，知道是如此的。他的心中，对他们丝毫没有怨恨之意；他知道他们，没人能透过他们的表面弱点与错误想法往深处去了解他们，像他们的伙伴斯梯芬所能了解他们的那样。

"先生，我把这事想了不止一次了。我绝对不能加入。我只好走我自己的路。我预备离开这儿。"

他举起两臂表示敬意似的，站了一会儿；一直等到两只手膀慢慢地垂了下来，才又说道：

"我跟你们中间的一些人曾经谈过天，并且谈得很高兴；当我比现在年轻，心情比现在好一些的时候，我就看见了在此地的很多人的脸；我出生以来不曾跟人有过什么冲突；老天爷知道，要是有冲突，也不是我的过错。"他转过来对斯拉克布瑞其说："你叫我叛徒——但是我要讲，随便给人家一个称呼很容易，但是要证明并不那么容易。那就这样算了。"

他已经挪动了一两步预备走下台去，忽然想起有什么事没讲，于是又走回来。

"或许，"他说，他那皱纹很多的脸慢慢地转来转去，似乎想同在场的每个人说话，不管他们坐得远还是坐得近；"或许，既然这问题提出来让大家讨论了，如果还让我同你们一道做工，就会发生要罢工的威胁。我希望，与其让这时刻来到，我宁愿死，在这时刻没到来之前，我愿意孤单单地在你们当中继续做我的工作——真的，非如此不可，朋友们；并不是我想看你们把我怎样，只是为了生活。我没有工作怎么能生活；我从小生长在焦煤镇，我能到什么别的地方去呢？你们把我推出去，从此不跟我来往，把我看成路人，我也不会抱怨，但是我希望你们让我继续工作。要是我有权利的话，朋友们，这就是我的权利。"

没有人再讲一句话。屋里的人们打中间稍微闪开一点，留出一条道儿让那个已经不能再做他们朋友的人走开去，除了衣服发出窸窸窣窣的声响，听不到任何声音。老斯梯芬的头脑中充满了烦恼，一个人也不看，一路走去，带着一种无扰无求的、谦卑的沉着态度，离开了这个场所。

斯梯芬走出去的时候，斯拉克布瑞其又把他演说家的手臂伸了出来，似乎想制止群众对斯梯芬的关怀，想用他出奇的精神力量来压制群众的热烈感情，他又在鼓舞他们的情绪了。"啊，我的英国同胞们，从前罗马的布鲁特斯①不是大义灭亲把他的儿子处了死刑吗；啊，我就要得到胜利的朋友们，斯巴达的母亲们不是把临阵脱逃的儿子们赶回去尝敌人的刀尖吗？那末，焦煤镇的工人们，有他们的若祖若宗在前，有表示钦佩的全世界人跟他们站在一道，有他们的子子孙孙在后，难道还不应该执行他们的神圣责任，从他们的为了神圣的大义而搭起的帐篷中把叛徒们赶出去吗？天上吹来的风会说：'这是应该的'。来自东南西北的回声也会说：'这是应该的'。因此让我们为联合评议会而欢呼三声吧。"

斯拉克布瑞其作了示范，定下了节奏。那许多脸上表示怀疑（也有点问心有愧）的人受到这声音的鼓舞，跟着喊起来。在共同信仰的真理面前，私情必须服从大义。万岁！散会的时候，那欢呼声还在震动着屋瓦。

于是斯梯芬·布拉克普儿就轻轻易易地陷入了寂寞的苦境中，在他熟悉的人群里把孤单单的日子打发。一个到了外国的人，看着千千万万张不相识的脸，要想别人回看他一下而不可得，比起他来还算是处在快乐的人群之间。因为他每天起码碰到十个以往是他朋友的人，但他们现在却都把脸转开。这就是斯梯芬目前在醒着时，在工作时，在上下工途中，在门边、窗口、任何地方，时时刻刻所遭遇的情况。他们有一种默契，避免走他常走的那边街道；让那里除他之外，没有别人走。

多年以来，他是个沉默寡言的人，很少跟别人来往，只以自己的思想为伴侣，这对他来说，已成习惯了。这以前，他心里从来没有感到那样热烈地需要别人时常跟他点点头打个招呼，看他一眼，说句把话；也不知道这种点点滴滴的表示，能使他心里感到安适与舒服。

① 布鲁特斯（前85—前42），古罗马政治家。

一连四天，他过着冗长而难受的日子，这使他开始为自己的未来感到害怕。这几天中，他不但始终没去看瑞茄，并且避免所有能碰到她的机会；因为，他虽然知道这禁令还没有正式运用到厂里的女工中，但是他却发觉他认识的女工中，有些人对他的态度已改变了，因此他害怕碰见她们，并且深恐有人看见瑞茄跟他在一道，就可能把她也孤立了起来。所以，他在这四天中很孤单，没跟什么人说过话，直到那天晚上下工时，才有个头发面色都很淡的年轻人在街上跟他打招呼。

"你姓布拉克普儿，是吗？"那年轻人说。

斯梯芬的脸涨得通红，因为他发现自己的帽子竟已脱下拿在手中（这或者由于感激人家跟他说话，或者由于这事来得太突然，或者两种原因都有）。他假装整理帽子的衬里说："是的。"

"我想问问，你是不是那个被大家排挤的'人手'？"这个头发面色都很淡的年轻问话人不是别个，就是毕周。

斯梯芬回答说："是的。"

"从他们不愿意跟你为伍的情形看来，我猜想你就是那人。庞得贝先生要跟你谈话。你知道他住处，是吗？"

斯梯芬又说："是的。"

"那末，你就径自去吧，好不好？"毕周说。"他在等你哩，你到那儿只要告诉佣人是你就行了。我是银行里的人；所以，如果你用不着我跟你去，你就径自去吧（他们叫我送你的），免得我再跑一趟。"

斯梯芬要走的路方向相反，但他转过身来，仿佛为责任所驱，走向巨人庞得贝的红砖古堡去了。

157

第五章
工人和厂主

"嗯，斯梯芬，"庞得贝用他那种吹牛的口吻说，"我听说的是些什么？那些地上的害虫怎样对付你？进来，大声讲吧。"

他就这样吩咐他走进会客室来。茶桌已经摆好；在那儿还有庞得贝先生的年轻太太，她的兄弟和一个伦敦来的大绅士。斯梯芬对这些人行了礼，关上门站在门边，手里拿着帽子。

"这就是我原先跟你谈到的人，赫德豪士，"庞得贝先生说。他所叫的这位绅士正坐在沙发上跟庞得贝太太谈话，这时站起来，懒洋洋地说道："啊，真的吗？"然后又慢拖拖地走到壁炉前，庞得贝正站在那儿的地毯上。

"喂，大声讲吧！"庞得贝说。

受了四天的苦，庞得贝的话在斯梯芬听起来粗鲁而且刺耳。因为这种话不仅粗鲁地刺激了他受伤的心灵，并且，似乎暗示他真是别人讲的那种自私自利的变节者。

"您要我来做什么，东家？"斯梯芬说。

"怎么，我已经告诉你了，"庞得贝回答说。"你既是男子汉，就像个男子汉的样子大声说吧，把你自己的事情以及你那团体的情形告诉我们。"

"请您原谅我，东家，我没有什么可说的，"斯梯芬·布拉克普儿说。

庞得贝先生常常多少像一股风，现在发现有什么东西阻拦了他，就开始直接对着它狂吹乱刮起来。

他说："好，你瞧，赫德豪士，这儿就是那批人的一个好样

158

本。这人从前到这儿来的时候，我就警告过他，要他提防那些经常活动的为非作歹的生人——无论在何处发现这些人，都该把他们活活吊死——我也告诉过他，说他走错了路。那么，你现在该相信了吧，虽然他们把他脸上打上这烙印，他仍然自认为是他们的奴隶，而不敢开口说他们的事！"

"东家，我说我没有什么话可说，这并不等于说我怕开口。"

"你说过。唉！我知道你说过什么；不但如此，你瞧，我还知道你心里想什么。天晓得，嘴里说的和心里想的未必是一回事。是完全不同的两件事。你最好立刻告诉我们，斯拉克布瑞其那家伙并不在镇上鼓动工人们造反；他并不是有资格的正式工人领袖：那就是说，一个真正的混蛋。你最好立刻就这样告诉我们；你骗不了我们。你想告诉我们的就是这些。你为什么不说呢？"

"工人领袖不好，东家，我跟您一样难受，"斯梯芬摇摇头说。"只有这样的领袖，他们也只好接受了。他们没有更好的人当领袖，这或许不是他们最小的不幸。"

那股风开始刮得更猛烈了。

"嗯，赫德豪士，你会以为这很不错吧，"庞得贝先生说。"你会觉得这些话够厉害了吧。你会说，拿我的灵魂担保，这就是我的朋友们时常要打交道的那班人的好样本；但是，这算不了什么，先生！你听我再问这人一个问题。请问，布拉克普儿先生，"——风起得很快——"我可不可以唐突地问你一句，你拒绝加入这团体又是怎么回事呀？"

"怎么回事？"

"唉，"庞得贝先生把两个大拇指插在他上衣的两腋之下，把头猛一抬，闭上了眼睛，仿佛跟对面的墙壁有什么秘密要谈似地说："怎么回事？"

"我本不愿意谈这个，东家；但是，您既然提出这问题——而我又不愿失礼——只好回答您。我曾经有过一个诺言。"

"你也知道，决不是对我有什么诺言，"庞得贝说。（暴风起

159

前，总有一种欺人的平静气象。现在的情况就是那样。）

"啊，不是的，东家。不是对您的诺言。"

"对于我有什么顾虑跟这件事是不会有任何关系的，"庞得贝还是像跟墙壁讲知心话似地说道，"要是问题只在于焦煤镇的约瑟亚·庞得贝，你就不会有任何顾虑而早就加入了吧？"

"嗯，是的，东家。这是实在话。"

"虽然，"庞得贝先生说，现在风刮起来了，"他知道那是一批流氓和叛逆，充军对他们来说，还算是过于宽大了！嗯，赫德豪士先生，你在这世界上东游西逛的时间也很久了。除了在这倒霉的国家里，你碰到过这样的人吗？"庞得贝先生用一个愤怒的指头，指着这人给他看。

斯梯芬·布拉克普儿坚决抗议刚才听到的那些字眼儿，向露意莎的脸瞟了一眼之后，就本能地转过身来对她说："不，夫人，不是叛逆，也不是流氓。一点也不是那样的，夫人，一点也不是那样的。我晓得，也感觉到，夫人，他们对我的所作所为并非友爱的表现。但是他们当中最多不到一打人，夫人——一打吗？简直连六个人都不到——相信这样做是对自己尽责并对其余的人负责。我知道他们，我有经验，因为我跟他们一起生活了半辈子——同吃、同喝、同起、同坐、一道劳动，而且爱他们。不管他们对待我怎样，天知道我是决不会不讲真话来支持他们的。"

他讲话时是那样朴实诚恳，跟他的地位和品格很相称——虽然工人们不相信他，或许，由于他对于他那阶级的忠诚和受了自尊心的驱使，所以就变得更加诚恳了；可是，他完全记得他是在什么地方说话，因此连声音也没有提高。

"不，夫人，不。他们彼此开诚相见，绝不相欺，互相友爱，至死不变。不管他们当中有谁遇到穷困，生了病，或者由于种种原由祸难临门而伤心落泪的时候，其他的人就会亲切地对待他，温和地对待他，安慰他，拿出基督精神对待他。夫人，这是实在

160

的情形。他们除非化了灰，才不那样做。"

"简单一句话，"庞得贝先生说，"就因为他们美德这么多，才把你赶出来。既然你开了头，就往下讲到底。说吧。"

斯梯芬依然在露意莎的脸色中找到了天然避难所，就继续说："夫人，我们这班人的优点，仿佛最足以使我们陷入苦难、不幸和错误，这是怎么回事，我不理解。但事实如此。我知道这个，正如我知道烟雾上面还有青天。我们也很有耐心，一般说来，都愿意做对的事。我不能认为错误总出在我们身上。"

斯梯芬虽然不自觉，但是看起来他老是在对别人诉说，这是最使庞得贝先生生气的事情，于是他说："好了，我的朋友，要是能承你注意我半分钟，我倒有一两句话要跟你说。你刚才说，关于这件事你没有什么可以告诉我们的。在我们没有往下谈之前，你对于这点肯定吗？"

"东家，我肯定。"

庞得贝先生把他的大拇指往后一翘，指了指詹姆斯·赫德豪士先生说："这儿有伦敦来的一位绅士，是议会里的人。我倒想叫他亲自听听你我之间的简短对话，而不是仅仅听我嘴里叙述大意就信以为真——因为我事先就深知你要讲的是什么；你要注意，在这点上没有人比我知道得更清楚了。"

斯梯芬对着伦敦来的绅士低下了头，比刚才更心神不宁了。他不由自主地把眼睛转向先前的那个避难所，但是一看到对方富有表情的一瞥，他又转眼对着庞得贝先生的脸。

"现在，你要诉什么苦？"庞得贝先生问。

"我不是来这儿诉苦的，"斯梯芬提醒他说，"我来这儿，是因为你叫我来。"

庞得贝先生抱着膀子重复地说，"你们这批人，一般说来，要诉的是什么苦呢？"

斯梯芬有点打不定主意地看了他一会儿，然后，似乎决定了要讲什么。

"东家，虽然我像大家一样也有某一种感觉，但是我从来不晓得怎样才说得清楚。实实在在，我们是一团糟，东家。看看这市镇——事实上，是非常富庶的——再看看生长在这儿的许许多多工人，他们从摇篮到坟墓，总是靠纺织和梳毛求得生存。看看我们怎样生活的，我们住在什么地方，同住的有多少人，我们生存的机会又怎样，生活的方式又多么单调；再看看那些纺织厂多么兴隆发达，它们总逼着我们趋向于一个遥远的目标——死亡，总是一定的。看看你们对于我们又是怎样想法，怎样写我们，怎样谈我们，怎样派你们的代表团跟政府各部的大臣讲我们的事，不论怎样说，你们总是对的，而我们总是错的，我们一生下来就是没有理性可言的。看看这种情况日甚一日，东家，越来越扩大，越来越使人难堪，一年又一年，一代又一代。东家，谁看到这种情形而能公公道道地告诉别人说，这不是一团糟呢？"

"当然，"庞得贝先生说。"现在，你或许能让这位绅士知道，你怎样来把这一团糟（因为你喜欢这样说）搞好吧。"

"东家，我不知道。这事不能指望我。也不该靠我来解决这问题，东家。这是在我之上，在我们其余的人之上的人们的事。要是他们不来做这件事，东家，他们负的又是什么责任呢？"

"对于这问题，起码我可以告诉你一点，"庞得贝回答说。"我们要拿那半打斯拉克布瑞其之类的人开刀，给大家看看。我们对这些坏种科以重罪，把他们用船装到充军地去。"

斯梯芬心情沉重地摇摇头。

"喂，别以为我们不会这样做，汉子，"庞得贝说，这时刮的是一阵飓风，"告诉你吧，我们绝对要这样做。"

"东家，"斯梯芬知道他要说的话有绝对的准确性，便十分有信心地回答说，"你就是把一百个斯拉克布瑞其——甚至于把所有的，把一千个斯拉克布瑞其——把他们一个个捉起来放在麻袋里缝牢了，沉在那没有陆地之前就有了的最深的海洋里，那一团糟的情形还依然会存在。为非作歹的生人吗？"斯梯芬表示不安地微

162

笑着说，"我敢担保，从我们记事的时候起，哪个时候没听见过为非作歹的生人这种说法！乱子不是他们闯出来的，东家。风潮不是他们造成的。我对他们并无偏袒——我没有理由偏袒他们——但是要想使他们不干那一行，却不使他们没有干那一行的机会，那就毫无希望，毫无用处。在这间屋子里，我周围有许多东西，我未进来之先原有这许多东西，我走之后依然还有。把那只挂钟拿下来，放在船上送到诺福克岛①去，时间照样流逝。斯拉克布瑞其的情形完全同这一样。"

他的眼光一会儿又转向他刚才的避难所，看见露意莎的眼睛朝房门扫了一下，表示警告。他就往后一退，把手放在门把手上。他讲这些话并非由于他自己的愿望；但是，在他心目中总觉得要以德报怨，即使对那些否定了他的人，他也要忠诚到底。于是他停了下来，把心里想说的话说完。

"东家，我没有学问，见识又浅，不能告诉这位绅士应当怎样来改善现在的这种情况——不过，在这个镇上，有些工人是能够告诉他的，他们的能力远远超过我——但是我可以告诉他，我知道哪些方法是绝对不行的。用强硬手段是绝对不行的。用战胜和征服的办法是绝对不行的。老认为一方面对，另一方面错，这种很不自然的想法也是绝对不行的。置之不理也是绝对不行的。让成千累万的人老那样生活着，老搞得那样一团糟，结果他们站在一边而你们站在另一边；只要有这种不幸的情况存在着，不管是短期或是长期，就会有一个漆黑的、不可超越的世界把你们和我们隔离开来。不想法子去接近一般的人，不用慈悲心、耐心去对待他们，鼓舞他们，而他们呢，虽然困难重重却是相亲相爱，只要有一个人陷入困难之中，他们就会友爱地把自己需要的东西分给他——我想这位绅士虽然走遍天下，也不会见过有谁赛过他们——不以这种精神去接近人，也是绝对不行的，除非太阳会变

_____
① 诺福克岛，现属澳大利亚，原来是英国放逐罪犯的地方。

成冰。最糟糕的是把他们当作许多匹马的马力，像处理加法中的数目字或者机器一般地处理他们！认为他们没有爱情和喜悦，没有记忆和偏好，没有灵魂，不会厌倦什么，希望什么——当一切平静无事的时候，便跟他们拖下去，好像他们没有上面所说的种种人性似的；等到整个大闹起来的时候，却去责备他们跟你们打交道时，缺乏那种人性——东家，除非上帝把它创造的世界重新改造过，这样是绝对不行的。"

斯梯芬拉着打开了的房门站在那儿，等了一下，看看是不是还有什么话要问他。

庞得贝先生脸涨得通红地说："等一等，我告诉你，上一次你到这儿来诉苦的时候，我就告诉你最好回心转意，摆脱烦恼。你可能记得，我还告诉过你，我早已晓得这是金调羹在作怪。"

"我自己可不晓得，东家，我向你担保。"

"嗯，我可看得很清楚，"庞得贝先生说，"你就是那些家伙中的一个，一天到晚总是在抱怨什么。你走来走去，四下播种，并想从而有所收获。这就是你的一生事业，我的朋友。"

斯梯芬摇了摇头，以默默无言的方式表示：他一生中确实有别的事要做。

"你真是个大马蜂似的、专门刺激人、品质恶劣的家伙，"庞得贝先生说，"你看，就是你自己的工会，就是最了解你的那些人，也不愿跟你再有任何关系了。我从没认为那班家伙会有对的地方；但是我告诉你吧！作为一件奇事来说，在这方面，我竟跟他们志同道合了，以后，我也决不会同你再有任何关系了。"

斯梯芬很快地抬起眼睛看着他的脸。

"你可以把你正在做的工作做完，"庞得贝先生意味深长地点了点头说，"然后到别的地方去吧。"

"东家，您晓得很清楚，"斯梯芬很有表情地说，"要是我不能在你这儿搞到工作，我也不能在别的地方搞到工作。"

对于这个问题的回答是："我晓得我所晓得的事；你晓得你所

晓得的事。别的，我没有什么话可说了。"

　　斯梯芬又瞟了露意莎一眼，但是她的眼睛不再抬起来看他了；因此，他叹了口气，低声说了一句，"老天爷，保佑我们这些活在世界上的人呀！"于是就离开了。

第六章
慢慢地消逝了

斯梯芬从庞得贝先生家走出来时，天已黑了。夜色来得那么快，所以他带上门的时候没有站着向四周看看，就一直往街上慢慢地走去。他脑子里决没想到他上次到这房子来时碰到的那个稀奇的老太婆，但是，当他听见背后熟悉的脚步声而扭转身来时，竟发现这老太婆正和瑞茄一起走着。

他先看见瑞茄，因为他只听见她的脚步声。

"啊，瑞茄，我亲爱的！老太太，你怎么跟她在一道！"

"怎样，现在你觉得很奇怪了吧，当然，我得说，你有理由觉得奇怪，"那老太婆回答说。"你瞧，我又到这儿来了。"

"但是怎样会同瑞茄在一道呢？"斯梯芬说，放慢了脚步在她们之间走着，看看这个，又看看那个。

"嗯，我所以会碰见这位好姑娘，就跟我上次碰到你一样，"老太婆高兴地回答。"我今年比往年来迟了，因为我一直气喘，所以延期到天气暖和了才来。为了同样缘故，我的旅行不是在一天，而是在两天内完成的，今儿晚上就在铁道边那个'旅客咖啡馆'找个铺位住下（那房子干净精致），明天早上六点钟再坐国会议定的三等减价客车回去。不过，你要问这跟这位好姑娘有什么关系呢？我就来告诉你。我听说庞得贝先生结婚了。我是从报上看到这新闻的，看起来很阔绰——啊，看起来是好得了不得！"——老太婆用一种稀奇的热情细说着这事——"我也很想来看看他的妻子。我还没见过她呢。可是，要是你相信我的话，她打今天中午起，就没从那房子里出来过。因为我不愿轻轻易易就

166

放弃看她的念头，所以在那儿走来走去地等着，最后地再等一小会儿，就在那时候，我在路上好几次都碰见这姑娘；她和蔼可亲，我就跟她谈起话来，她也跟我谈开了。得啦！"那老太婆向斯梯芬说，"其余的一切你可以自己想象，或许比听我唠叨还简短些。"

虽然老太婆的举动是再诚恳、再老实不过的，但是斯梯芬还是像前次那样，又得克服他对她油然而生的厌恶心。他用一种对他说来是自然的，而他知道对瑞茄说来也是自然的亲切态度，继续谈着对这年老的人说来是有趣的问题。

"是的，老太太，"他说，"我看见过那位太太，她又年轻又漂亮。瑞茄，我从没见过她那样美丽的、含着思虑的黑眼睛，和那样安详的态度。"

"又年轻又漂亮。是呀！"老太婆高兴得叫了起来。"像玫瑰花一样美丽！好个幸福的妻子啊！"

"是的，老太太，我想她是那样的，"斯梯芬说。但是他却用怀疑的眼色瞟了瑞茄一眼。

"想她是那样的？她一定是那样的。她是你东家的太太呀，"老太婆回答说。

斯梯芬点点头表示同意。"不过，说到东家，"他说，又瞟了瑞茄一眼，"他已不是我东家了。他和我已断绝了关系。"

"你不替他干活了吗？"瑞茄焦心地急忙问道。

"嗯，瑞茄，"他回答说，"不管是我不替他干，或者是他不让我替他干，反正结果一样。他厂里的活跟我分开了。这样也好——你们赶上我的时候，我正在想，这样更好些。要是我继续待在这儿，那就会祸上加祸。我走了或许对很多人有好处；或许对我自己也是件好事；总之，非这样做不可。我暂时得离开焦煤镇，重新开始，找个出路，我的亲爱的。"

"你打算上哪儿去呢，斯梯芬？"

"今儿晚上我还不知道，"他说，把帽子脱下，用掌心把稀薄的头发摩挲平了。"但是我今晚还不走,瑞茄;明天也不走。很难决定上哪儿去,但是会有好主意的。"

他所以能够下这决心,是由于不自私的念头的帮助。他还没顺手带上庞得贝的大门时,就想到他这样被迫离开,起码对她是有利的,免得她由于跟他往来使别人认为她也有问题。虽然跟她分手将使他感到痛苦异常;虽然他想到无论到什么地方去,别人对他的指责总是免不了的;但是,即使会碰到一些难以料到的困难和烦恼,只要能摆脱四天以来他所忍受的一切,那也可算是聊胜一筹了。

因此他就老老实实地说,"想不到这样决定了以后,我一身都感到轻松了,瑞茄。"她也不好使他的痛苦加重,所以就回报他一个安慰的微笑,于是三个人就一道走去。

穷人对于那些年纪大了的人,特别对于那些能自己挣扎,不倚靠别人而显得兴致很好的人,总是非常同情的。这老太婆无拘无束、心满意足,虽然比斯梯芬上次看见她时更显得衰老,但她毫不在乎,所以瑞茄和斯梯芬都对她发生了兴趣。她很利索地跟着他们走,以免他们为了她而放慢脚步,她非常感谢他们跟她谈话,也愿意继续不断地谈;因此,当他们走到他们住的地区时,她变得比刚才更精神抖擞了。

"到寒舍去吃杯茶吧,老太太。"斯梯芬说。"瑞茄也会去的;等会儿我送你回旅馆。瑞茄,恐怕我要很久以后,才能跟你在一道了。"

她们都答应了,于是三个人一起走到他住的地方去。当他们转入一条狭窄的街道,斯梯芬像平时一样,看着他凄凉的家,心情上又起了一种恐怖,向窗子瞟了一眼;窗户开着,跟他离家时一样,并无人在内。几个月前,那扰乱他生活的凶神恶煞又跑走了,从那以后就没有听到过她的消息。现在唯一能证明她最后一次来过这儿的,只是他屋子里的家具更少了,他头上的白发更多了。

他点了支蜡烛，把小茶桌摆好，从楼下把开水拿上来，又在附近店里买了点茶叶和糖，一条长面包和一点牛油。面包是新做的，很脆，牛油也很新鲜，至于那些方糖，当然也不错——完全证实了焦煤镇那些工商业大王的典型证言，他们常说，工人过得像王公一样，先生。瑞茄泡好茶（客人太多，所以只好借了只杯子），客人都好好地享受这顿茶点。这位主人多少天以来都没有过这样的社交活动。他的前途虽一片荒凉，但是他也津津有味地吃着茶点——这又证实了那些工商业大王的话：这些人完全不知道精打细算，先生。

"我从没想起问您贵姓，老太太，"斯梯芬说。

老太婆自称为："派格拉太太。"

"我想，您居孀吧？"斯梯芬说。

"啊，居孀很多年了！"照派格拉太太算起来，斯梯芬出世的时候，派格拉太太的丈夫（世上少有的好丈夫）早已死了。

"可惜，那么好的人死了，"斯梯芬说，"有几个孩子？"

派格拉太太拿着茶杯托，杯子在那上面摇晃得咔哒咔哒响，表示她的心神不安。"没有，"她说，"现在没有了，现在没有了。"

"死了，斯梯芬，"瑞茄轻轻地提醒着说。

"对不住，我提起了这件事，"斯梯芬说，"我应该想到这话可能会惹人心痛。我——我要责备我自己。"

他为自己告罪的时候，老太婆的杯子响得更厉害了。"我原有一个儿子，"她说，她的难过显得很奇怪，不像寻常人伤心时那样；"他境况很好，非常地好。但是请你们不要提起他，他——"她放下了杯子，把两手一甩，似乎用这种姿势来表明"死了！"然后她才高声地说："我失掉他了。"

斯梯芬正为自己使老太婆难过而深感不安，他的女房东从狭窄的楼梯上踢踢绊绊地走上来，把他叫到门边，低声对着他的耳朵说话。派格拉太太的耳朵决不聋，因为她听见了她所说的一个姓。

"庞得贝!"她用一种遏止不住的声音叫了出来,从桌子旁边惊得站了起来。"啊,把我藏起来!决不要让他看见我。等我躲开以后,再让他上来。请求你们,请求你们!"她的身体战栗着,非常地激动;当瑞茄竭力叫她放心的时候,她就躲到她背后;并不像知道自己在做什么似的。

"请听我讲,老太太,请听我讲,"斯梯芬惊讶地说,"不是庞得贝先生,是他的妻子。你用不着怕她。不过一个钟头之前,你还发疯似地想看见她哩!"

"难道真的不是那位先生而是那位太太么?"她问道,身体还在战栗。

"千真万确!"

"那末,好吧,请你们不要跟我讲话,一点也不要注意我,"老太婆说。"让我自己悄悄坐在角落里好了。"

斯梯芬点点头;看了看瑞茄,想知道是为了什么缘故,可是她也不可能告诉他什么;他拿了蜡烛走下楼去,不一会儿就回来了,照着露意莎走进房里来。跟在她后面的,是那个狗崽子。

斯梯芬为这不速之客的来临而深感惊讶,他把蜡烛放在桌上时,瑞茄已经站了起来,立在一旁,手上拿了她的披巾和帽子预备离开。斯梯芬也站在那儿,一只拳头撑在桌上,靠近蜡烛,等候客人讲话。

露意莎是生平第一次到焦煤镇"人手"的住处来;也是生平第一次面对面地跟个别的"人手"接近。她只知道他们有成千累万的人数。她只知道在一定的时间内,一定数目的"人手"可以制造出多少商品。她只知道他们像蚂蚁和甲虫一般成群结队地从他们的窝里爬出又爬进。她通过阅读对辛勤工作的昆虫的了解,比对这些辛勤工作的男女的了解要清楚得多。

这些家伙,叫他们做多少工就给他们多少钱,到此为止;这些家伙必然要受供求律的支配;这些家伙若违反了供求律,就陷入困难；这些家伙当麦价昂贵时就会勒紧肚皮，遇到麦价便宜时又会吃得过饱；这些家伙按照百分比在繁殖着，也造成犯罪的百分比相应的增加，同时又使必须受救济的贫民的百分比增加；这些家伙是可以批发的，可以从他们身上大捞一笔钱；这些家伙有时会像海洋似地汹涌澎湃，造成了一些损失和浪费（主要是他们自己的损失和浪费），然后又平静下去： 她所知道的焦煤镇"人手"就是这样。但是她从没有想到把他们分为一个一个的人，犹如她从没有想到把海分成一滴一滴的水一样。

她站了一会儿，向房间四周看了看。从几把椅子，几本书，几张普通的版画和那张床，再看到两位女人和斯梯芬。

"由于刚才的事情，我来同你谈谈。要是你能允许，我很想帮帮你的忙。这位是你妻子吗？"

瑞茄抬起眼睛，这就足够说明答案是"不"，然后又把眼睛低垂下去。

"我记起来了，"露意莎因为自己弄错了，满脸通红地说，"我现在想起来了，我曾听说你家庭中的不幸，不过那时我不曾留心听详细情形。我不是故意这样问而使这儿任何人感到不安。倘若我下面的问话，引起同样结果，那就请你原谅，我实在不知道该怎样跟你说才好。"

就像不多一会儿之前，斯梯芬在庞得贝家里不知不觉地跟她谈起话来一样，她现在也不知不觉地跟瑞茄谈起话来。她的态度有点唐突生硬，却又犹豫胆怯。

"他告诉过你，他和我丈夫之间谈话的经过情形吗？我想，你一定是他的第一个顾问了。"

"我听到过那件事情的结果，少奶奶，"瑞茄说。

"我不知道刚才听时弄错了没有，是不是工人被厂主辞退后，所有的厂主都会拒绝雇用他呢？"

"工人要是在厂主中有了坏名声，工作机会就很少了——差不多是没有机会了，少奶奶。"

"你说的坏名声，我怎样来理解呢？"

"那就是有'爱捣乱'的名声。"

"这样说来，无论是他自己阶级的人对他有偏见，或者是另一个阶级的人对他有偏见，他总是一样地要被牺牲了吗？这个镇上的两个阶级分得那么清楚，难道其间竟没有一个诚诚实实的工人容身的余地吗？"

瑞茄一言不发地摇了摇头。

"他引起他的纺织工友们的怀疑，"露意莎说，"因为他曾经有过诺言不加入他们的组织。我想他一定是对你有过这种诺言吧。我可不可以问你，他为什么有这种诺言呢？"

瑞茄哇的一声哭起来了。"我并没有要他这样做，可怜的汉子。我只是叫他为了自己的利益要避免惹祸；一点儿想不到，他反而为了我引起了麻烦。但是我知道他宁可死一百次，也不肯食言的。我深知他的这种脾气。"

斯梯芬以他一贯的沉思姿态，一手托住下巴，一直安静地留心听着。现在，他用一种远不及平时沉着的声音说道：

"除了我自己，没人能知道我对瑞茄的尊重、爱护和敬仰，以及原因在什么地方。对她作出这诺言时，我是认真的，她是我生命中的安琪儿。这是庄严的诺言。一言既出，决不更改。"

露意莎掉过脸来对着他，带着一种她所不惯于表示的敬意低下头来。她看看他，又看看瑞茄，她的脸色变得温和了。她问斯梯芬："你打算怎么办呢？"她的声音也变得温和了。

"嗯，夫人，"斯梯芬尽量泰然处之，笑了笑说："我把工作做完后，想到别的地方去试试看。不管机会好不好，总得试试；不试就毫无办法——除非躺下来等死。"

"你怎样走法？"

"步行，我好心的太太，步行。"

露意莎脸红了，拿出了钱包。听得见钞票在沙沙作响，她摊平了一张放在桌上。

"瑞茄，请你告诉他——因为你知道怎样说，才不至于得罪他——这点钱他高兴怎样花就怎样花，是送他做路费的，你能不能劝他接受呢？"

"我不能劝他，少奶奶，"她把头扭到一边，回答说。"你对这可怜的汉子这样关心，上帝是要保佑你的。但是只有他才知道他自己的心，才知道怎样才对。"

露意莎看到这个原来十分沉着的男人刚才跟自己丈夫谈话时，那样直率、安详，而这会儿却失去了镇静，站在那儿用手捂住了脸；她显得有点不相信，有点吃惊，却很快地不胜同情。她伸出手，似乎本想碰碰他；立刻又约束住自己，收回了手。

"即使是瑞茄，也不能拿更体贴的话作这样体贴入微的帮助，"斯梯芬仍旧站在那儿，把手从脸上移开了说。"为了表明我不是不懂道理和不识恩义的人，我准备收下两镑钱。我借了这些钱将来是要奉还的。要是有能力，我将再度对您现在这举动表示我永远不忘的感激，那将是我生平最快慰的事了。"

她只得把那张钞票收起来，换了张他刚才说到的、钱数少得多的。无论从哪方面看来，斯梯芬既不彬彬有礼，又不漂亮，更说不上雅致，然而他接受赠款的态度，和他寥寥数语表示感谢的方式，却极其洒脱大方，即使以仪表著名的吉斯得斐儿爵爷花上一百年工夫教导他儿子，也不能教成这样①。

汤姆一直都坐在床上，一条腿摇来晃去的，嘴吮着手杖的头，似乎对一切都不理会。直到话谈到这里，他看见他姐姐准备离开了，就很急促地站起来，插了句嘴。

"露，等一等！在我们未走之前，我要跟他谈一下。我想起一件事。布拉克普儿，要是你跟我到楼梯旁边来，我就告诉你是什么。用不着照亮，喂！"汤姆看他到橱柜边取蜡烛，就表示不耐烦

---

① 吉斯得斐儿爵爷（1694—1713）在给他儿子的家书中，谆谆教导他怎样才能成为一个彬彬有礼的"绅士"。

的样子。"我们讲话用不着亮的。"

斯梯芬跟他走出去，汤姆关上房门，用手抓住了门把手。

"喂！"他悄悄地附耳说道。"我可以帮你一个忙。别问我是什么事，因为或许没有什么结果。不过试试看也无妨。"

他呼出的气真是热，落在斯梯芬耳朵上就像火焰一样。

"今晚给你送口信的，"汤姆说，"就是银行里我们的小茶房。我管他叫我们的小茶房，因为我也是银行里的人。"

斯梯芬想："他为什么那样着急！"他讲话那么慌乱。

"好了！"汤姆说。"注意听！你什么时候走？"

"今天是星期一，"斯梯芬考虑了一下回答说。"嗯，先生，大概是星期五或星期六。"

"星期五或星期六，"汤姆说。"听着！我不敢肯定我能够做到我愿意帮你忙的那件事——你知道吧，屋里的那人是我姐姐——但是我或许能做到，就是做不到也没有什么妨碍。所以我讲给你听。你要是再碰到我们的小茶房还认得他吗？"

"当然认得，"斯梯芬说。

"很好，"汤姆回答说。"从今天起到你离开这地方为止，每天晚上下工以后，你就在银行左右待上个把钟头，好吗？假使他看见你待在那儿，不要做出你有话要同他讲的样子；因为除非我觉得我能办到我想帮你忙的事，我是不会叫他跟你谈什么的。如果我能办到，他会带个纸条或口信给你，要不然，他不会跟你接头的。喂，注意！你真听懂我的话了吗？"

黑暗中，他把一个手指头插入斯梯芬的外衣钮扣眼里，用一种离奇的样子，像螺丝钉似地把他那块衣服拧紧，拧了又拧。

"听懂了，"斯梯芬说。

"喂，注意！"汤姆重说一遍。"决不要弄错，也不要忘记了。我回家时告诉我姐姐，我想做什么，我知道，她会赞成的。注意！你清楚了，是吗？你全懂了吗？那很好。露，我们走吧！"

他喊她的时候，把房门推开了，但是没回到房里，也不等别人照亮就走下狭窄的楼梯。她开始下楼时，他已经走到楼底下了，而在她没能抓住他的膀子之前，他已走到街上去了。

派格拉太太一直待在角落里，直等到姐弟俩离开了，斯梯芬手拿蜡烛回来的时候。她对庞得贝太太有一种不是言语能表达的爱慕，而且，像一个莫名其妙的老婆子那样哭起来了，"因为她真美丽可爱。"但是派格拉太太是那样地不安，唯恐她爱慕的对象回来，或别的人要来，所以那天晚上她也就不是那样兴高采烈了。对于一早就爬起来，工作辛苦的人们来说，天色已晚；因此茶会散了；斯梯芬和瑞茄把他们神秘的相识者护送到"旅客咖啡馆"门口，并在那儿跟她告别。

他们一同走回来，往瑞茄住的那条街的转弯处走去，当越走越近的时候，两人都默默无言。到了他们不常有的聚会总是在那儿结束的那个黑古隆冬的转弯地方，他们停了下来，仍然默无一言，似乎两人都怕开口。

"我走之前，我要想法子再跟你见次面，瑞茄，但是，要是不可能的话……"

"斯梯芬，你不预备再见我，我知道。我们两人最好还是决心彼此说出真心话吧！"

"你总是对的。这更爽快，更好。我刚才想，瑞茄，既然只剩一两天光景，就你来说，我的亲爱的，最好不要让别人看见你跟我在一起。这可能给你引起麻烦，毫无好处。"

"这我倒不在乎，斯梯芬。但是你晓得我们有约在先。我关心的倒是这一点。"

"对，对，"他说。"无论如何，这样总好些。"

"你会写信给我，并且告诉我一切情形吗，斯梯芬？"

"会的。现在我还有什么可说呢，只希望老天爷照应你，老天爷保佑你，老天爷会感谢你和报答你的！"

"斯梯芬，我也希望老天爷保佑你，而且最后会赐你平安和休息！"

"那天晚上，我曾告诉你，我的亲爱的，"斯梯芬·布拉克普儿说，"只要有你这样比我好得多的人在我身边，我就不会看到或者想到任何使我生气的事。现在你在我身边。你使我用比较乐观的眼光看待一切。祝福你。晚安。再会吧！"

他们在一条普普通通的街道上匆忙作别了，但是对这两个平凡的人来说，这却是个神圣的纪念。功利主义的经济学家们，骨瘦如柴的学究们，搜罗"事实"的要员们，斯斯文文而精疲力竭的不信宗教的先生们，把书上许多陈腐无聊的教条背诵得滚瓜烂熟的先生们：在你们周围，穷人永远是存在的。趁时间还来得及，最好在他们心中培养想象和感情的最大美德，把他们那种极需要装饰的生活装饰起来；要不然，就是在你们胜利的日子来临的时候，他们的幻想已经完全从他们的心灵中被驱逐了出去，这时他们面对的，只是勉勉强强的糊口生活。现实就会像豺狼一般地把你们吞了下去。

斯梯芬工作了两天，没有人说一句话来鼓励他，在他上工和下工的时候，大家都躲开他。第二天收工时，他的活儿快做完了；第三天的末了，他的织机旁边也就没有人了。

头两天晚上，他都在银行门前的街上逗留着，每次都有一个钟头；但是任何好的或坏的事情都没发生。他为了不失约，决定第三天也是最后一天的晚上，在那儿整整等两个钟头。

先前为庞得贝先生管过家的那位太太，坐在二楼窗口，正如他以往看见的那样；小茶房时而跟她谈天，时而从遮阳帘向外看，帘子下面有"银行"两字，他有时也来到门口，站在台阶上吸点新鲜空气。他第一次出来时，斯梯芬想到他或许正找他，就靠近他身边走过去；但小茶房只把他眨巴眨巴的眼睛略微看他一看，一句话也没说。

劳动一整天后，还得一连两个钟头地游来荡去未免太长了。斯梯芬有时坐在门口的台阶上，有时在拱道下的墙壁上靠靠，有时来往溜达着，有时听教堂钟声，有时停住脚步看儿童们在街上游戏。每个人当然总有点什么事情要做，所以一个光是游来荡去的人，总显得挺特别。第一个小时过去以后，就是斯梯芬也开始有了不安之感，觉得自己成了个不体面人物。

不久，点街灯的人来了，路边的灯都亮了起来，灯光成了两条直线越伸越长，直到它们在远处交叉在一起，往后看不见了。斯巴塞太太关了二楼窗户，拉下遮阳帘，上楼去了。立刻，有个亮光跟着她上楼，灯光先经过门上面的扇形窗，再经过楼梯间的两个窗子。等了一会儿，三楼的帘子的一角动了动，似乎斯巴塞太太的眼睛就在那儿看；接着帘子另一角也动了下，似乎小茶房的眼睛就在那边看。但斯梯芬仍然没有得到什么信息。两个钟头最后终于过完了，斯梯芬如释重负，像是为了补偿这种闲荡似的，快步走开了。

他只消跟女房东说声告别的话，就在临时打的地铺上睡下。因为行李已经捆好预备明天走，为了动身，一切都准备好了。他打算在"人手们"还没有上街之前，一清早就离开这市镇。

天才麻麻亮，他以惜别的眼光看了看这间屋子，伤心地想，也许他不会再看到这间屋子，然后就走出去了。镇上寂静无人，似乎所有的居民都宁愿抛弃这个地方，而不愿在那儿与他为伍。这时候，每样东西看起来都是很惨淡的。就是快要升起的太阳也只使得天空一片苍茫，像阴沉沉的大海一样。

走过瑞茄住的地方，虽然这并不顺路；走过有红砖房子的街道；走过寂静无声的工厂，因为机器还没有开动；走过铁路，因为天已经渐渐亮了，所以那些红灯也渐渐变暗了；走过铁路附近那些乱七八糟的地带，半数的房子已经拆掉，有半数的房子正在盖；走过疏疏落落的红砖别墅，在那儿饱尝煤烟的长青树也都蒙上一层灰末，就像不整洁的吸鼻烟的人一样；又走过煤屑路和许多肮脏难看的地方；斯梯芬爬上了一个山顶，回头望着。

太阳已经亮晃晃地照着市镇，上早班的钟声响了。住家户的火还没有生起来，工厂的高烟囱独占了天空。它们喷出的大量毒烟，不用多久就会把天空笼罩住；但是，有半小时，有些窗子还是照耀得金光闪亮的，通过那些被烟熏的玻璃，焦煤镇居民看见的太阳，永远呈现出一种日食的状态。

真奇怪，斯梯芬不看烟囱而看飞鸟。真奇怪，他脚上没有煤灰，却有路上的尘土。真奇怪，活到这么大年纪，在这夏天早晨却像少年似的，开始另一种生涯！斯梯芬一手夹着行李卷儿，一面沉思默想，带着注意力集中的面色，顺着大路走去。两旁的树木形成了拱道，树叶沙沙地似乎在耳语，说：他在焦煤镇留下了一个情真意挚的人。

第七章
火　药

詹姆斯·赫德豪士先生"搞"他所参加的那一派的活动，不久就有了成绩。因为有人指点他怎样做英明政治家，再加他对一般人总采取一种绅士派头的冷淡态度，同时因为他具有最动人也最受社会人士欢迎的坏毛病，就是说他总假惺惺地坦白承认自己是不老实的人，所以他只要格外努力一点，很快就会被看做是最有希望的人。他不为"诚恳"所扰是他最大的优点，这使得他跟那些专讲究硬邦邦"事实"的人处得很好，仿佛他生下来就属于他们那个集团，而把其他集团的人都认为是存心作伪的假道学先生，一古脑儿扔到海里去。

"我们当中没有人相信那样的人，我亲爱的庞得贝太太，而那些人也不相信他们自己。我们跟讲道德、说仁义、谈博爱者之间的唯一区别是：我们知道这一切都是毫无意义的，并老老实实说出来；他们同样知道，只是决不肯实说罢了。"

他翻来覆去地这样讲会使她吃惊或者警惕起来吗？不会的，因为这说法跟他父亲的原则和她早期受的训练并没有什么抵触，足以使得她震惊。既然这两派都想把她束缚在物质现实上，使她不信仰任何别的东西，那么，这两派有多大区别呢？在她天真烂漫的童年时代，汤玛士·葛擂硬先生在她灵魂深处培养过什么东西用得着詹姆斯·赫德豪士先生来破坏呢？

这当儿，这说法对她只有更坏的影响，因为她心灵深处——在她异常实际的父亲还没有开始训练她之前——早就有一种倾向，使她相信人性比她听见别人所讲的广阔和高贵得多。这倾向在她心中不断跟怀疑和愤懑心情斗争。因为在她幼年，她的抱负就被芟除尽了，所以她才怀疑。因为别人叫她受了委屈，还装作是要她明白一点真理，所以她才愤懑。长久以来，她都习惯于克制自己，而她心灵中的矛盾却内讧不已，于是赫德豪士的哲学便成为她的一种慰藉和解嘲的工具。既然任何事情都空虚而无价值，那么，就算她失去了什么和牺牲了什么也就不足惜了。当她父亲向她提亲时，她说过：这有什么关系呢？她现在还是说：这有什么关系呢？她依赖自己，对一切都看不上眼；她问自己：任何事情有什么关系呢？——于是就这样活一天算一天。

走向什么目的地呢？一步一步，上上下下，大概总要到达什么目的地，但是走得却那么缓慢，结果使她相信自己总是在那儿停住没动。说到赫德豪士先生，他的确也不考虑或关心自己朝着哪个方向走。他没有特殊的企图或计划；没有恼人的、糟糕的事情打扰他懒散的心情。目前他觉得一切都很好玩，又很有趣，起码好玩和有趣到不致使他失去他那绅士般的尊严的地步，他兴致非常好，但是为了保持声誉，他或许不愿意承认这点。他到这儿不久，就没精打采地写了一封信给他受人尊崇而又有滑稽天才的议员老爷哥哥，说庞得贝夫妇"非常有趣"，还说，那位女的庞得贝并不如他想象的那样是个看一眼就会让人变成石头的女妖高根①，而是年轻的漂亮女人。此后，他写信时不再提到他们，只是一有闲空就往他们家跑。在焦煤镇周围来来往往做访问工作时，他总上他们家去；而庞得贝先生也非常鼓励他来。庞得贝先生一向喜欢对全世界夸夸其谈地说，他并不在乎要同社会上地位很高的人来往，不过要是他老婆——汤姆·葛擂硬的女儿——喜欢的话，那么她跟他们来往就听便吧。

詹姆斯·赫德豪士先生开始在想：要是那张一见那狗崽子就容光焕发的脸，也能为他容光焕发的话，岂不妙哉。

---

① 高根，是希腊神话中的蛇发女怪，人见了她会立刻吓得变成石头。

180

他的观察力很敏锐；他的记忆力很强，绝不会忘记她弟弟向他泄露的一切话。他把那狗崽子对他泄露的话和他所看到她的一举一动结合起来，开始了解她是怎样一个人。当然，他觉察不到她性格中的优点和她心灵的深处，正如海洋深处影响深处那样，人与人之间也是同声相应，同气相求的；但是他用研究者的眼光把她其余的一切不久也就看得很清楚了。

庞得贝先生在离市镇约十五英里外的地方买了所房子和花园，从这房子到铁路只有一两英里光景，铁路跨在许许多多拱桥上，经过一片荒野。旷野里有一些废弃的煤矿井，晚上井口有火照着，看得出有许多黑黝黝的机器停在那儿不动。从荒野走到庞得贝先生的别墅附近，现出一片田园风景。春天时，有黄澄澄的石兰和雪雪白的山楂，整个夏季，树影婆娑，枝叶摇动。这环境优美的别墅原是焦煤镇一位大亨的产业，他因为想走捷径，发大财，于是乎投机失败，差不多亏空二十万镑，银行就取消了他赎回这份抵押产业的权利。这种不幸的事情在焦煤镇善于经营的人家中有时也不免发生，不过这些破产者跟不善于打算的工人阶级毫无关系。

庞得贝先生把自己安置在这小小安乐窝中，花园里种些包心菜表示不忘微贱，觉得极满意。在许多考究家具中，他却欢喜过营房式生活，并对这房子里的每幅画，也要拿自己的出身来吹牛。"你瞧，先生，"他常这样跟客人说，"据说原来的房主人尼基兹为买那张风景画《海滨》，曾花了七百镑。嗯，老实同你说，我这辈子不知道看这幅画儿会不会有七次之多，假使是七次，那每看一次就等于花一百镑，这已经够了，再多看一次我也不乐意了。天晓得，不！我决不会忘记我是焦煤镇的约瑟亚·庞得贝。好多好多年中，我唯一的一种画（或者说除掉用偷窃的方法，我就不可能得到其它的画），就是一个人站在刷得很亮的靴子边用它作为镜子照自己剃胡须的那种铜版画，这画是贴在黑鞋油瓶上的，我能用这种鞋油刷靴子已经是喜出望外了，每次用完油就把油瓶

181

卖掉，得到一文小钱也就够我高兴了！"

他也用同样口气跟赫德豪士先生说。"赫德豪士，你有两匹马在这儿。要是你高兴再带六匹马来，我这儿也有地方安置。这马房容纳得下十二匹马；除非关于尼基兹的种种传言靠不住，否则我们就得相信他的确养过那么多马。整整一打，先生。那人幼年时，进了威斯敏斯特学校，作了皇家的高材生；那时，我吃的是人家不吃的肚里货，睡在菜市上的篓子里。嗯，就是我想养十二匹马——我是不想的，现在对我来说一匹已经很够了——我也看不惯它们呆在那么好的马房里，因为看到那些马房就使我想到我过去住的地方。我一看到那些马，先生，就想把它们赶出去。但是天道好还，连砖头瓦片也有翻身之日。你看见这地方，你知道这是怎么个地方；你也明了无论国内国外——不管哪儿——都没有这样宽敞，设备这样完善的房屋，而约瑟亚·庞得贝却住进来了，就像蛆钻进胡桃一样。尼基兹而今又安在呢！尼基兹从前在威斯敏斯特学校用拉丁话演戏，我们国家的大法官和贵族们都去看他的戏，高声喝彩，叫得脸都发紫了。但是现在呢？昨天有人到办公室来告诉我：尼基兹此刻住在比利时安特卫普城里一条狭窄黑暗的后街，住在六层楼上，饿得淌口水，先生，饿得淌口水。"

这是个炎热夏季的长昼，在这别墅的林荫下，赫德豪士先生对那张他第一次看到就引起好奇心的脸开始试探性活动，试试它是不是会因为他而变得容光焕发。

"庞得贝太太，我碰巧看见你一个人在这里，真是太幸运了。好多天以来，我就特别想跟你谈一谈。"

他见到她，事实上并不是他所说的偶然巧遇，因为每天那个时候，她总一个人在家，而那地方她又常去。这是蓊郁树木中的一块空地，有些斫下来的树干躺在地上，她喜欢坐在那儿盯着去年的落叶，就如她在娘家时呆呆看着火炉中的火灰一般。

他在她身旁坐下，向她的脸上瞟了一眼。

"你的弟弟。我的小朋友汤姆——"

她显得眉飞色舞起来，带着很有兴趣的眼光转过脸来对着他。他心想，"我生平从没见过任何东西像她容光焕发时那样引人注意和迷人！"他的真心虽没流露，但是在他面部的表情上已经看得出他在想什么——也许他是故意做给她看的。

"原谅我。你这种手足深情表现得如此的美——汤姆应引以自豪——我知道这话不可原谅，但我真不得不赞美。"

"这么容易冲动，"她镇静地说道。

"庞得贝太太，不是的；你知道我在你面前决不装假。你知道我是个贱坯，只要有人出相当数目就随时准备把自己出卖，决不会做什么天真烂漫的事情。"

"我等着听你继续讲我弟弟的事呢，"她回答说。

"你对我太严厉了，可我也活该。走遍天下，你也找不到比我更不值钱的狗坯子，但是，起码我不虚伪——不虚伪。我刚才讲的原是关于你弟弟的事，但是你吓得我话不对题了。我对他发生了兴趣。"

"你居然对什么东西发生兴趣了吗，赫德豪士先生？"她一半表示不相信，一半表示感激地问道。

"我刚来这儿时，如果你问我这话，我一定回答'不'。但是现在我要说'是的'。即使这样说似乎是随便扯谎，理当引起你的疑心，我都不管。"

她的身子稍微动了一动，似乎想说话而发不出声音；最后她说："赫德豪士先生，我相信你是对我弟弟发生了兴趣。"

"谢谢你。你的信任，我以为自己受之无愧。你知道我很少自以为是，但在这一点上，我却是自以为是的。你为他做了那许多事，你那么喜欢他；庞得贝太太，你为他表现出那样可爱的忘我精神——请再原谅我一次——我的话又扯远了。我完全是因为他自己而对他发生兴趣。"

她曾微微地动了一下，似乎急于要站起来走开。当时他立刻又改变了话题，而她也就留下来了。

"庞得贝太太，"他接着说，讲话时的神气比刚才轻松了些，但是有点故作轻松，这就比他刚才的神气更加富于表情了："要是你弟弟不大听话，不体贴人，钱花得太多——用一句普通话来说，就是有点儿乱花乱用，以他那样年纪的小伙子而论，这也不是一种无法挽救的过错。他是那样吧？"

"是的。"

"让我坦白地谈吧。你想他赌钱吗？"

"我想他赌的。"似乎她还没有把话说完，所以赫德豪士先生还是在等待着，于是她就补充地说："我知道他赌钱。"

"当然，他也输了钱吧？"

"是的。"

"谁赌谁就得输。我请问你是不是有种可能，为了这缘故你有时给他钱呢？"

她坐在那儿，向下看着；但是听到这问题，就抬起眼来探究似地看着他，并且有点不乐意。

"请饶恕我这种无礼的好奇心，我亲爱的庞得贝太太。我想汤姆慢慢会陷入烦恼之中，虽然我也有过这种不好的经验，但是我愿意伸手援助他——要不要我再说一句，这完全是为了他的缘故。我需要这么讲吗？"

她似乎想回答他的话，却没说出来。

"我爽性把想到的一切都老老实实说出来吧，"詹姆斯·赫德豪士先生仿佛毫不费气力地恢复了他那轻松的样儿说道，"我想对你说句知心话，我很怀疑他究竟是否得到过很多方便——请原谅我的率真，究竟他跟他那受人尊敬的父亲是否可以开诚布公讲些什么话。"

"我想是不可能的，"露意莎说，由于想到自己在这方面的经验，她的脸绯红了。

"我也怀疑——我相信，你完全了解我这话的意思——他和他那非常受人尊敬的姐夫，有什么知心话可谈。"

她脸色越来越红，当她用更微弱的声音回答时，几乎红得像发烧了，"我想那也是不可能的。"

沉默了一些时候，赫德豪士先生又说："庞得贝太太，在你我之间，可不可以进一步谈谈知心话呢？汤姆向你借了一笔相当数目的钱吧？"

"你要了解，赫德豪士先生，"她踌躇了一会儿回答说（在交谈中，她始终多多少少表现得犹疑不决，心神不安，虽然如此，她还保持镇静并能克制自己），"你要了解，要是我把你急于想知道的事告诉你，这并不是表示我埋怨什么或者有什么懊悔。我对任何事情都决不埋怨，对我做过的事情一点也不懊悔。"

"还真够勇敢哩！"詹姆斯·赫德豪士想道。

"甚至在我结婚时，我就发现我弟弟已经负债累累了。我的意思是说，就他来说已不在少数了。这沉重的债务使得我不得不变卖一些小首饰。这算不得牺牲。我自愿把它们变卖掉。我并不看重这些东西。那些东西对我毫无价值可言。"

她也许从他面部表情看出来，或者她只是在她的意识中觉得：他已经知道她讲的是她丈夫送的那些首饰。于是她的脸又涨得通红，打住了话头。要是他先前不知道这件事，一看到这种神情也就明白了，虽然在这以前他的确有点麻木而莫名其妙。

"自从那时以后，我多次把我所能节省的钱都给了我弟弟：简单地说，我把我所有的钱都给了他。由于我相信你对他发生了兴趣，所以我不必讲一半、留一半。自从你经常来这儿看我们以后，他曾经要我给他一笔一百镑之多的款子。我还无力给他。我为他负债累累所引起的后果而感觉不安，但是我保守这些秘密直到今天才说了出来，我相信你不会泄露。我从没对任何人说过这种知心话，因为——你刚才已经料到我的原因在什么地方了。"她说到这儿，忽然把话题切断了。

他是个有急智的人，现在看到机会来了就赶快抓住不放，略微地以她的弟弟作为托辞，来描绘她自己的形象给她看。

"庞得贝太太，我虽粗俗不文，老于世故，但老实地跟你说，我对你刚才告诉我的话发生了莫大兴趣。我决不会苛责你的弟弟。你对于他的错误所表示的那种贤明体谅，是很有道理的，而且我也有同感。虽然对葛擂硬先生和庞得贝先生一切可能有的敬意我都有，但是我想我很能理解你弟弟所受的教育是不幸的。这种不良的教养，使他不能应付他活动其中的社会，长久以来他就被迫走极端——我们毋庸怀疑，驱使他走极端的人的本意很好——但是他冲出来了以后，跑到相反的极端去。庞得贝先生的优良的、直率的、代表英国国民性格的那种独立不羁的精神，虽然是一种顶可爱的特点，但是，正如我们刚才已经同意的，这并不能引起别人对他推心置腹。我冒昧地说一句，一个犯了过错的青年，他的性格被人误解了，他的才能被引向错误的方向去发展，因此之故，他就会向世界上那最不缺少同情心的人寻求帮助和指导：这就是我看到的一切。"

她坐在那儿，眼光笔直地向前看着，越过草地上变换不定的阳光，一直看到那边树木阴处。这时，他从她脸上看出，她在那儿细细琢磨他那说得再也明白不过的话。

"我们要尽量体谅他，"他继续说。"但是，我发现汤姆有个大毛病，我不能原谅，正因为这缘故，我要狠狠责备他。"

露意莎转眼对着他的脸，并问他：那是什么毛病呢？

"或许我已经说得够了，"他回答说；"或许，整个说来，我要是根本不提这回事，还要好些。"

"你叫我吃惊，赫德豪士先生，请让我知道怎么回事吧。"

"为了解除你不必要的忧虑——同时，又由于我们之间关于你弟弟的事已经可以开诚布公地谈了，我珍视这一点甚于任何东西——我就服从你的命令吧。我不能原谅他的是：从他的一言一语，一举一动中都可以看出，他对他最好的朋友的友爱，对他最好的朋友的热诚卫护，对她毫不自私的牺牲精神都没有怎样感觉到。就我观察所得，他对她的报答是非常不够的。她为他做了很多事情，为的是要他表示坚定不移的友爱和感激，并不是要他发脾气和任性地为所欲为。我虽然是个马马虎虎的人，庞得贝太太，但是不至于漠不关心到那种程度，竟注意不到令弟的这种坏处，认为那是一种轻微的、可饶恕的过错。"

那片树木在她面前就像浮在水上一样，因为她眼中充满了泪水。那泪水仿佛以前在一个不见天日的深井中，现在才涌出来，她的内心充满了强烈的痛楚，就是流泪也无法减轻。

"总而言之，我极其希望使令弟改正这一点，庞得贝太太。他的情况我知道得比较清楚，我的指导和劝告也可以使他从错误中脱身出来——因为我曾比他更为无赖，所以我希望我的经验对他是有价值的——这些就会对他发生影响，我决定要用我对他的影响使他改变过来。我已经说够了，而且说得太多了。我仿佛在声明我是好人，但是，我以名誉担保，我绝对无意声明这一点，并且还要公开宣布，我决不是那种人。那里，在那树木中，"他把眼睛抬起来四处望了一望接着说；在这以前，他还是紧紧盯住她的；"就是令弟。他无疑刚刚才来。他似乎在慢慢地踱到这边来，或许，我们也不妨迎上去，拦住他。他最近非常沉默、抑郁。或许，他的手足之情使他良心发现了——假定有所谓良心这类东西的话。不过，我以名誉担保，关于'良心'这类话我听得太多了，所以不相信了。"

他扶她站了起来，她挽了他的手臂走向前去，迎接那狗崽子。他一面懒洋洋地走着，一面百无聊赖地打着那些树枝，有时，弯下身来用手杖恶狠狠地把青苔从树上铲下来。他正这样消遣着，他们已走到他跟前，他大吃一惊，脸上都变了色。

"哈罗！"他结结巴巴地说，"我不知道你们也在这儿。"

"汤姆，你把谁的名字刻在树上？"赫德豪士先生说，用手放在他肩上，使他扭过身来，于是三个人一道向房子走去。

"谁的名字？"汤姆回答说。"啊！你想问哪个女孩子的名字吧？"

187

"你那样子很叫人疑心，你是在把一个美人儿的名字刻在树皮上，汤姆。"

"谈不上那回事，赫德豪士先生，除非有什么美人自己手里有一大笔财产而看上了我。换句话说，尽管她很难看，只要她有钱，就用不着担心会失掉我。只要她喜欢，我就常常在树上刻她的名字也成。"

"我恐怕你是个唯利是图的人，汤姆。"

"唯利是图？"汤姆重复了一句。"谁不唯利是图，你问问我姐姐看。"

"你是不是拿准了这是我的缺点呢，汤姆？"露意莎除掉说这句话外，仿佛对他愤懑的样子和坏脾气并没有别的感觉似的。

"你应该知道这顶帽子对你合式不合式，露，"她的弟弟快快不乐地回答说。"要是合式，你就戴上去吧。"

"汤姆今天有点愤世嫉俗似的，所有对世事厌倦的人有时会这样，"赫德豪士先生说。"不要相信他的话，庞得贝太太。他知道得清楚的多。除非他变得心平气和一点，不然，我预备把他私下跟我讲的对于你的若干意见揭发出来。"

"无论如何，赫德豪士先生，"由于汤姆对他的保护人还是钦佩的，所以态度就变得温和了一些，但是仍然抑郁地摇着头说，"你总不能告诉她，我曾经称赞过她唯利是图。我可能因为她恰恰与此相反而称赞过她，要是有好的理由使我再那样称赞她，我还预备那样做。不过，现在不必管它了，这对你并没有什么大趣味，而我也讨厌再讲这题目了。"

他们一同向房子走去，走到了的时候，露意莎就放开她客人的手膀进去了。他站在那里看着她上了台阶，走进门；然后又把手放在她弟弟的肩上，向他会心地点了点头，约他再到花园里溜达溜达。

"汤姆，我的好朋友，我要跟你说句话。"

他们走到一堆七零八乱的玫瑰花丛旁边站住了脚——庞得贝

赫德豪士先生和汤姆在花园里

先生为了表示出身寒微，特意把尼基兹的玫瑰花大大减少了——汤姆就在花坛的矮围墙上坐下，摘着花苞，又把它们一片片地扯下来；同时，那神通广大的厉鬼弯腰对着他，一只脚踩在花坛围墙上，身子安安逸逸地伏在那只放在膝头上的胳膊上。从她的窗口，正好可以看见他们。或许她已看见他们了。

"汤姆，怎么回事？"

"啊！赫德豪士先生，"汤姆哼了声说，"我窘极了，简直烦得要死。"

"我的朋友，我也是这样。"

"你！"汤姆回答说。"你是个十足的独立自主的人。赫德豪士先生，我才糟糕透了。你简直想不到我糟糕到什么田地——只要我姐姐愿意，她能把我从这田地中救了出来。"

他现在开始咬着玫瑰花苞，又把它们从牙齿间扯出来，手却抖得像虚弱老人的手一样。他那朋友极敏锐地瞪了他一眼，又恢复了那种异常轻松的样子。

"汤姆，你太不体谅人了：你对你姐姐的要求太过分了。你已经用了她好些钱，你这狗东西，你晓得你是用过的。"

"是的，赫德豪士先生，我晓得我是用过的，但是除了她，我又打哪儿弄钱呢？老庞得贝总是在吹，说他在我这年纪时只用两便士一个月，或者像这一类的话。我父亲划了条他所谓的界限，我打吃奶的时候起，从头到脚都被这界限束缚住了。我母亲除了抱怨，压根儿就没有其它东西。一个要用钱的人能有什么办法呢，不跟我姐姐要，我能向谁要呢？"

他差不多要哭出来了，把好几十朵花苞往下乱抛。赫德豪士先生想要说服他似的，抓住了他衣服。

"但是，我亲爱的汤姆，要是你姐姐没有弄到钱——"

"没有弄到钱么，赫德豪士先生？我并不说她弄到了钱。我要的钱，可能超过她弄得到的数目。但是，她应该弄得到。她原是弄到的。我已经告诉了你那么多的话，现在也用不着假装保守

191

秘密；你知道她跟老庞得贝结婚并不是为了她自己，或者是为了他的缘故，而是为了我。那末，她为什么不为了我的缘故而从他那儿弄来我所需要的钱呢？她不必说要钱做什么用；她是够精明的；要是她愿意，她能设法把他的钱骗出来。既然如此，她为什么不这样做，尤其在我告诉她弄不到钱会有什么后果的时候？可是她偏偏不这样做。她在他面前像块石头似的坐着，不去讨他欢心，把钱很容易地弄到手。这做法，我不知道你管它叫什么，但是我叫它作没有手足之情的行为。"

在花坛那边矮围墙下面有个点缀景物用的小池子，詹姆斯·赫德豪士先生极想把小汤姆·葛擂硬扔到水里面去，就像受了委屈的焦煤镇大亨们曾经恐吓过别人，说要把自己的财产扔到大西洋里去一样。但是，他还是保持着他那从容不迫的态度；因此除了一些聚拢来的玫瑰花苞像小岛似的浮在水面上以外，就没有比它们更结实的东西给扔过石栏杆那边去。

"我亲爱的汤姆，让我试试看来做你的银行家吧，"赫德豪士先生说。

"老天爷呀，"汤姆突然回答说，"别提什么银行家吧！"他跟玫瑰花对比起来，脸色显得非常之白。非常之白。

赫德豪士先生受过很好教养，又习惯于处在最上流的社会之中，他是不会因此而吃惊的——也不会因此而表示激动——他只把眼皮睁开了一点，似乎是为了一点微弱的惊讶之感而睁开的。就是这一点惊讶也违背了他那派人一向的主张，正如也违背了葛擂硬这流人物一向的信条一样。

"汤姆，你目前需要多少？三位数吗？快说吧！讲一讲到底数目是多少。"

"赫德豪士先生，"汤姆回答说，现在他真正哭起来了；尽管他变得像个可怜虫，可是他流泪的样子还是比他抱怨的样子好看；"现在太迟了；就是有钱于我也无用了。以前我要是有这笔钱还有点用处。但我还是非常感激你；你真够朋友。"

192

真够朋友！"狗崽子，狗崽子！你真是条蠢驴！"赫德豪士先生心里懒洋洋地想着。

"我认为你的提议是十分友好的表现，"汤姆握着他的手说。"那是十分友好的表现，赫德豪士先生。"

"嗯，"另一位回答说，"这笔钱或许不久更有用吧。我的好朋友，以后，你麻烦多时就告诉我，我替你想法子解决，或许比你自己想的办法还要好些。"

"谢谢你，"汤姆说，闷闷不乐地摇着头，嘴里嚼着玫瑰花苞。"我要早就认得你该多么好，赫德豪士先生。"

"汤姆，现在你要明白，"赫德豪士先生作结论说，他自己也扔了一两朵玫瑰花到水里去，作为对那小岛的献礼，那小岛总是向池边漂来，仿佛想成为大陆的一部分；"每个人做每一件事都是自私的，我跟其他的人也完全一样。我是急于想看见，"他虽然急于想看见，但是他那种没精打采的样子，正如热带的阳光令人感觉又急躁又懒散一样；"你对待你姐姐温和些——你应该那样；同时你也应该做个更友爱，更讨人喜欢的弟弟——你应该成为那样一个人。"

"我要那么做，赫德豪士先生。"

"要做就做，汤姆。立刻开始吧。"

"我一定那么做。我姐姐露不久会告诉你我那么做了。"

"汤姆，既然我们的生意经谈妥了，"赫德豪士先生说，又拍了下他肩膀，他那样做是想叫他以为——那可怜的傻瓜也真以为——他是个好心肠的人，行所无事地提出这条件，以免他感恩戴德，"我们就分手，吃饭时再见吧。"

汤姆在饭前出现时，虽然心情似乎是够沉重的，身体还很机灵；他在庞得贝先生没进来之前就来了。他把手伸给露意莎，吻了她一下说："我并不是存心要惹你生气，露。我知道你喜欢我，而你也知道我是喜欢你的。"

由此，那天的其余时间里，露意莎的脸上总带着微笑，而那微笑对着另一个人。唉，是对着另一个人的！

　　"这狗崽子已经说不上是她唯一喜欢的人了，"詹姆斯·赫德豪士想着，他把第一天见到那张美丽脸庞时的意见扭转过来了。"已经说不上了，已经说不上了。"

第八章
爆　炸

　　第二天清晨，天色太晴朗了，睡也睡不着，詹姆斯·赫德豪士一大早就起了身，坐在更衣室中那凸出墙外的舒适吊窗上，吸着对他那年轻朋友发生过那样有助健康的影响的珍贵烟丝。他在阳光中休息着，四周为东方烟丝的香味所包围，吐出来的朦胧的烟在芬芳而温和的夏日空气中消逝了，他结算了一下他取得的优势，像闲着无事的赢家计算着赌赢的钱一样。他暂时一点也不感到厌倦，可以专心来想这件事。

　　他同她已建立了推心置腹的关系，在这方面，她丈夫是被排斥在外的。他所以能建立这种关系，完全由于她对她丈夫漠不关心，也由于现在和过去他们夫妇间毫无志趣相投之处。他既巧妙又直率地告诉她，他了解她心坎里最微妙的地方；通过她内心的最温柔的情感，他已经十分接近她；他使自己跟这种情感也联系上了；她用来遮蔽自己的那道障碍现在已经化为乌有。一切都非常奇特，也非常令人满意。

　　但是，甚至直到现在，他还没有真正的坏心眼。无论为公为私，他和他那一大群人要是有计划地去为恶，而不是无可无不可和漫无目的，那么对于他那时代还要好些。因为真正使船只沉没的，就是在海洋里随波逐流漂荡不定的冰山。

　　当魔鬼像吼叫着的狮子走来走去时，除掉野人和猎人，很少人会对那样儿感到兴趣。但是，当他赶时髦把头发剪短、梳平、涂上油时，当他对善与恶同样感到厌倦，既不口吐火焰又不降福于人时，那么，不管他装作气焰熏天的小官僚，或者装作到处放

195

火的大恶棍，总之他都成为真正的混世魔王了。

詹姆斯·赫德豪士靠在窗子上，懒洋洋地抽着烟，计算着他在自己碰巧走上的那条道路上已经走了多少步。这条路引他走到怎样一个终点是相当明显的；但是他从不烦神考虑这问题。要发生的事，总是要发生的。

由于那天他要骑马走很长一段路——因为要到远处一个公共集会里搞搞工作，给葛擂硬那个党派做点儿事情——他很早就把衣服穿好，下来吃早饭。他很担心，想看看她是不是昨晚以后恢复了老样子。不。他发现一切仍跟昨天他离开她时那样，于是他继续加劲。她对他飞了个眼色，表示仍对他兴趣甚浓。

他自己觉着那天搞得相当满意，或者说不够满意，因为在那种使人疲劳的情况下，是不能希望太多的；他在傍晚六点钟就骑马回来了。门房与住宅之间有半英里之遥，他正骑着马在从前属于尼基兹的石子路上走着，忽然庞得贝先生从灌木丛中冲了出来，来势是那么凶猛，使他的马受了惊，窜到路旁去了。

"赫德豪士！"庞得贝先生叫道。"你听到了吗？"

"听到什么？"赫德豪士说，抚慰着他的马，使它镇静下来，而对庞得贝先生怀着一肚子的不高兴。

"你原来没有听到！"

"我听到你在说话，这畜生也听见你在说话。除此之外，我什么也没听到。"

庞得贝先生脸上又红又热，稳稳当当地站在路中，拦住马头，以便更有效地放他的炸弹。

"银行被抢了！"

"不会吧！"

"昨晚被抢的，先生。抢得很奇特。是用另配的钥匙开门的。"

"抢掉很多钱吗？"

庞得贝先生本想尽量夸大这事，因此在不得不作如下回答时，似乎有点儿懊丧："啊，不；不很多。但有可能抢掉很多。"

"究竟抢掉多少？"

"啊！说到数目——要是你一定要个数目的话——也不过一百五十镑，"庞得贝先生不耐烦地说。"但是数目无关紧要；要紧的是这件事实。银行被抢了，这才是最重要的事。我很诧异你竟然不明了这一点。"

詹姆斯下了马，把缰绳交给他的佣人说，"我亲爱的庞得贝，我当然明了这一点，同时，我一想那种景象，你说我有多害怕就有多害怕。但是，我希望你能让我祝贺你没有受到更大损失，你要知道，这样祝贺你是出于衷心的。"

"谢谢，"庞得贝不高兴地、没有礼貌地回答说。"但是我要告诉你——也许会偷去两万镑哩。"

"我想也许会。"

"你想也许会！天老爷，你可以这样想。"庞得贝先生说，他怪模怪样地点点头又摇摇头，带着吓人的神气。"也许会偷去两个两万镑哩。事实上，要不是那家伙受了惊，我们不知道还会被抢去多少呢。"

露意莎现在走近来了，还有斯巴塞太太和毕周。

"你要是不知道，这儿就是汤姆·葛擂硬的女儿，她可非常知道这情况可能会坏到什么地步，"庞得贝咆哮地说。"老兄，我告诉她时，她晕倒了，像是被枪打了一样！我从没见她这样。照我看，她在这种情况下晕倒说明她心眼儿不错。"

她看来仍然软弱无力，面色苍白。詹姆斯·赫德豪士请她挽着自己膀子；他们慢慢向前走时，他就问她窃案的情形。

"嗯，我告诉你吧，"庞得贝说，气愤愤地让斯巴塞太太挽着他的膀子。"要是你不那样特别注意数目，我早把情形告诉你了。你认识这贵妇人（因为她确是贵妇人），斯巴塞太太吧？"

"我已经有幸——"

"很好。你也认识这青年人毕周吧，就在那一次你也见到了他吧？"赫德豪士先生低了一下头表示同意，毕周也用指节抹了抹额头。

"很好。他们都住在银行里。你或许知道他们都是住在银行里的吧？很好。昨天下午，营业时间结束以后，每样东西都像平时那样收拾好了。这小伙子睡在保险库外面，库里有——且别管库里有多少。小汤姆的房间里有个小保险箱，一向用来装零钱的，那里面就有一百五十多镑。"

"一百五十四镑，七先令，一便士，"毕周说。

"别多嘴！"庞得贝停下来，转过身申斥他说，"不要你插嘴。因为你睡得太舒服而大打其鼾，银行才遭了抢，这也就够了。用不着你纠正我的话，说什么四镑，七先令，一便士。告诉你，我像你这样大的时候，就不打鼾。我吃不饱，不会打鼾。我不说四镑，七先令，一便士。就是知道，我也不会插嘴。"

毕周偷偷地又用指节抹了抹额头，马上显得特别为庞得贝先生节饮节食美德的例子所感动并且深感沮丧。

"一百五十多镑，"庞得贝接着说。"这笔钱，小汤姆放在小保险箱里锁好了；保险箱并不坚固，但现在这也没什么关系了。每样东西都放得好好的。到了晚上，不晓得什么时候，这年轻家伙正在打鼾——斯巴塞太太，夫人，你说你听见他打鼾？"

"老爷，"斯巴塞太太回答说，"我不能说我听到他真正打过鼾，所以不可以这样说。但是冬天的晚上，他坐在桌边瞌睡时，我总听见他发出一种声音，仿佛有人掐住他咽喉使他憋着气似的。这种时候，我总听见他发出一种声音，像荷兰自鸣钟发出的声音一样，"斯巴塞太太高傲地而一字不苟地作证说，"不，我说这些话，并不表明他品质不好。决不是那样。我一向认为毕周是挺正派的青年；在这一点上，我可以作证。"

"好啦！"庞得贝冒火地说，"不管他在打鼾，或者憋着气了，或者像荷兰自鸣钟响，或者发出其他声音——总之是他睡着时，有几个人，不知怎样的，或者早就藏在房子里，或者没有呆在那儿让人看见，他们找到了小汤姆的保险箱，把它撬开了，偷走了里面的东西。听见有人惊动了，他们才跑开；他们用另配的钥匙开了大门出去，又把双锁都锁上了（银行的大门总是加双锁的，钥匙在斯巴塞太太枕头底下），今天十二点钟，那把另配的钥匙在银行附近的大街上给拾到了。一夜安然过去，直到这小伙子毕周早晨起来打扫，预备开门，预备营业的时候才晓得。他往小汤姆的保险箱一望，箱门半掩着，锁已撬开，钱不见了。"

"那么，汤姆在哪里呢？"赫德豪士向周围看了一看问道。

"他留在银行里帮助警察研究这案件，"庞得贝说。"我倒愿意看看当我像汤姆那样年纪的时候，那些家伙怎样想法子来抢我。他们在准备抢我的时候，要是花上十八个便士的本钱，我管教他们这笔钱白花；这是我可以告诉他们的。"

"疑心什么人么？"

"疑心？我想总有什么人被疑心吧。老天！"庞得贝放下斯巴塞太太的膀子，擦了擦热烘烘的头说，"焦煤镇的约瑟亚·庞得贝不会被偷了而不疑心什么人的。不会的，谢谢你！"

赫德豪士先生又问，他可不可以知道他疑心的是谁？

"好吧，"庞得贝站停了，转过来面对着大家说，"我告诉你们。不要去四处声张；为了叫那些有关系的坏蛋（他们有一大批人）措手不及，就不要去四处声张。所以我讲的话，你们得保守秘密。嗯，等一等。"庞得贝先生又擦了下头。"要是我说，"说到这儿，他恶狠狠地像要爆炸一样，"有个人手跟这件事情有关，你们怎么说呢？"

"我希望，"赫德豪士先生懒洋洋地说，"不是我们那位朋友布拉克普提吧？"

"他叫布拉克普儿，不是布拉克普提，先生，就是那个家伙，"庞得贝回答说。

露意莎轻轻地说了一句，表示不信和吃惊。

庞得贝马上接着她的话音说："啊，是的！我知道！我知道！

199

我听惯了这类说法了。这一切我统统知道。他们是世界上最最好的人,的确是。他们嘴巴能干,的确能干。他们只想人家向他们说明他们应享受什么权利,他们就这样。但我告诉你们一句话。只要指一个有不满情绪的'人手'给我看,我就可以告诉你们,那就是什么坏事都做得出来的人,且不管是什么坏事。"

这就是焦煤镇另一种普遍存在的假设,为了传播这种假设,大家费了很多气力——而有些人也就信以为真。

"不过,我是深知这批家伙的,"庞得贝说。"我看得他们清清楚楚,就像看书一样。斯巴塞太太,夫人,我请你作证。那家伙第一次走进我房子来,他来拜访我的明显目的是想法打倒宗教和推翻国教,那时我怎样警告他,你总记得吧?斯巴塞太太,谈到豪亲贵戚,你是跟贵族处在平等地位的——我对那家伙说过,或者没有说过吗,'你不能在我面前把实情隐瞒起来:你并不是我喜欢的那种人;你不会有什么好结果的'?"

"的确,老爷,"斯巴塞太太回答说,"你给过他这种警告,你当时的样子叫人不容易忘记。"

"夫人,我是不是当他惊动了你,使你的感情受惊的时候,说这句话的呢?"庞得贝说。

"是的,老爷,"斯巴塞太太表示温顺地摇摇头说,"他的确使我受惊了。虽然我的意思不是别的,只是说,要是我的地位一向都同现在一样,我的情感在这一类的时候就不会那样脆弱;或者说,我就不会显得那样可笑。"

庞得贝先生趾高气扬地盯着赫德豪士先生,似乎在说:"我是这女人的主人,我想她是值得你注意的。"于是,他又把他的话头接下去。

"你自己也可以记起来,赫德豪士,你看见他时,我跟他讲些什么话。我跟他讲的话一点儿也不含糊。我从来不跟他们说什么甜言蜜语。我知道他们是怎样的人。很好,先生。过了三天,他就逃跑了。跑到什么地方,谁也不知道:就像我母亲在我小的时候逃跑了一样——只是有一点不同，他比我母亲更坏，假定这是可能的话。他走前做了什么事情呢？"庞得贝先生手里拿着帽子，说完一个小段落，就把帽顶敲一下，好像敲小手鼓似的；"一晚又一晚，别人都看见他在留心观察银行的动静——天黑以后，他还偷偷摸摸躲在附近——这就使斯巴塞太太觉得他这种躲躲藏藏的行为是不怀好意的——于是她就叫毕周注意他，他们俩都很留心他——今天的调查也证明了，附近的人也都注意到他——要是我这样告诉你，你觉得怎样呢？"话说到这高潮处，庞得贝先生就像个东方舞蹈家，把他的小手鼓放在头上。

"形迹可疑，"詹姆斯·赫德豪士说，"的确。"

"我也这样想，"庞得贝说，挑战似地点了点头。"我也这样想。但是跟这事有关的还不止他一个。内中还有个老太婆。不等到祸事发生，我们是听不到这种事情的；马被偷了，我们才发现马房的门有种种毛病。现在有个老太婆出场了——这老太婆像女巫似的，时常骑着扫帚飞到镇上来①。当这家伙还没有开始在银行前转来转去时，她已经在银行门口守了一整天，在你看见他的那天晚上，她同他偷偷摸摸地走开，去商量什么——我想，她是报告没有完成任务吧，他妈的。"

露意莎想：那天晚上，在那房间里的确有那么个人，她似乎缩在一边，不愿意别人看见。

"正如我们已经知道他们一样，这并不是他们所有的人，"庞得贝说，点了几下头，好像话中还有话似的。"但是，就目前来说，我讲的已经够多了。请你们保守秘密，不要告诉任何人。这也许需要一些时间，但是，终究我们总会抓住他们的。这是先纵后擒的策略，这种办法没有人会反对吧。"

"当然喽，他们以后要受到严刑峻法的制裁，像告示牌上讲的那样，"詹姆斯·赫德豪士说，"这也是自食其果。搞银行的人，

---

① 欧洲国家从前有一种迷信的传说，女巫总是骑在扫帚上飞来飞去。

就得承担一切后果。要是没有后果可言，我们大家都可以搞银行去了。"这时他轻轻地把露意莎手中的遮阳伞拿过来，撑了开来遮着她，她在伞下走着，虽然那时并没有阳光。

"现在呢，露·庞得贝，"她丈夫说，"我们要照顾一下斯巴塞太太。斯巴塞太太因为这件事，神经受了点刺激，她要在这儿待上一两天。因此，让她舒服点。"

"非常感激你，老爷，"那小心谨慎的夫人说，"但是，请你不要考虑我舒服不舒服。我是怎样都行的。"

不久就看出来了，斯巴塞太太在跟这家庭的关系上要是有什么缺点可言，那就是她一点也不关切她自己而对别人非常关切，甚至关切到使人讨厌的地步。别人引她到她的卧室里的时候，她是那么受宠若惊地感到过于舒适了，竟建议宁愿在洗衣房的搓板上过夜。诚然，婆雷家人和斯卡鸠士家人都习惯于阔绰的生活，"但是我有责任记住，"斯巴塞太太喜欢摆出一种高贵的、温文尔雅的派头说话——特别是有仆人在旁边的时候，"我不是以前的我了。当然喽，"她说，"假使我能够完全忘记斯巴塞先生是个婆雷，或者忘记我自己娘家姓'斯卡鸠士'，甚至能够把这些事实都推翻了，使自己变成出身平凡、亲故寒微的人，我倒很乐意那样去做。现在这种情况下，我想这样做也是很合适的。"她这种看破红尘的隐士心情使她吃饭时拒绝佳肴美酒，直到庞得贝先生差不多命令她去吃，她才说："您实在太好了，老爷。"那时她才改变决心，而这决心，是正式当众宣布过的，原来就是："我还是等着吃那普通烧法的羊肉吧。"她请别人递盐给她时，也是那样深深地表示歉意；同时，她觉得在情理上应该充分证实庞得贝先生所说她神经受了刺激的话没有错，有的时候她就靠在椅背上悄悄啜泣起来；那当儿，大家就可以看见（或者说，一定看得见，因为她存心要引起大众注意）一粒大泪珠，像水晶耳坠似地从她罗马式鼻子上滑落下来。

但是斯巴塞太太自始至终的最大特点，就是下决心要对庞得贝先生表示怜悯。有时，当她看着他时，就不自觉地激动得摇摇头，似乎在说："唉，可怜的约理克！"①她让情感明显流露出来之后，就强打起精神，高兴地说道："老爷，感谢上帝，我发现你的兴致还是那么好；"这就是说庞得贝先生在这种境遇中还能忍受一切，是天赐的福气，她为此而表示赞许。她常常为她的一种怪癖道歉，她觉得要克服这怪癖非常困难。这就是说她有一种奇特倾向，往往把庞得贝太太叫作"葛擂硬小姐"，那天晚上她就这样叫错了好几十遍。这样屡次弄错，颇使斯巴塞太太心慌意乱；但是，她说：确实，叫葛擂硬小姐似乎十分自然；反过来说，要叫她自己相信，这个从女孩子时代她就认识了的贵夫人，的的确确就是庞得贝太太，她觉得几乎是不可能的。关于这件奇怪的事情还有一点特别的地方，那就是她越想这件事，就越像是不可能；"这种悬殊太什么了，"她说。

饭后，庞得贝先生在客厅里审问了有关窃案的事情，询问了那些证人，记下了证词，断定那些有嫌疑的人的确都是罪证确凿，然后就说他们都该判以极刑。这样做了以后，毕周就被打发回镇上去，并吩咐他叫汤姆乘邮车回家来。

蜡烛送进来时，斯巴塞太太低声说："老爷，不要那样垂头丧气。请让我照常看到你高高兴兴的。"她这些安慰的话开始在庞得贝先生身上产生效果，使他感伤起来，虽然这感伤以固执和粗鲁的形式表现出来；他唉声叹气像海怪似的。"我不忍心看见你这样子，老爷，"斯巴塞太太说。"玩盘双陆吧，老爷，就像我从前有幸在府上住时，你常常玩的那样。"庞得贝先生说："那以后，我就没玩过双陆了。"斯巴塞太太抚慰似地说道："是的，老爷！我知道你没来过。我记起来了，葛擂硬小姐对这玩意儿没什么兴趣。但是，老爷，你要肯跟我玩一盘的话，我就很高兴了。"

---

① "唉，可怜的约理克！"系引莎士比亚的《哈姆雷特》中掘坟墓那一幕里，哈姆雷特讲的一句话。哈姆雷特拾起个骷髅脑壳说："唉，可怜的约理克，我从前是很熟识他的……"

他们在对着花园的一个窗子旁边玩双陆。那是个很好的夜晚——没有月色，但是闷热异常而且花香扑鼻。露意莎和赫德豪士先生到花园里去散步，他们的声音在寂静之中可以听得出，虽然听不清楚他们在讲些什么。斯巴塞太太坐在双陆棋盘边的座位上，经常拚命地睁大眼睛想透过朦胧的夜色去看外面的阴影。"怎么一回事，夫人？"庞得贝先生说；"莫非你看见什么地方失火？""唉，不是的，老爷，"斯巴塞太太回答说，"我想着外面的露水呀。""露水跟你有什么关系，夫人？"庞得贝先生说。"露水跟我倒没有什么关系，老爷，我怕的是葛擂硬小姐要着凉，"斯巴塞太太说。"她从来不着凉的，"庞得贝先生说。"真的吗，老爷？"斯巴塞太太说。说完这话，她假装喉咙难受，咳嗽起来。

快要到安歇的时候，庞得贝先生喝了一杯水。"啊，老爷！"斯巴塞太太说。"为什么不喝加上柠檬皮和豆蔻，热得滚烫的西班牙白葡萄酒呢？""嗯，我现在已经没有那习惯了，"庞得贝先生说。"真可惜，老爷，"斯巴塞太太回答说，"你所有的好习惯都失去了。还是开心一点吧，老爷！要是葛擂硬小姐允许，我可以像从前一样，给你做一杯。"

葛擂硬小姐立刻就表示斯巴塞太太爱做什么就做什么，于是体贴入微的贵妇人便把饮料做好，端给庞得贝先生。"这对你会有好处，老爷。可以暖暖你的心。这才是你需要的东西，是你该喝的东西，老爷。"当庞得贝先生说"祝你健康，夫人！"时，她充满感情地回答说："谢谢你，老爷。我也祝你健康，还祝你幸福。"最后，她满怀哀怨似地祝他晚安；庞得贝先生上床去睡了，这时他有一种怪伤感的情调，深信自己失去了什么温存的东西，虽然要他的命，他也不能说出来那是种什么东西。

露意莎脱衣服躺下，很久不能入睡，等待着她弟弟回家来。她知道，不过午夜一点他是不可能回来的；但是那种乡间的静寂却决不让她心中的烦恼平定下来，在寂静中，时间过得很慢，简直令人讨厌。最后，仿佛过了好几个钟头，黑暗与寂静掺杂在一起与时俱增，她才听见门铃响。她觉得就是门铃响到天明，她还是很高兴的；但是铃声停止了，最后音波的圈子在空气中散布开来，越来越大，越来越微弱，终于寂然无声了。

她约莫又等待了一刻钟之久。于是，她爬起来，披上宽大的长袍，摸黑从屋里走出来，上楼到她弟弟房里去。他的门关着，她轻轻打开门，脚不出声地走到他床边，跟他讲话。

她跪在床边，把一只膀子放在弟弟脖子下，拉过他的脸来对着她。她知道他是假装睡着的，但是她也不同他说什么。

过了一会儿，他惊动了一下，仿佛刚刚醒来一般，并问是谁，有什么事情？

"汤姆，你有什么话要跟我说吗？你要是一向是爱我的，要是你有什么事情不愿意同别人讲，就告诉我吧。"

"我不知道你是什么意思，露。你在做梦吧。"

"我亲爱的弟弟，"她把头放在他枕头上，她的头发披下来罩着他的脸，似乎除了她之外，她要把他隐藏起来不让别人看见；"难道你没有什么话跟我说吗？只要你肯说，难道没有什么话可以告诉我吗？不管你告诉我什么都不会使我对你有所改变。啊，汤姆，告诉我实话吧！"

"我不知道你是什么意思，露！"

"我的亲爱的，正如在这凄惨的晚上，你一个人睡在这儿一样，将来总有一天晚上，你会睡在什么地方，那时候，如果我还活着，也会离开你的。正如现在，我在你身旁，赤着脚，没穿多少衣服，在黑暗中谁也辨不清楚是我一样，将来我也一定会在漫长黑夜里躺着，慢慢腐烂，化为尘土。看在那个时候的分上，汤姆，现在就得把实话告诉我！"

"你想知道的是什么事呢？"

"你尽管放心，"由于她的手足之爱是那样强烈，她就把他抱在怀里，仿佛他是个孩子似的，"我不会责备你。你可以放心，我会同情你，真心待你的。你可以放心，不管用什么代价我都要搭

205

救你。啊，汤姆，难道你没有什么话告诉我吗？悄悄地同我说吧。你只要说'是的'，我就了解你了！"

她把她的耳朵转过来对着他的嘴唇，但是他还是固执地一声不响。

"没有一句话好讲吗，汤姆？"

"我既然不知道你什么意思，怎么可以说'是的'或'不是的'呢？露，你是勇敢的、好心肠的女子，我渐渐认为你该有一个比我好的弟弟。但是我没其他话要讲了。去睡吧，去睡吧。"

"你累了，"她立刻悄声说，更像她平常那种样子。

"是的，我简直累坏了。"

"你今天太忙，太乱了。有什么新的发现吗？"

"还不是你已经听到的那些——你从他口里听见的那些。"

"汤姆，你跟什么人讲过没有，我们去访问过那些人，并且看到他们三个人在一起？"

"没有。你叫我跟你一道去的时候，你自己不是特别关照我，叫我不要说出来吗？"

"是的。但是在那时候，我并不知道将要发生什么事情。"

"我也不知道呀。当时我怎能知道呢？"

他反问她这句话的时候，出口很快。

"既然这事发生了，我该不该说出来，我去看过那些人呢？"姐姐站在床边说——她这时已经慢慢地把身子缩回来，站起来了，"我是不是该说出来呢？我是不是必须说出来呢？"

"老天爷呀，露，"她弟弟回答说，"你一向没有征求过我的意见。你高兴说什么就说什么好了。要是你保守秘密，我也保守秘密。假如你把这件事揭露出来，那就完了。"

房间里太暗了，谁也瞧不见谁的脸；但是仿佛两人的注意力都很集中，话都是经过考虑才说出来的。

"汤姆，你相信，我给他钱的那个人，在这次盗案中真有牵连吗？"

"我不知道。我看不出来，为什么他不应该有牵连。"

"照我看起来，他是个老实人。"

"照你看起来，另外一个人也许不老实；但事实并不如此。"

谈话又停顿下来，因为他犹疑了，住了口。

"总而言之，"汤姆接着说，似乎他已拿定主意了，"你既然提到这事，也许当时我就没有把他当好人，所以才会把他带到门外轻轻对他说，我认为他能从我姐姐那儿得到一笔横财也应该觉得是够好的了，并且希望他好好利用这笔钱。你该记得，我是不是把他带到门外去的。我并不是讲这人的坏话。我当然不大知道，他可能是个很好的家伙；我希望他是的。"

"你那样跟他讲，他生气了吗？"

"没有，他倒是很好地接受下来；他客气极了。露，你在什么地方？"他从床上坐起来，吻她一下。"再会，我亲爱的，再会。""你没有别的话同我讲吗？"

"没有。我还有什么话要讲呢？你不愿意叫我说谎吧？"

"在你一生所有的日子中，特别是今天晚上，我不愿意你说谎，汤姆；我也希望将来有很多日子比今晚要快乐得多。"

"谢谢你，我亲爱的露。我真是太疲倦了，我真奇怪为什么不顺着你讲点什么，使你好让我睡觉。去睡吧，去睡吧。"

他再吻她一下，然后侧转身体，把毯子往头上一蒙，躺着一动也不动，仿佛她刚才恳求他时讲到的那个时刻已经到来。她慢慢地走开之前，还在床边站了些时候。她走到门口，打开门，还回头望望，问了一声：他是不是在叫她？但是他一声不响地躺着，于是她轻轻关上门，回到自己房间里去。

这可鄙的小伙子慢慢抬起头来看看，发现她走了，就从床上爬起来，把门闩好，又倒在枕头上：他抓自己的头发，伤心地痛哭着，埋怨她又爱她，痛恨自己又蔑视自己，但他并不懊悔；却无端地痛恨和蔑视世界上所有的善。

第九章
话听完了

斯巴塞太太在庞得贝先生的别墅里养息神经的时候，日夜小心地警戒着，在她那副柯理奥蓝楼斯式的眉毛下，一对眼睛就像巉岩峻壁的海岸上的两座灯塔，要不是她态度还沉静，就会使所有小心谨慎的航海者都回避她那突出巨石般的罗马式鼻子，以及附近那些黑暗崎岖的地带。虽然我们很难相信她晚上睡觉不是真睡，而只是一种形式，因为她那对具有古典美的眼睛总睁得大大的，那直挺挺的鼻子仿佛决不会得到片刻松弛；但是当她坐在那儿把她那双不很舒服，甚至可说是砂棱棱的手套（那是以做食物罩的薄纱做的）拉拉平时，或者把脚放在棉布的马镫上似乎不知道要到哪儿去遛遛马时，她总是那样异常安详，因此绝大部分看到她的人，都必然会相信，她是一种天生的畸形东西：有鸽子般的灵魂藏在钩嘴鸟的身体里面。

就她在房子里蹑手蹑脚蹀来蹀去这方面来说，她是个奇怪的女人。她怎样从这层楼跑到那层楼去，是个无法解决的秘密。那样一位幽娴贞静、门第清华的贵妇人，不会有人疑心她从楼梯的扶手跳下来或滑下来吧，但是她动作却非常利索，以致使人发此奇想。斯巴塞太太还有个可注意的奇怪情况，那就是：她总是不慌不忙的。她用飞快的速度从顶楼冲到楼下的客厅来，但是到了客厅，却一点儿也不喘气，并且还保持着她的尊严的仪态。也从没有人看到她脚步走得很快。

她对待赫德豪士先生非常和气，她到了那儿之后，不久就跟他愉快地交谈起来。一天早晨，在未吃早饭以前，在花园里，她曾向他行了个庄严的屈膝礼。

斯巴塞太太说："先生，我有幸在银行里接待你，仿佛就在昨天一般，那时，你想要知道庞得贝先生的住址。"

"的确，那是我一辈子也不能忘记的一天，"赫德豪士先生用不可能再懒散的态度向斯巴塞太太低了下头说。

"我们生活在多古怪的世界里呀，先生，"斯巴塞太太说。

"很巧，我也讲过同样意思的话。我们所见略同，这是我引以为荣的，只不过我说得没那样简洁警策。"

"我要说，这是个古怪的世界，先生，"斯巴塞太太把她的浓眉往下一垂，表示她接受了这句恭维话，然后继续说下去；她的表情虽然不够温和，但是她的声调却异常悦耳；"因为我们同个别的人，在一个时期完全不相识，到另一个时期就很熟了。先生，我记得那时你甚至讲你真怕葛擂硬小姐哩。"

"你的记忆使我受宠若惊，我那种无聊话实在不值得一提。我利用了你那些亲切的提示，把惧怯心情改变了过来，也用不着再说，你的提示完全正确。斯巴塞太太有种才能——事实上，把任何需要有正确性的东西都描写得很正确——她一贯发展这种才能，同时她又有坚决的意志，豪贵的出身，这一切都是毋庸怀疑的。"他说着这番恭维话，差不多要睡着了，说了好久才说完，而且是那样转弯抹角说出来的。

"你觉得葛擂硬小姐——我真可笑，实在不会叫她作庞得贝太太——像我以前所形容的那样年轻吗？"斯巴塞太太甜蜜蜜地问道。

赫德豪士先生说："你以前把她的形象描绘得丝毫不差，你把她的形象刻划得逼真极了。"

"她非常地吸引人，先生，"斯巴塞太太把她戴了手套的两只手慢慢地互相绕来绕去地说。

"的确如此。"

斯巴塞太太说："从前大家都认为葛擂硬小姐欠活泼一些，但是我得承认，近来她在这方面有了相当的、显著的改进。您瞧，庞得贝先生来了！"斯巴塞太太叫道，把头点了好多次。似乎除了庞得贝，刚才她没有讲到或者想到别人。"今儿早上您觉得怎么样，老爷？请你让我们看见你开心一点吧，老爷。"

她继续不断地为他破愁解闷，减轻他心理上的负担，此时收到了效果，使庞得贝先生对待斯巴塞太太比平时和颜悦色，而对从他老婆以下的其他大部分人则比平时严厉。所以当斯巴塞太太强作轻松地说："老爷，你要吃早饭吧，不过，大概不久葛擂硬小姐就会来招呼你吃饭"时，庞得贝先生就回答说："要是我等老婆侍候，夫人，我想你也很清楚，那就非等到世界末日才行。所以还是麻烦你倒茶吧。"斯巴塞太太接受了这个请求，又坐在她从前坐的管家婆位子上。

这样又使得那个极好的妇人温情毕露。但是她仍然那样谦逊，所以露意莎进来后，她就站起来声明：葛擂硬夫人——对不住，她的意思是说庞得贝小姐，她请她原谅，现在她总没法把称呼搞对，虽然她相信不久就可以叫惯了——在庞得贝先生没有结婚前，她有幸时常照料他吃早饭，但在目前情况下，她决不想坐在主妇位子上。那只是因为（她说）葛擂硬小姐碰巧来得迟了点，而庞得贝先生的时间又是那样宝贵异常，同时她从前就知道庞得贝先生吃早饭非准时不可，因此她才冒昧地接受他的请求，因为他的意志，对她一向像法律一般。

"好了，别说下去了，夫人，"庞得贝先生说，"别往下说了！我相信，有人使她免掉这麻烦，庞得贝太太会很高兴的。"

"不要那样说，老爷，"斯巴塞太太颇为严肃地说，"这话太不体谅庞得贝太太了。而您是不会不体谅人的，老爷。"

"你可以放心，夫人——你可以很安然地接受这句话，不是么，露？"庞得贝用一种咆哮的态度对妻子说。

"当然。这没什么要紧。我为什么当它很重要呢？"

"这对任何人都不可能有什么重要，斯巴塞太太，夫人？"庞得贝先生因为感到受人轻视了，就气势汹汹地说。"你把这些事看得太重要了，夫人。我的老天爷，你的这许多老观念在这儿会销蚀掉的。你是老派人物，夫人。同汤姆·葛擂硬的孩子们的时代比起来，你是落伍了。"

"你究竟是怎么回事？"露意莎表示奇怪地冷冷问道。"什么事情冒犯了你？"

"冒犯！"庞得贝重复一遍。"莫非你以为有人冒犯了我，我不会讲出来要求别人更正吗？我相信，我是个爽直的人。我不会旁敲侧击。"

"我想从来也没有人会以为你太缺少自信，或者脆弱万分，"露意莎镇定地答复他。"我从小到现在，就没有对你说过你有这样的缺点。我只是不了解你究竟要的是什么。"

"要？什么都不要，"庞得贝先生回答说。"如果我要东西，难道你，露·庞得贝，知道得还不够清楚，我，焦煤镇的约瑟亚·庞得贝所要的东西总可以得到的吗？"

他拍了下桌子，把茶杯都震响了，她用骄傲的眼光看了他一眼，这表情使赫德豪士想到：这变化很新奇。"你今天早上真莫名其妙，"露意莎说。"请你不必枉费精神来解释什么了，我不稀罕知道你的意思。反正有什么关系呢？"

这问题没再讲下去，不久，赫德豪士先生懒洋洋地快快活活大聊其闲天。但是从那天起，由于斯巴塞太太对于庞得贝先生的影响，露意莎和詹姆斯·赫德豪士更接近了，她跟丈夫之间扩大了的危险裂痕，使她同另外一个人说些她不喜欢她丈夫之类的知己话，这样她越陷越深，但其过程极慢，就是她想抽身也不可能。她究竟想不想抽身，也只有她自己心里明白。

这一次，斯巴塞太太是那样的激动，所以在早饭后，只有他们两人在门门里，她拿帽子给庞得贝先生的时候，就在他的手上规规矩矩地亲了一亲，低声叫着："我的恩人！"然后满怀伤感地离开了他。可是据著书人所知，有一桩千真万确的事情，那就是：在他戴上了原来那顶帽子，离开房子五分钟之后，那位嫁给婆雷亲戚的斯卡鸠士后裔就抬起她戴手套的右手，对着他的画像，摇晃了几下，对那幅艺术品作轻蔑的狞笑说："你这个大傻瓜，活该，我好开心。"

庞得贝先生走后不久，毕周就从石屋带了封急信来了。毕周是乘火车来的。火车在那横跨一片荒野里的、过去和现在煤矿井之上的一长串拱形桥上行驶着，尖声吼叫，咕咚咕咚地响。这封急信是通知露意莎，葛擂硬太太病重了。就她女儿所知，她从来没有健康过；但最近几天，她越来越衰弱。昨儿整夜晚，她继续衰颓下去，因为她意志薄弱，一向很少能够摆脱任何境遇，所以现在到了奄奄一息的地步，也就没法再挣扎出来了。

小茶房正像个适当的、面无人色的、把守着葛擂硬太太所敞着的鬼门关的小鬼一样，他陪伴着露意莎坐着风驰电掣般的火车经过许多过去和现在的煤矿井，到了烟雾蔽空的焦煤镇。她让送信的人做他自己的事去，然后坐了马车回娘家。

她结婚以后很少回家。她父亲通常在伦敦，在议会里瞎忙，像在煤灰堆上筛煤屑似的（但是也没有人看见他从垃圾堆中筛出什么宝贵东西来），至今还在那国家垃圾场里苦干着。她母亲躺在沙发上，如果有人要来看她，她只觉得是要来惊扰她而不是别的；年轻的人，露意莎又觉得跟他们合不来；至于西丝，自从那天晚上，这个走江湖卖艺人的孩子抬眼望了一下庞得贝先生的未婚妻以来，她就觉得她不再可亲了。没有东西吸引她回家来，因此也就很少回来。

现在快到娘家，她也并不感觉到娘家对她有过什么好影响。童年的梦——那些虚无缥缈的童话；把未来世界描绘成为一幅不能再美丽、再优秀、再有人情味的图画：那些东西，我们曾经认为是很好的，长大以后再回忆它们也是那么好，因为我们成人以后想起它们来，就是有些东西不算什么，也会使我们心中充满伟大的爱情；容许小孩子们投入伟大的爱中吧，让他们在崎岖不平的世道中，用他们纯洁的手培植出一个花园来，在那儿，亚当所有的后代，那些单纯的、富有信心的、天真无邪的儿童都能够更好地晒着太阳，该是多么好啊——她跟这些梦又有过什么关系呢？她和成千成万天真烂漫的儿童是怎样经过他们希望和想象中的那条迷人道路达到他所知道的那一点知识宝库的；在幻想的、温和的光辉之下，他们是怎样第一次发现理性，发现它是仁爱的神，而这神是尊敬其他同它一样伟大的神明的：这不是无情的、冷酷的偶像，面前摆着手足束在一道的牺牲品，自己像个视而不见，听而不闻的大怪物，除非用那许多吨重的杠杆来撬，是一动也不动的——她跟这些回忆又有什么关系呢？她对家庭和童年的回忆只是：她幼稚的心中的每个泉源一冒出来就干涸了。那里没有金水①。水流出来只是为了灌溉那片土地，在那儿，葡萄是从荆棘上、无花果是从刺蓟上摘下的。

怀着沉重、冷酷的愁思，她走进房子，到她母亲屋里。她离家后，西丝就以平等身份跟她家里的其他人一起生活。这时西丝就在她母亲身边，她那已有十一二岁的妹妹珍也在。

费了好多气力，才使葛擂硬太太明白她大女儿来了。由于习惯，她仍旧躺在长睡椅上，上身给撑了起来，尽量保持往常的老姿势，要是对奄奄一息的人还可以这样讲的话。她无论如何不肯让人抬上床去，理由是：如果上了床，话就听不完了。

她还是用披巾裹成一团，在那里面，她微弱的声音，听起来像很远。别人跟她说话的声音，也要很久才达到她的耳鼓，仿佛她躺在井底一般。其所以如此，多半是因为这位可怜的太太从来没有像现在这样地接近真理。

她听见说庞得贝太太来了，就牛头不对马嘴地回答说，自从他和露意莎结婚后，她就没有这样称呼他过，她觉得什么称呼都不合适，于是就叫他"J"，并且说她现在也不能抛弃惯例，因为

---

① 金水即宝水或神水，见《一千零一夜》，取来一滴，即成喷泉，永喷不息。

她还找不到代替这个的更适当的称呼。露意莎坐在她旁边好几分钟，跟她说了好几次话以后，她才明了是谁，如同大梦初醒。

"嗯，我亲爱的，"葛擂硬太太说，"我希望你日子过得好。这都是你父亲干的事。他一心那样办。他应该知道的呀。"

"我想听听你讲你怎样了，母亲，——不是要听你讲我。"

"你想听听我怎样了吗，我亲爱的？居然有人想听听我怎样，真是新鲜事。我太不舒服了，露意莎。头昏脑晕得要死。"

"你觉得难受么，亲爱的母亲？"

"我想这屋子里总有什么东西叫人难受，"葛擂硬太太说，"但是我决不能说我难受。"

讲完了这段奇怪的话之后，她又躺在那儿闷声不响地过了些时候。露意莎拉着她的手摸不到什么脉息；但是亲她的手时发现：有一线微弱的生命在那儿跳动。

葛擂硬太太说："你很少看到你妹妹，她长得像你了。我希望你看看她。西丝，把她带来。"

她被带来了。站在那儿，把手放在姐姐手中。露意莎看见她进来时手搂着西丝脖子，她立刻感到这女孩子对待西丝的方式与对待她的有差别。

"你看得出她像你吗，露意莎？"

"是的，母亲。我认为她像我。但是——"

葛擂硬太太出乎意外迅速地叫道："什么？是的，我也总那么讲。这叫我想起一件事来。我——我想同你说句话，我亲爱的。西丝，好孩子，暂时离开这儿，让我们俩讲句话吧。"

露意莎把妹妹的手放开了；认为她自己的脸色从没有像妹妹的那样好，那样有光彩；她看到她妹妹脸上跟房里另外一个女孩子脸上的温柔的表情是相似的。那是张甜蜜蜜的脸，眼睛表示出对别人深信不疑，那一头丰盛的黑发，把脸蛋儿衬得越发苍白，而并不是由于服侍病人，同情病人所致。看到这一点，露意莎心中不免有一点愤懑之感。

房里只剩她和母亲了，露意莎看她躺在那儿，脸上现出可怕的一时昏沉的神气，就像被大水冲走的人无力挣扎了，浮在水面上甘心顺水漂去似的。她把她那只瘦得不成样子的手放在唇上亲了亲，再把她唤醒。

"你要同我讲话吧，母亲？"

"嗯？是的，当然，我亲爱的。你知道你父亲现在几乎总是不在家，因此我必须写封信告诉他这件事。"

"告诉他什么事，母亲？你不要劳神。告诉他什么呢？"

"你一定记得，我亲爱的，只要我对于任何事情讲了什么话，那末话就听不完了。所以好久以来，我什么都不讲了。"

"你讲的话我都听得见，母亲。"但是她只有低下耳朵去，同时留神注意她嘴唇的动作，才能把那些微弱的、断断续续的声音凑成连贯的话。

"你学过很多东西，露意莎，你弟弟也如此。从早到晚，不是那种学，就是这种学。假如这房子里还剩有什么学，无论哪一类的学，没被你们搞得滚瓜烂熟，那么我要讲的只是一点：我希望我决不会听见这种学问的名目了。"

"我听得见你的话，母亲，只要你有力气，讲下去吧。"她这样讲，为的是不让她漂流下去。

"但是有一样东西——根本不是什么学——你父亲没碰到过，或者是他忘记了，我不知道这是什么东西。我时常同西丝坐在一道，想到这东西，现在想不起它名字了。但是你父亲可能知道。这就使我不安。我要写信给他，为了天老爷的缘故，务必要问出这是什么东西。给我一枝笔，给我一枝笔吧。"

她这时甚至连表示不安的力气也没有了。这种情绪还存在于她可怜的脑海中，但她只能把头微微地从这边摆到那边。

不管怎样，她想象中以为她要做的事，别人已经给她做到了，似乎她没有气力拿住的笔，已经在她手中了。她开始在披巾上画来画去，画出许多莫名其妙的、毫无意义的花纹，正画时，手忽然不动了；从前总在她那半透明体里的一点点火光，已经熄灭了；就是葛擂硬太太也终于从人类在那儿生活的、要挣扎而又无法挣扎出来的黑暗世界中得到了解脱，她面部像《圣经》中的贤人和族长那样，充满了使人敬畏的严肃表情。

第十章
斯巴塞太太的梯子

斯巴塞太太的神经健康恢复得很慢，因此这位可尊敬的女人就在庞得贝先生的别墅里一连住上好几个礼拜，在那儿由于她觉得自己的地位有了改变，便变得像隐士一般，但是她仍然听凭别人给她提供奢侈的生活。她离开她那守护银行之职的整个休息期间，斯巴塞太太的所作所为都有一种一贯性；她总是当着庞得贝先生的面表示罕见的怜悯，但是当他不在时又用极端泼辣与藐视的态度对着他的画像，叫它作"大傻瓜"。

庞得贝先生那容易爆炸的心胸中有个念头，觉得斯巴塞太太居然看出他背了个分所应得的、莫名其妙的十字架（莫名其妙，因为他还不能肯定其性质），因而认为斯巴塞太太是个与众不同的妇人。同时他又怕露意莎因为她在这儿做长客而提出反对意见，万一她对他所高兴做的事情提出反对意见岂不有伤他的尊严，因此他决定不轻易让斯巴塞太太离开左右。所以当她神经又兴奋起来，想私自吃小牛蹄子的时候，他就在她准备离开的头一天，一道进餐时说："我告诉你吧，夫人；只要天气好，你可以每星期六来，住到星期一回去。"听了这话，斯巴塞太太回答说："听到就得遵从。"实际上，她不是伊斯兰教徒，而口气却跟穆罕默德的信徒一样。①

我们得说，斯巴塞太太不是个充满诗意的女人；但她头脑里，现在有了个比喻的幻想。她对露意莎注意得愈长久，对露意莎的莫测高深的行动观察得愈仔细，她的智慧也就磨练得愈敏锐，她的灵感也一定会因此而提高。她在心里造了一架大"梯子"，它下面是个黑暗的无底洞，象征着耻辱和堕落；每天，每小时，她都看见露意莎从"梯子"上往下走。

抬头看她那梯子，瞅着露意莎是否在往下走，这变成斯巴塞太太生活中的分内事了。有时她走得慢，有时她走得快，有时一下就是好几磴，有时停一停，但是从不回头再走上去。要是她曾经回头再走上去，那可把斯巴塞太太气死啦。

就像我们刚才讲的，一直到庞得贝先生邀请斯巴塞太太周末来小住的那天，露意莎还是不断地向下走着。斯巴塞太太那天兴高采烈，特别爱说话。

"请问你，老爷，"她说，"我能唐突地问一句关于你那讳莫如深的事情——我不知道为什么要讳莫如深，但是你无论做什么，总有理由的——关于那盗窃案你得到什么消息了吗？"

"嗯，夫人，没有，还没有得到。在这种情况之下，我还不能希望得到什么消息。罗马不是一天就造起来的，夫人。"

"很对，老爷，"斯巴塞太太摇了摇头说。

"甚至于也不是一个星期造得起来的，夫人。"

"的确如此，老爷，"斯巴塞太太说，微微露出抑郁的样子。

"同样，夫人，"庞得贝说，"你知道，我等在这儿并不着急。如果罗摩路斯和雷缪司②可以等，约瑟亚·庞得贝也可以等，只不过他们年轻的时候比我好多了。他们有母狼做奶妈，我只有母狼做外祖母。她不喂我一点奶吃，夫人；她只给我一些伤疤。她还是一个道地的阿儿德奈③哩！"

"唉！"斯巴塞太太叹了口气，颤抖了一下。

---

① 《一千零一夜》中的伊斯兰教徒对命令者总是说："听到就得遵从。"

② 罗摩路斯和雷缪司是马尔斯的孪生子。前者是古罗马的建国者，婴儿时与雷缪司同被抛于台伯河中，为牝狼所救，加以哺乳。他因雷缪司以鄙夷的态度跃过他的新城（罗马）之垣，就杀了雷缪司。其父马尔斯携罗摩路斯至天上，罗马人奉之为神。

③ 阿儿德奈是英吉利海峡岛上著名种牛，用在这儿有讽刺意，庞得贝认为他外婆是条母牛。

"没有，夫人，"庞得贝接着说，"关于这件事，我还没有再听到什么。但是，我们已经有把握了；而小汤姆呢，现在倒是好好做事了——这在他可是件新鲜事；他没有受过我那样的教育——他在帮忙研究这案件。我的指示是：要一声不响，装做我们不准备追究这件事了。暗中怎样干都行，只是不要露出形迹；要不然，他们五六十个人在一伙就会成群结党地把这逃跑的家伙藏在我们一辈子也找不着的地方。要一声不响，这些毛贼才会慢慢胆大起来，这样我们才能抓住他们。"

　　"实在很机伶，老爷，"斯巴塞太太说。"非常有趣。你从前提到过的那个老太婆，老爷……"

　　"我提到过的老太婆，夫人，"庞得贝说，打断了她的话头，似乎这是件不值得夸口的事，"还没有抓到；但是，她竟可以赌神罚咒，反正逃不掉，一旦被我们抓住，这个坏心肠的老家伙就称心如意了。现在，夫人，你要问我的意见的话，就是越少提起这老太婆越好。"

　　当天晚上斯巴塞太太收拾好行李，在她屋子的窗口休息，对那个大梯子看着，并看到露意莎仍然是在往下走。

　　在花园的一个亭子里，她靠近赫德豪士先生坐着，低声谈着话。他们悄悄谈心的时候，他站着弯下腰来对着她，他的脸几乎碰到她的头发。"还没有到梯子下面吧！"斯巴塞太太说，把她那对鹰眼睁得大大地望着。斯巴塞太太离得太远了，他们的谈话，她一句也听不见，除掉从他们的姿态来推测以外，她不能知道他们是在讲悄悄话。但是他们所讲的却是这些话：

　　"你还记得那个人吗，赫德豪士先生？"

　　"啊，完全记得！"

　　"他的脸，他的样子，还有他所讲的话呢？"

　　"完全记得。那时候，我看他真是个枯燥无味的人。他的话又长又极啰嗦。他自作聪明滔滔不绝，表示他自己很讲道德；但是我老实告诉你，那时我就想到，'我的好家伙，你未免有点过火

219

了吧！'"

"我一直很难相信那是个坏人。"

"我亲爱的露意莎——就像汤姆说的"——事实上汤姆从没那样说过——"你不知道这家伙有什么好的地方吧？"

"不，当然不知道。"

"其他像他那样的家伙似乎也没有什么好处可说吧？"

"不管男的也好，女的也好，他们的事，既然我一点都不知道，"露意莎回答说，又现出她原先的态度而不是他近来所看见的那种样子，"我怎么能够知道他们好不好呢？"

"我亲爱的露意莎！既然这样，就请听听你忠实朋友的拙见吧，因为他知道一点他那些优秀同胞中各式各样人的事情——我完全相信他们是优秀的，虽然他们免不了有些小小弱点，由于这些弱点，结果总使他们顺手牵羊地抓上什么就算什么。这家伙很会说话。是的，只不过每个人都会说话。他装作有道德的人。是的，但是所有的骗子都装作有道德的。从下议院到感化院，除了我们这班人，所有的人都装作有道德的；因为我们这班人例外，才与众不同地给人一种有生气的感觉。你是看见和听见那实情的。一个纺织工人，被我可尊敬的朋友庞得贝先生收拾了一顿——因为我们知道庞得贝先生不是说话婉转的人，因此他不能使那样倔强的'人手'态度变得温和一些。这纺织工人因此发了火，恼羞成怒，叽里咕噜地离开那房子，碰见了什么人，劝他不如到银行去搞一票生意，于是他去了，把钞票装在一向空空如也的口袋里，然后他的心感到极端舒坦；真的，要是他不利用那机会去搞一票，倒不是平凡的人，而成为不平凡的人了。这办法说不定是他自己想出来的，如果他有那份聪明。"

"我差不多觉得，仿佛我的心眼儿也很坏，所以才会很快地就同意你的话，而且听了你的话，心中就轻松了好多，"露意莎坐在那儿想了一会儿，回答道。

"我只是照情理来讲的，此外并没有更坏的意思。我曾经跟我

220

的朋友汤姆细谈过不止一次了——当然喽，我同汤姆依然无话不谈——他同我意见一样，我同他意见也一样。你愿意散一会儿步吗？"

暮色苍茫，他们顺着已经不大看得清楚的小径散着步——她靠在他膀子上——她一点没想到，她怎样在斯巴塞太太的楼梯上，一步、一步、一步地走了下去。

日日夜夜，斯巴塞太太总把楼梯摆在那儿。等到露意莎走到底层堕入深渊，它可能会倒下来压在她身上；但是，未到那时以前，那楼梯总摆在斯巴塞太太眼前。而同时，露意莎总站在上面，总在向下滑，滑，滑！

斯巴塞太太看见詹姆斯·赫德豪士先生来来去去；她听说他在这儿又在那儿；她看出他所研究的那张脸上的变化；她洞察入微地看到那张脸在怎样一种情形下被乌云遮盖着，又怎样在另一种情形下云破月来；她那对黑眼睛睁得大大的，没有丝毫怜悯，没有丝毫姑息，全神贯注，津津有味。为了要看着她越走越接近这架巨大的新楼梯的底部，并没有人伸手拦阻她。

她虽然很尊敬庞得贝先生而不尊敬他的画像，斯巴塞太太却丝毫没有拦阻露意莎使她不往下滑的意思。热切地要看这成为事实，但同时又有耐心，她在等候着她最后的堕落，就像等候收割她希望中成熟了的丰盛庄稼。默默地期待着，她留神地瞪眼看着那楼梯，甚至于难得向那往下走的人暗挥她那戴着手套的、紧握拳头的右手。

第十一章
越走越下

那人从大梯子上不断地、不断地走下来；像一个秤锤掉在水里那样越降越接近那黑暗的深渊之底。

葛擂硬先生听到他妻子逝世的消息，就从伦敦赶了回来，用他那善于处理事务的手段把她安葬了。然后他又立刻回到那国家的煤渣堆，继续去筛拣他所要的鸡零狗碎的小东西，把灰尘弄得四处飞扬，落到那些需要其他鸡零狗碎的小东西的人的眼睛里去——那就是说，他又继续做他的议会工作去了。

在此同时，斯巴塞太太还是一眼不眨地监视着。虽然整个礼拜，从焦煤镇到乡下别墅这条铁路的长程把她和她的楼梯隔开了，但是通过露意莎的丈夫，通过她弟弟，通过詹姆斯·赫德豪士，通过信封和包裹封皮上的字迹，通过随时接近那楼梯的有生命和无生命的一切，她还是对露意莎保持着像猫守老鼠一般的观察。"我的太太，你的脚已踏到最后一磴了，"斯巴塞太太对那个从楼梯走下来的人吆喝着，摇着她的手套，似乎要挥以老拳。"你那样做作是决骗不了我的。"

不管是做作也好，天性也好，露意莎性格中本来有的东西也好，或者是环境移植到她身上的东西也好——总之，她城府很深，使得聪明如斯巴塞太太那样的人，也不免一方面受到刺激，另方面又感到无法揣摸她。有些时候，连詹姆斯·赫德豪士先生也对她捉摸不透。有时，他对自己研究了那么久的脸也无法看透；有时，这孤独的女孩子，对他来说比任何被一群献殷勤者包围的世故女子的神秘性还要大得多。

时间就这样过去；直到有一天，碰巧庞得贝先生有事要离家亲自去别处料理三四天。那星期五，他在银行里把这事告诉了斯巴塞太太，并且说："不过，你明天仍然得去哟，夫人。跟我在家时一样，你还是得去。我在家不在家，对你没关系。"

斯巴塞太太仿佛有点责难似地回答说，"老爷，请你不要那样讲。你不在家，对我大有关系，老爷，我想你是深知的。"

"嗯，夫人，既然如此，我不在家你就得尽量好好照顾自己，"庞得贝说，表示出并非不高兴的样子。

"庞得贝先生，"斯巴塞太太回答说，"你的意志，对我来说就是金科玉律，老爷；要不然，我就可能会抗拒你那善意的命令了，因为葛擂硬小姐会不会那么愉快地接待我，我没把握的，不像我对您的殷勤招待是有把握的。不过，您也不必再讲了。由于您的邀请，我还是会去的。"

"唔，当我请你上我家去的时候，夫人，"庞得贝先生张开了眼睛说，"我当然希望你不再需要其他的人来邀请你。"

"当然不，老爷，"斯巴塞太太回答说，"我也不希罕别人的邀请。不要再讲了吧，老爷。我希望，老爷，我能看见你再快活起来。"

"你这话是什么意思，夫人？"庞得贝大声嚷着。

"老爷，"斯巴塞太太回答说，"往常你都是泰然自若随随便便的，可惜最近我看不到那种样子了。快活一点吧，老爷。"

她提出这种不易照办的请求时眼光里充满了同情，在这种影响之下，庞得贝先生只能有气无力令人发笑地抓了抓头。在他离开她以后，整个早上都听得到他把银行小职员们骂来骂去的盛气凌人的声音。

"毕周，"那天下午，东家已经踏上旅途而银行正在关门，斯巴塞太太说，"你代我向小汤玛士先生问好，再问他愿意不愿意来这儿吃点羊羔排骨和胡桃番茄酱，喝杯印度啤酒？"小汤玛士先生对这类事情一向求之不得，和蔼地答复了一声，跟着就来了。"汤玛士先生，"斯巴塞太太说，"便饭已经摆在桌子上了，我想你也许想尝尝吧。"

"谢谢你，斯巴塞太太，"狗崽子说后开始闷闷用餐。

"赫德豪士先生怎样了，汤玛士先生？"斯巴塞太太问。

"啊，他很好，"汤姆说。

"他现在可能在哪儿？"斯巴塞太太因为汤姆不言不语，恨不得叫司复仇的女神把这个狗崽子活捉了去，但是她还是用轻松愉快的谈话方式接着问道。

"他在约克郡打猎，"汤姆说，"昨天，他送给露好大一篮子东西。足有半个教堂那么大。"

"是的，"斯巴塞太太甜蜜蜜地说，"像那样的绅士，我们可以断定是个打猎的好手！"

"刮刮叫的猎手，"汤姆说。

他一向是个喜欢向地下望的年轻家伙，但是最近这特点更加显著了，他决不会对任何人的脸看上三秒钟之久。因此斯巴塞太太只要愿意，就有足够的机会观察他的脸色。

"我非常喜欢赫德豪士先生，正如许多人都非常喜欢他一样，"斯巴塞太太说。"我们是不是有希望，不久就可以再见到他呢，汤姆先生？"

"嗯，我明天就有希望看见他，"狗崽子回答说。

"好消息！"斯巴塞太太殷勤地叫道。

"我跟他约好了，明天晚上在此地车站碰头，"汤姆说，"然后，我相信，我会跟他一道吃饭。有一星期左右他不会去乡下别墅，因为预定要去别的地方。起码他是那样说的；但假如他在这儿过星期日，然后再绕道那儿打个转，我不会觉得奇怪。"

"你说这句话，叫我想起一件事！"斯巴塞太太说。"要是我请你带个口信给你姐姐，你不会忘记吧？"

"嗯！要是信不长，我试试看，"狗崽子不情愿地回答说。

斯巴塞太太说，"只是向她说，我跟她问安，并且请你告诉

224

她，这礼拜我不会去打扰她了，因为我精神有点不好，我一个人在这儿或许要好些。"

"啊！要是只有这么几句话，就是我忘记了也没什么关系，"汤姆说，"因为除非看到了你，露是不会想到你的。"

说了这番颇有礼貌的恭维话，就算报答了这顿盛餐，接着他变得畏畏葸葸地沉默无言，一直到印度啤酒喝完才说："哎哟，斯巴塞太太，我得走了！"于是他就走了。

第二天是星期六，斯巴塞太太整天坐在她的窗子旁边，看银行的顾客们进进出出，等着送信的人来，也留心看街上的行人车马，很多念头在她心中转来转去，但她主要把注意力集中在她那架梯子上。黄昏到了，她戴上帽子，披上围巾，悄悄走出去。有位约克郡的乘客就要到车站了，她在车站上鬼鬼祟祟地徘徊着，宁愿站在柱子背后，或站在犄角上，或从女客候车室内的窗口张望着，而不肯彰明较著地在车站里出现，这是有她的理由的。

汤姆在那儿荡来荡去，一直等到所盼望的火车开进站来。进站的车子并没有带来赫德豪士先生。汤姆直等到人都散了，喧哗也停止了，然后查看了挂在那儿的火车时刻表，询问了车站的脚夫。这样做了之后，他没精打采地踱了出去，走到街上停下，看看街的这头，望望那头，把帽子脱下又戴上，打个呵欠，伸个懒腰，总之他表现出来的百无聊赖的样子可以想象得出，因为再要等一小时四十五分钟，下班车才来。

"这是调虎离山之计，"斯巴塞太太从那阴暗办公室的窗口最后观察他的地方跑开，说道。"赫德豪士现在一定跟他姐姐在一道了！"

她灵机一动，很快跑出车站，去证实她的想法是否正确。去乡间别墅得在镇上另一头的车站上车，时间局促，路也难走；但是她飞快地跳上一辆无客马车，飞快地从马车里跳下，拿出钱，接过火车票，钻进车厢，终于腾云驾雾般地顺着那些横跨在无数过去和现在的煤矿井地带上的拱桥，风驰电掣地去了。

一路上，斯巴塞太太乌黑的眼睛清清楚楚地看见那些电线杆上的电线，在暮霭沉沉的天空呈现出来，像巨大无比的五线谱；同样，她乌黑的心眼里也清清楚楚地看见她那架梯子停在空中一动不动，也从未被火车追过，梯子上的那个人儿一直往下走着，现在很快就要到底了。就要到深渊的边沿了。

那是个乌云蔽天的九月黄昏，在快擦黑的暮色之中，斯巴塞太太溜出车厢，走下小车站的木台阶，到了石子路上，穿过去，走上一条绿茵茵的小径，躲在夏天新长出来的林荫深处。有一两只晚归的鸟儿在窠里昏昏欲睡地叽叽喳喳叫着，一只蝙蝠从她身边猛蹿过去又蹿过来，她的脚步在厚厚的灰土上走着，扬起了灰尘，好像踏在天鹅绒上似的，在斯巴塞太太没有悄悄地把花园门关上以前，她听到和看见的东西就只有这些。

她向那房子走去，但她还是躲在灌木丛中，在房子外睃来睃去，从树叶中偷瞟着楼下许多窗子。大多数窗子像通常天暖时那样，都打开着，但里面还没有灯光，一切都静悄悄的。她试探地到花园里窥探一下，也一无所得。她想到了树林，就偷偷向那儿溜去，不管草深荆棘多，不管毛虫、蜗牛、鼻涕虫和一切爬行的东西。斯巴塞太太那对黑眼睛留神地向前盯着，那钩鼻子向前伸着，在密密匝匝的乱树棵子里蹑手蹑脚地挤过去，她一心一意要达到目的，即使树丛里尽是毒蛇，她大概还要这样做。

听呀！

斯巴塞太太停下来静听的时候，小鸟们在暮霭中要是看见她那闪闪有光的眼睛，也许会吓呆了，从窠里掉下来。

附近有人在低声谈话。是他和她的声音。那约会果然是为了把她弟弟调开！他们正在那儿，在砍倒的树木旁边。

在露水沾湿的草丛中，斯巴塞太太低低地弯下身子走向前来，跟他们更靠近了。然后她把身子伸直，躲在一棵树的后面，就像鲁宾逊伏击野人一样；她离他们很近，只要一跳，而且用不着大跳，就可以碰上他俩。他是秘密来到那儿的，还不曾到房子

226

里露过面。他准是经过附近那片原野骑马来的，因为他的马还拴在几步开外的栅栏那边的草地上。

"我的亲亲，"他说，"我有什么办法呢？知道你一个人在这儿，我怎么能不来呢？"

"你可以把头低下来，使你自己更能够吸引人；我不知道你抬起头来的时候，别人会看出你有什么可取的地方，"斯巴塞太太想道；"但是你一点也想不到吧，我的亲亲，是谁的眼睛在看着你哟！"

的确，她的头是垂着的。她催他走开，她命令他走开，但是她既不把脸转过来对着他，也不把头抬起来。还有一件可以注意的事，那就是：她仍然以平常那姿态坐着，正如那打埋伏的可爱女人见惯的那样。她两手放在一起，一动不动地像大理石像的手；甚至她讲话的神情，也是从容不迫的。

"我的小乖乖！"赫德豪士说，斯巴塞太太高兴地看到他用膀子搂着她，"难道你不肯容我同你在这儿呆一会吗？"

"不要在这儿。"

"在哪儿呢，露意莎？"

"不要在这儿。"

"但时间一刻千金，我又从那么远来，又这样全心全意地爱上你，弄得神魂颠倒。从来没一个奴隶像我这样敬爱女主人而受到这样无情的对待。我渴望得到你阳光般的热烈欢迎，它曾经温暖过我的心；但是却受到你冷若冰霜的接待，我的心都要裂开了。"

"我是不是得再说，你必须让我一个人在这儿呢？"

"但是我们必须再聚会，我亲爱的露意莎。我们再在什么地方聚会呢？"

他们两个都惊了一下。怀着鬼胎的偷听者也自觉有罪地吃了一惊；因为她以为树林中还有个偷听者。事实上是下雨了，雨点开始变得又密又大。

"我可不可以几分钟后骑马到府上来，假装不知道主人不在

227

家，还以为他会高兴地来接待我呢？"

"不要！"

"你残酷的命令我要绝对服从；只不过我相信我是世界上最不幸的人，因为我对别的女人一概从不在意，却拜倒在你这最美丽、最迷人、而又最傲慢的人的脚下。我亲爱的露意莎，你是在狠心地滥用权力，在这情形下，我不能走开，也不让你离开我。"

斯巴塞太太看见他用他搂着她的那只膀子，把她强留下来，斯巴塞太太贪得无厌地偷听着，听见他在那当儿，在那地方告诉她，他怎样爱她，说他愿意用生命中的一切作为孤注去赢得她。他最近追求的那些东西，跟她相比，简直没有价值；他即将获得的成功，比起她来，他宁可把它弃如粪土。不过，假如这成功使他能跟她接近，他就追求它；或者假如这成功使他与她隔离，他就抛弃它；或者是同她逃到海角天涯；或者是她命令他保守秘密；任何命运，或者是一切命运：这些对他来说都一样，只要她忠实于他——一个看到她孤寂情况的人；他，当他们第一次会面时，就对她产生了一种崇拜的心情和兴趣，在这以前，他决想不到他会对人这样崇拜和发生兴趣；他，这样一个被她当作知心朋友的人，是这样爱慕她和敬仰她。这些话以及其他的话，是他在匆忙之间说出来的，也是斯巴塞太太在满足了自己恶意愿望的刹那间很快地听到的，那时她唯恐被人发现，同时那沉重地打在树叶上的雨点声也越来越大，天上还在打着雷、闪着电，在这种情形之下，斯巴塞太太恍恍惚惚地听到了这一切；所以当他最后爬过了栅栏牵马走开时，她不能确定他们俩究竟约好在何处、何时相会，只听见他们说就在那天晚上。

但是他们中的一个还在面前的黑暗中；只要她跟着那人，就可以发现一切。"啊，我的亲亲，"斯巴塞太太想，"你一点也没想到我在紧紧跟着你啊！"

斯巴塞太太看见她走出树林，看见她走进房子。接着怎么办呢？现在大雨已经像瓢泼一样了。斯巴塞太太的白长袜染成了五颜六色，最显著的是绿色；她鞋子里尽是荆棘的刺；毛毛虫吐着丝从她衣服的各部分吊下来，仿佛躺在它们自制的吊床中。小川小河从她的帽子和罗马式鼻子流下。就这样，斯巴塞太太躲在灌木丛深处，考虑着第二着棋。

看啊，露意莎又从房里出来了！匆匆忙忙穿上了衣服，披上围巾，偷偷地跑了。她私奔了！她从楼梯的最低一磴跌了下来，卷入深渊里去了！

不管雨下得多大，她迅速地、坚决地迈步前进，一闪就跑到跟大路平行的一条小路上去。斯巴塞太太离她没有多远，躲在林荫下紧紧跟着她走，因为在树木阴翳的黑暗中要盯着走得很快的人是不容易的。

她停下来轻悄悄地关上边门，斯巴塞太太也就停下来。她继续走，斯巴塞太太也就继续追踪。她走的就是斯巴塞太太来的那条路，从绿茵茵的小径出来，穿过石子路，走上到铁路那儿去的木台阶。斯巴塞太太知道到焦煤镇的火车不久就要经过这儿，因此她也就理会到，焦煤镇是她第一个目的地。

斯巴塞太太已经被雨淋得像落汤鸡，不需要用各种方法来改变平常的样子了；但是她还是在火车站墙壁避风的一面停一下，把披巾乱折成一个新样子放在帽子上。乔装打扮了以后，她就不怕有人会认得她。这样她就跟着走上火车站的台阶，在小小的售票门洞边付了票钱。露意莎坐在一个角落里等着。斯巴塞太太坐在另一个角落里等着。两人都在倾听轰轰雷声，听着哗里哗啦从屋顶流下后劈里啪啦冲到拱门旁边人行道上的雨水声。有两三盏灯被风雨搞熄了，所以她俩能更清楚地看见那闪闪的像之字形的电光在铁路上空闪动着。

接着车站一阵震动，渐渐地震得人心惊肉跳，这表示列车快到了。火光和热气，煤烟和红灯；一片呲呲声，一阵乒乒乓乓声，铃声当当和汽笛呜呜；露意莎走进一个车厢，斯巴塞太太走进另一个车厢；在暴风雨中，那小小的车站如同沧海中的孤岛。

虽然由于冷和湿，她的牙齿在嘴里咔嗒咔嗒打战，但是斯巴塞太太的心还是高兴得扑通扑通直跳。这人已从万丈悬崖上跳下，她觉得自己似乎就是去收尸的。她一直忙忙碌碌地想布置这丧礼，现在已获得最后胜利了，她的心又安得不扑通扑通直跳呢？"虽然他的马跑得非常快，但是在他未到之前，她早就到了焦煤镇了，"斯巴塞太太想，"她在什么地方等候他呢？他们预备一道到什么地方去呢？不要着急。我们等着瞧吧。"

列车在目的地停下的时候，因为雨太大，形成了一片无比的混乱。水沟横溢，水管爆裂，阴沟里的水也漫出来了，排水渠的水也淌出来了，街道被水淹没了。一从火车下来，斯巴塞太太就心神紊乱地把发狂的眼睛盯着很多人抢着要坐的马车。她想："她会在我没坐上另一辆马车追踪之前，就坐上马车离开。我冒着被马车压倒的危险，也必得赶过去看她坐的马车是什么号码，听她吩咐马车夫到哪儿去。"

但是，斯巴塞太太估计错了。露意莎并没有跳上马车，却已无影无踪。原先盯住她坐的那个车厢的黑眼睛这回瞟得太迟了。那门几分钟后才开，斯巴塞太太在门前走来走去，没看见什么，再望一望，发现里面空空如也。她浑身湿透；一移动，脚就在鞋子里咔嚓咔嚓、啪嗒啪嗒地响着；她古典式的面庞上雨水滔滔直流；她帽子像烂熟的无花果；她上下的衣服都一塌糊涂；她那出身高贵的肩上，每颗钮扣，每个钩子都湿漉漉地印了出来；她身上长了片青苔，好像长在阴暗的花园栅栏上的植物；斯巴塞太太没有办法，只好含悲忍痛地流泪说道："我失掉她了！"

第十二章
下来了

国家的那些筛煤渣的人之间发生了许多闹嚷嚷的小纷争来彼此助兴之后,暂时散开了。于是葛擂硬先生就回家度假。

他坐在摆着那个像统计学一样要命的挂钟的屋子里正在写着,无疑想证明什么——或许,主要想证明慈悲的撒玛利亚人①是不精明的经济学家。下雨的声音并没十分搅扰他;但也足以引起他注意,使他有时抬起头来,仿佛对自然界的力量提出抗议。雷声大作时,他瞟了焦煤镇一眼,心里想雷可能会打着几个高耸的烟囱吧。

雷声渐渐远了,雨洪水般地倾泻着,这当儿,房门开了。他从桌上的灯边望过去,惊异地看到大女儿来了。

"露意莎!"

"父亲,我要同你讲几句话。"

"什么事?你样子好奇怪哟!老天爷,"葛擂硬先生越来越感到诧异地说道,"你是冒着这暴风雨来的吗?"

她双手摸了摸衣服,仿佛几乎不知道是不是冒着暴风雨来的。"是的。"于是她取下遮头的东西,让外衣和头巾随随便便地掉了下来,站在那儿看着他:她面色苍白,头发蓬乱,神气中带着挑战和绝望,这模样叫他害怕。

"怎么啦?我恳求你,露意莎,告诉我究竟怎么回事?"

她往他面前的椅子上一倒,把冷冰冰的手放在他膀子上。

"父亲,你不是从我的摇篮时代起就管教我的吗?"

"是的,露意莎。"

"我诅咒我生下来的那个时辰使我有这样的命运。"

他带着怀疑与恐惧瞧着她，呆呆地反复说着："诅咒那个时辰？诅咒那个时辰？"

"你怎么可以给了我生命，又把使生命不致变为行尸走肉状况的那些无法估价的东西从我心里夺走呢？我灵魂中的优美的东西哪儿去了？我心里的感情哪儿去了？这儿的一片辽阔荒原里本该有一度百花齐放的花园，你把它搞成什么了，父亲呀，你把它搞成什么了？"

她两手拍打着胸部。

"要是这里曾经有过花园，单是它的灰烬就可以挽救我，不至于使我整个生命陷入空虚。我本来不想讲这个；但是，父亲，你记得我们最后一次在这房间里讲的话吗？"

他对现在听到的话完全没有思想准备，所以很困难地回答说，"记得的，露意莎。"

"要是你那时给我一点鼓励，我当时就会说出现在我所讲的话。我并不埋怨你，父亲。你从来没有在我心里培养过的东西，你也从来没有在你自己心里培养过；但是，啊！假如你老早这样做过，或者你只要不管我，让我自由发展，那么，我这人会多么好、多么幸福啊！"

一生煞费苦心地教养儿女的他听了这样的话，把头低了下去用手撑住，大声地哼了起来。

"父亲，我们上次一道在这儿的时候，要是你知道那种连我在跟它斗争时也感到害怕的东西——因为我从婴儿时代起你就给我任务，叫我要跟内心每种自然冲动作斗争；要是你知道我胸中有敏感，有感情，有一些加以抚育就成为力量的弱点，这些都不顾人类的一切计算，而且人类的算术也算不出这些东西，正如人的

---

① 撒玛利亚人，即慈悲的人之意。见《圣经·新约全书·路加福音》第 10 章第 30—37 节。

造物主是不能用数学来计算的——要是当初你知道这些，你会不会把我嫁给我现在可以肯定地说是我所憎恨的丈夫呢？"

他说："不会，不会，我可怜的孩子。"

"要是你当初知道这些，你会不会在任何时候判定我的终身，使我去受风霜与挫折，以致变得冷酷，给糟蹋坏了呢？你会不会剥夺——这样的剥夺对任何人都无好处，而只使这世界变得更加凄凉——我生命中的非物质部分；剥夺我蓬勃得像春夏一样的热烈信心；剥夺我为了逃避周围现实世界中卑鄙龌龊的东西而找到的避难所；剥夺使我学得更谦虚，学会对现实世界中的一切更有信心，学会希望在我的小天地里使现实世界中的一切变得更好一些的教育呢？"

"啊，不会，不会。不会的，露意莎。"

"但是，父亲，要是我两眼都瞎了——要是我用我的触觉摸索着走路，而在我知道一切东西的形状和外表的时候，能自由地对它们稍微运用我的想象力，那比我现在枉自有了双眼还不晓得要在种种好的方面更聪明，更幸福，更仁爱，更满足，更天真和有人性得百万倍呢。好了，请你听我现在要讲的话吧。"

他走过来，用手臂扶住她。就在那时候，她立了起来，他俩贴近站在一块儿——她一只手放在他的肩上，看着他的脸。

"我又饥又渴，父亲，但是从未得到片刻满足；我有个热烈的冲动，想跑到什么地方，在那儿法则、数字和定义并不是很绝对的——我在一步一步地斗争之后也就长成人了。"

"我从来不知道你不幸福，我的孩子。"

"父亲，我可是一向知道。在这斗争中，我总是把我那比较好的安琪儿打败，把它制服得成为魔鬼。我所学到的只是使我对于没有学到的一切加以怀疑，鄙视，更没信心和感到懊悔；在百无聊赖中我只好这样来解嘲：想想生命不久就完结，想想生活中没什么东西值得我费气力、受痛苦去争取。"

"但是你还这么年轻呀，露意莎！"他用怜悯的态度说道。

"但是我还这么年轻。在这种情形下，父亲——因为我现在既无恐惧，也不想讨好，只想把我所知道的我心里通常的死沉沉的状况讲给你听——你提出要我嫁给我那丈夫。我嫁给了他。在他或在你面前，我从来没假装过我爱他。那时候，我知道，父亲你也知道，他也知道，我并没爱过他。我并不是完全无所谓的，因为我那时有个希望，这样可使汤姆快活，可以对他有好处。我疯狂地逃避到幻想中，以后渐渐地看出那是多么疯狂的举动。汤姆是我一生中万千柔情的倾注对象；他变成这样一个对象或许是因为我深知怎样去怜惜他。但现在这也没多大关系了，除掉或许可以影响你，使你对汤姆犯的错误可以宽容一些。"

当她父亲用一只手臂把她抱在怀中时，她就把她另一只手放在他另一个肩膀上，仍然盯着他的脸，继续说下去：

"我无可挽回地结了婚，内心的老矛盾又起来反抗这种束缚，这老矛盾由于我们两人个性不同而引起的种种不调和因素变得更尖锐了，而这种种不调和因素，就我来说，决不受一般规律支配，也不是一般规律可以说明的，父亲，除非这些一般规律可以指点解剖学家在我身上什么地方下刀，来揭开我灵魂深处的秘密。"

"露意莎！"他说，他央求地说，因为他记得很清楚上次他俩交谈时的经过情形。

"我并不埋怨你，父亲；我并不倾诉委屈。我来这儿另有目的。"

"我能做什么呢，孩子？你尽管开口吧。"

"我正要这样做。父亲，偶然的机会叫我碰到一个新相识；我从没有接触过那样的人；老于世故，潇洒，漂亮，随和；不装腔作势，公开表示所有的东西都不值一顾，这是我在私下里也不敢有的看法；他几乎一认识我，就向我表示，他了解我，看透了我的心思；虽然我并不知道他是怎样了解我的，或者用什么步骤来进行了解的。我看不出他有什么地方比我更坏。我们两人气味相

234

投。我只觉得奇怪，他对别的事情都漠不关心，竟会花费那许多心力来关心我，喜欢我。”

“喜欢你，露意莎！”

那时，要不是他发现她精力愈来愈衰竭了，同时又看见那双死盯着他的眼睛里仿佛有一团逐渐扩大的野火在燃烧，她父亲按照他的本性很可能会把她丢开不管。

“我一点也不讲他是怎样央求博得我的信任。他怎样得到我的信任是没有什么关系的。父亲，他的确得到了我的信任。你所知道的关于我的婚姻的一切，他不久也就知道了。”

他父亲的脸变成灰白，同时用两臂抱住了她。

“我并没有做什么更坏的事，我没有丢你的脸。但是你如果问我是不是爱过他，或者是不是现在的确爱他，我坦白地告诉你，父亲，这是可能的。我不知道！”

她双手忽然从他的肩上缩回来，紧紧地按着她自己的两胁；同时在她那不同平时的脸上，在她那伸直的身体上，都可看出她决心加最后一把劲把要说的话说完——把久被抑压的情感全发泄出来。

“今天晚上，我丈夫走了，他来看我，宣布他自己是我的情人。此刻他正在等我，因为我不能用别的方法来摆脱他。我不知道我有什么悔恨，我不知道我有什么羞耻，我不知道我堕落到什么地步。我知道的只是，你的哲学和你的教训都不能救我。看，父亲，你把我弄到这步田地。还是用什么别的法子救救我吧！”

他及时地紧紧地抱住她，使她不致倒在地板上，但是她可怕的声音叫道：“要是你抱着我，我就要死了！让我倒在地上吧！”于是他只好把她放下，眼睁睁看他心里引为自豪的人，证明他教育方法大为成功的人，变成毫无知觉的一团，瘫在他脚下。

第三卷

入　仓

第一章
另一种必需的东西

　　露意莎失去知觉后又醒过来，勉强张开眼睛，看着她娘家的这张旧床和她住过的这屋子。起初，似乎她自从跟这许多熟悉东西分离后发生的一切都如梦如幻；但是逐渐地，这些东西在她的视线中变得较清晰了，她心里的许多事情也变得较实在了。

　　她头昏脑涨，简直动弹不得，她眼睛又乏又酸，周身无力。她处在一种稀奇的、被动的情况中，以致不能集中注意力，所以她小妹妹到屋里来了好些时候，才引起她注意。当她妹妹走近床边，她们的眼光相遇时，露意莎还是躺在那儿一声不响地看了她几分钟之久，害得她怯生生地抓住自己一动不动的手之后，才问道：

　　"什么时候把我弄到这屋里来的？"

　　"昨天晚上，露意莎。"

　　"谁把我弄来的？"

　　"我想是西丝。"

　　"为什么你想是她呢？"

　　"因为今早我看见她在这儿。她没像平日那样到我床边来叫醒我，因此我就去找她。她不在她自己屋子里；这所房子上上下下我都找遍，才发现她在这儿照料着你，在冰你的头。你要看父亲吗？西丝说，你一醒来我就得告诉他。"

　　"你真容光焕发，珍！"露意莎说道，这时她妹妹正低下头来亲她，依然怯生生的。

　　"真的吗？我很高兴你这样想。我相信这是靠了西丝。"

239

露意莎去搂她脖子的膀子伸直了。"要是你愿意，你可以去告诉父亲。"然后，她又留她呆了一会儿，说道，"是不是你把我的屋子弄得这样舒适，使它看起来像在欢迎我似的？"

"啊，不是的，露意莎，我没来以前屋子已经收拾好了。这是——"

露意莎转脸伏在枕头上，不再听下去。她妹妹走开后，她才转过头来，脸对门躺着，直到门开，她父亲走了进来。

他脸上带着疲倦与焦灼的表情，他的手一向镇定，现在却在她手里颤抖。他在床边坐下，温存地问她怎么样了，并且详细说明昨天晚上她那样冒着风雨跑回来，又那样激动，现在必须保持绝对安静。他说话的声音又低又不安，跟他平时独断独行的样子完全不同；并常常感到不知说什么话才好。

"我亲爱的露意莎。我可怜的女儿。"他说到这儿简直不知道怎样说下去才好，干脆住了口。然后他又试着说下去。

"我不幸的孩子。"这地方真难说下去，弄得他又试一次。

"露意莎，我没法告诉你，直到现在，我被昨天经过的一切激动得多么厉害。连我脚下的地面也似乎变得不稳固了。一向支持着我的东西——这东西的力量原来似乎是，现在也仍然似乎是无可怀疑的—— 一下子忽然垮了。我被这些发现吓得目瞪口呆。我说这话并没有自私的意思；但是昨晚那些事情真使我大受震动。"

在这方面，她不能给他什么安慰。因为她整个生活已像触礁的船完蛋了。

"我不愿说，露意莎，要是以前有什么幸运机会，你提醒了我，这对我们两人来说都会好一些，免得两人都不安宁。我不愿那么说，因为我深知我那种教育方式没有哪一点会使你把这类知心话告诉我。我曾以为我的——我的一套教育方式是已被证明的，就严格地执行它。这套方法失败了，我必须负责。我只恳求你相信，我的宝贝孩子，我本意是想搞好的。"

他讲话时是诚诚恳恳的。天公地道地说，他的确这样。他用

240

他小小的测深竿测量不可测的深渊，用他生锈的硬脚圆规，在世界上画来画去时，原也很想做番伟大的事业。拴在他颈子上的缰绳很短，因此他的活动范围很狭窄。他撞过来碰过去不知踏坏多少鲜花，比起他所认识的那许多乱喊乱叫的人来，他更是聚精会神地极尽破坏之能事。

"我很相信你讲的话，父亲。我知道我一向受你宠爱。我知道你一直想使我幸福。我从没怪过你，也永远不会怪你。"

他紧握她伸出来的手不放。

"我亲爱的，我一夜坐在桌边没睡，想来想去，默想那许多使我们俩都感到难受的事情。我想到你的性格，想到我在这几个钟头内才知道的正是你多年来隐瞒起来、不肯告诉我的事情，想到你目前受了什么压力才迫不得已地把这些事情吐露出来，这样我就得到一个结论，那就是我再也不能相信自己了。"

这时他还可能补充说：他看到那目不转睛对自己瞅着的脸庞时，他尤其不能相信他自己。很可能，在他用手轻轻把她的乱发从前额抹过去时，他的确作了这样的补充。这种小动作要是别人做就算不得稀奇，但是出之于他，就非常引人注意了；而他的女儿也就把这种动作当作悔恨的表现。

"不过，"葛擂硬先生慢慢地，吞吞吐吐地，同时又好像觉得无法可想而感觉懊丧似地说道，"要是我有理由为过去而不信任自己，我现在和将来也应该不信任自己。坦白同你说，我的确感到如此。虽然昨天这时候，我的想法还是不同的，但是我现在完全觉悟我够不上得到你信任；我也不知道怎样答复你回家时对我提出的请求；我的孩子，我也缺乏适当的本能——暂时假定这属于本能范围——不知如何帮助你、扶持你才好。"

她已经转身伏在枕头上，脸压着膀子，因此他看不到她的表情。她疯狂和激动的情绪都已经平定下来；但是她虽然受了感动，却并没有流泪。她父亲倒是高兴看见她流泪，他改变得最大的就在这方面。

"有些人主张，"他还是吞吞吐吐地接着说，"理性中有智慧，情感中也有智慧。我一向不那样想；但正如我刚才说过的，现在我不相信自己了。我一向以为有理性就足够了。看起来或许并不够；今天早上，我怎敢说是足够呢！要是另外那种智慧竟是我以往忽略的，也正是人们天性中所需要的东西，露意莎——"

他将信将疑地提出了这说法，仿佛就是现在他还不十分愿意承认这点。她没回答；她躺在他面前的床上，衣服仍然没穿齐整，同他昨晚看她躺在他屋里地板上一样。

"露意莎，"他又把手放在她头发上，"我最近常常不在家，我亲爱的；虽然你妹妹的教育还照着——那套方式进行着，"说到"方式"这词儿，他总有点勉强似的，"但是就她来说，由于打幼年以来她日常接触的人你也知道，那套方式就必然有些改变。我是真不懂，同时也是虚心地问问你看，我的女儿，你想是不是这样更好些？"

"父亲，"她一动不动地回答说，"要是她年轻的心弦已被拨出和谐的音调(这种和谐在我心中从来没出过声，后来却变成乱糟糟的声音)，那她该谢天谢地，让她继续走她更幸福的道路，认为她避免了我走过的道路，是上天赐给她的莫大恩惠吧。"

"啊，我的孩子，我的孩子！"他用绝望的口气说，"看见你这样子，真是我的不幸啊！我这样狠狠责备自己，你却不责备我，这对我有什么用处呢？"他垂着头低声同她说着。"露意莎，我总疑惑，这房子里单单由于爱和感激的影响，我周围的一切已慢慢起了变化，我发现理性没有做到的，也不能做到的事情，情感已在无声无息地做了。是不是这样呢？"

她没有回答他。

"我现在并不是骄傲得不能相信这点，露意莎。你在我面前，我怎能妄自尊大呢！是不是这样呢？是这样吗，亲爱的？"

他又看了她一下，她像漂流无定的船躺在那儿；他不再说什么就离开了房间。他走后不久，她就听见门边有轻悄悄的脚步声，接着就知道有人站在她旁边。

她没抬头。想到让别人看见她苦恼的样子，想到人家曾经不由自主地看了她几眼使她感到不愉快，现在竟然会得到应验，胸中不由得像有愤怒的毒火在焖烧。一切给封闭起来的力量都有破坏作用。有利于健康的空气，使大地肥沃的水分，使物产成熟的热力，只要封闭起来，就会成为破坏性力量。她胸中甚至现在还如此；她那些最坚强的特质，由于长久以来自相矛盾，变成了一股拗劲，甚至同朋友作对。

恰好那人的手轻轻地摸着她的脖子，她知道那人以为她睡着了。那表示同情的手并没有使她不快。所以还是让它放在那儿，让它放在那儿吧。

那手放在那儿，使她许许多多的柔情受到温暖而恢复了生命，她也得到了休息。她安静了下来，深深地为那人对她的这种照料而感动，这时，泪珠就从眼内冒出。那人的脸贴上了她的脸，她感到那脸上也是泪，那人是为她而流泪的。

露意莎假装醒来，坐了起来，西丝就往后退了一步，静悄悄地站在床边。

"我希望没有吵醒你。我来这儿是想问问，你愿不愿意我陪你？"

"为什么要陪我呢？我妹妹看不见你会感到寂寞。你是她的一切。"

"是吗？"西丝摇了摇头回答说，"要是可能，我也愿意做你的什么。"

"什么？"露意莎用几乎严厉的声音说道。

"只要可能，你顶想叫我做什么，我就做什么。无论如何我都愿意竭力一试，虽然可能离开你的希望太远，但是我还是愿意去试试看而决不至于厌倦的。你可以让我这样做吗？"

"是我父亲叫你这样来问我的吗？"

"老实说，不是的，"西丝回答说。"他刚才对我说，我现在可以进来，但是他今天一早就叫我离开这间屋子——或者，起码——"她迟疑了一下，打住了话头。

"起码怎么样？"露意莎用锐利的眼光望着她说。

"他叫我走开，那时我自己也觉得最好叫我走开，因为我不敢肯定：你发现我在这儿，会不会不高兴。"

"难道我一向都恨你恨得那样厉害吗？"

"我希望不是那样，因为我一向爱你，而且一向希望你知道我爱你。但是在你离开家前不久，你对我的态度就有点儿改变了。这并不是说我对这点感到奇怪。你知道的那么多，我知道的那么少，你那时总周旋于其他朋友之间，从种种方面看来这很自然，所以我觉得没什么可抱怨的，也就不难受了。"

她谦虚地把这番话匆匆说出来，脸渐渐红起来。露意莎了解西丝的这种友爱表现，心感到刺痛。

"我可以试一试吗？"西丝说，她鼓起勇气把手放在那不知不觉向她低垂下来的脖子上。

露意莎立刻把那只马上要搂住她的手拿下来，紧握在自己手里，然后回答说：

"西丝，首先你要知道我是怎样的人。我是那样傲慢，那样冷酷，那样心神紊乱和不定，对于任何人和我自己都那样容易发脾气和不公平，所以照我看来，一切事情都是粗暴、黑暗和邪恶的。这样的我不使你厌恶吗？"

"不！"

"我是那样不快乐，而所有一切可以使我快乐的东西都被人糟蹋了，要是现在我还不懂事，不但不像你所想的那样有学问，而且得开始学点最简单的真理，我也不能比现在更沮丧地感觉到，我极其需要人指导，使我心平气和，安分知足而恢复我的自尊心——使我养成一切我所缺少的美德。这样的我不使你厌恶吗？"

"不！"

由于她光明磊落的深情天真可爱，由于她往日的忠诚精神溢于言表，这一度被抛弃的女孩子发出一种美丽的光辉照亮对方心中的黑暗。

露意莎抬起一只手，以便同另一只手一起搂住西丝的颈脖。她跪在床上，抱住这江湖艺人的女儿，用几乎是崇拜的神情仰望着她。

"原谅我，可怜我，帮助我！现在我极其需要人帮助，你要怜悯我，让我把头放在你那友爱的心坎儿上吧！"

"啊，放这儿吧，"西丝叫道。"放这儿吧，我亲爱的。"

第二章

可笑之至

詹姆斯·赫德豪士先生在那样慌张的情况中度过一晚又一天，全世界的人就是戴上最好的眼镜也不大容易在这疯狂期间认出：他就是那位有荣誉的、善于诙谐的国会议员的弟弟詹姆。那时他激动万分。他好几次说话时都带着近似下流的字眼儿，跟市井小人说话时用的字眼差不多。他莫名其妙地出出进进，像个没有目的的人。他骑在马上东奔西跑活像个响马。简单地说，他被现有情况弄得厌烦得要死，所以他忘记了权威专家的规定：对待烦闷应采取行所无事的态度。

暴风雨中，他骑在马上好像只要一跃就到了焦煤镇，在那儿他等候了一夜：时常大发雷霆地拉铃叫人，责备守夜的茶房不尽责任，把他应该收到的信件或电报扣下了，还要他立刻把它们交出来。到了拂晓，到了清晨，到了白天，既无信件，又无电报，于是他跑到那乡下别墅去。他在那儿得到的消息是：庞得贝先生不在家，庞得贝太太在镇上。她昨天晚上突然到镇上去的。别人也不知道她走了，后来才接到信息说她一时不会回来。

在这种情况下，他无事可为，只好追踪到镇上。他到了镇上那座住宅——庞得贝太太不在那儿。他到银行去看了看。庞得贝先生离开了，斯巴塞太太也离开了。斯巴塞太太离开了？谁会突然变得那么穷极无聊，要请那秃鹰作伴呢？

"嘿！我才不知道呢，"汤姆说。他对这事感到不安有他自己的缘故。"她今儿一早就不知到哪儿去了。她总是那样神出鬼没的；我讨厌她。我也讨厌那个白毛家伙；他总用那眨巴眨巴的眼睛盯着人。"

"汤姆，昨天晚上你在哪儿？"

"昨天晚上我在哪儿？"汤姆说。"嘿，你还说得出呢！等你啊，赫德豪士先生，直等到大雨滂沱，我从没有见过那么大的雨。还问我在什么地方！你的意思是说，你在什么地方吧。"

"我给事情缠住了，脱不了身。"

"脱不了身！"汤姆咕噜着。"我们两个人都脱不了身。我因为接你脱不了身，直到除了那班邮车，我什么火车都错过了，那样一个晚上，坐上那样一班车，又得摸水过河似地回家，该多么够味儿呀！所以后来我只好在镇上住一宿。"

"住在哪儿？"

"哪儿？当然在庞得贝家里，睡在我自己的床上。"

"你见到你姐姐吗？"

"真见鬼，"汤姆瞪眼看着他回答说，"我姐姐在十五英里之外，我怎么能见到她呢？"

赫德豪士先生一向觉得自己是这位年轻绅士的好朋友，当他快嘴快舌地回答自己的问题时，赫德豪士心中咒骂了他一顿，很不客气地结束了谈话，同时琢磨着这一切究竟是怎么回事，在这以前，他对此已琢磨过一百遍之多。只有一件事他搞清楚了。那就是：不管她在不在镇上，不管他对这十分难以了解的人是否太唐突，或者她失掉勇气，或者他们的事情已被人发觉，或者现在有什么他还不知道的不幸事件或错误发生：总之，无论如何他只好独自招架，不管他要招架的是什么。他最初充军到这黑暗市镇来时住的旅馆，现在似乎成了火刑场上的木桩子，而他就被绑在上面。至于其他事只好听其自然了——要发生的事，总是要发生的。

"因此，不管我在这儿等候的是挑战书，或是幽会的邀请，或是表示忏悔并对我加以劝诫的信，或是我的朋友庞得贝带着他那兰开郡的粗鲁作风突如其来地要跟我决斗——在现在这种情形下，最后这件事跟其他事相比，并不是不可能的——无论如何，我总得好好地吃上一顿，"詹姆斯·赫德豪士先生说道。"庞得贝在体重上占优势；要是他跟我来一套英国人喜欢玩的把戏，那么，练习练习也好。"

于是他拉了拉铃，随随便便地往沙发上一倒，吩咐说："六点钟开饭——要有牛排，"然后他尽可能地想法子消磨饭前那段时间。不过无论怎样消磨，总不对劲儿；因为他还是觉得非常尴尬，随着一小时一小时的过去，那疑团还是无法解除，而他那尴尬之感也就利上滚利似地越来越加重了。

虽然如此，他还是尽人事地尽可能保持冷静来对待一切，他不止一次地想到，为了决斗他需要练习一下。他自己也觉得这念头很可笑。有一次，他打了个呵欠想到："一个好办法就是先练习练习，叫个茶房来，给他五先令，把他摔一摔。"另一次他想到："或许可以按钟点雇个一百九十磅上下的人跟我角力一下。"但是他这样自言自语同自己开玩笑来消愁散闷，并没有显著地改变那天下午的难过光景和他忐忑不安的心情；老实说，时光愈来愈难过，他愈来愈着急。

甚至在开饭前，他已禁不住时常在地毯的花纹上踱来踱去，不断向窗外望，在门边听有没有脚步声，有时一听到脚步声走近房门，他就觉着激动不堪。饭后，白昼变为黄昏，黄昏变为黑夜，他依然没有得到什么消息，这时他开始觉得，用他自己的话来讲，"像叛教者上了宗教法庭，在那儿受着不紧不慢的酷刑。"不过，他还是深信，真正有高度教养的人对任何事都应采取冷静态度——这是他唯一的信念，因此就是到了这紧要关头，他还是行所无事似地叫人把蜡烛和报纸拿来。

他花了半个钟头想看看报纸，但是仍然看不进去。然后茶房走进来，用神秘而带歉意的口气说道：

"请原谅，先生，要是你方便，有人要你去，先生。"

他心中有一种模糊的记忆："要你去"这说法，是警察抓绅士打扮的扒手时用的。这使得赫德豪士先生怒气冲冲地问茶房，究竟"要你去"这句鬼话是什么意思？

"对不住，先生。外面有位年轻小姐，想见见你。"

"外面？在哪儿？"

"就在这门外，先生。"

赫德豪士先生一边骂茶房，说他是大傻瓜，活该见鬼，一边赶快跑到过道去。站在那儿的，是他从没见过的一位年轻女郎——穿得朴朴素素，非常文静，非常标致。他引她进屋，搬张椅子请她坐下，借着烛光打量了她，觉得她比刚才得到的第一个印象还要漂亮。她的脸又天真又年轻，表情非常可爱。她不怕他，一点儿不窘；仿佛一心一意想着来拜访的事由，只考虑这一点，因此把自己给忘了。

"您就是赫德豪士先生吗？"屋里只有他们两个时，她说。

"是的，我是赫德豪士先生。"他心里接着想到，"你这跟赫德豪士先生讲话的人的眼睛那样坦白，我从没见过；声音那样诚恳（虽然那样低），我也从没听见过。"

西丝说："如果我不了解——事实上我是不了解，先生，作为绅士，你对其他事会不会守信，"——她说这几句话时，赫德豪士的脸真地涨红了——"但是，我相信，我可以信任你会对我这次拜访保守秘密，并且会对我讲的话保守秘密。我预备这样信任你，你是不是可以告诉我，我可不可以信任你到这程度——"

"我向你保证，你可以这样信任我。"

"你看得出，我年轻；你看得出，我是一个人到这儿来的。我来你这儿时，先生，除了抱着自己的希望，没有人劝告我或者鼓励我来。"

他跟着她那一瞬间抬起的眼睛相遇时想道，"但是这话好厉害。"他还想，"这开场白真古怪。我看不出来你把话头往哪儿引。"

"我想，"西丝说，"你已经猜出我刚才离开的是谁！"

"过去二十四小时内，我度日如年，为了一位太太的缘故，我感到非常地关切和不安，"他回答说。"我因为受了你鼓励而有了希望，认为你是从那位太太那儿来的，我相信这希望不会是痴心妄想。"

"我离开她还不到一个钟头。"

"在——？"

"在她父亲家里。"

赫德豪士先生虽冷静，脸也拉长了，而且感到更加困惑了。他想，"要是这样，我真不知道她把话头要引到什么地方去了。"

"她昨晚匆匆忙忙跑到那儿去。她到了那儿以后非常地激动，整夜人事不知。我是住在她父亲那儿的，陪了她一夜。你一辈子也不会看见她了，先生，这一点你是可以肯定的。"

赫德豪士先生吸了一口长气；要是有人自己曾处在不知道说什么好的情况中，那末，毫无疑问，赫德豪士先生现在就处在这境地中。客人说话时的赤子似的率真态度，幽娴贞静的大无畏神情，老老实实不耍手段的方式，因一心一意达到拜访的目的而表现出来的忘我精神：这一切，加上了她对于他信口开河的诺言所表示的信任——这件事本身已使他惭愧万分——都是他从来没有经验过的，对于这一切，他知道他平时的那许多武器都无能为力；因此他不能振作精神想出什么话来为自己解围。

最后他才说：

"这么一个令人惊诧的信息，从这样一个人的口中确凿地说出来，真令我仓皇失措到了极点。我可不可以请问，你是不是受了我们刚才讲到的那位太太之托才用这种绝望的话把这信息带来给我的呢？"

"我没有受她之托。"

"快要淹死的人抓住根稻草也是好的。我并不是不尊敬你对我所作的判决，也不怀疑你的诚意，但是请不要见怪，我要讲这么一句，那就是我坚持这个信念，认为我还是有希望的，并未判处

250

终身流放，不能再见那位太太的面。"

"这种希望一点儿也没有了。我到这儿来的第一个目的，先生，就是非要使你相信，你再也没有希望跟她谈话了，正如她昨儿晚上回家要是死了的话，你就没有希望再见她的面一般。"

"非要我相信？但要是我不能够——或者由于我天生的缺点，竟固执不堪——而不愿意——"

"就是那样也还是如此。希望是没有的了。"

詹姆斯·赫德豪士嘴上带着微笑看着她，仿佛不相信似的；但她若有所思，没有注意到，所以那微笑也就白费了。

他咬着嘴唇，考虑了一会儿，然后说道：

"好吧！要是我费了那么多气力，追随她如此之久，还是不幸地得到这么个被流放出去的凄凉下场，那也只好忍受，我不会再找这位太太麻烦了。但是你说你不是受她委托来的？"

"只是因为我爱她，她也爱我，我才担负起这责任。我之所以这样做，完全因为她回家后我就照料她，同时她也把我当作她的心腹。我之所以这样做，完全是因为她的性格和婚姻我有点知道。啊，赫德豪士先生，我想这方面你也知道一些！"

这种热烈的责难直刺他的心窝，或者说他的心应该是在那儿，只不过现在那地方已变成了一堆坏蛋的窠儿，天上的神鸟要不是被人吆喝着赶走了的话，就应该还留在那里。

"我不是道学先生，"他说，"我也从不假装我有道学先生的品格。我是不道德透了顶的人。同时我要讲的是，我虽然给我们现在所谈的那位太太带来烦恼，或者说在某些方面使她的名誉受到损害，或者说对她表示了我的情感，而表示了这些情感以后就不免——事实上也不免——引起她家庭的不睦，或者说因为她父亲像机器，她兄弟是狗崽子，她丈夫是狗熊，我就利用了这些情况；虽然如此，我还是请你相信，我本来没有什么特别坏的心眼儿，只不过我一步一步地滑过去，进行得那样顺利简直像鬼使神差似的，所以我丝毫没有想到我所犯的过错竟有那么多的账，直到我开始翻阅，心中才明白。到那时候我才发现，"詹姆斯·赫德豪士结束他的话说，"我的账真有好几本啊。"

虽然他用一种轻佻口吻讲了上述这段话，但是，起码这次可以看出来，他故意粉饰的是个丑恶的面貌。他沉默了一会儿；然后用更加镇定的神情继续说下去，虽然，在这种镇定之中，还有些懊恼和失望的痕迹没有粉饰掉。

"听见你刚才用那种无可怀疑的态度说的那些话以后——我不知道还有谁能叫我这样容易接受——因为你受我们刚才说的那个人的信任，我也就觉得非同你讲不可，我现在不能再拒绝考虑那种可能了（无论那多么出乎意外），那就是我不能再看见那位太太了。这件事会闹到这步田地，只怪我一个人——同时——同时我不能够说，"他接下去说，有点不知道怎样结束这番罗罗嗦嗦的议论，"我还有什么乐观的希望，会在什么时候变成道学先生，或者会对任何道学先生有什么信仰。"

西丝面部的表情足以说明她恳求他的话还没有说完。

所以当她眼睛又抬起来看他时，他接着说道，"你已经把第一个目的说了出来。我可以设想你还有第二个要说吧？"

"是的。"

"请让我知道那秘密好吗？"

"赫德豪士先生，"西丝回答道，她说话时神情温和而又从容不迫，这就完全把他制服住了，又由于她有一种单纯的信念，认为她叫他怎么做，他就非做不可，这也使他陷入极端不利的地位。"你现在唯一的赎罪办法就是立刻离开这儿，永远不再回来。我相信你既闯了祸，除此之外，也就没法减轻罪过了。我相信这是你还能做到的唯一能补过的办法。我并不是说这件事有什么了不起，或者这样做就足以补过；但是这聊胜于无，同时也是必须的。因此，虽然我刚才说的一切，并没有人授权给我叫我这样说，并且我跟你所说的这些话除你知我知而外，没有别人知道，但是我还是请你今晚就离开这地方，不再回来。"

要是西丝除了有明白的信念，相信她说的都是真情实理，还想用别的方法影响他；要是她还隐藏着丝毫的疑虑或踌躇的心情，或者为了要达到这个好目的而还有什么保留或虚饰；要是她对于他的讥笑或惊异或他可能提出的任何抗议有丝毫动摇的表示——在这种情形下，他就会乘机反攻。但是他要改变她的初衷决计办不到，正如眼瞪瞪地想吓唬青天，青天不会变色一样。

"不过你知不知道，你出的题目多么大啊？"他没了主意地问道，"你或许不晓得我在这儿有公事要办，这些公事虽然够讨厌的，但是我已经搞了很久而且发誓要搞好，大家也都晓得我拚命地在搞，只不过或许你不晓得罢了；但是你要相信这是事实。"

不管是事实或者不是事实，对西丝都不发生影响。

赫德豪士先生在屋子里犹疑不决地踱了一两次之后说，"不但如此，我这样做，岂不叫人笑破了嘴。我替这些家伙搞了这么久，竟这样莫名其妙地缩手了，那不叫我变得十分可笑吗？"

"我深信，"西丝重说一遍，"这是你能做的唯一赎罪办法。我深信你能做到这点，要不然我也不到这儿来了。"

他又瞟了她一眼，然后再在屋子里踱来踱去。"真的，我真不知道怎么说才好。这真是个大笑话啊！"

现在轮到他提出要求保守秘密的条件了。

"假如真要我做这可笑之至的事，"他立刻又停住了脚靠在壁炉架边说，"那就得保守秘密，绝对不能到外边去说。"

"我可以信赖你，先生，"西丝回答说，"你也可以信赖我。"

他靠在炉架上，这叫他想起那天晚上跟狗崽子在一道时的情形。壁炉架依然如故，可是他总觉得今天晚上他变成那个狗崽子了。他根本不知道怎样办才好。

他向上望望，向下看看，时而苦笑，时而皱眉，走过去又走过来，然后才说，"依我看，没有谁的境遇比我现在的更可笑。不过我也看不见出路在哪儿。要发生的事，总是要发生的。我看，这件事也总是要发生的。我想我也是非走不行的了——总之，我答应照办。"

西丝站了起来。她对于这结局并不感觉惊奇，但是她还是感到高兴，脸上发出了光彩。

"你要允许我说一句话，"詹姆斯·赫德豪士先生继续说，"要是别人负了这种使命，不管他是男是女，来跟我打交道，能否取得同样的成功，是大可怀疑的。我不仅得认为我自己的处境非常可笑，并且在各个据点上都被打垮了。你可不可以让我有记住这位敌人姓名的光荣呢？"

"我的姓名？"这位女使者说。

"这是我今天晚上特别关心要知道的姓名。"

"西丝·朱浦。"

"在分手之前，请你原谅我的好奇心。你跟她家是亲戚吗？"

"我只是个穷苦的女孩子，"西丝回答说。"我父亲离开了我，他不过是个走江湖的卖艺人，葛擂硬先生可怜我，把我收留下来。从那时起，我就住在她家。"

她说完就走了。

詹姆斯·赫德豪士先生呆呆地站了一会儿，然后一脸无可奈何地倒在沙发上自言自语，"是需要来这一手，我的失败才算到了顶。我现在是完全失败了。只不过是个穷女孩子——只不过是个走江湖的卖艺人——却不把詹姆斯·赫德豪士放在眼里——却使詹姆斯·赫德豪士的失败足有金字塔那么大。"

提到金字塔，他想不如去尼罗河吧。他立刻拿起笔，匆匆写了封信给他哥哥(字迹潦草，可真有点像埃及象形文字)：

> "亲爱的杰克——焦煤镇的事完蛋了。我讨厌这地方，非走不可，还是搞搞骑骆驼的把戏去。
>
> 深爱你的，詹姆。"

他拉了一下铃。

"叫我的佣人来。"

"他睡觉了，先生。"

"叫他起来，收拾行李。"

他写了两封信。一封给庞得贝先生，声明要离开这地方，并且告诉他自己两星期以内的通信地址。另外一封给葛擂硬先生，讲的是同样的话。信封上的墨迹几乎才干，他已离开了焦煤镇的高烟囱，坐上火车，在黑沉沉的夜景中风驰电掣地走了。

道学先生们或许以为詹姆斯·赫德豪士先生今后会从这次急流勇退中得到使他心安理得的教训，把它看成他绝无仅有的一种补过的行为，并且会了解他把事情弄得这么糟糕竟然能够脱逃，总算是万幸吧。但是事实上他并没有这样想。他心中只是觉得他失败了，弄得可笑——怕那些玩同样花头的浪子们晓得这件事后传为笑柄——这念头这样压迫着他，使他无论如何不愿承认这件事是他有生以来所做的唯一好事，反而使他觉得这是他生平最丢脸的事情。

第三章
异常果断

那位决不疲倦的斯巴塞太太虽然伤风得厉害，声音都哑了，她的贵体也因为不断打喷嚏差不多快要散架了，但她还是追踪着她的恩人，直追到伦敦才找着他；她移驾到圣·詹姆斯街他住的旅馆去，让她装满了一肚子的火药爆炸开来，炸完了。在很痛快地完成了这项任务后，这位高尚妇人晕倒在庞得贝先生的衣领旁边。

庞得贝先生第一步是把斯巴塞太太推开，让她在地板上受苦受难。其次，他用一些有效的起死回生方法，例如扭她大拇指，打她手心，用冷水往她脸上泼，再把盐塞在她口中。这些急救使她很快清醒过来，然后他把她推上一列快车，一点东西也不给她吃，把她带回焦煤镇，那时她已三分像人，七分像鬼了。

把她当作一个颓毁的古迹来看，斯巴塞太太到目的地时倒是挺有趣的、可供人凭吊的东西；但是从任何其他角度来看，她到这时所受的损伤够厉害的，不能引起人们的赞美。庞得贝先生完全不管她衣服和身体都受了很大的损伤摧残，而且对她那副可怜的喷嚏连天的样子，也心如铁石无动于衷，只是立刻把她塞在一辆马车里，把她带到石屋去。

庞得贝深夜闯进他岳父的房间说："喂，汤姆·葛擂硬，这儿有位贵妇人——斯巴塞太太——你是知道斯巴塞太太的。她有话跟你讲，你听了会大吃一惊，哑口无言。"

"你没收到我的信！"葛擂硬先生被这幽灵吓了一跳，叫道。

"没收到你的信，先生！"庞得贝大声嚷着。"现在这种时候还谈什么信不信。不许任何人跟焦煤镇的约瑟亚·庞得贝谈什么信不信,他心情现在太坏了。"

"庞得贝,"葛擂硬先生用一种委婉规劝的腔调说,"我讲的,是我特别写给你的一封信,里面谈到有关露意莎的事情。"

"汤姆·葛擂硬,"庞得贝回答说,使劲儿用手掌在桌子上拍了好几下,"我讲的是一个特别来给我报信的人,跟我讲了好多关于露意莎的话。斯巴塞太太,夫人,请走上前来!"

可怜巴巴的太太于是走上前来做见证,只是她喉管发炎,话也说不出,指手划脚地叫别人看了着急,她脸孔又东歪西扭的,使庞得贝先生再也忍耐不住了,就抓住她膀子来摇晃她。

"要是你讲不出来,夫人,"庞得贝说道,"那就让我来讲吧。不管你这位太太出身是多么高贵,现在这时刻也不该像哑子一样,喉咙似乎塞满了弹子一般。汤姆·葛擂硬,斯巴塞太太最近偶然去一个地方,偷听到你女儿和你那位宝贝朋友詹姆斯·赫德豪士先生在房子外面的一番谈话。"

"真的吗?"葛擂硬先生说。

"哼!真的!"庞得贝先生嚷着。"而在那番谈话中——"

"你不用重述大意了,庞得贝。我早知道他们讲什么了。"

"你知道?或许你知道你女儿现在在什么地方吧?"庞得贝尽力瞪着眼对他那位十分镇定而安详的岳父说道。

"用不着怀疑。她就在这儿。"

"在这儿?"

"我亲爱的庞得贝,无论如何,请你不要大嚷大叫的。露意莎在这儿。她刚一结束跟你刚才讲的那人的会谈——我很后悔转介绍那人给你——就连忙跑到我这儿求保护。我自己回家还不到几个钟头,就在这儿,这间屋子里,看到了她。她匆匆忙忙乘火车到镇上去,又冒着狂风暴雨打镇上跑到这儿,站在我面前时,她已经像要发狂了。当然,从那时起,她就没有离开这地方。为了你自己,也为了我女儿,请你安静一点。"

庞得贝先生一言不发地四处望了一下，单单不望斯巴塞太太；然后，蓦地转过身来对着斯卡鸠士夫人的侄孙女，向这可怜巴巴的女人说道：

"喂，夫人！你那样瞎忙乱撞，任啥都不做就乱造了一番谣言，我们现在倒要听听看，你怎样赔罪才是，夫人！"

"老爷，"斯巴塞太太嘶声哑气地说，"为了你的缘故，我的神经现在已经搞得这样错乱，身体是弄得这样糟糕，我实在也没有别的办法，只好拿眼泪洗脸了。"

说完这句话，她放声大哭起来。

"那末，夫人，"庞得贝说，"我还要说句话，这话就是说给出身高贵的夫人听，也算不得失礼；照我看来，你还有个办法，那就是坐那辆马车立刻回去。我们刚才坐来的那辆马车还在大门口，让我送你上车，送你回银行，到了之后你最好用水洗洗脚，越烫越好，上床后再吃杯滚热的糖酒，加上些牛油得了。"说完这些话，庞得贝先生伸出右手扶着那位哭哭啼啼的太太，送她上了马车。她一面走出去，一面打喷嚏。不久，他就一人转回来了。

他接着说："刚才看你脸上的样子，汤姆·葛擂硬，你还有话同我讲，所以我回来了。但是，我老老实实告诉你，我现在心情不大好，虽然这事还不算太糟糕，可是仍使我非常不高兴；并且也不认为自己在任何时候受到你女儿恭敬谦顺的待遇，而焦煤镇的约瑟亚·庞得贝原该受到他妻子这种待遇。我敢说你有你的意见，但是我知道我也有我的意见。我这句话说得够坦白了，假如你还有反对的意见，就请免开尊口。"

葛擂硬先生到这时已经心平气和多了。看出了这一点，庞得贝先生就越发表示蛮横。这也是他的可爱的性格。

"我亲爱的庞得贝，"葛擂硬先生开口回答说。

"嗨，请你原谅我，"庞得贝说，"我不喜欢太亲爱。首先，这是要搞清楚的一点。我发现无论什么人觉得我亲爱的时候，他的目的无非是要占我便宜。我跟你说话不客气；但是，你也知道，我是不客气的。你要喜欢客气的话，你知道上什么地方去找。你有许多绅士派的朋友，'客气'这种货色，你要多少他们就可以给你多少。我可不囤这种货色的。"

"庞得贝，"葛擂硬先生婉婉转转地说，"我们大家都易于犯错误——"

"我原以为你从不会犯错误哩，"庞得贝打断他的话头说。

"可能我以前也以为如此。但是，我说我们大家都易于犯错误；要是你不提起赫德豪士，那就表示你很体贴我，我非常感激。我们的谈话中，我不会再提起你怎样跟他要好，鼓励了他；所以请你也不要老提我怎样跟他要好而鼓励了他。"

"我从来没提过这名字！"庞得贝说。

"就是啦，就是啦！"葛擂硬先生用忍耐的，甚至是谦顺的态度回答着。他坐在那儿想了一会儿又说道："庞得贝，我有理由怀疑，我们对于露意莎的性格是不是了解得很清楚。"

"你说的我们是谁呀？"

"那末，就说是我吧，"对于这粗鲁的突然反问，他答复说；"我怀疑，我对露意莎的性格是不是了解得清楚。我怀疑，我教育她的方法究竟是好是坏。"

"这倒给你说着了，"庞得贝回答道。"我很同意你这句话。你居然发现了这一点，是吗？教育！我来告诉你什么是教育——被人抓起来，推出大门外，什么都尽量少给他，只饱以老拳。这就是我所谓的教育。"

葛擂硬先生非常谦虚地规劝说："我想你是明白人，能看出那种教育方法虽然有它的好处，但用于女孩子怕不行吧。"

顽固的庞得贝回答说："我根本看不出有什么不行，先生。"

"算了吧，"葛擂硬先生叹口气说，"我们且不谈这问题。老老实实说，我不想跟你争辩。要是可能，我倒想弥补我的过失；我希望你好好帮助我，庞得贝，因为我非常苦闷。"

"我还不懂你什么意思，"庞得贝仍然一味顽固地说道，"因此我也不能对你作什么诺言。"

葛擂硬先生依然意气沮丧、打圆场似地继续说道："我亲爱的庞得贝，几个钟头内，我自觉仿佛对露意莎的性格比多年以来了解得清楚多了。我是经过苦痛的过程才给逼得明白了这一点，这事并不是我自动发现的。我想——庞得贝，你听我讲这话会大吃一惊——我想露意莎的性格有许多部分是——是被我们粗心地忽略了，因此——因此她性格中的这些部分也就从坏的方面去发展而使她走入歧途。我——我要向你建议的是——要是你肯帮我设法，任凭她自由地发展她的好天性，温柔体贴地鼓励她让她去发展——这样做对我们都有好处。露意莎，"葛擂硬先生用手捂着脸说，"一向是我宠爱的孩子。"

听见这些话以后，暴躁的庞得贝满脸通红，看来像要中风。他两耳红得发紫，好容易才忍住气性说道：

"你想留她在这里过一些时候吗？"

"我亲爱的庞得贝，我——我原想劝你让露意莎作为省亲，住在这儿一些时候，让西丝（当然我的意思是说塞西莉亚·朱浦）来照应她，她了解我的女儿，我女儿也信任她。"

"从你这番话看来，汤姆·葛擂硬，"庞得贝两手插在口袋里站起来说，"你的意思是说，在露·庞得贝和我之间，有所谓不相合的地方吧。"

葛擂硬满面愁容地回答说："照我看起来，露意莎目前几乎同她所有的亲人之间都有一般的不相合的地方。"

"嗯，你听着吧，汤姆·葛擂硬，"满脸绯红的庞得贝说，两腿张开对着他，双手更深地插进口袋里，怒发冲天，就像狂风大作时的茅草。"你已经讲了你的话，我就来讲我的话吧。我是焦煤镇的人。我是焦煤镇的约瑟亚·庞得贝。我知道这镇上的每块砖头，我知道这镇上的每个厂家，我知道这镇上的每个烟囱，我知道这镇上的煤烟，我知道这镇上所有的人手。这一切我都知道得相当清楚。这些都是实在东西。只要一个人告诉我什么富于想象力的本能，不管是谁，我就知道他用意何在。他的意思是想用金调羹吃甲鱼汤和鹿肉，想坐六匹马的马车。这就是你女儿想的东西。你既然以为她应该享受这些东西，我劝你就那样供给她吧。因为，汤姆·葛擂硬，我是决不会供给她的。"

"庞得贝，"葛擂硬先生说，"我本来希望你听了我的恳求以后，口气会改变。"

"等一等，"庞得贝回嘴说，"我相信你要说的话说完了。我洗耳恭听得很久了，请你洗耳恭听吧。你不要不公道，也不要出尔反尔，成为笑柄。我看见汤姆·葛擂硬落到现在这地步，够替他可惜了，要是弄到那步田地，我要加倍替他可惜。你已经让我知道，我和你女儿之间有某种不相合的地方。对于你这种说法的答复，就是我要让你知道，我们两人之间，无疑地有极端不相合的地方——总而言之，就是说你女儿并不完全知道她丈夫的优点，也简直不了解跟我结婚是多么荣耀的事。我想，这是打开窗子说亮话。"

"庞得贝，这是不合道理的，"葛擂硬先生提出忠告说。

"不合道理？"庞得贝说。"我高兴听见你讲这句话。因为当汤姆·葛擂硬以新见解来告诉我，我说的话不合道理时，我立刻相信我讲的话是极合道理的。请你让我再讲下去。你知道我出身，你知道我好多年都不需要鞋拔子，因为我根本没鞋穿。可是，信不信随你，有好多大家闺秀，有好多高门巨族的闺秀，差不多都拜倒在我走过的地上。"

他说这话时，仿佛对他岳父头上放了枝火箭。

庞得贝接着说："而你女儿可算不得大家闺秀。这个你自己也知道。你也知道，我并不把大家闺秀看得怎么了不起，但这是事实，而你呢，汤姆·葛擂硬，也不能改变这事实。你知道我为什么要讲这番话吗？"

葛擂硬先生低声下气地说："看来，我恐怕你不想饶我。"

"听我讲完，"庞得贝说，"不要打断我，等轮到你再说。我讲这番话，是因为大家闺秀们看见你女儿的行为作风吃惊，看见你女儿不领会我的好处吃惊。她们诧异我怎么会忍受这一切。现在我自己也诧异起来了，也忍受不了啦。"

葛擂硬先生站起来回答说："庞得贝，关于这件事我们今晚越少说越好。"

"正相反，汤姆·葛擂硬，我想今晚我们说得越多越好。这就是说，"他停了停继续说，"等我把我心里想说的话统统说完，然后不管什么时候停止不讲都行。我要提出个问题，这或许可以使我们的谈话早点结束。你刚才的建议是什么意思？"

"我是什么意思吗，庞得贝？"

庞得贝把他茅草似的乱发摆动了一下说，"你预备叫你女儿在这儿住些时候是什么意思？"

"我的意思是希望你能和和气气地安排一下，让露意莎在这儿休息些时候，把事情好好地想想，这样可以使很多方面的情况渐渐好转起来。"

"是不是说，你所说的她跟我之间不相合的意见，也可以和缓下来吗？"庞得贝说。

"你要是愿意那么讲，也未尝不可。"

"是什么使你想到她在这方面会改变呢？"庞得贝说。

"我已讲过，我恐怕我们没有了解露意莎。庞得贝，你比她年纪大多了，请你帮忙设法使她转变过来，这请求不算过分吧？你对她负有很大责任；你娶她的时候是无论好坏——"

庞得贝曾经跟斯梯芬·布拉克普儿说过这样的话，也许听人重说觉得讨厌，所以气冲冲地把葛擂硬引用的话打断了。

"甭说了！"他说，"我不要别人告诉我这些。我娶她时知道为什么，你也知道。我为什么娶她，这是我的事，不要你管。"

"我不过想说，庞得贝，我们大家或多或少都可能做错事情，你也不能例外；你想起对她有责任，就该让点步，这不但是宽宏大量的表现，而且也许是你对露意莎应尽的义务吧。"

"我的想法可不同，"庞得贝咆哮道；"我预备照我自己的意思结束这事。我不想为这事跟你争吵，汤姆·葛擂硬。老实跟你讲，为这么个小问题就和你大吵特吵，未免有损我名誉。至于你那贵友，他可以离开此地，爱上哪儿就上哪儿。要是他碰到我，我就要训他；要是碰不见我，也就罢了，因为我不值得花时间去训他。至于你女儿，是我娶她做庞得贝太太的，其实，当初让她做葛擂硬小姐也许还好些。要是她明天中午十二点还不回家，那我就认为她宁愿离开，我预备把她的衣服等等送到你这儿来，将来你照料她了。关于我们两人不相合的说法，我预备跟人家说：我是约瑟亚·庞得贝，我受过我的教养；她是汤姆·葛擂硬的女儿，她受过她的教养；这两匹马是不会并驾齐驱的！我相信大家都知道我不是平凡的人；大多数人会很快地了解，要一个不平凡的女子才能配得上我。"

"在你没有如此决定以前，我认真地请求你把这事再好好地考虑一下，庞得贝，"葛擂硬先生劝告说。

"我总是很果断的，"庞得贝把帽子往头上一丢说，"我要做什么事就立刻做。汤姆·葛擂硬是知道庞得贝的，他对焦煤镇的约瑟亚·庞得贝讲这样的话，未免有点出奇，不过，只要想到他最近会被莫名其妙的温情蒙蔽，我也就不感觉奇怪了。我已经把我的决定告诉你了，没有其他话好说了。再会！"

于是庞得贝先生回到他镇上的房子里睡觉去了。第二天十二点零五分，他吩咐人把庞得贝太太的东西仔细收拾起来，送到汤姆·葛擂硬那儿去，登了广告出卖他的乡间别墅；他又恢复了光杆儿生活。

第四章
失　踪

　　银行窃案尚未破获，现在银行老板对于这案子仍然十分注意。为了夸耀自己是个机警果断、精明利落、不同凡响的人，是个白手成家的人，是比爱神维纳丝更值得羡慕的商业界的奇才——只不过跟维纳丝不同，他不是从海里冒出来的，而是从泥土中爬出来的——他特地表示出他家庭方面的遭遇并不能削弱他在事业方面的热情。所以在他又恢复独身生活的头几个星期中，他甚至比以往还显得忙碌，每天都反复调查这窃案，使经办该案的警厅官吏们疲于奔命，几乎都巴不得这案子不曾发生！

　　他们始终没有摸着线索，难以追踪。虽然此案发生后，他们都装作行所无事，因此大多数人也的确认为这案子由于无法侦破而被放弃了，但是新的发现还一点儿都没有。没有什么跟这案件有牵连的男女露出马脚或自投罗网。尤其古怪的是：还没有人听见斯梯芬·布拉克普儿的下落，而那神秘的老太婆究竟是谁也还是个谜。

　　事情到了这地步，毫无潜伏的征象可以表明新的进展。这当儿，庞得贝先生经过一番调查，决定来一次大胆的冒进。他起草了一个招贴，出二十镑的赏格捉拿在那晚焦煤镇银行窃案中涉嫌的斯梯芬·布拉克普儿。他把斯梯芬·布拉克普儿的穿着，皮肤与头发的颜色，大概的高矮与神态，尽可能地一一描绘出来；他说明他是怎样离开这市镇的，并且说明别人看见他上次走的方向；他把全文用显眼的黑色大字印在宽大的纸上；他叫人把招贴在夜静时贴在各处墙上，使所有居民一下子就全看见它们。

工厂的钟在那天早上特别响，因为这样可使许多在晨曦之中围着招贴、目不转睛盯着看而不愿走开的工人们早点上工。那些人当中，有些不识字，但是他们对这招贴仍然非常注意。这些人听着友好的声音念着招贴——这种情形下，总有人愿意帮助他们，念给他们听——诚惶诚恐地盯看着招贴上的字。他们这态度看来或许有点可笑，事实上他们这种愚昧中含着愤怒。上工几小时后，在旋动的纺锭、嘎嘎的织机和呼呼转动的轮子之间，呈现在这许多人的眼睛前的，仍是招贴上的那些字。当"人手们"下工走到街上时，仍有跟早上一样多的人围看招贴。

那位代表，斯拉克布瑞其，那天晚上也得向工人们讲话；斯拉克布瑞其从印刷工人那儿拿了张没贴过的招贴放在口袋里来到会场。啊，我的朋友们，同胞们，焦煤镇被践踏的工人们！啊，我的弟兄们，工友们，同市人，同胞们，斯拉克布瑞其把这张他叫做"罪证确凿的文件"展开来让工人们看，并借此大发雷霆时，会场中的骚动是可想而知的！"啊，我的同胞们，看哪，在坚持正义和团结的伟大人们的阵营里出了个奸细，这人果然不出我所料，做出这样的事来。啊，我趴倒在地上的朋友们，暴君们把难堪的轭架在你们脖子上，专制的铁蹄把你们倒下的身体踩进泥土，而压迫你们的人看你们一辈子匍匐地爬着像花园里的蛇一样该多高兴呀——啊，我的弟兄们，难道作为男人，我不该加上一声，我的姐妹们吗？现在你们看见这张玷辱我们工人人格、令人讨厌的文件了。这恶毒的招贴，这令人诅咒的告白，上面明明说要捉拿那身高约五尺七寸、背有点驼的斯梯芬·布拉克普儿，你们还有什么话可讲呢？幸好我们已经把他驱逐出会，但是因为他玷辱了我们这些神圣的工人，我们非把这条毒蛇打死不可。是的，同胞们，我们幸而已经把他赶了出去！因为你们还记得他怎样站在这台上对着你们，你们还记得我怎样把他的诡计逐一揭破。你们还记得，他怎样躲躲闪闪咬文嚼字，直到我把他驳倒，使他无地容身被赶出去为止；这样之后他就成为千夫所指的人，

265

成为任何自由的人和有思想的人的指责、嘲笑、侮蔑对象！现在，我的朋友们，我的劳动朋友们，因为那人的脸上打上烙印使我感到高兴和痛快，我的朋友们；你们睡的那些硬邦邦的，但是正正当当的床铺是用劳动的血汗换得来的，你们吃的那粗糙的，但是靠自己赚来的饭是在艰难困苦中争取得来的；喂，我的朋友们，你们看哪，这家伙的假面具已经扯下来了，他站在我们面前原形毕露，我请问你们，他究竟是个什么东西？一个小偷！一个强盗！一个被悬赏捉拿、被公布了姓名的逃犯；对于我们高贵的焦煤镇工人说来，他是脓包，是毒疮！因此，我神圣地结合起来的弟兄们啊（不但你们，就是你们的子女和你们子女尚未出世的子女，也都用他们的小手签字盖章，参加了这组织），我代表永远注意你们福利、永远热心维护你们利益的联合评议会向你们提议，我们要在这会场上通过一项决议，就是说这招贴上提到的织工斯梯芬·布拉克普儿早已为焦煤镇的工人们所不齿，所以焦煤镇的工人们决不为这人的非法行为所玷辱，别人也不能因为他有不道德行为而责备焦煤镇的工人阶级！"

斯拉克布瑞其这样咬牙切齿、满头大汗地说了一大套。有几个人听了这些话就疾言厉色地叫道，"瞎说！"但也有二三十人表示赞同地叫道，"听呀，听呀！"只有一个人提出警告说，"斯拉克布瑞其，你太过火了，你太急躁了！"但不赞成他的人就像矮人对抗一支大军似的；到会的一般会众都把斯拉克布瑞其的话奉作金科玉律，当他说完了话，余怒未息，气喘不停，面对他们坐下来时，为他欢呼了三声。

当这些男男女女还在街上悄悄走回家去的时候，有人把西丝从露意莎的身边叫出去，过了几分钟她又回来了。

"是谁呀？"露意莎问道。

"是庞得贝先生，"西丝说，有点不敢提这名字的样子，"还有你弟弟汤姆先生和一个年轻女人，她说她叫瑞茄，你认识她。"

"他们有什么事，亲爱的西丝？"

266

"他们想看你。瑞茄一直在哭,看起来是在生气。"

"父亲,"露意莎说,因为他在旁边,"我不能拒绝跟他们会面,至于原因,你不久就会明白。可以让他们到这儿来吗?"

他答应了,西丝就出去带他们。他们立刻跟西丝进来了。汤姆走在后面,在靠近门口的、屋子里最阴暗的地方站住了。

"庞得贝太太,"她丈夫进来时冷冷地点了下头说,"我希望我没有惊吵你。这可不是合适时候,但这年轻女人讲了些使我不得不来见你的话。汤姆·葛擂硬,既然你儿子小汤姆为了某种固执的理由对这女人讲的话,不管是好是歹,不肯说句话,我只好把这女人带来同你女儿对质。"

"你曾见过我一次,少奶奶,"瑞茄站在露意莎面前说。

汤姆咳嗽了一声。

"你曾见过我,少奶奶,"因为没回答,瑞茄重说一遍。

汤姆又咳嗽一声。

"我见过你。"

瑞茄得意地向庞得贝瞟了一眼,又说道,"你可不可以向大家说明,少奶奶,你在什么地方看见我,在场的还有什么人?"

"我在斯梯芬·布拉克普儿被解雇的那天晚上到他住处去,在那儿看见了你。他也在那里;还有个老太婆没讲话,站在阴暗角落里,我差不多看不清楚她。我弟弟同我一道去的。"

"你为什么不肯这样明说呢,小汤姆?"庞得贝责问道。

"因为我答应过姐姐不说出来。"露意莎听见这话就连忙承认有这事。"还有,"狗崽子愤愤地接着说:"她既把自己这事情讲得那么好,那么清楚,我有什么理由把她的话抢来说呢?"

"少奶奶,请你再讲一讲,"瑞茄接着说,"为什么你选那么个不吉利时辰,在那天晚上到斯梯芬家里去呢?"

"我可怜他,"露意莎涨红了脸说,"我想知道他有什么打算,想帮他一点忙。"

"谢谢你,夫人,"庞得贝说,"这真太叫人受宠若惊了。"

"你是不是送了他一张钞票？"瑞茄问。

"是的；但是他拒绝收下，只肯拿两个金镑。"

瑞茄又向庞得贝望了望。

"啊，果然不错！"庞得贝说。"要是你问我你那可笑的令人难以置信的事是真是假，我现在不能不说，这被证实了。"

"少奶奶，"瑞茄说，"斯梯芬·布拉克普儿现在被当作小偷，在这个镇上以及别的地方都贴了捉拿他的招贴！今天晚上工人们开会也以同样的口吻侮辱他。斯梯芬！那么个最诚实、最可靠、最好的汉子！"她虽愤愤不平，却突然住口，哽咽着哭起来。

"我非常非常难过，"露意莎说。

"啊，少奶奶，少奶奶，"瑞茄说，"我希望你感到难过，只不过我不知道！我不敢讲你可能干了什么！你这样的人不了解我们，不关心我们，你不是我们的人。我拿不准，你那天晚上怀着什么念头到那儿去。我只得说，你到那儿去怀着你自己的目的，你并不介意给那可怜的汉子带来什么样的麻烦。我当时说：你来了，愿上帝保佑你！我是诚诚恳恳说的，因为你对他非常怜悯似的；但现在我可不知道了，我可不知道了！"

露意莎觉得不能因为她有这种不该有的疑心而责备她；她那样忠诚地相信斯梯芬是好人，又那样伤心。

"当我想到，"瑞茄一面哽咽一面说，"那可怜的汉子认为你对他那样好，就非常感激你——当我想到他用一只手捂住愁苦的脸掩盖因感激你而流下的眼泪时——我希望你会难过，会诚心诚意地难过，但是我还是不知道，我还是不知道！"

"你是什么东西，"狗崽子在他那黑暗的角落里不安地摇摆着，咆哮着说，"敢来这儿胡说八道，归咎别人！这样不懂规矩，就是把你赶出去也是应该的！"

她没回答；只听得她呜咽的哭声，直到庞得贝说话。

"得了！"他说，"你知道你是来干什么的。只管说；别管他。"

瑞茄揩了揩眼睛回答道："老实说，我不愿意大家看见我现在这样子，我决不让你们再看见我这样子了。少奶奶，我看见印在招贴上的那些有关斯梯芬的话——那些话冤枉他，正如拿那些话讲你也冤枉你一样——我看见招贴就径直到银行去说：我知道斯梯芬在什么地方，并且确切地担保他两天内回这儿来。那时，我碰不着庞得贝先生，你弟弟又轰我走；我想找你，但是又找不着你，我只好回厂去。今晚一离开工厂，我就跑去听听他们关于斯梯芬说些什么话——我知道，我敢拍胸担保斯梯芬会回来，叫那些讲他坏话的人感到惭愧——然后我再跑去找庞得贝先生，我找到了他，把我知道的一五一十地告诉了他。但是我讲的话，他一句也不信，却把我带到此地来。"

　　庞得贝先生双手插在口袋中，戴着帽子，表示同意地说："你刚才讲的一切都是真的。但你要知道，我知道你们这班人的底细不止一朝一夕了，我知道你们到死都是唠叨不休的。我劝你现在还是少讲话，多做事。你答应要做一件事；关于这点我现在要说的就是：去做吧！"

　　"今天下午，我已经打邮局寄信给斯梯芬，他走后我曾写过一封信给他，"瑞茄说。"至多两天，他就回来。"

　　庞得贝先生回嘴说："我爽性告诉你一件事吧。你或许还没有发觉，随时都有人盯着你。因为我们判断大多数人的依据是他们同什么人来往，所以在这件事上，我们并不认为你毫无嫌疑；同时，我们也注意到邮局。我可以告诉你，写给斯梯芬的信，没有一封投进邮局。所以你信的下落，我让你去猜吧。你或许搞错了，根本没有写过信给他吧。"

　　瑞茄忽然转过身来，求助似地望着露意莎说："少奶奶，他离开这儿不到一星期，我就接着他的一封信。他只给我写过那么一封信，里面说到：他不能不改名换姓去找工作。"

　　庞得贝摇摇头，吹了声口哨，叫道："啊，天哪！敢情他真的把名姓都改了吗？就那样十全十美的人说来，这样做恐怕不大好

269

吧！一个无辜的人有许多化名，我相信在法庭上会被认为有点可疑吧。"

瑞茄的泪水又涌上来了，说："少奶奶，老天爷发发慈悲吧，你叫这可怜的汉子怎么办呢！一方面，老板们不要他；另一方面，工人们又反对他；而他呢，只要安安静静地尽力做工，做他认为对的事。难道一个人不能有自己的灵魂、自己的主意吗？难道他非得跟这一方面错到底，或者跟那一方面错到底；要不然，就会像只野兔被追来赶去地走投无路吗？"

"真的，真的，我从心坎儿里可怜他，"露意莎回答说；"我希望他会把自己的事搞清楚。"

"关于这一点，你不必担忧，少奶奶。他一定会的！"

"我想，你所以不肯把他的地址告诉我们，就是让他更容易把自己的事情搞清楚吧！嗯？"庞得贝先生说。

瑞茄把所有的对于斯梯芬不信任的话抛开，就像把一块石头扔进大海里一样。她说："我很不愿意经我的手使他冤枉地背上个骂名，说他是被抓回来的。我愿意他自动回来，把他的事弄清楚，使所有诬蔑他好名声的人（而且他又不在这儿，无法为自己辩护）都感到惭愧。我已经告诉他，现在别人怎样对付他，至多两天他就回来。"

"虽然如此，"庞得贝先生接着说，"要是我们可以早点把他抓回来，他就有机会早洗清自己。至于你，我没理由跟你为难；你来告诉我的话，已证明是真的，我给你机会证明是真的，不就完了。祝你们大家晚安！我得走了，我要进一步调查这案件。"

庞得贝先生要走的时候，汤姆才从角落里走出来，紧跟着他，同他一道走开了。临走时，他只是快快不乐地说了一声："晚安，父亲！"皱着眉跟姐姐简单讲了几句，就离开了这房子。

露意莎回家后，葛擂硬先生似乎有了靠山，也不大言语了。露意莎跟瑞茄和颜悦色说话时，他还坐在那儿一言不发。

"瑞茄，总有一天你会更了解我，那时你不会不信任我了。"

瑞茄和颜悦色地回答说："我的天性是不会不相信人的，但是，别人那样不相信我时——当我们这班人都不被人相信时——我就不能摆脱怀疑别人的念头。请原谅我冒犯了您。我现在倒没有我刚才说的那念头了。但是，那可怜汉子受了这种冤枉，我难免还会那样想。"

西丝问道："你信上是不是告诉他，大家对他发生怀疑，因为有人看见他晚上在银行附近？要是那样，他回来时可以有准备，知道得怎样解释。"

"是的，亲爱的，"她回答说，"但是我猜不出，什么原因使他上那儿去。他一向不去那儿。那个地方并不顺路。他走的路是跟我一样，不靠近那儿。"

西丝已经来到她旁边，问她住在哪儿，并且问她明晚是不是可以上她那儿去，打听一下他有没有消息。

瑞茄说："我不相信他明天到得了这儿。"

"那么，我后天晚上再去一趟就是了，"西丝说。

瑞茄答应后就走了。葛擂硬先生抬起头来跟女儿说：

"露意莎，我亲爱的，我知道，我从没有见过这人。你相信他跟这事有牵连吗？"

"原来我很难相信是他偷的，父亲，但是竟然相信了。现在，我可不相信他做了贼。"

"那就是说，因为你知道别人怀疑他，所以你一度使自己相信他有牵连。他的样子和态度是不是很老实呢？"

"非常老实。"

"而她对于他的信心又是坚定不移！我想问问我自己，"葛擂硬先生沉思着说，"真正的罪犯是不是知道别人在冤枉斯梯芬呢？真正的罪犯又在哪儿呢？他又是谁呢？"

他的头发近来开始变色。他再次用手托头时，看来真苍老。露意莎显出忧虑和怜悯的神色，赶快跑过去紧靠他坐下。那时，她的眼光偶然碰到西丝的眼光。西丝的脸涨红了，微微吃了一惊，露意莎就伸个指头在唇上，示意她不要声张。

第二天晚上，西丝回家来告诉露意莎，斯梯芬还没回来，那时，她的声音是很低的。第三天晚上，她回家讲了同样的话，并且说，还没有听到他消息，她说话的声音仍然很低并带着惊恐。从那次她们目光相遇后，她们从没提起那人名字或者大声提到他，连葛擂硬先生提到窃案时，她们也从不接口。

原来讲定的两天过去了，三天三夜也过去了，斯梯芬·布拉克普儿还没有回来，还渺无消息。到了第四天，瑞茄的信心仍旧没有减低，只以为她的信没有寄到，就跑到银行里去，把他写给她的信给他们看。信上有他的住址，是离开大路约六十英里的许多工人聚集区之一。他们打发人到那儿去，整个镇上的人都预料斯梯芬第二天一定会被带回来。

这期间，那狗崽子始终如影随形地跟着庞得贝先生走来走去，参加一切的活动。他非常地不安，浑身发热，指甲给咬得露出肉来，声音急促，嘴唇焦黑。大家等着那嫌疑犯来到的时候，那狗崽子在火车站那儿跟别人打赌说：派去找他的人没到之前，他一定早溜了，不会来的。

狗崽子说对了。派去的人空手回来。瑞茄的信是发了，也交到了，斯梯芬·布拉克普儿就是在那时逃跑的；以后就没有人知道他的下落。焦煤镇的居民疑心的只是一点，就是瑞茄究竟是相信他真会回来而老老实实地写信给他，还是警告他，叫他逃走。关于这点，意见是分歧的。

六七天过去了，另一个星期又过去好几天了。下流的狗崽子又胆壮起来，又开始毫无忌惮地反问："那嫌疑犯是真正的窃贼吗？这还用得着问？要不是窃贼，那人又在什么地方呢？他为什么不回来呢？"

那人在什么地方呢？他为什么不回来呢？白天里说的这两句话虽然很响亮，声音不知传了多远，但是这两句话的回音却传回来了，搞得他通宵失眠。

第五章
寻　获

　　白天过了是晚上，晚上过了又是白天。还是不见斯梯芬·布拉克普儿。这人在什么地方呢？他为什么不回来呢？

　　每天晚上，西丝到瑞茄住的地方去，坐在她窄小而整齐的屋子里跟她谈话。瑞茄那样的人，不管心中有什么焦虑，总是整天辛辛苦苦工作着。工厂烟囱冒出来的烟不管谁失踪，或者谁被找着；谁倒霉，或者谁走运；那些抑郁发狂的巨象正如那些只顾硬邦邦事实的人们，不管有什么事情发生，还是丝毫不减轻规定的日常工作。白天过了是晚上，晚上过了又是白天。那种单调并不改变。就是斯梯芬·布拉克普儿失踪的事，大家也都习以为常了，变成跟焦煤镇上任何机器一样单调的奇事。

　　瑞茄对西丝说："我怀疑现在此地是否还有二十个人对那可怜又可亲的汉子还保持着一点信心。"

　　她跟西丝说话的时候，她们坐在她屋子里，没有开灯，只有街头的灯光射进来。西丝来到的时候，天已经黑了，她就在那儿等瑞茄下工回来；瑞茄回来以后，发现西丝坐在窗口，于是她就在那儿坐下来，她们谈着伤心话，并不需要更亮的灯光。

　　"要是天老爷不可怜我，让我每天晚上有你来谈谈天，"瑞茄说，"有的时候，我真觉得我要发疯了。但是你给了我希望和力量，并且你相信，虽然形势也许对他不利，但是归根结底还是可以证明：他是个清白无辜的人，对吗？"

　　"我全心全意地相信这一点，"西丝回答说，"我觉得很有把握，瑞茄，因为你碰到许多失望的事，对他的信心还是坚定不

273

移，这种信念总不会错。我不怀疑他，仿佛我同你一样深深知道他，经过许多年的考验而对他深信不疑。"

瑞茹用颤巍巍的声音说："我亲爱的，我多年以来就清楚地了解他，我知道他虽一声不响，安安静静，对每件诚实和善良的事总深信不疑，所以即使他永远没有消息，而我能活到一百岁，我临死的时候，剩下最后一口气还是要说——上帝知道我的心——我从来没有一次不相信斯梯芬·布拉克普儿！"

"在石屋那儿，我们统统相信，瑞茹，他迟早会洗清嫌疑。"

"我越了解那儿的人都这样相信他，我亲爱的，我就越觉得你是特意来这儿安慰我，给我作伴的，虽然我的嫌疑还没有解除，你还是同我一道，我真感到你心眼儿太好了。同时，因为这缘故我以前对少奶奶说的那些不相信她的话，也使我特别感到难过。不过……"

"你现在不怀疑她了吧，瑞茹？"

"因为你已经使我们两个人更接近了，所以我也就不再疑心她了。但是，有的时候，我还是不能摆脱那念头……"

她的声音变得缓慢深沉，自言自语，所以西丝虽然坐得很近，也得留心听，才听出她说什么。

"我总免不了疑心有人捣鬼。我想不出是谁，我也想不出他是怎样做的，或者为什么要这样做。但是我总疑心有人暗中把斯梯芬搞掉了，以图灭口。我疑心要是他自动回来，在大家面前表明他是无辜的，那人就要倒霉了。所以为了使这情况不致发生，他就把斯梯芬拦住了，搞掉了。"

西丝脸色发白地说道："想到这点真令人不寒而栗呀。"

"想到他可能被人谋害，这真是令人不寒而栗。"

西丝全身发战，脸上更无血色了。

"这念头有时不免在我心中出现，亲爱的，"瑞茹说，"虽然我尽量不让它出现，但没用，为了摆脱这念头，我往往一面做工，一面默默地数数目，或者把我在童年时代记得的诗歌，反复背诵——我心里是那样像火烧一般地焦灼，结果我虽然很疲倦，还想跑很多英里路，并且很快地跑。我在上床前必须把这念头驱逐掉。现在我送你回家去吧。"

"他可能在回来的路上生了病，"西丝勉强找出个没用的希望安慰她；"果然如此的话，路上他可能不止在一个地方住下。"

"但他不在那些地方。他们四处找遍了，他并不在那儿。"

"倒也是的，"西丝不得不承认道。

"他要是走路，两天内也该到了。要是他脚坏了走不动，我在信里也曾寄钱给他，怕的是他没有多余的钱乘车。"

"我们只好希望明天有好消息。我们外面去吧！"

她用柔软的手把瑞茄的围巾拉到她光亮的黑发上，像瑞茄平时给自己打扮那样，然后她们一同出去。那天晚上天气很好，工人们三五成群地在每条街头徘徊着。这是他们大多数人吃晚饭的时候，所以街上的人并不怎么多。

"你现在不是那么慌张了，你的手也凉了一点，瑞茄。"

"要是我能走一走，吸点新鲜空气，我就好一点，亲爱的。有时我办不到，就觉得四肢无力，心神混乱。"

"但是，你不能日渐衰弱下去，瑞茄，因为随时需要你替斯梯芬辩护。明天星期六。如果明天还没消息，我们星期天早上去乡下逛逛，使你下一个星期精神好一点。你愿意去吗？"

"好的，亲爱的。"

她们这时走到庞得贝先生住宅所在的那条街上。到西丝住的地方不能不打庞得贝门前经过，她们就一直往那屋子走去。那时火车刚刚到达焦煤镇，有好些车辆来来往往，全镇闹嚷非常。有几辆马车在她们前面咔嗒咔嗒地驶过，又有几辆从背后驶来，当她们走到庞得贝先生的门口正要走过这屋子，后面来了辆马车麻利地赶到门口陡然停下，她们不由自主地回头一看。在庞得贝先生大门口台阶上的亮堂堂煤气灯下，她们看见斯巴塞太太坐在马车里，兴奋得忘了形，使劲儿把车门打开；就在这个刹那，斯巴塞太太看见了她们，叫她们停下。

"这可凑巧，"斯巴塞太太打发了马车夫后喊道。"这是天意！出来吧，太太！"于是斯巴塞太太向马车里的人说，"出来，要不然，我们把你拖出来！"

下车的不是别人，正是那鬼鬼祟祟的老太婆。斯巴塞太太毫不客气地扭住她领口。

斯巴塞太太使了很大的劲儿叫道："你们大家都别管她！谁也不许碰她一碰！她是我弄来的。进来，太太！"于是斯巴塞太太把她先前发的命令"出来"反过来说道。"进来，太太，要不然，我们把你拖进来。"

规行矩步的贵妇人叉着老太婆喉咙，把她拖进屋去，这情景，对一切有眼福看这热闹的英国人，无论如何具有足够的诱惑性，引他们挤进这住宅去看个究竟。何况现在已闹得满城风雨，大家都知道有个神秘的老太婆与银行窃案有关。所以更有一种不可抗拒的吸引力把看热闹的人引进去。哪怕屋顶有坍下来压在他们头上的危险，他们也不管了。这时偶然在场看见这事的约莫有二十五人，他们都是左邻右舍最爱管闲事的，这些人跟着西丝和瑞茄进去，围着斯巴塞太太和她的俘虏：他们一大堆人莽莽撞撞拥进了庞得贝先生的餐厅，到里面之后，那些后面的人立刻爬到椅子上，以便比前面的人看得清楚。

"把庞得贝先生请下来！"斯巴塞太太叫道。"瑞茄，你这年轻女人；你知道她是谁？"

"她是派格拉太太，"瑞茄说。

"我就知道是她！"斯巴塞太太兴高采烈地叫道。"把庞得贝先生请出来。你们大家站开一点！"她讲到这儿，派格拉老太太就用围巾紧紧地裹起来，怕人家看她。她低声说了句恳求话。斯巴塞太太高声说道："甭讲了；一路上，我跟你讲过不止二十遍了，等我亲自把你交给他以后，我才由你去。"

庞得贝先生在这个当儿出来了，同他一道的是葛擂硬先生和那狗崽子，他刚同他们在楼上商议事情。庞得贝先生看见餐厅中有那么多不速之客，不仅不表示欢迎，反而很惊讶。

"喂，这是怎么回事！"他说。"斯巴塞太太，夫人？"

高贵的夫人解释说："老爷，我把你急于想找的人弄来了，我想，这是我的好运气。因为我想使你安心，老爷，我就把不完全的线索凑起来，根据那年轻女人瑞茄讲的那些话（很幸运，她也在这儿，可以认认这个人），我就追踪到那人住的地方，我很高兴，成功了，把这人带了来——我用不着讲，她是极其不愿意来的。老爷，我完成这件事并不是没有麻烦；但是为你服务而受到麻烦，对我是一种快乐，即使我因此受饥，受渴，受寒，我都心甘情愿。"

讲到这儿，斯巴塞太太的话头打住了；因为庞得贝先生一看见派格拉老太太站在面前，他面部就青一阵红一阵，变了许多种颜色，露出狼狈不堪的神情。

"哼，你这是什么意思？"他怒气冲天地提出这个非常出人意外的问题。"我问你，你这是什么意思，斯巴塞太太，夫人？"

斯巴塞太太无力地叫了一声："老爷！"

庞得贝咆哮地说："你为什么喜欢管闲事，夫人？你为什么伸出你那爱管闲事的鼻子，胆敢来干预我家庭里的事！"

提到斯巴塞太太面部那最犯忌讳的器官，使斯巴塞太太受不住了。她直挺挺地坐在椅子上仿佛冻僵了；她眼睛呆呆地望着庞得贝先生，把两只手套擦来擦去，似乎它们也冻僵了。

"我亲爱的约瑟亚，"派格拉太太战战兢兢地说。"我的宝贝孩子！这可不能怪我哟！这可不是我的过错呀，约瑟亚。我翻来覆去地告诉这位太太说，我知道她预备做的事是你不喜欢的，但是她还是要做。"

"你为什么让她带你来呢？难道你不能把她帽子掼掉，把她牙齿打掉，或者抓她一把什么的？"庞得贝问道。

"我的亲儿子！她恐吓我，说要是我抗拒，她就叫警察把我抓来。"——派格拉太太怯生生地，但又很得意地望望四周的墙——"与其在这样讲究的房子里大闹一顿，我想不如悄悄地跟她来好。真的，真的，这不是我的过错；我亲爱的、高贵的、好神气的孩子哟！我一向安安静静地瞒着人过日子，约瑟亚，我亲爱的。我从没破坏过我们之间约定的条件。我从没说过我是你母亲。我一向都是站得远远地羡慕着你；即使有时候到镇上来，也是隔很久才来一次，得意地偷偷瞟你一眼，我的宝贝，我这样做从没让人知道，只要看见了你一眼，我就回去了。"

庞得贝先生双手插在口袋里，在长饭桌旁踱来踱去，觉得不耐烦，又感到耻辱难堪。那时，看热闹的人贪馋地听进派格拉太太恳求话的每一个字，他们越听，眼睛也就越睁越大。派格拉太太讲完后，庞得贝先生还在桌旁踱来踱去，于是葛擂硬先生就向这受了冤枉的老太太说道：

"老太太，我很诧异，"他正颜厉色地说，"你那样既无骨肉之情，又无人道地对待他之后，老了还有脸来认庞得贝先生是你儿子！"

"我没有骨肉之情！"可怜的派格拉老太太叫起来了。"我没有人道！我是那样对待我宝贝孩子的吗？"

"宝贝！"葛擂硬先生重复了一句。"是的；老太太，或许在他白手成家飞黄腾达后是个宝贝。但是，在他婴儿时代，你把他抛弃了，丢给一个整天吃得醉醺醺的外婆来虐待他的时候，不见得宝贝他吧。"

"我抛弃了我的约瑟亚！"派格拉太太双手紧扣着叫道。"但愿上帝饶恕你，先生，因为你用这样坏的想法来冤枉我，还造谣言败坏我过世母亲的名誉，她死在我怀里的时候，约瑟亚还不曾出世哩。但愿你会懊悔，先生，但愿你可以活得长一点，对这桩事情可以了解得清楚一些。"

她显得那样诚恳，那样委屈，葛擂硬先生忽然想到了一种可能性而大受震惊，于是用比较温和的声调说：

"老太太，那你不承认抛弃儿子——让他在阴沟里长大？"

"约瑟亚在阴沟里长大！"派格拉太太大声叫着。"没那么回事，先生。从来没有过！你问这话难道不害臊！我亲爱的儿子知道，他也会让你知道，虽然他出身微贱，但是他的父母同世上最好的父母一样非常爱自己的子女，省吃俭用使他能写会算，我们从来也不以为苦。而且我家里还有他小时候读过的书可以作证！是的，我有！"派格拉太太又生气又骄傲地说。"我亲爱的儿子知道，也会让你知道，先生，他八岁的时候，他亲爱的父亲就死了，后来他的娘省吃俭用，帮助他谋个出身，叫他去做学徒，因为这样做是她的天职、她的快乐和值得骄傲的事。他是稳当的小伙子，他很好的东家也拉了他一把，同时，他自己也努力工作，渐渐富裕兴旺起来了。我还要让你知道，先生，因为关于这一点，我亲爱的孩子是不愿讲给你听的。那就是：虽然她母亲在乡村里开个小店，他却从来没忘记她，每年给我三十镑的赡养费——这远超出我所需要的，我用不完就把剩下来的钱存起来——他只提出一个条件，叫我不要出头，不要对别人夸耀他，也不要麻烦他。我的确没这样做过，只是每年来看他一次而不让他晓得。我这样不出头也是对的，"可怜的派格拉老太太慈爱地为她儿子辩护道，"这是没有疑问的，如果我住在这里，可能做出不合适的事情。我非常满足，我可以为我的约瑟亚暗自得意，我可以为了爱而爱，并不为了别的！那些毁谤和怀疑的言语，真亏你说了不害臊！"派格拉太太最后说。"我亲爱的儿子既然不叫我来，所以我先前从没有站在这儿过，我也没想站在这儿。要不是硬拖，我今天也不会来这儿的。你冤枉我待儿子不像个慈母，你真不害臊呀！难道你没想到我儿子站在这里，他可以告诉你，完全没这回事吗！"

旁观的人，原来站在餐厅椅子上或不站在椅子上的，都嗡嗡地嘟哝着，对派格拉太太表示同情，而葛擂硬先生也觉得自己无辜地处在尴尬地位。庞得贝先生原来一直在踱来踱去，气得越来

279

越厉害，脸也越来越红了，忽然停住脚说道：

"我不大清楚，为什么有这么多客人光临这地方，但是我也不问了。既然他们已经听够了，或许他们自己会走开吧；不管他们听够了还是没有听够，或许他们自己会走开吧。我没有必要对他们表白我的家事！我没有答应这样做，我也不预备这样做。因此，希望在这问题上听到说明的人会感到失望，特别是汤姆·葛擂硬，关于这一点，他早该晓得。银行窃案牵涉到我母亲身上，这完全出于误会，要不是多管闲事，不会闹出这误会，可是不管误会不误会，我始终讨厌多管闲事。再见！"

虽然庞得贝先生若无其事地说出这番话，又把门打开让大家出去，但是他还是忸怩不安，既极其垂头丧气，又显得可笑之至。他被人发现是个以出身卑微自豪的人，他以谎话来扬起吹牛的名声，而且他在夸口时把实情抛到九霄云外，好像宁愿自贬下贱（不能再下贱了），也不愿自诩门第似的，所以他就显得是非常可笑的人物了。他开门请大家出去的时候，也知道他们会把这消息传播到全镇，弄得尽人皆知。在这种情形下，他变得垂头丧气，仿佛是剪短了头发露出了耳朵的囚犯。那倒霉女人斯巴塞太太，起初登上了高峰般地洋洋得意，最后又像陷入泥淖不能自拔，不过，跟焦煤镇那个非常人物和白手成家的骗子约瑟亚·庞得贝比起来，她的情形还不至于像他那样狼狈。

瑞茄和西丝让派格拉太太在她儿子那儿找个床铺过夜，她们俩一道走到石屋门口就分手了。她们没走多远，葛擂硬先生就赶上了，跟她们津津有味地谈着斯梯芬·布拉克普儿的事。他认为派格拉太太的嫌疑既涣然冰释，这对斯梯芬倒是有利的。

至于那狗崽子；在刚才闹嚷嚷的情景之下以及以后，他总紧跟着庞得贝。他似乎觉得只要庞得贝先生的一切发现他都知道，就可以平安无事了。他没去看过他姐姐，自从她回娘家之后，他只看见她一次；那就是上面说过的那个晚上，就那晚，他也紧跟着庞得贝。

他姐姐的心中有一种模糊的恐惧，但从不敢说出，她感到有什么可怕的秘密跟她那没出息的、忘恩负义的弟弟有关。同时，西丝那天听瑞茄说有人不愿斯梯芬回来，可能把他谋害了灭口以后，这念头也就在她心中存在着。露意莎从没提过她怀疑她弟弟与窃案有关，她同西丝从没谈到这问题，不过，那天她看见她父亲手托他那白发苍苍的头，她们俩的目光相遇时，就彼此心照不宣了。这令人可怕的念头鬼魂似地缠着她们；她们每人既不敢设想它缠着自己，更不敢设想它缠着对方。

　　但是那狗崽子还是装得神气活现的。假若斯梯芬·布拉克普儿不是窃贼，他就应该出面。他为什么不出面呢？

　　过了一夜。又过了一天一夜。还是没见斯梯芬·布拉克普儿的影子。这个人究竟在哪儿，他为什么不回来呢？

第六章
星　光

　　这是秋天的一个星期日，天气晴朗，有点凉意，一清早，西丝和瑞茄就相约一道去郊外散步。

　　因为焦煤镇时常把煤烟不仅吹在自己的头上，并且吹到邻近地区的头上——就像虔诚的人们为了忏悔自己的罪恶，不但把灰尘撒在自己的头上，并且还叫别人穿上粗麻布衣服一样[①]——所以想时常呼吸点新鲜空气的人们——想呼吸点新鲜空气，这绝对不能说是人世间种种无聊念头中最坏的——都惯于乘几英里火车，然后下来在田野中开始溜达溜达，或者闲散一下。西丝和瑞茄也以这种习惯方法躲避烟尘，她们坐上火车，在焦煤镇和庞得贝先生别墅之间的一个小站下了车。

　　虽然绿莹莹的野景到处都被煤堆玷污了，但是另一些地方还是绿草如茵，也看得见许多树木。虽然是星期天，但依然有百灵鸟在树枝上歌唱[②]，空气中弥漫着清香，头顶上是明朗的蔚蓝天空。从一个方向远远望去，焦煤镇像一片黑雾；从另一个方向望去，却有一些起伏不平的小山；再从第三个方向望去，太阳照耀着远处的海洋，地平线上的光彩微微的有点变化。她们脚下所踏的是绿莹莹的草，美丽的树影映在草地上斑斑点点地闪烁不定；一排排的灌木长得很茂盛，一切都显得很安静的样子。煤井口的机器，和那些整天绕圈儿走的瘦弱老马都停止工作了，齿轮也暂时停止转动了，整个地球虽然在旋转，但是没有以往那种震动和嘈杂的声音了。

　　她们继续穿过田野，顺着树荫下一条条的小径走去，有时跨过一片腐朽得只要脚一碰就会垮下来的栅栏，有时走过野草丛生的断壁颓垣，这是一座废弃工厂的厂址。她们沿着小径和足迹踏成的路走去，不管那是多么难于辨认。她们碰着草丛密集的小土堆、荆棘、羊蹄草以及这一类的植物杂生的地方，就只好绕道而行；因为她们听到过许多关于这一带的可怕故事，说是有这种标志的地方就有废矿井在下面。

她们坐下休息的时候，太阳已经很高了。不论远近，她们好久都没见着人影，四周依然万籁无声。"瑞茄，这儿这么寂静，人迹也没有，我想我俩一定是这个夏天首先到这儿来的人。"

西丝讲这话的时候，目光被地上另外一片腐朽的栅栏吸引住了。她站起来跑过去看了看。"但是我真不懂。这片栅栏是不久前才被人踏坏了的。那木头折断的地方还很新。这儿还有脚印。——呀，瑞茄！"

她跑过去抱住瑞茄的脖子。瑞茄已经吃惊地站起来了。

"怎么回事儿呀？"

"我不知道。草上有一顶帽子。"

她们一道走了过去。瑞茄浑身颤抖，把帽子拾了起来。她眼泪直流，高声号哭。在帽子衬里上有斯梯芬自己写的："斯梯芬·布拉克普儿"几个字。

"啊，可怜的汉子，可怜的汉子呀！他遭了暗算啦。他在这儿被谋杀了！"

"帽子上——是不是有血迹呢？"西丝结结巴巴地说。

她们害怕看它；但是她们还是仔细地把帽子翻了一翻，里外都看不出有什么行凶的迹象。帽子扔在那儿已经好几天了，雨露使它染上污痕，它掉在草上，草上也就留下了一个迹印。她们站着不动，战战兢兢四处望了一望，但是别的什么都没有看见。"瑞

---

① 把灰撒在头上和穿粗麻布衣都是忏悔的表示。

② 这儿，狄更斯是在讽刺英国的风俗，到了星期天要大家都上教堂做礼拜，不准有任何娱乐。

茄，"西丝低声说道，"我要一个人往前面走一段看看。"

她正松了手往前走，瑞茄忽然双臂抱着她尖叫，声音响彻四野。就在她们脚前不远，密集丛生的野草遮着个黑魆魆的深坑。她们往后一跳，跪在地下。两人各把脸伏在对方脖子上。

"啊，我的上帝！他是掉在那里了！掉在那里了！"一起头，西丝无论怎样哭，怎样祈求，怎样说，怎样想方设法，只能从瑞茄那儿得到这几句话和吓人的尖声狂叫。西丝没法子制止她，只好紧紧抱住她不放，要不然她就要跳下矿井了。

"瑞茄，亲爱的瑞茄，好瑞茄，为了上天的缘故，你不要那么怪叫，好吗！你要想想斯梯芬，想想斯梯芬，想想斯梯芬啊！"

在这紧急关头，西丝苦苦地哀求了好多次，才使瑞茄停止叫喊，脸像石头一样，泪痕斑斑地望着西丝。

"瑞茄，斯梯芬或许还活着呢。要是你能找人救他起来，你不会让他四肢残废地在可怕的矿井底下躺一会儿吧？"

"不会，不会，不会！"

"为了他的缘故，你不要动吧！让我过去听听看！"

她战战兢兢不敢逼近矿井，但是却四肢匍伏地爬了过去，使劲喊叫着他的名字。她听了下，可是并没有声音回答，她再大叫几声，又听听；还是没有答应的声音。她这样一叫一听了二三十遍。然后，她在他跌了一跤使得土都变松了的地面上拾了块土扔下去，但是听不见泥土落在井底的声音。

周围的景色几分钟前在一片宁静中显得那样美丽，但是，当她站起来向四周一望而感到束手无策的时候，那景色给她勇敢的心胸带来的几乎只是绝望。"瑞茄，我们一分钟都不要浪费。我们必须分途去求救。你从原路走回去，我顺这条小路往前走。你碰到不管什么人就告诉他们发生了什么事情。你要想想斯梯芬，你要想想斯梯芬呀！"

她看了下瑞茄的脸，觉得现在可以放心她了。她站了一会，看瑞茄边跑边扭自己的手，然后她转身走她自己的路去找人。她在栅栏那儿停下，拿围巾系在上面，做了记号，然后把自己的帽子往旁边一扔，以空前的速度向前跑去。

天哪，西丝，跑呀，快跑呀！别停下喘气。跑，跑！她央求着自己，从田野穿过田野，从小径穿过小径，从这地方跑到那地方，她拚命地跑，直至跑到机器房旁边的一个木棚里，才看见两个男人躺在阴地里，在稻草上睡着了。

她先把他们叫醒，然后慌慌张张气喘不停地对他们说她为什么到这儿来，有什么困难；他们听清楚她的话后，立刻像她一样精神奋发起来。其中一个人原处于醉醺醺的睡眠状态，但是当伙伴把他叫醒，告诉他有人掉在鬼门关的矿井里时，他立刻跑到外面，把头往脏水坑里浸浸，就头脑清醒地回来了。

她和这两人往前又跑了半英里路，找到另一个人，然后大家又往前跑，分头求救。后来找到一匹马，她就叫另一个人骑马拚命跑到火车站去，把她写好交给他的信送给露意莎。这时整个村子的人都活动起来了，凡是需要的东西，如绞盘、绳子、杠子、蜡烛、灯笼之类都准备好了放在一处，以便运到鬼门关矿井去。

她觉得似乎离开那活埋了那失踪者的、坟墓般的矿井已经很多时候了，她不忍心离开那儿太久——要如此就好像抛弃了他——因此就带了六个工人赶快跑回去。这六人之中，就有那酒醉初醒的人，他是被这消息弄得清醒过来的，也是其中最活跃的一个。他们跑到鬼门关矿井时，发现这地方跟她刚才离开时一样寂静。那几个人也像她一样高叫着斯梯芬的名字并听听看，又检查了一下矿井的口边，断定他是怎样掉下去的，然后坐下来等别人把所需的家什送来。

一听到野外的虫鸣，树叶的沙沙响，那些人交头接耳的喁喁声，西丝就战栗起来，因为她总以为是井底发出的叫喊声。但是风在井上懒洋洋地吹过，没带来什么声息，他们只好坐在草地上，等了又等。在他们等了些时候之后，三三两两的闲人听到这事故渐渐聚拢来了；然后真正需用的家什才送了来。这当儿，瑞茄带人来了，他们中还有个外科医生，带了酒和药。但是，这些人觉得把斯梯芬救起来还会活着的希望确实很少了。

此刻因为人来得太多妨碍了工作，所以那酒醉方醒的人就自行带头，或者是大家同意由他带头，把鬼门关矿井的四周围了一圈，指定几个人维持秩序。除了准备参加救人工作的那些自告奋勇的人而外，他们起初只让西丝和瑞茄跑到圈子里；后来那封信使得快车从焦煤镇开来，把葛擂硬先生、露意莎、庞得贝先生和小狗崽子都送来了，他们也就让他们走进圈子里。

打西丝和瑞茄最初坐在草地上起，四个钟头已经过去了，直到这当儿才用木杠绳索搭起吊架，让两个人能够安全地下井去救斯梯芬。这吊架虽然简单，但是搭起来倒很困难，发现缺少了一些必需的东西，然后又派人去找来。到了那晴朗秋天星期日下午五点钟，一切东西才齐备。最初他们把蜡烛系在绳子上放下去，看井里的空气如何，同时有三四个粗糙的脸孔聚拢在一道凝神注视着；摇绞盘的人听到命令就把绳子放下去。蜡烛又提上来了，依然微弱地在燃着。于是又把一些水倒到井里去。于是用钩子把吊桶挂上了，那个酒醉方醒的人和另外一个人拿着亮爬进桶去，叫道："放下去吧！"

绳子放下去时坠得很紧，绞盘也吱喳吱喳地响，围着的男男女女有一两百人，都屏声息气地想看看事情的究竟。信号发出后，绞盘停止了转动，还剩很多绳子缠在上面。显然时间拖得很久了，摇绞盘的人停在那儿不动，好些妇女们尖叫起来，以为又发生什么事故了。但是拿着表的外科医生宣布，绞盘停止转动还不到五分钟，严肃地劝告大家安静下来。他的话没说完，绞盘向上绞动了。内行的人看到绳子不像先前坠得那么沉重似的，就知道上来的不是两个工人，而只是一个。

绳子紧紧地往上绞着，一道一道地绕在绞盘上，大家的眼睛都盯着矿井看。上来的就是那个酒醉方醒的人。他精神勃勃地从桶里跳到草地上。大家齐声叫道："活着，还是死了？"接着就是

286

一阵深沉的寂静。

当他说"还活着呢"的时候，大家又齐声高呼，有些人的眼内都噙着泪珠。

喊声一停，人们能听见他说话的时候，他就说："不过他伤势很重。医生在哪儿？大夫，他的伤那么重，我们不知道怎样把他搞上来。"

他们大家一起议论，都眼巴巴地望着外科医生，他问了些问题，听了答案后直摇头。现在太阳快下山了，红彤彤的晚霞映在每个人的脸上，叫人清楚地看出每张脸都显得悬虑不安。

商议的结果是，那几个摇绞盘的人又回去摇绞盘了，那矿工带着一点酒和其他小东西又下井去了。于是另外那人上来了。这当儿，在外科医生指挥下，有几个人抬来了担架，有人在担架上铺了些稻草，并在草上铺上些旧衣服，做成个厚厚的床，同时外科医生把许多头巾和手帕撕成绑带和吊带。这些做好以后，就给挂在刚才上来的那个矿工的臂膀上，并给他讲了如何使用。他站在那儿，手上提的灯照着自己，一只有劲的闲着的手扶在杆子上，有时瞭着矿井深处，有时望望四周人们，他是那场合里最引人注意的。天已经黑了，火把都点了起来。

这矿工跟他旁边的人讲了几句话，这些话立即传播开来，于是大家知道失踪的人掉在塞住了半个矿井的崩坍下来的垃圾堆上，他跌下去后又被井旁突出的土块所伤。他现在是仰卧着，一只胳膊屈垫在背后，他自己相信自跌下以后就没有动过，除掉有时用那只还可以动弹的手——他记得曾经把面包和肉放在衣袋中——掏衣袋中的面包屑吃，他也用那只手舀点井里的水喝。他是接到信后就从他工作的地方起身的；一路都是步行；他正往庞得贝先生的别墅去，走在路上的时候天已经黑了，所以就掉下去了。因为他无辜地受了冤枉，急于想抄近路来为自己辩白，所以才在那危险的时候穿过那危险的地方。这矿工说：老鬼门关矿井该受诅咒，名副其实地真正有鬼，斯梯芬虽然现在还可以讲话，

287

但是他的性命快要被断送了。

一切都准备好以后，这人又下井去了，绞盘开始转动的时候，他的伙伴们和外科医生又叮嘱了他几次，然后绳子旋转了几下他就不见了。绳子像先前一样放下去，信号像先前一样发出来，于是绞盘停住了。但是现在摇绞盘的那些人的手还是紧紧地把着绞盘不放。每个人都紧握着绞盘等待着，弯着身子准备把绞绳倒绞。最后，井底发出信号，然后一圈子人都倾身向前。

现在那些人使劲地往上绞着，绞盘发出叽叽轧轧的声音，看来绳子绷紧到了极点。看着绳子，想到绳子经不住，大家都非常着急。但是绳子仍然一道一道安然无事地绕到绞盘上，而那些连接起来的链子也出现了，最后，吊桶也出现了，那两个人抓着吊桶的两边——这真是一种令人头晕心闷的光景——温存地扶着被绑好吊好放在桶里面的可怜的跌伤了的人。

观众深深叹息，露出怜悯神色，妇女们看见他就放声大哭，因为那人已不成人形，别人慢慢地把他从那桶里拖出来放在铺了稻草的担架上。最初只有外科医生走近担架边。他尽力把担架整理一下，但也没有办法，只好用东西把他身体盖起来。他轻轻地这样做好以后，就叫瑞茄和西丝过去。这时斯梯芬那张苍白憔悴忍着痛的脸正望着天空，他那受伤的右手摆在盖着衣服的身体外，好像准备让另一只手去拉它似的。

她们给他喝水，用水润了他的脸，又灌了他一点强心药水和酒。虽然他躺着，动弹不得，两眼望着天，但是他微笑地说了一声"瑞茄"。

她跪在他身边的草地上，凑过身去，让他的眼睛正对着自己的，因为他甚至连转眼看她都办不到。

"瑞茄，我亲爱的。"

她拉着他的手。他又微笑地说，"不要离开我。"

"你觉得很痛吗，我最亲爱的斯梯芬？"

"我原来很痛，现在不痛了。我原来——很害怕，而且口干，

斯梯芬死里逃生

而且受尽了苦！我的亲爱的——但是现在都算过去了。唉，瑞茄，全是一团糟！自始至终一团糟！"

他讲这句话的时候，脸上又呈现出以往的那种阴影。

"我掉在矿井里，亲爱的，这井里不知道死过几千几万人——或是人家的父亲，或是人家的儿子，或是人家的兄弟——这些人都为他们家庭所珍爱，曾使几万人免受饥寒之苦。我就掉在这煤井里。这里面充满了煤气和毒气，杀起人来比在战场上还要凶。我曾见过大家都见过的矿工呈文。他们哀求制订法律的老爷们看在基督分上，不要使他们的工作致他们于死命，好叫他们养活妻室儿女，因为他们爱妻室儿女，正和绅士们爱妻室儿女一样。矿井在开采的时候，曾不必要地杀害人；不开采的时候，也是不必要地杀害人，瞧我们是怎样死的，死得又那样冤枉，看来不是这样死就是那样死，每天都如此，真是一团糟！"

他无力地讲着上面的一段话，自己感到讲的差不多都是真理，并不是对哪个人发脾气。

"瑞茄，你的小妹妹，你没忘记吧。你现在更不会忘记她了，因为我不久就要跟她在一道了。可怜的、受苦的、有耐心的宝贝啊，你晓得你为了她怎样辛辛苦苦地做工，她病了整天坐在你的窗口她那小椅子上，你晓得她为什么那么年轻而变成残废，终于死了，就是因为工人家庭困苦，空气又那样不好。真是一团糟。全是一团糟。"

这时露意莎走近他身边，但是因为他的脸正对着暮霭沉沉的天空，所以他看不见她。

"要是与我们发生关系的一切事情不是那么一团糟，我就不必到这儿来；要是我们工人中不是一团糟，我也不会被我的纺织工友们和工人兄弟们误解了；要是庞得贝先生了解我——要是他有一点儿了解我——他就不会生我的气而疑心我了。你往上看吧，瑞茄！往上看吧！"

顺着他的眼光看去，她看出他注视着的是一颗星。

他严肃地讲道："我掉在井里受苦受难的时候，星光就照着我，照着我的心。我看到了星也就想到了你，瑞茄，这样我那一团糟的心也就变得清楚多了。若是别人不能很好地了解我，我也有不能了解别人的地方。我接到你的信的时候，我就很容易认为那年轻太太对我所讲的话、所做的事情和她弟弟对我所讲的话、所做的事情是一致的，他们两人是串通了来谋害我的。我掉下去的时候，很气她，我心头恨她就像别人恨我一样。但是我们下判断或做事情时都得容忍和原谅别人。我在受苦受难的时候，抬头望着——那颗星儿正照着我——我就看得更清楚了，发出临死前的祷告，希望世界上的人都能更好地相互了解，彼此之间能更接近一些，不要像我活在世上时这样。"

露意莎本来站在瑞茄对面，听了他的话，就弯下腰来使他可以看见她。

"你听见了吗？"他沉默了一会儿，然后才说，"我没有忘记你，太太。"

"是的，斯梯芬，我听见你的话了。你所祷告的就是我所要祷告的。"

"你有父亲的。你可以把一个口信带给你父亲吗？"

"他就在这儿，"露意莎恐怖地说。"你要我请他过来吗？"

"麻烦你请他过来。"

露意莎带着父亲一道过来。两人手拉手地站在斯梯芬面前，低头看着他庄严的脸。

"老爷，你得把我洗刷干净，对一切人恢复我的名誉。这件事我交给你去办。"

葛擂硬先生感到为难，就问道：怎样办呢？

他回答道："老爷，你儿子会告诉你怎样办。你去问他吧。我不想作什么控诉，我不预备在没有死以前说任何告发别人的话。有一天晚上我见过你的儿子跟他讲话。我请求你的只是为我洗刷干净——我相信你会这样办的。"

抬他的人预备把他抬走，医生也急于要把他抬走，那些拿灯笼火把的人都站在担架前准备走了。床抬起来，他们正商量把他抬到什么地方去，斯梯芬抬头看着星光，对瑞茄说：

"我在矿井里苏醒过来看见星光照着我，我就老想到那就是指引东方三个贤人找到救世主诞生地的星星。我想准是那颗星！"

他们把他抬起来的时候，他很高兴，觉得他们把他抬到那颗星指引的方向去。

"瑞茄，我亲爱的姑娘！不要放了我的手。我的亲爱的，今天晚上我们一道走吧。"

"我要一路握着你的手，紧跟在你身旁，斯梯芬。"

"上帝保佑你。请哪位把我的脸盖起来，好吗？"

他们轻手轻脚地抬着他顺着田地，沿着小径，穿过荒野，瑞茄一直握着他的手不放。一路上阴郁沉静，很少有喁喁私语来打破这令人伤心的沉默。这一群人不久就成了送殡的行列。那颗星指示着他，哪里可以找到穷人们的上帝，通过谦虚、悲哀和饶恕，他已经到了他的救主的安息所在了。

第七章
捉拿狗崽子

围着老鬼门关井的那一圈人还没散开之前，一个人已从人丛中溜走了。庞得贝先生和他那个形影相随的人并没有站在攀着父亲膀子的露意莎的附近，他俩单独站在僻静的地方。葛擂硬先生被请到草铺旁边时，西丝原在注意所发生的一切事情，就溜到那形影相随的坏蛋背后——要是大家的目光不是只被那唯一的情景所吸引，他们就可能被那表现出恐惧的面庞所吸引了——西丝低声在他耳边说了几句话。他头也不转就跟她讲了几分钟的话，接着便不见了。就这样，在大家未动脚之前，狗崽子离开那圈人，溜之大吉了。

他父亲回家后，就叫人送信到庞得贝家里去，要儿子马上来见他。回信说，庞得贝先生在人丛中没找着他，从那以后就没见着他影子，因而认为他已回石屋去了。

露意莎说："父亲，我相信他今晚不会回到镇上来了。"葛擂硬先生转过脸不说下去了。

早上银行一开门，他就到了那儿。最初他还没有勇气进去看，后来进去了，发现儿子的办公桌边没人。于是他走到街上，准备迎接正往银行来的庞得贝先生，跟他讲几句话。碰到庞得贝后他说：他觉得有必要让儿子出外一些时候，至于原因，他不久会说明的，只是现在请不要追问。他又说：他有责任把已故的斯梯芬·布拉克普儿的名誉洗刷干净，并宣布究竟谁是贼。庞得贝先生弄得迷惑了，岳父离开他后还呆呆地站在街上，气鼓鼓的，像个大肥皂泡，只是没有肥皂泡那样好看罢了。

葛擂硬先生回家后，就把自己锁在房里，整天不出来。西丝和露意莎轻轻敲他的门，他不开，只说："我现在不能开门，我的亲爱的；晚上再说吧。"她们晚上再来时，他又说："我现在还是不能——明天再讲吧。"他整天没吃东西，晚上也不点蜡烛，夜深了，她们还听到他在屋里踱来踱去的脚步声。

但第二天吃早饭时候，他出来坐在老位子上。看来他老多了，背驼了，头垂到胸口；但看来比他从前不要别的只要事实的时候明白得多、好得多了。离开饭厅前，他跟她们约了时间，叫她们来看他。接着他低着他那白头走开了。

"亲爱的父亲，"她们俩在约定时间来后，露意莎说，"你还剩下三个孩子。他们不会那样。我更不会那样，要是老天帮助我的话。"

她把一只手伸给了西丝，意思是说也要西丝帮助她。

葛擂硬先生说："你那糟糕兄弟。他跟你一道去斯梯芬那儿的时候，你想他已经在计划这件窃案了吗？"

"恐怕是这样，父亲。我知道他急需钱，他花得太厉害。"

"难道因为那可怜的工人准备离开本镇，他那邪恶的脑袋就想到把嫌疑推到他身上去吗？"

"我想一定是他坐在那儿时，心血来潮想出来的，父亲。因为是我叫他跟我去的，不是他发起的。"

"他跟那可怜的人讲了些话。他拉他到旁边去讲的吗？"

"他把他带到屋外去讲的。我后来问过他为什么那样做，他找出像煞有理的借口使我完全相信了他。但是父亲，凭昨天晚上的启发，我回想当时的情形，同时跟斯梯芬的话对证了一下，可以确确实实地想象出他们谈的是什么话。"

"你说说看，"她父亲说，"你对弟弟犯的罪是不是同我想法一样，认为糟糕到极点。"

露意莎迟疑了一下说道："父亲，我怕他假借我的名义或者用他自己的名义跟斯梯芬·布拉克普儿讲了一些话，使斯梯芬深信不疑去做他从来没做过的事情。让他离镇上之前，接连两三个晚上在银行附近徘徊等候。"

"太显而易见了，"她父亲说，"太显而易见了。"

他手遮着脸，默默无言地过了会儿。心定下来后，他说道：

"现在怎样才能找着他呢？怎样才可使他不受法律制裁呢？再过几个钟头我就宣布真相了；在这之前，我们怎样能找到他，不让别人先找着呢？看来花上一万镑也办不到吧。"

"西丝已经办到了，父亲。"

他抬起眼睛看到她站在那儿好像是保佑他家的护家神，然后用柔和而带感激的音调，衷心感谢地说："又多亏你了，我的孩子，像往常一样我们真亏得有你。"

西丝瞟了露意莎一眼解释说："昨天之前，我们心里就有点害怕。昨天晚上我看见你被请到担架边，因为我始终站得离瑞茄很近，所以听见你们讲些什么。我乘大家没留意我的时候，跑到他后面，跟他说：'不要回头看我！看你父亲在哪儿。为了他，为了你自己，马上逃走吧。'我还没低声跟他讲话时，他已在发抖了，听见我的话后，他吃了一惊，愈加发抖了，就说，'我能上哪儿去呢？我身上的钱带得很少，我也不知道谁肯把我藏起来！'那时我想到父亲搭过的马戏班，我没忘记每年这时候，史里锐先生去什么地方，前几天我还在报纸上看到他的行踪。我叫他赶快去那儿，告诉他们他是什么人，请史里锐先生把他藏起来，等我到那儿再讲。他就说：'不到天亮，我就会跑到他那儿。'然后我看见他蹑手蹑脚地从人丛中溜走了。"

葛擂硬先生叫道："谢谢老天爷！他还可能逃出国哩！"

说起来这是满有希望的，因为西丝指点他去的那个市镇，离开利物浦只有三小时路程。到了利物浦，他就可以很快给打发到世界上任何一个角落去。但是跟他通信息必须很小心——因为现在他时时刻刻都有蒙受嫌疑的更大危险，同时，谁也不敢担保庞得贝先生会不会莽莽撞撞地做出什么事来，所以大家商量好，西丝和露意莎先绕路去那儿，不幸的父亲在另一个时候动身，从相反的方向离开本镇，由另一条路绕更大的圈子去那儿。同时大家进一步言定不让葛擂硬先生与史里锐先生接洽，因为恐怕史里锐先生不知道他来意而不相信他，又怕他儿子一听说他来了又逃到别处去；而让西丝和露意莎去把话说清楚，让她们跟那造成这些不幸和丢脸的事件的人去说，他父亲就在那儿不远，并说明他们来意。他们三人周密考虑了这些布置，对之都充分了解了，这时就开始实行了。午后不久，葛擂硬先生直接从家里走到乡下去，以便乘他预备乘的火车；剩下的两人晚上动身从另一条路走去，没有碰见熟人，所以很高兴。

两人走了一夜，除了在一些支线车站忽而爬上无涯际的一磴磴台阶，忽而又走向洼处——这是那些支线车站的唯一变化——多多少少歇息过若干分钟，第二天一大早她们来到一片沼泽地，这地方离目的地还有一两英里。碰巧有个乡下马车夫起身很早，正在策马急驰，他搭救了她们，使她们离开了那个糟糕地方，打那些猪猡挡道的僻街背巷把她们带到镇上；这些僻街背巷风景既不美，气味又难闻，但是在这种地方可算康庄大道了。

到了镇上，她们首先看见的就是史里锐马戏团帐篷的空架子，一打听才知道那班子已经搬到二十英里外的另一个镇上去了，并且昨晚才在那儿开场。这两地之间是一条险阻的设有关栅的路，走起来是非常慢的。虽然她们只匆匆地吃了点早饭，也没什么休息（事实上在她们这种焦急的情况下，休息也没用），但是直到正午她们才开始看到史里锐马戏团贴在沿路墙上和乡下仓房上的招贴。她们到市镇的时候，已经是一点钟了。

那时马戏团日戏开演了，她们走到街上，看见有人摇着铃要大家去看戏。西丝主张为了避免四处打听引起镇上人的注意，她们最好直接到门口付钱入内。要是史里锐先生在门口收钱，他看到西丝一定认得，会小心从事的；要是他不在那儿，到了里面他一定会看到她们；而且，既然他已经把那狗崽子藏了起来，他心

297

中有数，也就会更加小心从事的。

于是她们心里扑通扑通跳着，来到她们记得很清楚的那个马戏棚的前面。马戏棚上仍旧竖着一面写着史里锐马戏团字样的旗子，哥特式的神龛也依然在那儿，可是却没瞧见史里锐先生。基德敏士特君已长大得满脸于思于思了，没法子再扮爱神，就扮也不能使人相信了。为了使自己有一般的用处，他这次正在门口管钱柜，同时身边还放了鼓，在无事可做的时候就打打鼓来发泄他那无处可用的精力。基德敏士特极其留心买票的人有没有使用假钱，因此之故，别的他都看不见了，所以西丝走过去也没被他认出来，她们也就进去了。

进场的时候，她们看到有个马戏班的人正扮着日本天皇站在一匹身上印有黑斑纹的、脚步很稳的老白马背上，滴溜溜地转着五个脸盆，这原是这位君王的拿手把戏。西丝虽然同这个王族很熟悉，但是当今的这位天皇，她却认不出来是谁，他的王朝也就太平无事没闹出什么乱子。接着就是约瑟芬·史里锐小姐来演她那出名优美的蒂罗尔地方的马上花枝舞。介绍她出场的是一个新丑角（这个丑角幽默地说：她要演的是卷心菜舞）。不久，史里锐先生就引着他女儿出场了。

史里锐先生用长长的鞭梢只打了小丑一下，小丑也只说了：“你要再打的话，我就拎起马来揍你，”这时，史里锐和他的女儿都认出了西丝。但是父女二人神色不动地把戏演下去。史里锐先生头一眼还有点感觉诧异的样子，以后他的两只眼睛——不管是那只会动的也好，不会动的也好——都变得毫无表情了。这节目在悬虑不安的西丝和露意莎看来未免长了一点，特别是小丑花好多时间插科打诨，告诉史里锐先生（小丑说一句，史里锐就镇静地答一句：“是的，先生！”同时目不转睛的对那匹马看）说道：有一个两条腿的东西坐在一个三条腿的东西上，看着一个一条腿的东西，接着来了个四条腿的，抢走了那一条腿，那两条腿的就站起来拿起那三条腿的向四条腿的扔去，可是四条腿的却逮着一条

298

腿跑了。这一段新奇的隐喻，是讲一个屠户，一张三条腿的圆凳，一只狗和一只羊腿。这个故事讲得太长，她们听得不耐烦了。不过，最后，金发的小约瑟芬在一片掌声中行了个屈膝礼；场上只剩下小丑蹦来跳去，他说："现在轮到我了！"正这时，有人碰碰西丝肩膀，招呼她出去。

她带了露意莎一道出去，史里锐先生在很小的私人房间里接待她们。那儿的墙是帆布，地板是青草，天花板全是倾斜的，上面的包厢看客跺脚叫好，似乎会把板跺通掉下来。史里锐先生拿了杯搀水白兰地说："塞西莉亚，看到你真高兴。你总是我们大家宠爱的人。我敢说你一向给我们挣面子。谈正事前，你先看看老朋友吧，要不然他们会伤心的，特别是那些妇道人家。约瑟芬已经和齐儿德斯结婚了，生了个男孩，孩子虽然只有三岁，可是哪一匹小马都能骑得稳。我们管他叫高等骑技的小神童，不久他就会驰名天下。你还记得那个大家认为对你颇有好感的基德敏士特吗？嗯。他也结婚。娶的是寡妇。年纪大得够做他母亲。她从前是走索的，现在胖了，什么都干不了。他们也有两个孩子，所以我们在扮演仙女戏和儿童戏方面很有办法。你若来看我们《森林中的儿童》①那套把戏——父亲母亲假装死在马上，将两个孤儿托付给他们骑在马上的伯伯，然后两个孤儿又骑在马上去采黑莓子，他们又躺在马上，知更鸟飞来用树叶把他们盖好——你就会说，那是你从来没见过的最完全的一套把戏！我亲爱的，还记得那个对你几乎就像亲娘一般的爱玛·哥登吗？不用问，你一定记得。爱玛的男人死了。他扮印度国王，坐在象背上宝塔式轿子里，有一次仰面朝天很重地摔下来，就此一命呜呼。她又嫁人，嫁给一个做乳酪的。这个老坐在前排的看客爱上了她。他现在做

---

① 《森林中的儿童》，原是英国古老的民歌，讲的是两个孤儿因有一笔财产，伯父雇了两个人来谋害他们。这两个凶手中的一个天良发现，杀死了另一个，把孩子扔在森林中，结果孩子们还是受饥而死，于是知更鸟就来用树叶把他们的尸体盖上。

了监工，发财了。"

史里锐先生兴高采烈，气喘吁吁地把这几年的变迁津津有味地说了出来，他还是同从前一样，眼睛有点蒙眬，吃得醉醺醺的样子。后来，他把约瑟芬和齐儿德斯（在阳光下看来，嘴边皱纹很深了）、有高等骑技的小神童以及全班人都叫了进来。这班人的脸上涂得又红又白，身上衣服穿得很少，露着大腿，从露意莎眼中看来他们真是怪人；虽然如此，她心里还有点高兴，看到这些人围着西丝，而西丝也很自然地忍不住流下泪来。

史里锐说："得了！现在塞西莉亚跟所有的孩子都亲过了，跟所有的妇女都拥抱过了，也跟所有的男人握了手，你们都出去吧！摇铃叫乐队演奏，准备马戏下部分的节目开场！"

他们走了以后，他就低声说："塞西莉亚，我不是打听什么秘密，但我想这位就是那位乡绅的小姐吧。"

"是的，就是他姐姐。"

"我的意思就是说，是那位乡绅的女儿。您好，小姐；乡绅也好吧？"

"我父亲就快到这儿来了，"露意莎因为急于想言归正传就这样说。"我弟弟平安吗？"

"平平安安的！"他回答说。"我希望你，小姐，从这儿向戏场上偷看一下。塞西莉亚，你知道诀窍；自己找个洞眼看看吧。"

她们各人都从木板缝里往外看。

史里锐在旁边指点着说："这一场是小孩子的滑稽节目，叫《杀死巨人的杰克》①。那是道具房子，杰克将躲在里面。那儿是我的小丑，拿着锅盖和烤肉的铁叉，扮杰克的仆人；那儿是杰克本人披着一身漂亮的铠甲；那儿是两个滑稽角色扮黑仆人，他们的身材比道具房子大两倍。在杰克躲进木屋之后，他们就把道具房子抬了起来，把杰克倒了出来；还有个巨人，是我们花了很多

---

① 《杀死巨人的杰克》，是英国的一个古老的童话。

300

钱用纸扎成的，还没搬出来呢！这些你们都看清楚了吗？"

她们两人都说："看清楚了。"

"好好看吧，"史里锐说，"每个人，你们都看清楚了吗？很好。喂，小姐，"——他搬条长凳子让她们坐下——"我有我的见解，那位乡绅，你的父亲，有他的见解。我不想知道你弟弟究竟做了什么事；我不知道还好些。我要讲的只是，乡绅照顾了塞西莉亚，我也照顾乡绅一下。两个黑仆人中一个就是你弟弟。"

一半由于难过，一半由于放心，露意莎叫了一声。

"事实如此，"史里锐说，"但是晓得这事实后，你还不能指出哪个是他吧！让乡绅来好了。散戏后，我把你弟弟留在这儿。我叫他不要脱掉戏装，不要洗掉脸上的黑颜料。散戏后请乡绅来，或者你自己来，你就可以看见你弟弟，而整个这块地方，都给你们作为谈心之所了。且不管他好不好看，只要不被人认得出来就行。"

露意莎心中一块石头落地，表示非常感谢，就不再麻烦史里锐先生了。她两眼含泪请史里锐代她向弟弟问好，就和西丝走开了，预备当天下午较晚时再去。过了不到一个钟头，葛擂硬先生也到了。他现在满心希望能在史里锐的帮助下把丢脸的儿子当晚送到利物浦去。他知道要是自己三人中任何一个陪他儿子逃，无论如何伪装，几乎都可能被发觉，所以写了封信准备交给儿子带给一位可靠的朋友，请朋友不管花多少钱，务必把他儿子送上船，叫他上北美洲或南美洲，或者任何其他遥远的地方去，只要迅速而秘密就得了。

写完这封信后，他们三个人四处散了下步，不仅要等马戏散场，等观众走完，还要等戏班里的人和马走开。等了很长的时间后，他们看见史里锐先生搬出一把椅子，坐在边门旁抽烟，仿佛通知他们可以进去。

他们进去的时候，史里锐很小心地寒暄说道："乡绅，我就在这儿侍候您。您要有事找我，我就在这儿。您儿子穿上了小丑的衣服，您可别见怪。"

他们三人跑了进去，葛擂硬先生在戏场中小丑耍把戏的那张凳子上垂头丧气地坐下。在暗淡的光线中，在这奇怪的地方，看客坐的那些黑长凳显得很远似的，那个他不幸叫做儿子的坏蛋狗崽子，就坐在一张后排的黑长凳上，脸绷得紧紧的。

他穿一件像教区管事穿的奇怪上装，袖筒和口袋的褶裥大得无法形容，内里是一件庞大无比的坎肩儿，腰系一条齐膝短裤，脚蹬一双有扣子的鞋，头戴一顶怪模怪样的卷边帽：没一样东西合身，这些东西都是很粗糙的材料做的，被虫蛀了很多洞。他脸上涂满黑油，但由于恐惧和出汗，黑油现出了一道道裂缝。葛擂硬先生从没见过比那穿一身小丑服装、丑态毕露的狗崽子更难看、更讨厌、更不害臊的人。但是不可否认的事实摆在他的面前，他的模范儿童竟然到了这步田地。

起初，这狗崽子还不肯挪近一点，硬要独自呆在那儿。最后才听从了（假使那种不高兴的让步可叫作听从的话）西丝的请求——因为他已不睬露意莎，不承认她是姐姐了——一条凳子、一条凳子地往前挪，一直挪到戏场边铺了木屑的地方，还是尽可能地跟他父亲坐的地方保持相当距离。

"你究竟怎样做了这件事？"父亲问道。

"怎样做了什么事？"儿子不高兴地反问道。

父亲提高了声音说："就是那件窃案。"

"我那天晚上把保险箱打开，半掩了箱门然后走开。他们找到的钥匙是我早配好的，第二天早上我把它扔在地下，让人家以为用的就是那钥匙。我不是一次把钱拿走的，我假装每天晚上把尾数放在箱子里，实际上我没这样做。事情经过就是如此。"

"晴天一个霹雳也不会使我这样吃惊，"父亲说道。

儿子叽叽咕咕地说："我不懂你为什么那样吃惊。吃别人饭，受别人信任的人多着哩，这些人中不免有不老实的人。我听你谈过百把次了，说这是规律。既然是规律，我怎能改变它呢？父亲，你常拿这话安慰别人，也这样安慰安慰你自己吧！"

父亲两手捂住了脸，儿子站在他面前咬着根稻草，显出一副丢脸的怪样子。他手心的黑油已经擦去了一部分，那双手活像猢狲的手。天快黑了；狗崽子时常不安而又不耐烦地翻着两只白眼瞪着他父亲。他脸上的黑颜料搽得那么厚，就只剩那双眼睛还有点生气，有点表情。

"我们一定把你先送到利物浦，然后再送到国外去。"

"我想也只好这么办。反正哪儿也不比这儿更难过，我打能记事以来就没有过什么好日子。这句话我倒是要讲的，"狗崽子抽抽噎噎地说。

葛擂硬先生跑到门口，带了史里锐先生一道回来，问他有什么方法把他这可怜儿子送走。

"嗳，我一直想着这件事哩，乡绅老爷。再没多少时间可以耽搁了，所以您必须说可以或者不可以。打这儿去火车站还有二十多英里，到火车站去的马车半个钟头内就出发，打算赶上邮车。那班邮车可以一直把他送到利物浦。"

葛擂硬先生唉声叹气地说："你瞧他这副样儿。哪辆马车肯——"

"我并不是说叫他穿这小丑衣服去赶路，"史里锐说。"只要您吩咐，我可以在五分钟内用现成行头把他打扮成'乡下佬'。"

"我不懂你意思，"葛擂硬先生说。

"'乡下佬'——就是说把他打扮成马车夫。快拿主意吧，老爷。还得去拿啤酒。我总是用啤酒把丑角黑人的脸洗净的。"

葛擂硬先生立刻答应；史里锐先生当即从箱子里拿出一套农民穿的工装、一顶毡帽以及其他必需的东西；狗崽子跑到布屏风后面换了衣服出来；史里锐拿啤酒把他的脸洗干净。

史里锐说："喂，赶快上马车吧，跳上车后面。我陪你去，别人会以为你是我班子里的人。你同你家里人告别吧，快点！"说完这些话，他就避开了。

"这封信你收好了，"葛擂硬先生跟儿子说。"你需要什么钱，

303

我都会代你准备好的。你要痛悔前非，弥补那可恶的行为以及所引起的可怕后果。把手伸给我，我可怜的孩子，希望上帝饶恕你像我饶恕你一样。"

这罪犯听到父亲用感伤的语调说出这番话，也不能无动于衷，掉下了几滴含羞抱愧的眼泪。露意莎张开两臂想拥抱他，他还是拒绝了。

"你不成。我没有什么话要跟你讲。"

"啊，汤姆，汤姆，我喜欢你一场，你忍心这样跟我分别？"

他冷酷地回答说："你喜欢我一场！说得倒好听。我最为难的时候，你把老庞得贝丢开了，把我最好的朋友赫德豪士先生赶走了，你一个人往娘家一跑了事。你看出他们在我四周布下天罗地网，却把我们去那地方的事一字不瞒地泄露出来。这叫喜欢我！简直是出卖我。看来你从来就没喜欢过我。"

"快！"史里锐正在门口叫道。

他们匆匆忙忙走出去，露意莎哭着向他说，她原谅他，还是喜欢他；并且说他总有一天会懊悔这样同她分离的，说他远远地离开她以后，一定会高兴地想起她这些临别赠言的。正在这当儿，忽然有人向他们直撞过来。葛擂硬先生和西丝正站在狗崽子前面，露意莎还拉住了他肩膀，看见了这跑过来的人，他们都立刻停住脚，往后退了一步。

来人是毕周。他的薄嘴唇张开了，薄鼻孔胀得很大，气喘吁吁。他的白睫毛眨巴个不停，没有血色的脸比往常更没有血色，仿佛别人跑多了脸就发红光，而他跑多了脸却发白热似的。又好像打前几年他在街上追西丝的那一晚起就从没停过脚，所以才搞得胸部一起一伏，气都喘不过来地站在那儿。

毕周摇着头说："对不住，我来打乱你们的计划。我不能让自己受这批马戏班戏子的骗。我必须抓住小汤姆先生；你们这班戏子不能放他走。穿农民衣服的就是他，我必须抓住他！"

看来还必须抓住领口哩。因为，他就是这样捉住他的。

第八章
有哲学意味的一番话

他们回到马戏场里，史里锐关上大门，使闲杂的人不能进来。毕周站在场中，仍抓着全身软瘫的狗崽子领口不放，现在已是黄昏，他的白睫毛对着他过去的恩人眨巴个不停。

"毕周，"葛擂硬先生垂头丧气，可怜巴巴地毕恭毕敬跟他说，"你有心肝没有？"

毕周笑他问得奇怪，回答说："老爷，要是一个人没有心，血液怎样还能循环呢？老爷，任何人只要知道哈威①提出的关于血液循环的道理，就不会怀疑我有心。我当然有心。"

葛擂硬先生叫道："难道你那颗心不能为怜悯所左右？"

"我这颗心只能为理性所左右，老爷，不能为别的任何东西所左右，"了不起的青年人回答说。

他们站着，互相望着，葛擂硬先生的脸像毕周的一样惨白。

"你有什么动机——假定你的动机只是理性的动机——来阻止这不幸的小伙子逃走，来欺侮他可怜的父亲呢？你看他姐姐在这儿。可怜可怜我们吧！"

毕周一本正经很有逻辑地回答说："老爷，你既然问我有什么理性上的动机来把小汤姆先生抓回焦煤镇，我不妨把这道理说给你听听。我一起头就疑心小汤姆先生和银行窃案有关。这事发生前，我已经注意他了，因为我深知他的行为。我把观察到的事都放在心里，除掉他要逃跑的事和我刚赶上偷听的他那番供认，我现在还拿住他很多把柄。昨天早上我就在你的房子边守候着，你动身了，我也跟着你来了。我预备把小汤姆先生带回焦煤镇，交给庞得贝先生。我决不怀

305

疑，老爷，庞得贝先生在那情况之下一定会让我补汤姆先生的缺。老爷，不消说我很愿意得到他的职位，因为这就是升级，对我有好处。"

"要是这只是你个人利益的问题——"葛擂硬先生道。

"对不住，老爷，我插句嘴，"毕周回答说；"但我相信你知道我们整个社会制度建筑在个人利益上。个人利益这说法任何人都听得进。这是我们唯一可以掌握的东西。人性本就如此。这番道理我从小在学校里就听熟了。老爷，你是知道的。"

葛擂硬先生接着说："你想的不过是升级，那么你要多少钱才能抵偿你的升级损失呢？"

毕周回答说："老爷，谢谢你提出这种办法，只不过我决不接受任何代价作为抵偿。我知道像你这种计算精明的人会提出这办法，我预先在心里盘算过了，可是我觉得接受贿赂，纵放窃贼，即使给价多高，总归不妥当；还不如平平安安在银行里得个升级机会稳当。"

"毕周，"葛擂硬先生说，双手伸了过去，似乎本来想说，看我多么可怜！——"毕周，我想现在只有一个办法打动你的心。你在我创办的学校里读了好多年书，只要你想到我们花了多少心血帮助你念书，你就可以放弃眼前的利益而放我儿子走了。我苦苦地哀求你，希望你想一想前情。"

他那旧日的学生用雄辩的口吻说："我实在奇怪你会采取这样一个绝对不能成立的论点，我从前是花了钱念书的，这不过是桩买卖；我离开学校这种买卖关系也就完了。"

葛擂硬先生哲学的一个基本原则是，什么都得出钱买。不通过买卖关系，谁也决不应该给谁什么东西或者给谁帮忙。感谢之事应该废除，由于感谢而产生的德行是不应该有的。人从生到死的生活每一步都应是一种隔着柜台的现钱买卖关系。如果我们不是这样地登上天堂，那么天堂就不是为政治经济学所支配的地方，那儿也就没有我们的事了。

---

① 哈威（1578—1657），英国医生，血液循环理论的创始人。

"我并不否认，"毕周接着说，"我当时所出的学费不算很高；但是这也很对，我是最低价的市场造出来的东西，所以我要在最高价的市场出卖自己。"

这时露意莎和西丝哭起来了，毕周有点被扰乱了。

"请甭哭啦，哭也没用；那只是自寻烦恼。你们仿佛以为我跟小汤姆先生有什么冤仇；其实一点也没有。我所以要带他回焦煤镇完全是由于刚才我所说的合理根据。要是他抗拒，我就大声叫'捉贼'！只不过你们放心，他不会抗拒。"

史里锐先生张着嘴，一只活动的眼睛像那只固定的一样停在眼圈里。他极留心地听这番大道理，这时走上前来。

"乡绅老爷，你很明白，你那小姐也很明白（她比你更明白，因为我跟她讲过），我不知道你儿子做了什么事，我也不想知道。我说过我不知道也好，那时我以为他只是闹了点什么小花头。现在这小伙子说他与银行窃案有关，这事可严重了。这小伙子的话我很赞同，我也不愿跟这非常严重的事有牵连，所以，乡绅，我如果站在这小伙子一边说他讲得对，您不要见怪，因为这出于无奈。但是，乡绅，我告诉你怎么办吧，让我用马车把你儿子和这小伙子送到火车站去，免得他们在这儿闹得不可开交，声张出去与我们名誉有关。我只能这样做，别的可办不到。"

看见他们最后一位朋友竟然变了卦，露意莎又放声大哭起来，葛擂硬先生更加难过。只有西丝非常注意地瞟了史里锐一眼，而她自己心里也并没误解他的用意。因为当他们大家又走出去时，他那只活动的眼睛私下里向西丝微微转动了一下，意思是叫她留下来。他一面锁门一面激动地说：

"乡绅老爷照顾了你，塞西莉亚，我也预备照顾他。不但如此，这小伙子真是大坏蛋，他又是那专吹牛皮的坏蛋的手下人。那人到我们班子里来过，班子里的人几乎要把他从窗口扔出去。今晚不会有月亮；我这儿有匹马是任啥都能做的，只差不会讲话；我还有匹小马在这儿，它专听齐儿德斯指挥，只要他驾它，

307

一点钟能走十五英里。我又有条狗，它可以盯住一个人呆在一个地方，二十四小时都不放。你去跟乡绅的儿子说几句话。告诉他，一看见马开始乱蹦乱跳的时候，别怕被摔下来，只留神等一辆小马车赶过来。你告诉他，看见小马车一走近就跳下来，小马车会飞快地带他逃走。假若我那条狗会让那小伙子挪动一尺一寸，那就让他走。假若我那匹马在它蹦跳的地方不跳到天亮而离开那儿一步，就算我不晓得它性子！——事不宜迟，赶快去吧！"

说快真快，十分钟内，正穿着拖鞋逛市场的齐儿德斯先生已知道要他怎么做了。史里锐先生的马车也准备好了。训练有素的狗在马车边乱叫，真够瞧的，史里锐先生那只能用的眼睛向狗使个眼色，叫它知道要盯的是毕周不是别人。天一黑，三个人跳上马车就走；那条好狗恶狠狠目不转睛地盯着毕周，在马车边跑着，准备好万一毕周有丝毫想下车的意思，就不放过他。

剩下三个人在旅馆里坐了一宵，各人都放心不下。第二天早上八点，史里锐先生兴高采烈地带狗回来了。

"事情都办妥了，乡绅！"史里锐先生说道，"这会儿您的少爷可能已经上船。昨晚我们离开此地一个半钟头后，齐儿德斯就把您的少爷带走了。那匹马跳波尔卡舞跳个不停（要是不被缰绳绊住，它还要跳华尔兹舞呢），跳了些时候，我给了个口令，它才舒舒服服地睡下来。那年轻的大坏蛋说，他要徒步去追赶，但这条狗四条腿一跃扑了过来，抓住他领巾不放，把他拖在地上打滚。后来他只好上车坐下，一直坐到今儿早上六点钟，我才让马掉转头回来。"

葛擂硬先生当然感激涕零地谢个不停，并且在言语之中婉转表示出预备拿一大笔钱酬谢他。

"我自己不要什么钱，乡绅；不过齐儿德斯是有家小的，要是您愿意送他一张五镑钞票，他也许不会拒绝。同样，您要是给这狗买个皮项圈，或者给那马买一挂铃铛，我倒很乐意接受。我总是爱喝搀水白兰地的。"他原来已经叫了一杯，现在又叫了一杯。"要是您不怕多破费，不妨请我们全班子每人吃一顿约莫三先令六便士的饭，那么大家都欢天喜地了。"

这些小小的感谢表示，葛擂硬先生都愿意照办。不过他说，帮了这样大的忙，这点报酬未免太轻微了。

"很好，乡绅；只要你愿意，不论什么时候包我们一场马戏，也就足够还我们的人情了。现在，乡绅，在你们走前，要是您的小姐不见怪，我想单独跟您说句话。"

露意莎和西丝回避到一间套房里去；史里锐先生拿了那装着掺水白兰地的酒杯晃了一晃，喝了一口，说道：

"乡绅，我用不着告诉你，狗真是了不起的畜生。"

葛擂硬先生说："它们的本能真叫人吃惊。"

"您管这个叫做什么都行——我的天，我可不知道管这个叫什么，"史里锐说，"总之够叫人吃惊的。不管一个人跑到多远，狗总能找着他。您说这多奇怪！"

"狗的嗅觉，"葛擂硬先生说，"非常灵敏。"

史里锐摇摇头，重说一遍："我的天，我可不知道管这个叫做什么。总而言之，狗要找我总归找得到，那情形使我认为，好像狗会向另一条狗问道，'你认得史里锐这家伙吗？他是吃马戏饭的——身子长得挺棒——一只眼睛不灵。'于是那条狗也许会说，'我不能说我认识他，可我晓得另外有条狗可能和他熟识。'然后那条狗也许又想了想，接着说，'史里锐，史里锐吗？着啊！我有个朋友曾经有一次跟我谈起他，我可以立刻找它来告诉你究竟他住在什么地方。'因为我常在马戏场露面，跑的码头不算少，一定有许多狗认识我；乡绅，这我可不知道。"

葛擂硬先生听了这番妙论，真弄得莫名其妙了。

"这且不谈，"史里锐喝了口酒接着说，"十四个月以前，乡绅，我们是在吉斯特。一天早上，我们正在表演《森林中的儿童》那场戏，忽然有条狗从后台跑进场子里来。看得出，它是走了很远的路来的，情况很不好，腿也跛了，眼睛差不多全瞎了。它绕到孩子们跟前一个个仔细看，仿佛在找它认得的孩子。然后它跑到我面前，虽然它已经很不成了，仍会用前腿站住，举起后身，摇了摇尾巴，不久就躺下来死了。乡绅，那条狗就是巧腿儿。"

"西丝父亲的狗！"

"塞西莉亚父亲的那条老狗。乡绅，我可以赌咒，根据我对那条狗的了解，在那条狗没回到我这儿之前，那人一定死了，下葬了。约瑟芬、齐儿德斯和我商量了好久，应不应该写信给西丝。但我们决定不那样做。没什么安慰的话可说，何必扰乱她的心，使她不快活。不过，究竟她父亲是不是狠心地抛弃她，还是他宁可独自一人伤心而不愿女儿跟着他难受，现在我们也无从知道了；乡绅，除非——不，除非我们知道狗怎样会找着我们的。"

葛擂硬先生说："他叫她去买药的那个瓶子，她至今还保留着，她到死都相信她父亲是真正喜欢她的。"

史里锐先生一面呆呆望着那杯搀水白兰地，一面沉思着说："这样看来，我们可以了解两件事了，是不是，乡绅？第一桩是世界上真正有所谓爱的，那跟个人利益完全是两回事；第二桩就是爱有它自己的打算，也可以说没有打算。这种爱的表现方式和狗的那些行为，我们都没法子管它叫做什么的。"

葛擂硬先生老向窗外望着，没有回答。史里锐先生干了杯，然后请女客们进来。

"塞西莉亚，我亲爱的，亲亲我，再见吧！乡绅小姐，我真高兴看见你待她如同姐妹一般，你是那样全心全意地相信她，敬重她。我希望你弟弟改邪归正，更配做你的弟弟，使你放心得下。乡绅，我们握握手吧，这是第一次，也是最后一次了！不要生我们这班走江湖的穷人的气吧。世界上的人得有娱乐。他们不能一天到晚老是学习，老是工作；要是这样他们会吃不消的。你们必须有我们这一班人，乡绅。做做聪明的事情，也是慈善的事情吧。尽量利用我们，不要尽量糟蹋我们。"

史里锐先生说完这句话就走出去了，接着又从门口伸进头来说了一句："我从没想到我是这么会耍贫嘴的人。"

310

第九章
结　局

　　一个大言不惭的人，要是有什么与他有关系的事情在他自己没有发现之前，就被别人先发现了，那就不免要闹出乱子来。照庞得贝先生看来，斯巴塞太太占了他一着先，而且显得比他聪明，真可说胆大妄为之至。对于她得意地发现了派格拉太太一事，他愤怒得不得了。他把这事在心里琢磨了很久，想到一个靠他吃饭的女人竟敢如此胡作非为，他的气性越来越大就像雪球越滚越大似的。最后，他想到要是把这个有豪亲贵戚的女人赶走，他就有权同别人说，"她是名门贵妇，老想黏住我，但我不要她，把她赶走了。"——这样他的面子岂不是占够了吗！同时，这不就是以应得之罪惩罚了斯巴塞太太了吗？

　　打定了这个好主意，庞得贝先生有一天跑到餐厅里吃午饭。这餐厅还同从前一样挂着他那幅肖像。斯巴塞太太依然坐在火边，脚踏棉马镫子，一点没想到自己将驰往何处。

　　自从派格拉事件发生以来，这位贵妇人总是用默默含愁和懊悔的表情来掩护她对庞得贝先生的怜悯。因此，她经常装着一副苦相，现在她就是用这副苦相对着她恩人。

　　庞得贝先生很粗卤莽撞地跟她说："夫人，你是怎么回事？"

　　斯巴塞太太回答说："老爷，请你不要那么凶，仿佛要把我的鼻子咬下来似的。"

　　"把你的鼻子咬下来，夫人，"庞得贝先生重复说。他说这句话的时候，斯巴塞太太听得出来他把重音放在"你的"上面，言下之意是斯巴塞太太的鼻子又高又大，不容易咬下来。讲了这句有挖苦意思的话，他用刀子切了块面包，然后啪地一声把刀子往桌子上一扔。

斯巴塞太太把她那只脚从马镫子上抽了出来，叫道："庞得贝先生，老爷！"

"哼，夫人，"庞得贝先生顶了句。"你眼瞪瞪地看什么？"

"我可以问问您吧，老爷，"斯巴塞太太说，"今儿早上是不是有人惹你生气了？"

"是的，夫人。"

"请问一声，老爷，"那个受了气的女人接着说，"是不是我倒霉引得你生气了？"

"好，我来告诉你吧，夫人，"庞得贝说，"我不是到这儿来受闲气的。一个女人尽管同豪门贵族有什么瓜葛之亲，但是我不能让她来侮弄和麻烦像我这样有地位的人。这我可吃不消。"（庞得贝先生深深感到非这样一口气把话说完不可，因为慢慢地跟她泡，枝枝节节地跟她说，他反而会被她制服。）

斯巴塞太太先把她那柯理奥蓝楼斯式的双眉一扬，然后一皱，把活计收拾好放在篮子里，站了起来。

"老爷，"她显得很尊严地说道，"我明白了，我现在有点妨碍你。我还是回我房里去吧。"

"让我来给你开门，夫人。"

"谢谢你，老爷；我自己可以开。"

"你顶好让我来吧，夫人，"庞得贝跑到她前面，手放在门锁上说，"因为在你走之前，我可以乘这机会说句话。斯巴塞太太，夫人，我想你在这儿有点受拘束，你知道吗？照我看来，寒舍的局面太小，像你这种有管别人闲事才能的贵妇人，可能很难有发挥天才的机会吧。"

斯巴塞太太非常鄙弃地看了他一眼，十分客气地说："真的吗，老爷？"

"最近这事发生以后，夫人，我一直在细想，"庞得贝说，"以

312

我的拙见，似乎——"

斯巴塞太太打断他话头，精神勃勃、高高兴兴地说："啊！请不要这样说，老爷，请不要说'拙见'不'拙见'。大家都知道庞得贝先生见解高明，没错儿的。这一点人人都能证明。大伙儿都拿这个做谈话资料。您看轻自己别的东西都不打紧，可不要说您见解不高明，老爷，"斯巴塞太太说完就哈哈大笑。

庞得贝先生脸涨得通红，非常不舒服地继续说："我说，夫人，照我看来，要有一个不同的人家才可以使你这样有能耐的贵妇人大显身手。譬如说，令亲斯卡鸠士夫人的府上就很好。难道你不认为在那儿，可以找点闲事来管管吗？"

斯巴塞太太回答说："这一层我倒没想到过，老爷。但是你既然提出来了，我想倒是很可能的。"

"那你何妨试试看呢，夫人，"庞得贝先生拿出一个装了支票的信封丢在她的小篮子里说。"你喜欢什么时候走就什么时候走，夫人。但是在你走前，或许像你那样精明的贵妇人最好独自一个人进餐罢，免得别人打扰你。我不过是焦煤镇的约瑟亚·庞得贝，我早就该跟你道歉，阻碍了你的前程这么久。"

"请你不必提了，老爷，"斯巴塞太太回答说。"要是画像上你那副尊容能讲话，老爷——只不过它比所画的人要强些，因为他既不会瞎三话四地连累自己，又不会胡说八道地讨人嫌——它一定可以证明我很早以前就一贯地说它是'大傻瓜'的画像。'大傻瓜'所做的事不会使人惊异或者生气，'大傻瓜'的一举一动只能引起别人对他的鄙弃。"

这样说了之后，斯巴塞太太那副罗马型的面貌活像一枚人头纪念章，完全刻画出她对庞得贝先生的蔑视，她定睛把他从头看到脚，然后大摇大摆傲慢地擦过他身边上楼去了。庞得贝先生关上了门，站在壁炉前，照他向来的分身法设想自己置身于画像上，同时设想自己置身于未来的日子中。

他对未来能看多远呢？他看见斯巴塞太太每天拿出女人的全副本领来对付那个假装腿上有病仍然躺在床上，又吝啬，又爱发脾气，叽里咕噜，专门折磨人的斯卡鸠士夫人，她总是埋怨每到一季之中就要花光她那不敷用的收入，住在一间小小的不通空气的下等房子里，一个人住已经嫌小，两个人住就转不过身来了；但是除此以外，他还看见什么呢？他可曾看到他自己向陌生人夸奖毕周，说他后生可畏，说他忠心耿耿专讲主人好话，说他现在得到了小汤姆的职位，并且说他要不是碰到一群光棍把小汤姆拐走了，就可以亲自把小汤姆捉回来呢？他可曾预见到，他写了一张夸耀自己的遗嘱，让二十五个都是过了五十五岁的骗子，每个人都靠了焦煤镇庞得贝的牌子永远在他家里大吃大喝，永远住在庞得贝的房子中，永远到庞得贝的礼拜堂做礼拜，在牧师传道时他们却大打其鼾，永远靠庞得贝的财产过活，永远像庞得贝那样胡吹乱讲，使好人听起来也会倒胃口呢？他可曾预见到五年之后，焦煤镇的约瑟亚·庞得贝会猝然中风倒毙在焦煤镇的大街上，而那张遗嘱就引起了争辩、争夺和欺骗，它没引起什么好事，只是引起一场打了很长久的官司呢？这些事情他都没法预见，但是墙上的画像将来却会看到。

在同一天，同一时刻，葛擂硬先生坐在自己屋子里沉思着。关于他的将来，他预见多少呢？他是否看见他自己变成一个白发苍苍、老态龙钟的人，不再死守着那些他认为是一成不变的理论，而注意到具体情况，拿他的事实和数字服务于信心、希望与仁爱，而不是把这三种基督教的美德放在他的磨坊中磨得粉碎呢？他是否看见自己因此被以前的政治伙伴们所唾弃？他是否看见这些人因为他们处在那么个时代中，认为他们那一群在议会的垃圾堆上捡垃圾的人只要彼此之间有联系就得了，而不必对"人民"这个抽象观念尽责；因此每个星期总有五天晚上来讽刺或嘲笑他这个议员直到东方发白为止？可能他有这种先见之明，因为

314

他深知这些人。

当天晚上，露意莎跟从前一样呆呆地望着火，只是她的脸部表情比以往更温和、更谦逊了。她对于将来的一切看到了多少呢！街上贴满了有她父亲签名的布告，洗刷了已故纺织工人斯梯芬·布拉克普儿误受的嫌疑，宣布了他儿子的罪状，同时提到他年幼无知，易受诱惑（他实在不能加上一句，他所受的教育不良），想借此来得到大众的宽恕——这是现在就要发生的事。斯梯芬·布拉克普儿的墓上立了碑，上面记载了她父亲所写的他的死因——这是她知道的即将发生的事。这些事情她都清清楚楚地可以看出来。但是她对于将来的日子能看出多少呢！

名叫瑞茄的女工生了场大病之后，重新听见工厂的钟响就去上工了，又在规定的时间里在焦煤镇的工人中走来走去。她还是相当好看，但总显得心中若有所思，总是穿着黑衣服，还是那样宁静，温和，甚至于兴致不坏。这地方所有的人中，只有她可怜一个堕落的、酗酒的女人。那女人有时在镇上被人看见向她行乞或者叫她名字。瑞茄不断地工作着，也安心于她的工作，并觉得这是她分内应做的事，直到她年纪大了不能工作为止。露意莎预见了这一点吗？这样的事情是要发生的。

她孤独的弟弟从几千里外写信给她，信纸上尽是泪痕，说他临走时她所说的话都很快应验了，并且说拿世界上所有的财富来换取重见她一面都是便宜的！最后她弟弟要回国来见她一面，在离家乡不远的途中被病魔缠住。然后她接到一封陌生人写来的信，上面说："某一天他发高烧死在医院里。死的时候痛悔前非，说到他非常爱你。他快断气时还叫着你的名字。"露意莎预见到这些吗？这些事情也是要发生的。

她自己又嫁了人——做了母亲——对她的儿女充满慈爱，经常注意使他们不但在身体上要有童年时代，并且在精神上也要有童年时代。因为她知道精神上的童年是更美好的东西，不管多么聪

315

明睿智的人都得有这个时期，将来回忆起来才觉得这是人生最幸福的阶段。露意莎也幻想到有这么一天吗？只可惜这一天是永远不会来到的。

但是，幸福的西丝的幸福孩子们却爱着她；所有的儿童都喜欢她；她也学会了很多儿童们喜欢听的故事、歌谣等等，并讲给他们听；儿童们天真可爱的想象不应该被轻视；她极力要想了解情况不如她的人们，想法子用种种想象的优美和快乐来美化他们机械的现实生活；因为没有这些东西，孩子们的心灵就会干枯，长大成人也就会同行尸走肉差不多；如果不去陶冶天真，培养性情，即使能用统计数字来证明一个国家多么富足，但归根结底这还是大祸将临的预兆。露意莎这样做并不是因为她赌过什么咒，发过什么誓，加入了什么团体或教派作过什么保证，立过什么约，披上了奇形怪状的衣服，或者参加了义卖会；而是她单纯地认为这是她应尽的责任。露意莎对于她自己的这些事情能预见吗？这些事情也是要发生的。

亲爱的读者！你我的活动范围虽然不同，但是这一类事情能否实现要看我们的努力如何了。让它们实现吧！那样，我们将来坐在炉边，看着我们的火花化为灰烬冷却的时候，我们的心也就可以轻松一些。